CARAMBAIA

ilimitada

Julien Gracq

O litoral das Sirtes

Tradução
JÚLIO CASTAÑON GUIMARÃES

Posfácio
ETIENNE SAUTHIER

Investidura no comando

Faço parte de uma das mais antigas famílias de Orsenna. De minha infância conservo a lembrança de anos tranquilos, de calma e de plenitude, entre o antigo palácio da rua San Domenico e a casa de campo, à margem do Zenta, aonde meu pai nos levava todo verão e onde eu já o acompanhava, cavalgando por suas terras ou verificando as contas de seus encarregados. O término de meus estudos na antiga e renomada universidade da cidade, disposições naturalmente sonhadoras e a fortuna de que tomei posse quando da morte de minha mãe fizeram que me visse com pouca pressa de escolher uma carreira. A Senhoria de Orsenna vive como que à sombra de uma glória que lhe foi conquistada em séculos passados pelo sucesso de suas armas contra os Infiéis e pelos lucros fabulosos de seu comércio com o Oriente: assemelha-se a uma pessoa muito idosa e muito nobre que se afastou do mundo e cujo prestígio, apesar da perda do crédito e da ruína de sua fortuna, a protege ainda contra as afrontas dos credores; sua pouca atividade, mas ainda tranquila, e como que majestosa, é a de um ancião cujo aspecto, por muito tempo robusto, deixa incrédulo quanto ao progresso contínuo da morte nele. Os cargos públicos e o serviço do Estado, pelo qual o zelo do antigo patriciado de Orsenna permaneceu legendário, mantêm portanto, nesse estado de debilidade, poucos atrativos para o que há de ardente e ilimitado nos impulsos da juventude: o declínio da idade marca o momento em que se chega aos cargos da Senhoria com a máxima eficiência. Assim, algo de romanesco e de ocioso flutuava na vida livre, e em muitos aspectos pouco edificante, que os jovens nobres levavam na cidade. Eu me envolvia de boa-fé em seus prazeres febris, em seus entusiasmos de um dia, em suas paixões de uma semana – o bocejo precoce é o preço pago pelas classes há muito tempo instaladas no ápice, e acedi de modo muito rápido às delícias do *tédio superior*, elogiadas entre a juventude dourada da cidade. Meus dias dividiam-se entre a leitura dos poetas e os passeios solitários no campo; nas tardes com tempestades de verão que fazem pesar sobre Orsenna como que uma capa de chumbo, eu gostava de me enfiar nas florestas que circundam a cidade; em mim o prazer da cavalgada livre aumentava com as horas, como aumenta a velocidade de um animal generoso; com frequência, eu só retornava com o crepúsculo. Gostava desses retornos na penumbra crescente: como o topo de seus estandartes se enobrece para nós com um reflexo especialmente precioso, porque ascende de uma bruma de séculos, as cúpulas e os telhados de Orsenna brotavam mais límpidos do nevoeiro; os passos circunspectos de meu cavalo a caminho da cidade pareciam ter o peso de um segredo. Minhas ocupações noturnas eram mais frívolas: media forças com os jovens de minha idade nas justas platônicas das Academias, que florescem em Orsenna à medida que o Senado se esvazia; dava-me muito ao amor, e nele me mostrava tão ardente e tão livre quanto qualquer outro. Ocorreu de a mulher com quem eu tinha uma ligação deixar-me: de início fiquei apenas de mau humor, e só me alarmei de verdade ao avaliar subitamente a pouca inclinação que eu tinha para arrumar outra. Essa pequena dificuldade para ocupações cujas malhas, sem que eu o soubesse, se haviam pouco a pouco distendido desmedidamente, fez de súbito se desfazer em farrapos, ante meus olhos, o que eu considerava, ainda pouco antes, uma existência aceitável: minha vida pareceu-me irreparavelmente vazia, ruía sob meus pés o próprio terreno em que eu havia construído com tanta negligência. Tive de repente vontade de viajar: solicitei à Senhoria um emprego numa província distante.

 O governo de Orsenna, como o de todos os Estados mercantis, sempre se distinguiu por uma desconfiança ciumenta em relação aos chefes, e mesmo oficiais subalternos, de seus exércitos e suas frotas. Contra os riscos de uma intriga ou de um golpe de Estado militar, por muito tempo temido na época em que guerras contínuas obrigavam a manter em campanha forças significativas, a aristocracia de Orsenna não julgou precaver-se o suficiente impondo a mais estreita sujeição dos quadros militares ao poder civil: desde tempos muito remotos, as famílias mais nobres não consideram que se rebaixam ao lhes delegar seus jovens em funções que chegam bem perto das práticas da espionagem, e cujo efeito foi por muito tempo sufocar em germe qualquer tentativa de conspiração armada. Esses são os célebres "olhos" da Senhoria: seus poderes mal definidos, mas na realidade sempre oficiosamente apoiados pelo peso de um grande nome e pelo crédito de uma antiga família, dão-lhes em geral espaço para a mais ampla iniciativa, mesmo no correr de uma campanha; a unidade de visão e a energia na condução das guerras de Orsenna às vezes sofreram com a atmosfera de desconfiança e com a timidez no comando que tais práticas ocasionam, mas em compensação se considera que a *situação falsa* que lhes é criada é própria para desenvolver muito cedo a astúcia política e o senso da diplomacia naqueles que a Senhoria destina a seus empregos mais altos. Esses primórdios duvidosos de espião credenciado foram então por muito tempo o caminho obrigatório das mais elevadas distinções. No estado de decrepitude e de prostração em que hoje caíram suas forças, Orsenna poderia, sem grandes riscos, dispensar-se de uma vigilância tão desconfiada; mas a força das tradições, como em todos os impérios em desmoronamento, cresce nela à medida que se desnuda mais abertamente, nas engrenagens do governo e da economia, a ação preponderante de todos os princípios de inércia: os filhos de famílias importantes são delegados aos "olhos" no mesmo espírito anódino com que, em outros lugares, são mandados viajar ao estrangeiro e tomar parte nas grandes caçadas, mas eles continuam a ser delegados; um cerimonial que com o tempo se tornou meio ridículo, mas que é cuidadosamente conservado, continua a marcar essa espécie de investidura de toga viril. Meu pai, em sua semiaposentadoria, preocupara-se com minha vida de dissipação; ficou sabendo com prazer de minhas novas disposições, apoiou minha pretensão junto à Senhoria – com todo o seu crédito, que continuava grande. Poucos dias depois de o terem informado de uma decisão em princípio favorável, um decreto do Senado confirmou-me nas funções de Observador junto às Forças Leves que a Senhoria mantinha no mar das Sirtes.

Em sua firme vontade de me afastar da capital, e de me fazer acostumar aos cansaços de uma vida mais rude, meu pai talvez me tenha sido útil para além de meus vagos desejos de mudança. A província das Sirtes, perdida nos confins do Sul, é como a última Tule dos territórios de Orsenna. Estradas raras e malcuidadas ligam-na à capital através de uma região semidesértica. A costa que a margeia, plana e guarnecida com baixios perigosos, nunca permitiu o estabelecimento de um porto que pudesse ser utilizado. O mar que a costeia é vazio: vestígios e ruínas antigas tornam mais sensível a desolação de suas proximidades. Essas areias estéreis tiveram de fato uma civilização rica, na época em que os árabes invadiram a região e a fertilizaram com sua irrigação engenhosa, mas a vida, a seguir, retirou-se dessas extremidades longínquas, como se o sangue por demais avaro de um corpo político mumificado não chegasse mais até elas; diz-se também que o clima aí se torna progressivamente seco, e que as raras manchas de vegetação encolhem sozinhas ano a ano, como que carcomidas pelos ventos que vêm do deserto. Os funcionários do Estado habitualmente consideram as Sirtes um purgatório onde se expia algum erro de serviço ao longo de intermináveis anos de tédio; àqueles que aí se mantêm por gosto, são atribuídas, em Orsenna, maneiras rústicas e meio selvagens – a viagem "ao fundo das Sirtes", quando se é obrigado a empreendê-la, é acompanhada de um cortejo infinito de brincadeiras. Estas não faltaram no banquete de despedida que, na véspera de minha partida, ofereci a meus companheiros de farra; no entanto, nos intervalos dos brindes e risos, às vezes reinava em torno da mesa algo como um imperceptível constrangimento, um silêncio difícil de preencher, em que passava uma sombra de melancolia: meu exílio era mais sério e mais remoto do que de início parecera; todos sentiam que a vida para mim se preparava para mudar de verdade: o nome bárbaro das Sirtes já me exilava do alegre círculo. Uma brecha definitiva, pela primeira vez, ia abrir-se nesses círculos de jovens amizades – estava feita –, eu já incomodava ao mantê-la tão visível: desejavam obscuramente ver-me desaparecer para ofuscá-la. Quando nos separávamos na entrada da Academia, Orlando estreitou-me de repente em seus braços, com ar tenso e absorto, que contrastava com os comentários ligeiros da noitada, e me desejou em tom sério "boa sorte na frente das Sirtes". Parti de Orsenna no dia seguinte bem cedo, no veículo rápido que levava às Sirtes o correio oficial.

Há um grande encanto em deixar de manhã cedo uma cidade familiar rumo a um destino ignorado. Nada se movimentava ainda nas ruas entorpecidas de Orsenna, os grandes leques das palmas desabrochavam-se mais amplos acima dos muros cegos; a hora que soava na catedral despertava uma vibração surda e atenta nas velhas fachadas. Deslizávamos ao longo de ruas conhecidas, e já estranhas por tudo o que sua direção parecia escolher para mim, de modo tão seguro, num lugar remoto ainda indefinido. Esse adeus era-me leve: eu estava tomado pelo deleite com o ar ácido e o prazer de dois olhos alertas, destacados já em meio a toda essa sonolência confusa; partíamos na hora regulamentar. Os jardins dos arrabaldes desfilaram sem atrativo; um ar glacial estagnava por sobre os campos úmidos, enrodilhei-me no fundo do veículo e me pus a inventariar com curiosidade uma grande pasta de couro que, ao prestar juramento, eu havia retirado da Chancelaria na véspera. Tinha ali, nas mãos, uma marca concreta de minha nova importância, era muito jovem ainda para não experimentar, ao sopesá-la, prazer quase infantil. Continha diversas peças oficiais relativas a minha nomeação — bastante numerosas, o que me devolveu o bom humor —, instruções referentes aos deveres de minha função e ao comportamento a ser seguido no posto que ia ocupar; decidi lê-los com a cabeça descansada. A última peça era um robusto envelope amarelo selado com as armas da Senhoria; o sobrescrito, manuscrito e cuidadoso, deteve súbito meu olhar: "Para abrir apenas depois do recebimento da Instrução Especial de Urgência". Eram as ordens secretas; endireitei-me de modo imperceptível e varri o horizonte com um olhar determinado. Ocorria-me lentamente, tingida ao mesmo tempo de absurdo e de mistério, uma lembrança que me havia aguilhoado surdamente desde que me destinavam a esse posto perdido das Sirtes: na fronteira a que me dirigia, Orsenna estava em guerra. O que tirava a gravidade da coisa é que ela estava em guerra havia trezentos anos.

Na Senhoria sabe-se pouca coisa sobre o Farghestão, que fica em frente aos territórios de Orsenna do outro lado do mar das

Sirtes. As invasões que o varreram de modo quase contínuo desde os tempos antigos — a última fora a invasão mongol — fazem de sua população uma areia movediça, onde cada onda, mal se forma, é recoberta e apagada por outra, e de sua civilização um mosaico bárbaro, onde o refinamento extremo do Oriente ladeia a selvageria dos nômades. Sobre essa base mal consolidada, a vida política desenvolveu-se ao modo de pulsações tão brutais quanto desconcertantes: ora o país, tomado por dissensões, sucumbe sobre si mesmo e parece prestes a se esfarelar em clãs feudais que se opõem devido a ódios raciais mortais — ora uma onda mística, nascida no fundo de seus desertos, funde todas as paixões para, por um momento, fazer do Farghestão uma tocha nas mãos de um conquistador ambicioso. Em Orsenna já não se sabe mais grande coisa do Farghestão — e não se quer ter maior conhecimento dele — a não ser que os dois países — aprende-se isso nos bancos da escola — estão em estado oficial de hostilidade. De fato, há três séculos — numa época em que a navegação não tinha ainda desertado as Sirtes —, as piratarias contínuas dos farghianos ao longo de sua costa desencadearam por parte de Orsenna uma expedição de represálias, que surgiu diante da costa inimiga e bombardeou seus portos sem contemplação. Seguiram-se várias escaramuças, depois as hostilidades, que não envolviam de ambos os lados nenhum interesse maior, esmoreceram e se apagaram por si mesmas completamente. Guerras de clãs paralisaram por longos anos a navegação nos portos farghianos; de seu lado, a navegação de Orsenna entrava lentamente em letargia: seus navios, um a um, desertaram um mar secundário onde a circulação se estancava insensivelmente. O mar das Sirtes tornou-se assim, de forma gradual, um verdadeiro mar morto que ninguém pensou mais em atravessar: seus portos assoreados começaram a acolher só navios costeiros de menor tonelagem: considerava-se que Orsenna, hoje, só mantinha numa base arruinada alguns navios avisos* de natureza menos agressiva, cuja única função é fazer na temporada mais quente o policiamento da pesca nos

---

* Aviso é o nome dado a embarcações de pequeno porte, usadas para transmitir mensagens, ordens e despachos entre os navios da frota, além de efetuar missões de escolta e vigilância. [NOTA DESTA EDIÇÃO.]

bancos de esponjas. Todavia, nesse entorpecimento geral, faltava tanto a vontade de terminar de modo legal o conflito como a de prolongá-lo pelas armas; arruinados como estavam, privados de suas forças, Orsenna e o Farghestão continuavam a ser dois países altivos, ciosos de um longo passado de glória, e ambos pouco dispostos a sacrificar o próprio direito, ainda mais agora que custava pouco defendê-lo. Tão reticentes tanto um quanto outro em fazer a primeira abertura de um acerto pacífico, enclausuraram-se ambos numa indisposição implicante e altiva, e se dedicaram daí em diante, num acordo tácito, a afastar diligentemente qualquer contato. Orsenna proibiu a navegação fora das águas costeiras, e temos tudo para crer que, mais ou menos na mesma época, medidas análogas foram tomadas pelo Farghestão. Com o acúmulo de anos de uma guerra tão acomodatícia, passou-se pouco a pouco, em Orsenna, a encarar, de modo tácito, até mesmo a ideia de uma diligência diplomática pacífica como se fosse um movimento imoderado, que comportaria algo por demais categórico e intenso, criando o risco de revirar em seu túmulo, de modo inoportuno, o cadáver de uma guerra havia muito tempo morta de boa morte. A liberdade extrema, dada por essa saída indeterminada, de exaltar sem desmentido as grandes vitórias e a honra intacta de Orsenna era de resto uma garantia a mais da tranquilidade geral; os últimos suspiros guerreiros encontravam comodamente seu escape nas festas que continuavam a celebrar o aniversário do bombardeio; e quando o Senado, numa reconsideração, decidiu que os créditos de início propostos para uma embaixada fossem destinados a erguer uma estátua do almirante que comandara as operações contra o Farghestão, todos em Orsenna aplaudiram essa decisão essencialmente sábia e sentiram que, por esses lábios de bronze, a guerra do Farghestão havia verdadeiramente exalado seu último suspiro.

Era sob esse aspecto, plácido, e até temperado com um pingo de fanfarronice, que em geral se considerava, em Orsenna, a questão do Farghestão. Havia outro.

Na leitura dos poetas de Orsenna, chamava atenção quanto essa guerra abortada, acima de tudo extremamente banal, e na qual nenhum episódio fascinante parecia adequado para pôr em andamento a imaginação, assumia em seus textos um lugar desproporcional em relação ao que ela ocupava nos manuais de história. E, talvez ainda mais do que a obstinação com que a punham em causa em seus arrebatamentos líricos, era digna de nota a liberdade excessiva tomada pelos poetas, que faziam acréscimos desmedidos aos fatos conhecidos, acumulavam prolongamentos enormes de episódios dessa guerra de terceira ordem, como se aí tivessem encontrado, para seu gênio, uma fonte de rejuvenescimento inesgotável. Para esses poetas eruditos encontrava-se de resto um poderoso eco nas tradições populares: os eruditos puderam fazer um catálogo muito substancial dos únicos relatos do folclore relativos ao Farghestão. Reanimados assim sutilmente nos versos dos poetas, era significativo observar que mesmo a língua morta dos atos oficiais de todos os dias fazia o máximo, de seu lado, para conservar intactas as cinzas desse cadáver histórico; assim, nunca se havia consentido à Senhoria, sob especioso pretexto de lógica, mudar uma palavra no vocabulário do verdadeiro tempo de guerra: a costa das Sirtes permanecia, para a administração, "a frente das Sirtes" – "frota das Sirtes", as miseráveis carcaças que eu tinha a função de vigiar – "etapas das Sirtes", os vilarejos que delimitavam aqui e ali a estrada do Sul. Nem sequer uma folha fora destacada do dossiê constituído três séculos antes na Chancelaria; eu o pudera constatar no correr do estágio na administração, imposto pela Escola de Direito Diplomático: as queixas articuladas no passado contra o Farghestão dormiam ali, incisivas como no primeiro dia. "Há 72 queixas", confirmara-me o chefe do departamento do Sul, como se enumeram os canhões de uma frota de altibordo, e eu compreendera que essas 72 queixas, ele, com uma inflexão de voz, as fundia para sempre ao patrimônio de Orsenna, e que só com a vida entregaria esse precioso depósito. Era possível considerar de modo bastante sonhador, sob a luz desses vagos índices, que o próprio inacabamento dessa guerra, sinal na realidade de uma queda de tensão sem remédio, era a singularidade essencial que nutria ainda algumas imaginações barrocas – como se uma conspiração latente se tivesse esboçado aqui e ali por mãos obstinadas ainda em manter absurdamente entreabertos os lábios prontos a se selarem por si mesmos sobre o acontecimento – como se houvesse um apreço ali, de modo inexplicável, pela estranha anomalia de um acontecimento histórico inoportuno que não havia liberado todas as suas energias, que não havia esgotado toda a sua substância.

    Atravessávamos agora a região montanhosa e coberta de vegetação que fecha ao sul os campos de Orsenna. O calçamento romano despontava ocasionalmente ao longo dessas estradas estreitas, às vezes recobertas em abóbada por uma ramada densa de vegetação onde a trepadeira se enlaçava persistentemente aos ramos; no extremo dessas perspectivas, assestadas como o cano de uma arma, abriam-se longes com vales de um azul matinal. O esplendor maduro e a opulência de Orsenna subiam ao coração, com todos esses campos saciados de outono; acima de nós, o frescor gotejava lentamente dos ramos, diluindo-se como um odor no ar transparente, grandes trançados de sol filtravam-se até a estrada. Uma plenitude calma, uma saudação de pura juventude subiam dessa manhã profunda. Eu bebia, como se fora vinho leve, essa evasão suave pelos campos abertos, mas era menos o futuro escancarado do que, à minha volta, a persistência de uma presença segura e familiar, e no entanto já condenada, que me enchia o coração: afastando-me a toda velocidade de minha cidade, eu respirava Orsenna com toda a força de meus pulmões. Pensava em como as fibras que me prendiam a esse país eram profundas, assim como a beleza por demais madura e por demais terna de uma mulher faz de você prisioneiro dela; depois, de tempos em tempos, com esse enternecimento melancólico, como uma respiração viva e alarmante numa noite tépida, deslizava essa palavra perturbadora: "a guerra", e as cores tão puras da paisagem à minha volta transmutavam-se numa imperceptível cor de tempestade. Esses devaneios desassossegados e inconsistentes cansaram-me – chegamos a Mercanza – e comecei a olhar a paisagem de modo mais interessado.

    Passadas as muralhas da velha fortaleza normanda, o ar do sul já se tornava sensível com o progressivo declínio da vegetação. À névoa quente que discorria sobre as florestas úmidas de Orsenna sucedera-se uma secura luminosa e dura, contra a qual faiscavam cruamente, na distância, os muros brancos e baixos das fazendas isoladas. O solo, tornando-se bruscamente plano, estendia a nosso encontro grandes estepes nuas, que a estrada mal esfolava, sob o sol, com um sulco mais acentuado; o vento da velocidade desimpedida batia em nossos ouvidos em ondas mais amplas nessas planícies latejantes. Esses horizontes varridos, onde folgam imensos rebanhos de nuvens, tornavam-se mais semelhantes ainda àqueles do alto-mar pelo aparecimento, aqui e ali, de elevadas torres de vigia normandas, semeadas de forma irregular nas estepes planas, e que vigiavam como faróis a planície nua. Rebanhos de búfalos mal domesticados surgiam de áreas lodosas e começavam a trotar, chifres para o alto, toda a horda maciça súbito eriçada pelo vento. Era uma região mais livre e mais selvagem, onde a terra, deixando aflorar sua superfície pura, parecia convidar-nos — e ela própria é que exasperava nossa velocidade — a nos tornar delicadamente sensível a sua austera curvatura, e, aspirando sempre mais adiante nossa máquina lançada a toda, a fazer que seus horizontes oscilassem de modo indefinido. A noite subiu do leste e se elevou por sobre nós como um muro de tempestade; com a cabeça caída nas almofadas, no coração da escuridão, mergulhei longamente nas constelações calmas, numa exaltação silenciosa; suas últimas estrelas deviam brilhar para nós sobre as Sirtes.

Quando revivo em lembrança os primeiros tempos de minha estada nas Sirtes, é sempre com intensa vivacidade que me volta a impressão anormalmente forte de um desterro que senti desde minha chegada, e é sempre a essa rápida viagem que ela se liga para mim com mais predileção. Deslizávamos como que no curso de um rio de ar frio que a estrada poeirenta balizava com manchas vagas e pálidas; de um lado a outro da estrada, a escuridão fechava-se opaca; ao longo desses caminhos afastados, onde qualquer encontro já parecia tão improvável, nada se igualava à imprecisão indecisa das formas que se esboçavam a partir da sombra para logo a ela retornar. Na ausência de qualquer referência visível, eu sentia subir em mim essa atonia leve e progressiva do sentido da orientação e da distância que nos imobiliza antes de qualquer índice, como o atordoamento inicial de um mal-estar no meio de uma estrada em que a pessoa se perdeu. Nessa terra entorpecida num sono sem sonhos, a reverberação enorme e estupefaciente das estrelas rebentava de toda parte, afeiçoando-a como uma maré, exasperando a audição até um refinamento doentio de seu crepitar de faíscas azuis e secas, como uma pessoa que volta o ouvido, a despeito de si mesma, para o mar percebido ao longe. Levado nessa corrida exaltante ao mais fundo da sombra pura, banhava-me pela primeira vez, como numa água iniciática, nessas noites do Sul desconhecidas de Orsenna. Algo me era prometido, algo me era desvelado; eu entrava sem nenhuma luz numa intimidade quase angustiante, esperava a manhã, oferecida já diante de meus olhos cegos, como alguém que avança com os olhos vendados para o lugar da revelação.

Ela surgiu por trás da brenha chuvosa e das nuvens baixas de uma planície deserta. Duros trancos sacudiram o veículo numa pista esfolada e precária, comida por grandes placas malsãs de um capim magro. Essa pista parecia uma trincheira baixa. De cada lado, na altura de um homem, parecia recortada em ângulos demarcados num mar de juncos comprimidos e cinzentos, cuja superfície o olho varria até o enjoo, e cujas saídas pareciam a todo instante muradas pelas curvas contínuas da estrada. Por mais longe que o olho alcançasse, através da bruma líquida, não se percebia nem uma árvore nem uma casa. A aurora esponjosa e macia era vazada em certos momentos por dúbias passagens de luz que claudicavam sobre as nuvens baixas como o pincel tateante de um farol. A intimidade suspeita e penetrante da chuva, o face a face desorientador das primeiras gotas hesitantes da pancada de chuva calafetavam essas solidões vagas, exacerbando um invasivo perfume de folhas molhadas e água estagnada; sobre o feltro macio da areia, cada gota se imprimia com delicada nitidez, como se pode distinguir da chuva as gotas mais vivas que escorrem da folhagem. À esquerda, a pouca distância da estrada, o mar de juncos vinha margear áreas lodosas e lagunas vazias, fechadas para o mar aberto por tiras de areia cinza onde línguas de espuma deslizavam vagamente sob a bruma. O silêncio suspeito da paisagem era tornado mais sensível pelas paradas bruscas e pelas retomadas hesitantes da chuva, e pela impressão de *suspense* insólito transmitido por seus intervalos desiguais. Sob essa luz fuliginosa, nessa umidade sonolenta e nessa chuva morna, o veículo prosseguia mais precavidamente, lançando sobre essa viagem duvidosa como que um matiz fugidio de intrusão. Esse feltro lânguido de fim de pesadelo recuava nos tempos, sob esse hálito quente e molhado recuperava as linhas sumárias, a sutileza indeterminada e o segredo de uma pradaria dos primeiros tempos, com mato alto de emboscada.

Seguimos durante longas horas por essas terras de sono. De tempos em tempos um pássaro cinza emergia em flecha dos juncos e se perdia muito alto no céu, estremecendo, como a bola no jato de água, no cimo de seu grito monótono. Uma sirene de nevoeiro encalhada num baixio perfurava a bruma em dois tons calmos, como um grande fole abafado. Um vento, de súbito, às vezes produzia um triste roçar nos juncos, a água das lagunas num instante exalava seu vapor num espelho embaciado, uma pele morta e privada de reflexos. Algo sufocava por trás desse nevoeiro de terreno vago, como uma boca sob um travesseiro. A pista repentinamente tornou-se de novo estrada, uma torre cinza saiu do nevoeiro espesso, as lagunas vieram de toda parte a nosso encontro e alisaram as margens de um caminho à flor da água, alguns fantasmas de embarcações adquiriram consistência: era o termo de nossa viagem, chegávamos ao Almirantado. A estrada molhada lampejou debilmente: ao lado de uma silhueta que oscilava um facho de luz para, na muralha de nevoeiro, guiar as evoluções do veículo, mostraram-se um impermeável de marinheiro, um velho quepe de uniforme, e um duro e curto bigode perlado de gotas: o capitão Marino, que comandava a base das Sirtes.

Pouco me haviam falado dele em Orsenna, a não ser (a ligeireza dos serviços secretos mostrava-se ali com clareza) – com esse tom desagradavelmente superficial e essa despreocupação desenvolta com que se fixa o matiz de alguma vaga relação mundana – como um homem simplesmente "entediante". Essa desqualificação sumária fora suficiente para rechaçá-lo até aqui a um vaguíssimo plano de fundo. Estava ali, agora: uma silhueta maciça saída da chuva, e agora bem real no extremo dessa fantasmagoria de bruma – íamos viver juntos – tive de repente a consciência vívida de apertar a mão de um desconhecido. Essa mão era forte, lenta e afável — a acolhida cortês —, e qualquer brincadeira disfarçada de bonomia que transparecia na voz era feita para me pôr à vontade, desde a entrada, quanto ao que havia de um pouco escabroso numa tomada de contato como essa. Compreendi, logo de início, que não haveria entre nós *desacordo* quanto a minhas singulares funções — isso era muito —, mas ao mesmo tempo me pareceu que demoraria para que soubesse mais a respeito. Havia nesse olhar rápido e agudo uma penetração oculta que contrastava com a grande voz forte e tranquilizadora, na máscara calma e na boca medida um domínio visível e uma reserva. Os olhos, ensombrecidos pela viseira muito baixa, eram de um cinza de mar frio; à mão morena que demorava de modo acentuado a apertar a minha, faltavam dois dedos. O capitão Marino saía por completo da bruma, e alguma coisa em mim murmurava que, dali em diante, ele não seria tão comodamente mergulhado nela de novo.

Assim, surgido das brumas fantasmagóricas desse deserto de matos, à beira de um mar vazio, o Almirantado era um local singular. Diante de nós, para além de um pedaço de matagal corroído por cardos e flanqueado por algumas casas longas e baixas, o nevoeiro ampliava os contornos de uma espécie de fortaleza à beira da ruína. Por trás dos fossos parcialmente preenchidos pelo tempo, ela surgia como uma poderosa e pesada massa cinza, com muros lisos vazados apenas por algumas seteiras, e raras canhoneiras. A chuva couraçava essas lajes brilhantes. O silêncio era o de um destroço abandonado; nos caminhos de ronda enlameados, não se ouvia sequer o passo de uma sentinela; tufos de capim gotejados rompiam aqui e ali parapeitos de líquen cinza; nos fluxos de escombros que deslizavam para os fossos misturavam-se ferragens contorcidas e restos de louça. A galeria de entrada revelava a extraordinária espessura das muralhas: as grandes épocas de Orsenna haviam deixado sua marca nessas abóbadas baixas e enormes, onde circulava um sopro de antigo poder e de mofo. Pelas canhoneiras abertas no nível do pavimento, canhões com armas dos antigos podestades da cidade bocejavam sobre um abismo imóvel de vapores brancos de onde ascendia o sopro glacial da bruma.

Uma atmosfera de desolação quase avassaladora deslizava nesses corredores vazios marcados por longas riscas de salitre. Permanecemos silenciosos, como que embalados no sonho pesaroso desse colosso ancilosado, dessa ruína habitada, em que o nome de Almirantado, hoje desprezível, punha como que a ironia de uma herança de sonho. Esse silêncio entorpecedor acabou por nos imobilizar diante de uma troneira, e aqui se situa a lembrança de uma mímica que devia tornar-se para mim, com o tempo, intensamente significativa: nossos olhos, fixados no mar aberto, se evitavam com mais comodidade; encostando-se familiarmente, como por zombaria, na carreta de um canhão enorme, Marino tirou do bolso um cachimbo e o bateu de modo demorado no botão da culatra. Um raio amarelo deslizava até nós através da bruma, e, dos pátios internos, súbito o canto tranquilo de um galo veio domesticar despretensiosamente essa ruína de ciclope, e volta-me de modo tão estranho ao ouvido o brevíssimo e sequíssimo "É isso!" com que Marino pareceu encerrar a visita e romper o encantamento, martelando com mais força o salto da bota.

Já a bruma se diluía com tinta escura; a noite caía. O capitão Marino apresentou-me os três oficiais que serviam sob suas ordens: estavam ali todos os quadros da flotilha das Sirtes. O jantar de chegada estava servido, de modo excepcional, numa das casamatas da fortaleza; a rotina cotidiana daí se afastava por instinto e não ousava mais incomodar os sonhos: seria possível dizer que esses bastiões de legenda assustavam a vida familiar. Sob essas abóbadas com ecos inquietantes, a conversa mal se entabulava; pressionavam-me com perguntas sobre Orsenna, deixada na véspera – Orsenna estava bem longe; eu olhava a fumaça das tochas de cerimônia subir direto para a pedra baixa e nua, respirava esse cheiro frio de porão e de pavimento mofado, ouvia as pesadas portas com grandes pregos despertar os ecos dos corredores. Nessa iluminação teatral e fraca, um halo de bruma ainda pairava para mim em torno dos rostos que eu mal distinguia; o embaraço hesitante e tenso de um primeiro encontro somava-se à estranha impressão de irreal que me invadia; nos instantes de silêncio, que Marino nem procurava romper, o rosto dos convivas tornava-se de pedra, recuperavam por um instante o perfil duro e a máscara austera dos antigos retratos da época heroica pendurados nos palácios de Orsenna. Chegou o momento dos brindes: o mais jovem dos oficiais desejou-me boas-vindas "à frente das Sirtes", e Marino, ante essa expressão regulamentar, ergueu sua taça até a altura de um sorriso de visível ironia. Meu alojamento estava preparado no pavilhão do comando: uma das casas baixas simples; o mesmo cheiro frio e mofado habitava esses longos cômodos úmidos, ladrilhados de forma grosseira e quase vazios. Abri para a noite a janela de meu quarto — dava para o mar —, uma fraca palpitação vinha das lagunas através do negro opaco. Intrigavam-me as grandes sombras a voar por sobre as paredes ao sabor da luz vacilante; soprei-a, afundei-me nos lençóis ásperos e granulados, com o desenxabido cheiro bolorento de sudário. Um fraco barulho de ondas insinuou-se até mim na escuridão, que voltara: o leve aturdimento da noite persistia; belisquei-me no braço: eu estava de fato nas Sirtes. O latido de um cão, uma agitação e um pipiar de galinheiro chegaram-me de modo distinto através do silêncio. Adormeci quase a seguir.

A sala dos mapas

Mais do que em qualquer outro lugar, era fácil no Almirantado convencer-se de tudo o que a acanhada política de espionagem em vigor na Senhoria comportava de antiquado. A imagem de uma irremediável decadência cabia no olhar que, do alto da torre de sinais, mergulhava na "base das Sirtes". Diante da fortaleza, um quebra-mar quase a desmoronar e invadido pelo mato fechava um pequeno porto, no fundo do qual se mostravam na maré baixa grandes lodaçais. Na extremidade alargada do molhe erguia-se a pirâmide de um enorme amontoado de carvão; buscava-se algo aí tão raramente que ervas daninhas e mesmo pequenos arbustos tinham acabado por colonizá-lo, por associá-lo à paisagem como as colinas de formas estranhas dos restos abandonados de minas. Dois avisos de pequena tonelagem e de aspecto vetusto estavam ancorados ao longo do molhe, três ou quatro pinaças a motor balançavam na maré baixa sobre as áreas lodosas. No fundo do pequeno porto, um plano inclinado, ao longo do qual as pinaças podiam subir, conduzia a um hangar onde os cascos eram reparados. Em direção ao mar aberto, um canal margeado por áreas lodosas cinza serpenteava entre as extensões de juncos e tinha acesso ao mar livre por uma passagem mantida por entre a faixa das lagunas. O aspecto habitual do porto era o de sono profundo; no cerne da tarde, nesses dias ainda quentes que precedem a invernada, uma nuvem de calor sozinha fazia tremer os gramados amarelos do molhe deserto; ao longo dos cais não se ouvia sequer um marulho de ondas, e era muito raro que um filete de fumaça, anunciador de alguma patrulha, se contorcesse na chaminé do *Intrépido*; as más línguas no Almirantado afirmavam que era sinal de tempestades — que são excepcionais nas Sirtes — e a filosofia pacífica do capitão Marino não via nisso mal algum. Uma pequena parte das tripulações ficava alojada em terra numa das construções ao lado da fortaleza; com as necessidades do serviço cada vez mais reduzidas, assim como a mão de obra nesses confins desérticos, o excesso se disseminava habitualmente pelas raras fazendas fortificadas que subsistem no interior das Sirtes e aí criam grandes rebanhos de carneiros semisselvagens — a administração de Orsenna, seduzida pela economia substancial que elas traziam para a gestão dessa pequena base, havia tempos fechava os olhos para essas práticas pouco guerreiras. Assim, via-se doravante o capitão Marino, com mais frequência que na ponte de comando do *Intrépido*, partir bem cedo, com botas e esporas, para longos percursos a cavalo pelas estepes, às voltas com a aspereza dos fazendeiros nas espinhosas discussões de alojamento e de pagamentos, em que o marinheiro cedia cada vez mais ao administrador de uma pacífica empresa de desbravamento. Tudo o que tinha a ver com o orçamento e com a administração financeira viera assim a ocupar lugar essencial nas preocupações de todos no Almirantado: a base das Sirtes tornara-se uma estranha empresa rentável, que diante da administração na capital se orgulhava mais de seus lucros que de seus feitos de armas; a gestão meticulosa das contas e a locação judiciosa da mão de obra tornaram-se pouco a pouco a pedra de toque pela qual a Senhoria julgava as capacidades de seus oficiais. O espírito mercantil de Orsenna conseguia assim, a longo termo, transformar em lucro a disciplina que devia por natureza opor-lhe as defesas mais enérgicas; ao mesmo tempo, até nesse minúsculo observatório podia-se registrar o progresso de seu entorpecimento inquietante, no refluxo da vida aventurosa e no surdo chamado que subia da terra tranquilizadora e limitada. Numa dessas manhãs limpas de rugas que fazem a beleza do outono das Sirtes, eu podia observar, sentado numa das ameias da fortaleza, de um lado o mar vazio e o porto deserto, como que corroído sob o sol pela lepra do lodo, e de outro lado Marino cavalgando no campo à frente de algum destacamento de pastores temporários; eu tocava com a mão as pesadas pedras ardentes que haviam conhecido o sopro das balas, e sentia subir em mim uma onda de melancolia: parecia--me que o colosso cego sofria, por traição, uma segunda morte. Minhas funções de observador deviam, nesse estado de estagnação, dar-me tão pouca preocupação quanto possível. Logo se via que nada havia para observar no Almirantado; para me evitar o ridículo, e fazer recuar um pouco o tédio do isolamento, restava apenas tentar aproximar-me de suspeitos também aparentemente inofensivos. Roberto, Fabrizio e Giovanni, os três tenentes de Marino, eram jovens de minha idade, entediados e muito ocupados com a antecipação das folgas, quando o veículo do Almirantado os levava a Maremma, o vilarejo mais próximo; essas excursões misteriosas eram tema de conversas e brincadeiras intermináveis durante as refeições comuns: não se viam mulheres no Almirantado. Logo fiz amizade com todos os três e tinha particular prazer na companhia de Fabrizio, recém--chegado de Orsenna e desorientado tanto quanto eu pelo abandono sonolento dessa guarnição pastoral. Roberto e Giovanni passavam o melhor de seus dias enterrados até a barriga nos juncos, a atirar nos pássaros de passagem, que pululam nessas extensões pantanosas; sentado ao sol com Fabrizio, em alguma troneira das muralhas para onde levávamos um livro, seguíamos de longe, por meio da esteira de detonações pacíficas, o oculto percurso deles; a leve fumaça azul subia direto acima dos juncos imóveis; os gritos roucos dos pássaros marinhos rebentando em feixe a cada tiro de fuzil criavam, no ar dourado desse fim de outono, como que uma rachadura selvagem. Entardecia; o passo do cavalo de Marino soava no aterro das lagunas, de volta de alguma fazenda distante; o leve burburinho que sacode as casernas na hora da refeição da noite punha no Almirantado uma última suspeita fugidia de animação. A noite reunia-nos todos os cinco em torno dos amontoados fastuosos de caça dourada, gostávamos dessas refeições da noite em que reinava em torno da mesa uma cordialidade ruidosa; léguas e léguas em torno de nós, trevas vazias pareciam estreitar mais proximamente um contra o outro no coração dessa clareira de intimidade tépida. A reserva e o silêncio um pouco monacal de

Marino desfaziam-se nesse banho de juventude viva; ele gostava de nossa alegria, e, nos dias em que a bruma, delimitando nossa pequena angra, nos deixava desemparados e tristes, era o primeiro a reclamar uma dessas bilhas de vinho das Sirtes, de sabor selvagem, que se conservam ainda, à maneira antiga, sob uma camada de azeite. O jantar terminava; Giovanni, o caçador, tossia no ar espessado pelos charutos, e propunha um passeio no molhe. Uma friagem salgada pesava imóvel sobre as águas mortas; no extremo do molhe, um fanal piscava debilmente; a sombra da fortaleza sobre a laguna ia pesando atrás de nós, obsedante como uma presença. Sentávamo-nos, pernas balançando, ao longo do cais onde a maré mal punha sua pulsação leve; Marino acendia o cachimbo, fixava as nuvens com um olho semicerrado, e num tom profissional anunciava o tempo do dia seguinte. Um instante de silêncio compenetrado seguia essa previsão nunca desmentida, como quando a pessoa se recolhe por um segundo no descimento do pavilhão; era o fim do cerimonial da noite. As vozes tornavam-se mais arrastadas; ao longo da charneca, um a um desfazíamos nosso reduzido grupo, como frutos de um racemo; as portas batiam uma após outra no silêncio da parede. Abri minha janela para a noite salgada: tudo repousava em 50 léguas de costa, o fanal do molhe na água adormecida ardia tão inútil quanto uma lamparina esquecida no fundo de uma cripta.

Eu via encanto nessa vida entrincheirada. Os relatórios que enviava de tempos em tempos a Orsenna eram bem curtos, mas as cartas que endereçava das Sirtes a meus amigos, muito longas. Havia momentos em que, numa tarde luminosa e calma, me parecia encerrar sem esforço em meu coração até mesmo as fracas pulsações dessa pequena célula de vida atenuada, a estremecer na orla extrema do deserto. Apoiado num canto das muralhas da fortaleza onde se pendurava no vazio algum tufo de flores secas, eu apreendia num só golpe de vista sua extensão ameaçada; o percurso de formiga das raras idas e vindas, o retinir dos animais de tiro, o ruído isolado de um martelo claro no galpão subiam até mim distintos no ar, com vibrações de sino – essa intimidade familiar e conhecida me era suave, e todavia dessa ingênua atividade aldeã subia uma inquietação e um chamado. Um sonho parecia pesar com toda a sua massa sobre a sonolência dessas idas e vindas tão humildes que eu observava lá de cima, como que do coração de uma nuvem; quando me demorava a segui--las com mais vagar, sentia brotar em mim esse fascínio de estranheza que nos mantém seguindo, suspensos, a agitação de inconsciência pura de um formigueiro sob um salto levantado.

Meu pensamento voltava com frequência então a Marino e a minha primeira visita à fortaleza; via repassar diante de meus olhos o gesto da conjuração tranquilizadora de seu cachimbo batido contra a culatra do canhão, e súbito tinha o sentimento íntimo de sua presença maciça e protetora no seio de sua minúscula colônia. Ele era sua pulsação calma, eu via sua mão esquerda e sincera afastar com delicadeza as sombras diante de uma vida de todo ingênua; sentia como eu era diferente dele, e sentia como gostava dele.

Eu vivia sem regra. No Almirantado, o emprego do tempo, para todos, não tinha monotonia; no meio dessa atividade desacelerada e muito ambígua, submetida aos acasos do tempo e aos caprichos do mar, ele trazia a marca de uma variedade e de uma descontinuidade quase rurais, e eu escapava mais que qualquer outro a suas mínimas exigências. Nos primeiros dias, eu sofrera de uma espécie de atordoamento de liberdade e de vazio, lançara-me de início com ardor aos exercícios violentos em que se compraziam meus colegas, e que encurtavam para nós essas horas de solidão avassaladoras; pescávamos com arpão os grandes peixes que se aventuravam nas lagunas, forçávamos uma lebre com o galope de nossos cavalos nos espaços desnudos da estepe. Por vezes éramos convidados, numa fazenda vizinha, a uma dessas batidas em que se perseguem periodicamente os coelhos que devastam as magras pastagens para carneiros; era então ocasião de grandes festas, em que nos reuníamos para conversar e beber ao clarão das tochas até noite alta. O produto da caça do dia, amontoado num grande monte na eira, dava à noite um potente odor selvagem; voltávamos a cavalo, cansados e sonolentos; enquanto a luz baixa do dia se retirava nas estepes, uma claridade de incêndio empalidecendo no horizonte anunciava o fim de outra caçada. Eu era pouco robusto, esses divertimentos deixavam-me o corpo quebrado e o coração vazio; a saúde daquela vida brutal me afastava de Orsenna menos do que eu supunha. Pouco a pouco, todavia, ela começara a se colorir para mim com um reflexo singular; o ócio dos primeiros dias tendia a se organizar, a despeito de mim mesmo, em torno do que eu não podia hesitar por mais tempo em reconhecer como um misterioso centro de gravidade. Um segredo ligava-me à fortaleza, como uma criança a algum esconderijo descoberto nas ruínas. No início da tarde, sob sol ardente, o vazio fazia-se no Almirantado com a hora da sesta; em meio aos cardos, eu margeava o fosso até a poterna, sem ser visto. Um longo corredor abobadado, escadas desconjuntadas e úmidas conduziam-me ao reduto interior da fortaleza – o frescor de sepulcro caía como toalha em meus ombros, eu estava entrando na sala dos mapas.

Desde que pela primeira vez, no correr de minhas explorações nesse dédalo de pátios e casamatas, eu empurrara por simples curiosidade sua porta, sentira-me progressivamente invadido por um sentimento que eu só poderia definir dizendo que era daqueles que desorientam (como se diz da agulha da bússola, que desvia quando se passa por certas estepes desesperadamente banais do centro da Rússia) essa agulha de ímã invisível que nos impede de desviar do fio confortável da vida – que nos designam, fora de toda espécie de justificação, um lugar que *atrai*, um lugar onde convém sem maiores discussões manter-se. O que de início chamava atenção nessa longa sala baixa e abobadada, no meio do mau estado da fortaleza desmantelada, era um aspecto singular de limpeza e ordem – uma ordem meticulosa e mesmo maníaca –, uma recusa altiva a se enterrar e decair, uma aparência ao mesmo tempo faustosa e ruinosa de permanecer sendo a única a portar armas, um ar surpreendente, conservado ante o primeiro olhar, no meio desses escombros, de permanecer obstinadamente *a postos*. Fazendo ranger os gonzos nessa solidão vigiada, como na ostentação teatral e intimidante de um banquete de gala antes da entrada dos convivas, eu não podia deixar de sentir, a cada vez, o ligeiro choque que se tem ao empurrar de improviso a porta de um cômodo aparentemente vazio num rosto de súbito mais sinistro que o de um cego ausente, desfeito, petrificado na tensão absorvente da espreita.

O cômodo não parecia exatamente sombrio, mas a luz do dia, caindo dos vitrais quase foscos pelas numerosas bolhas que deformavam seus vidros, conservava um aspecto incerto e como que perpetuamente declinante; sua penumbra, a qualquer hora do dia, parecia dissolver uma tristeza estagnante de crepúsculo. Era sumariamente mobiliado com mesas de trabalho de carvalho polido; nas paredes nuas, prateleiras de madeira escura comportavam livros – quase todos pesados in-fólios com encadernações desbotadas – e instrumentos de navegação de um modelo antigo. Na parede do fundo da sala, a meia altura da abóbada, havia uma galeria estreita e de construção frágil que corria ao longo de outra fileira de prateleiras com grades. As paredes nuas, os mapas-múndi, o cheiro de poeira, o aspecto de polimento e de muita esfregação das mesas desgastadas desigualmente como a palma de uma mão faziam pensar numa sala de aula, mas que a espessura das muralhas, o silêncio de claustro e o dia dúbio tivessem confinado ao estudo de alguma disciplina singular e esquecida. Essa impressão ainda material contaminava-se quase que de imediato por outra mais desconcertante: dir-se-ia que pairava no cômodo algo dessa atmosfera pesada, de pensamento envelhecido e estagnado, que demora nos lugares onde se pregam ex-votos. E – como que guiado pelo fio dessa vaga analogia –, se fossem dados alguns passos em direção ao meio do cômodo, o olho súbito ficava fascinado, em meio a essas cores baças de escuro e poeira, por uma larga mancha de sangue fresco sujando a parede da direita: era uma grande bandeira de seda vermelha, caindo num plissado rígido em todo o seu comprimento contra a parede: o estandarte de São Judas – o emblema de Orsenna – que havia flutuado na popa da galera do almirante quando dos combates do Farghestão. Adiante, alongava-se um estrado baixo, com uma mesa e uma única cadeira que o troféu parecia designar como o ponto de mira, o centro irradiante dessa sala armada como uma armadilha. O mesmo recurso mágico que nos leva, antes de qualquer reflexão, a *experimentar* um trono num palácio desativado que visitamos, ou a cadeira de um juiz numa sala de tribunal vazia, havia me levado até a cadeira; na mesa expunham-se os mapas marítimos das Sirtes.

Sentei-me, ainda um pouco perturbado por esse estrado que parecia convocar um auditório, mas logo acorrentado ali como que por um encantamento. Diante de mim, estendiam-se como lençol branco as terras estéreis das Sirtes, marcadas pelas manchas de suas raras fazendas isoladas, margeadas pela renda delicada das faixas das lagunas. Paralelamente à costa corria a alguma distância, no mar, uma linha pontilhada negra: o limite da zona das patrulhas. Mais distante ainda, uma linha contínua de um vermelho vivo: era aquela que muito antes havíamos aceitado num acordo tácito como linha de fronteira, e que as instruções náuticas proibiam transpor em qualquer circunstância. Orsenna e o mundo habitável acabavam nessa fronteira de alarme, mais estimulante ainda para minha imaginação do que tudo o que seu traçado comportava de curiosamente abstrato; ao deixar deslizar tantas vezes meus olhos, numa espécie de *convicção total*, ao longo desse fio rubro, como pássaro estupefato por uma linha traçada à sua frente no solo, ele acabara por se impregnar para mim de um caráter de realidade estranha: sem que eu quisesse admitir a mim mesmo, estava pronto para dotar de prodígios concretos essa passagem perigosa, para me imaginar uma fenda no mar, um sinal de aviso, uma passagem do *mar Vermelho*. Muito além, prodigiosos pelo afastamento por detrás dessa interdição mágica, estendiam-se os espaços desconhecidos do Farghestão, comprimidos como uma terra santa à sombra do vulcão Tängri, seus portos de Rhages e de Trangées, e sua cintura de cidades cujas sílabas obsedantes atavam seus anéis em guirlandas através da minha memória: Gerrha, Myrphée, Thargala, Urgasonte, Amicto, Salmanoé, Dyrceta.

    De pé, inclinado sobre a mesa, mãos espalmadas sobre o mapa, ali eu permanecia às vezes por horas, agarrado por uma imobilidade hipnótica de que não era tirado nem mesmo pelo formigamento da palma das mãos. Um leve sussurro parecia erguer-se desse mapa, povoar o cômodo fechado e seu silêncio de emboscada. Um estalar do madeiramento às vezes fazia-me erguer os olhos, incomodado, perscrutando a sombra como um avaro que visita à noite seu tesouro e sente sob a mão o movimento algo ruidoso e o brilho fraco das gemas na escuridão, como se eu tivesse espreitado, apesar de mim mesmo, no silêncio de claustro, algo de misteriosamente desperto. Cabeça vazia, eu sentia a escuridão à minha volta infiltrar-se no cômodo, guarnecê-lo com esse peso consentidor de uma cabeça que soçobra no sono e de um navio que afunda; eu ia a pique com ele, de pé, como um destroço preenchido pelo silêncio das águas profundas.

Certa noite, quando eu estava para sair do cômodo após uma visita mais longa que o habitual, um passo pesado nas lajes despertou-me em sobressalto e me lançou, antes de qualquer reflexão, numa atitude de curiosidade estudada cuja pressa não podia mais enganar-me quanto ao *flagrante delito* que eu sentia pesar em minha presença no cômodo. O capitão Marino entrou sem me ver, suas costas largas complacentemente voltadas para mim enquanto ele demorava a fechar a porta, com esse desembaraço nascido de uma longa intimidade com o vazio que se vê nos vigias noturnos. E de fato tive, pelo espaço de um relâmpago, diante da íntima violência com que tudo nesse cômodo o expulsava, o mesmo sentimento de estranheza absorvente que se tem diante de um vigia noturno manquejando em seu percurso por um museu. Deu alguns passos ainda, com seu andar lento e desajeitado de marinheiro, ergueu a lanterna, e me viu. Olhamo-nos por um segundo sem nada dizer. O que eu via nascer nesse rosto pesado e fechado, mais do que surpresa, era uma súbita expressão de tristeza que o apagava por inteiro, expressão singular de tristeza precavida e sagaz, como se vê nos velhos com a aproximação de sua última doença, como que iluminada por um raio de conhecimento misterioso. Pôs a lanterna numa mesa, desviando os olhos, e me disse, com voz mais abafada ainda que a penumbra do cômodo exigia:

— Você trabalha muito, Aldo. Venha jantar.

E, balançando entre as grandes sombras que sua lanterna impunha às abóbadas, chegamos de novo, com inquietação, à poterna.

Esse incidente mínimo haveria de voltar-me ao espírito com tamanha insistência que esta acabou por me impressionar. Estirado na cama, no coração do silêncio de tumba, o que me esforçava para lembrar era sobretudo essa expressão de tristeza brusca a fechar súbito o rosto como um postigo, e também a entoação singularmente *significativa* dessa voz que me fazia ainda dispor o ouvido, como que para uma frase carregada de subentendidos. Por longas horas, eu devia fazer que deslizasse de novo em minha memória seu murmúrio sem eco, antes de me achar, certa manhã, com a rudeza do ofuscamento, cara a cara com sua significação bastante evidente: Marino sabia de minhas visitas frequentes à sala dos mapas, e secretamente as desaprovava.

Esse caso mínimo acabou por me ocupar mais do que seria normal e por criar, ao menos em minha imaginação, entre mim e Marino como que um esboço de cumplicidade, cujos menores sinais eu me punha a vigiar sem disso me dar conta. Pude logo convencer-me – ainda que entre nós jamais se tivesse tratado desse encontro noturno – de que Marino não havia esquecido. No fim do jantar, no meio desses risos que ele gostava de desencadear e entreter, e em que seu rosto moreno se avermelhava um pouco, eu via fixar-se bruscamente em seu olho, quando deslizava sobre mim, como que leve mossa, via passar uma sombra de incômodo que me obliterava, me *pulava*, me excetuava do uníssono do alegre grupo, como se dali em diante só nos relacionássemos num plano em que era mais penoso de se mover e de se manter.

Minha vida mudava insensivelmente. Eu tinha desejado esse exílio numa necessidade repentina de despojamento: ele me trazia um equilíbrio. Os prazeres perdidos de Orsenna deixavam-me sem pesares. Eu não saía do Almirantado; espantava Fabrizio ao recusar até os prazeres fáceis e os amores de uma hora que ele ia buscar quase toda semana em Maremma. Não tinha mais necessidade disso. O despojamento mal justificado que se ligava a essa vida perdida das Sirtes, o sacrifício inutilmente consentido que ela implicava trazia, para mim, a garantia de uma obscura compensação. Em sua vacuidade, seu despojamento e sua regra severa, ela parecia chamar e merecer a recompensa de uma emoção mais arrebatadora que tudo o que a vida de festas de Orsenna me havia oferecido de medíocre e de refinado. Essa vida despojada oferecia-se claramente, na evidência de sua própria inutilidade, a algo que fosse enfim digno de assumi-la; menosprezando apoios comuns, e como que ousada na instabilidade de um abismo escancarado, ela pedia um apoio proporcional a seu impulso para o vazio. Seu encanto desolado era aquele que engana a espera de quem vigia; suas antenas armadas, insensíveis aos eflúvios repousantes da terra, eram a súplica de um sopro do mar alto; seu grito de vigia, apelo de um eco já em potência no suspense extremo da audição que ele provocava. Esse navio adormecido que Marino se dedicava tão bem a ancorar na terra aparelhava, sob meu olhar novo, como por si mesmo, rumo aos horizontes – sua navegação imóvel parecia-me obscuramente *prometida* –, eu o sentia estremecer sob mim como a ponte de um bom navio reconhece súbito o passo de um capitão aventuroso. Tudo dormia no Almirantado, mas era um sono amedrontado e pouco tranquilizante de uma noite pejada de adivinhação e prodígios; eu exaltava essa vida que provinha de minha paciência; eu me sentia da raça desses vigias entre os quais a espera interminavelmente frustrada alimenta em suas fontes poderosas a certeza do acontecimento.

Com impaciência eu esperava a vinda desses dias de folga em que o veículo, seguindo para Maremma, esvaziava o Almirantado por algumas horas, deixando-me único senhor de uma terra secreta que me parecia permitir, apenas a mim, que transparecesse o fraco reflexo de um tesouro sepultado. No silêncio de suas casamatas vazias, de seus corredores sepultados como galerias de mina na espessura formidável da pedra, a fortaleza lavada dos olhares indiferentes readquiria as dimensões do sonho. Meus pés leves e em surdina erravam pelos corredores ao modo dos fantasmas cujo passo, ao mesmo tempo hesitante e guiado, reaprende um caminho; eu me movia nela como uma vida débil, e no entanto súbito resplendente como essas luzes apreendidas num jogo de espelhos cujo poder coincide de repente com um misterioso *foco luminoso*. Meus passos levavam-me à janela onde eu havia me demorado com Marino por ocasião de minha primeira visita. As brumas tristes que a fechavam na ocasião davam com frequência lugar a uma grande incidência de sol que recortava no chão, como a boca de um forno, um quadrado flamejante de luz dura. Do fundo da penumbra desse reduto suspenso em pleno céu, nesse enquadramento nu de pedras ciclópicas, eu via oscilar até o enjoo uma única camada escura e brilhante de um azul diamantado, que atava e desatava, como que numa gruta marinha, malhas de sol ao longo das pedras cinza. Eu me sentava na culatra do canhão. Meu olhar, deslizando ao longo do enorme fuste de bronze, associava-se a sua irrupção e sua nudez, prolongava o impulso imóvel do metal, assestava-se com ele, numa fixidez dura, no horizonte do mar. Eu pregava meus olhos nesse mar vazio, onde cada onda, dobrando sem ruído como uma língua, parecia obstinar-se a cavar ainda a ausência de qualquer rasto, no gesto sempre inacabado do apagamento puro. Esperava, sem dizê-lo para mim mesmo, um sinal que extrairia dessa espera desmedida a confirmação de um prodígio. Sonhava com uma vela a nascer do vazio do mar. Buscava um nome para essa vela desejada. Talvez já o tivesse encontrado.

Essas horas de contemplação silenciosa escoavam-se como minutos. O mar ensombrecia-se, o horizonte fechava-se com ligeira bruma. Eu voltava, ao longo do caminho de ronda, como que de um encontro secreto. Por trás da fortaleza, os campos queimados das Sirtes estendiam-se já cinza por inteiro. Eu espiava, do alto das cortinas, o fiapo de poeira levantado ao longe, ao longo das pistas, pelo veículo que voltava de Maremma. Ele ziguezagueava muito tempo entre os arbustos mirrados, minúsculo e familiar, e sob controle, e eu sentia que Marino não gostava do gesto de acolhida que, do muro da fortaleza, como um vigia em sua torre, eu deixava cair de uma grande altura sobre esse tranquilo retorno de viagem.

Quando volto em pensamento a esses dias em aparência tão vazios, é em vão que busco uma pegada, uma picada visível desse aguilhão que me mantinha tão singularmente alerta. Nada acontecia. Era uma tensão leve e febril, a injunção de uma *precaução* insensível e no entanto permanente, como quando a pessoa se sente presa no campo de uma luneta de aproximação — a coceira imperceptível entre os ombros que às vezes a pessoa sente operar, sentado à sua mesa, com as costas para uma porta aberta para os corredores de uma casa vazia. Eu invocava esses domingos vazios como uma dimensão e uma profundidade suplementar da audição, tal como se procura ler o futuro nas bolas do cristal mais transparente. Eles me desvelavam um silêncio de vigília de armas e de posto de escuta, um duro ouvido de pedra inteiramente colado como ventosa ao rumor incerto e decepcionante do mar.

Esses encontros clandestinos afastavam-me de modo insensível de meus companheiros. Conversas em separado em torno da mesa da noite, alusões veladas por risos abafados e mistério acompanhavam os retornos de Maremma; algumas das famílias de Orsenna, por um capricho que traía o estado de espírito um pouco extravagante de sua nobreza, vinham instalar-se para o fim do verão nesse vilarejo perdido; Fabrizio e Giovanni frequentavam-nas com assiduidade. Nomes que me eram familiares vinham assim insinuar-se na conversa; para Fabrizio, que os pronunciava com um matiz de deferência irônica, eu sentia que pouco a pouco vinha pousar sobre eles, como sobre uma joia consagrada que alguém faz deslizar por um instante na palma da mão, um lustre romântico de antiga nobreza e de vida mais exaltada; mesmo os olhos de Marino faziam-se por um segundo mais atentos – as sílabas gastas desses nomes entregavam agora a meus ouvidos o som do tédio e de um singular desencanto; eu sentia, ao ouvi-los insinuar-se na conversa, algo da irritação e do incômodo de um explorador que de repente descobriria vizinhos de campo. Acontecia-me interromper secamente Fabrizio no relato de um piquenique ou de um passeio nas lagunas, e de fazer cair de seu pedestal, com um comentário maldoso, algum de seus ídolos aristocráticos. Eu esmagava Orsenna com meu desprezo; planava 100 léguas acima; eu detestava Fabrizio, Marino, que partilhavam as aparências de minha vida secreta, por me rebaixarem com elas diante dessas caricaturas risíveis de uma existência mais elevada. Certa noite, ante a descrição reverente da casa de campo dos Aldobrandi, alterei-me mais que de hábito e saí bruscamente da sala, quase com lágrimas nos olhos. Fabrizio correu atrás de mim na charneca e me alcançou.

– O que você tem, Aldo? Ficou chateado?

– Me deixe. Você não pode compreender.

– Eu o compreendo melhor do que você imagina.

– Mesmo?

Voltei-me por completo. A lua molhada com vapores toldava seu rosto, mas os olhos, na sombra, estavam singularmente abertos, a voz incisiva e clara.

— Você é muito orgulhoso, Aldo. Você não era assim quando chegou aqui. Alguma coisa o fez mudar.

— Nada, Fabrizio, garanto. Não há nada entre nós. É essa solidão que me deixa nervoso.

— Mas você gosta dela, você a busca. Busca algo que não quer compartilhar conosco. Você está lá, sempre no alto da fortaleza. Pode-se dizer que encontrou um tesouro nessas velhas pedras.

Comecei a rir de modo um pouco forçado.

— Você não estaria me julgando avaro demais?

— Você mudou, garanto. Você é sim meu amigo. Mas também me despreza um pouco. Tem pena por levarmos esta vida, com os olhos voltados para o chão. Mesmo Marino...

— Não tenho nada contra Marino, você tem minha palavra. Não há ninguém aqui de quem eu goste e que eu estime mais que ele.

— Você se afasta de nós, Aldo, sinto isso. Fico incomodado. Você se isola de tal modo de tudo...

Levantei as sobrancelhas, sem jeito. Mas a frase seguinte até me dispensou da atitude.

— Você espera uma mudança?

Desatei a rir, um riso um pouco ofensivo.

— Um grande progresso, Fabrizio. Os salões da capital reclamam-me. Querem fazer de mim um ajudante de campo do capitão-general da frota. Serviço regulamentar em todos os bailes, e preposto da reputação galante das forças armadas. O que você diria disso, Fabrizio? Um passo gigantesco na carreira.

— Eu diria que você tem sorte. Não ria. Qualquer coisa é melhor que este buraco perdido.

— Pois bem! eu me nego a isso, Fabrizio, imagine. Eu me nego.

Ele deu de ombros de modo desanimado e com um sorriso triste.

— Você é esquisito, Aldo. Daqui a um ano, você vai refletir.

— Já está tudo pensado.

Fui eu então que agora dei de ombros. A voz de Fabrizio fez-se de repente tensa — uma voz que me pegava pelos ombros na escuridão.

— O que você busca aqui? É muito estranho que tenha vindo. Ninguém aqui ignora quem você é, e você podia escolher.

— É um interrogatório?...

Minha raiva voltava. Irritado por essa voz bastante jovem, e no entanto tão incômoda, de inquisidor, eu procurava a observação mais ferina possível. Decididamente, eu não tinha a consciência tranquila.

— Foi Marino que sugeriu a você a pergunta?

— Marino nunca questiona. Mas Marino não gosta dos poetas, pelo menos no Almirantado. Eu o ouvi dizer isso. E você é um poeta, Aldo.

A voz detinha-se no nome de Marino, com esse matiz de respeito terno que era um ritual no Almirantado, e que naquela noite me era insuportável.

— E ainda da pior espécie, não é? É o que ele lhe disse.

— Não, Aldo. Marino gosta de você. Mas tem medo de você.

Perdi as estribeiras.

— Eu o denuncio, não é? Eu o espiono! Então é isso que sou para todos vocês! É isso que são os passeios na fortaleza. Como é simples! Tudo se esclarece. É isso que são os domingos passados a esquadrinhar pelos corredores. E me facilitam as coisas. Muito educados! Investigue então, caro amigo, o lugar é seu. Eu sou o inimigo! Sou o espia que é posto de quarentena.

O rosto de Fabrizio interpelou-me, amistoso e triste.

— Acho que você está doido, Aldo. Olhe para mim! Marino gosta de você mais que de todos nós. Mas ele tem medo de você, e ele sabe por quê, e eu não sei...

Fabrizio franziu as sobrancelhas, nesse esforço ingênuo e teatral da reflexão muito juvenil que me alegrava e que ao mesmo tempo o devolvia à infância.

— ... e às vezes acho que ele tem razão.

Toquei-lhe no ombro, já meio que sorrindo.

— Está bem, Fabrizio. Não fique com raiva de mim. E que um medo tão interessante não o impeça de dormir. Aliás, estou sentindo o homenzinho do sono chegar. Já é tarde demais para as crianças.

A brincadeira entre nós se tornara um clássico. Fabrizio finge perseguir-me na charneca; houve uma brincadeira de troca de socos. Estávamos ainda próximos da infância, sendo eu apenas dois anos mais velho que ele. A reconciliação aquecia-nos o coração com um bom calor. Mas Marino... era outra coisa, Fabrizio não sabia mentir, e Marino nunca falava levianamente. A noite estava calma, e, como um animal ferido que mergulha no mato fechado, enfurnei-me nessa escuridão morna. Meus passos levavam-me para o lado do mar. Eu fugia do Almirantado como um animal que acaba de ser expulso do clã e que se enfia pela noite, louco por solidão. Haviam-me sondado, coração e rins, e reconhecido como de uma espécie diferente, para sempre separado. Eu tentava imaginar Marino, cachimbo na boca, deixando errar no vago seu olho cinza e preocupado, e pronunciando o veredicto que me cerceava. Nesse instante, fiquei horrorizado, todos os meus membros contraídos por um rigor doloroso. Eu julgara levar no Almirantado a vida mais inocente, e tudo falara contra mim. O olhar cinza e desatento de Marino, esse olhar cuja intensidade pesada parecia centrar-se não no rosto, mas imperceptivelmente além, repassava diante de meus olhos nesse minuto como um sinal inflexível a que eu não podia deixar de referir o que minha conduta, desde nosso primeiro encontro, havia comportado de espontaneamente tortuoso. Não havia uma palavra, um gesto dessa vida sem mistério, que eu não tivesse tentado, independentemente de mim mesmo, dissimular-lhe, nem sequer um instante em que, diante dele, eu não tivesse me sentido *culpado*.

    Sem sequer ter tomado consciência do caminho percorrido, eu tinha chegado à estreita língua de areia que barrava a laguna e ladeava o mar. Em meio a essas águas completamente envernizadas pela lua, e eriçada por seus juncos, ela se estendia diante de mim como uma longa orla de pele escura, e corria a se perder num horizonte tornado próximo pela noite. Por trás de mim, o Almirantado surgia todo branco da bruma acima da laguna. Estendi-me diante do mar num côncavo da areia, e, exausto de minhas reflexões, com a cabeça vazia, segui por bastante tempo, com olhos ociosos, os jogos de luz da lua sobre o mar, no silêncio que parecia de minuto a minuto se aprofundar. Devo ter ficado por muito tempo entorpecido nessa contemplação, pois o frio do coração da noite caiu, e me soergui um instante para arrumar meu casaco nos ombros. Foi então que vi deslizar diante de mim, a pouca distância no mar, através das poças de lua, a sombra mal distinta de uma pequena embarcação. Ela costeou por um momento o litoral, depois, à direita da passagem do porto e ultrapassando o limite das patrulhas, seguiu para o mar alto e logo se perdeu no horizonte.

Uma conversa

No dia seguinte bem cedo, fiz-me anunciar a Marino. Eu não havia dormido, e, quando tentava pôr um pouco de ordem nas ideias de modo a me preparar para uma conversa delicada, me parecia anormal a excitação em que minha descoberta da véspera me havia mantido mergulhado. Tinha pressa de experimentar em Marino a *realidade* mesma, contudo indubitável, dessa aparição suspeita. Atribuía, sem admitir a mim mesmo, à sua dissolvente reserva de calma o poder singular de ainda aniquilá-la, de fazê-la entrar na ordem ameaçada. Ao mesmo tempo, eu percebia que essa descoberta não lhe podia ser agradável, e tinha o sentimento de enfrentá-lo, de enfrentar nele uma proibição secreta, de forçá-lo a abrir seu jogo. O simples fato de fazer isso junto dele já conferia a uma atitude simples um peso e uma ambiguidade. Enquanto eu seguia pelos corredores pálidos dessa manhãzinha gelada, ele me parecia de repente temível, com poder sobre meu pensamento e minhas ações, não por influenciá-los, mas porque era capaz, a despeito de mim mesmo, de carregá-los com não sei qual peso irrevogável sob o qual eu me sentia vacilar.

Encontrei-o em seu escritório no subsolo da fortaleza, onde de manhã expedia os relatórios para Orsenna. Algo de preservado e de monacal flutuava nesse cômodo, que com o tempo parecia ter se enrodilhado em torno dele como a concha em torno do molusco, e onde sua pesada silhueta sentada acrescentava sozinha um toque último de plenitude, perfazia uma obra--prima impressionante de instalação. No fundo da perspectiva do corredor estreito que lhe fazia como que uma moldura, tal como nessas telas onde a magia parece surgir de um cúmulo improvável de equilíbrio, esperava-se quase vê-lo miraculosamente *mover-se*. Era bem o verdadeiro Marino que eu tinha diante de mim e que ia combater: de conivência com as coisas familiares, apoiado nelas e apoiando-as com sua massa protetora – uma barragem de obstinação suave e tenaz para o inesperado, o súbito, o exterior. O cachimbo, posto sobre uma pilha de dossiês, era um desafio ao tonel de pólvora. A mão lenta e aplicada de trabalhador ornava com uma tinta grossa, na sucessão das páginas, o sulco cotidiano. Longa sequência de dias iguais, de dias sem data e sem segredo, havia forjado essa armadura inalterável cujo toque dissipava os fantasmas, havia calafetado esse sino de mergulhador onde – para sempre, como se nada houvesse – se consumava um cativante mistério do hábito.

Alertado pelo barulho de meus passos nas lajes, o olhar de Marino me identificara de longe, com um piscar de olho rápido, para apagar-se logo a seguir, como lâmpada com a luz reduzida, e mergulhar de novo nos dossiês. Ele me *via vir*. Isso também fazia parte de suas defesas. Não gostava de ser surpreendido. Esperou que eu estivesse bem perto; antes mesmo que os olhos cinza se tivessem erguido, a mão quase inconscientemente depôs a pena, indicando-me, como que independentemente de si mesma, que findara o trabalho da manhã. Ele me havia esperado. Essa adivinhação singular embaraçava-me.

– Estou achando que você está sendo bastante madrugador, Aldo. Cerração brava esta manhã, não é? Aqui, isso sempre acorda a gente bem cedo; a garganta arranha. Eu sempre repito isto para o Roberto: cerração da manhã é o primeiro dia de inverno no Almirantado.

Ele lançou um longo olhar condescendente pela vidraça embaçada. Eu sentia que ele gostava dessas vidraças de bruma. Era assim que sempre olhava, uma leve catarata flutuando em seu olho cinza, que ocultava o que não era para se ver.

– O tempo que fazia no dia em que você chegou aqui, lembra?... Eu me lembro disso. Velha deformação profissional. Um rosto familiar, revejo-o sempre como lembrança colada no mesmo fundo de céu em que o entrevi pela primeira vez, e também as sombras, as nuvens, o vento, o calor. Todas as nuvens... Eu poderia desenhá-las... Você, eu sempre o vejo num fundo de bruma, com uma auréola. Uma auréola de verdade – não ria –, o halo da tocha elétrica na bruma.

O riso um pouco forçado terminou com uma flutuação desajeitada. Para nós, nunca tinha sido fácil conversar. Mesmo o tratamento informal por parte de Marino, com seu não sei quê de imperceptivelmente intencional, de mais regulamentar que amigável, afastava-nos, criava um incômodo que nenhuma boa vontade dissiparia. A voz esfriou, ligeiramente constrangida, e interrogou.

– É simpático você ter vindo conversar comigo.
– Creio que o assunto seja mais sério.

O rosto de Marino tensionou-se insensivelmente.

– Ah!... O serviço então?
– Cabe ao senhor julgar.

Esforçando-me para ser preciso, relatei de modo bastante seco minha descoberta da véspera. À medida que o relato avançava, eu ouvia minha voz adquirir uma dureza metálica e ofensiva, como se, de minuto em minuto, eu tivesse sentido a credulidade escapar diante de mim. Marino olhava-me fixamente, o rosto imóvel; eu sentia que era a *mim* que ele escutava – e não a passagem desse navio fantasma pelo qual eu esperava despertar seus instintos de caçador –, como se escuta um médico cuja falsa condescendência disfarça nas oscilações da voz, nos tiques do rosto, os sinais fugazes da doença.

– Está bem! – concluiu ele após um instante decente de silêncio. – Vou mandar que patrulhem esta noite nas proximidades da passagem. Embora não seja provável que esse barco volte todas as noites.

Sua voz se despedia de mim. Era o que eu mais havia temido. O tom profissional, igual, fazia a aparição cair ao nível de detalhe do serviço, degradava-a, impunha-lhe multa por contravenção. E contudo seu desinteresse excessivo me advertia: havia ali algo de muito bem-feito. Insisti:

– O mais grave não seria que ele passasse de novo, mas que tenha partido de vez.
– Partido? Não compreendo bem o que você quer dizer.

— Mas está claro.
Eu me esquentava pouco a pouco.
— Aonde você quer que essa embarcação vá? Com exceção de Maremma, não há porto algum a 300 milhas daqui. Devem ser festeiros de Maremma que quiseram oferecer-se um passeio noturno.
— Para além da zona das patrulhas?
— Talvez tenham bebido.
— Ou talvez soubessem o que faziam, e estivessem decididos a ir mais longe.

Pela primeira vez o olhar de Marino fixou-me com ressentimento e uma hostilidade evidente, como um homem por quem foram feitos esforços até o último momento, em vão, para evitar que cometesse um equívoco.

— Não acho. Em pleno mar? Seria absurdo.
— Existem portos diante de nós. Existe a costa do Farghestão.

A palavra caiu num silêncio de catástrofe. Eu que o nomeara. De qualquer modo, nunca fora questão de outra coisa. Marino calou-se. Senti tornar-me venenoso.

— É um nome que não parece ter curso aqui.

A resposta opôs-me um muro de hostilidade fria.

— Não. É um nome que não tem curso.
— O senhor, porém, vai ter de suportar que eu o pronuncie. Ao vir aqui, eu tinha motivo para acreditar que me enviavam para um posto militar. Ele é perfeitamente tranquilo, acredito. E acredito nisso ainda mais desde que estou aqui. Mas de nada serve fechar os olhos. Afinal, estamos em guerra.

Eu me permitira usar um tom de zombaria tradicional em minha última frase, mas a voz de Marino adquiriu de repente um tom de altivez dura que eu nunca tinha visto nele:

— Do que lhe pareceu censurável no Almirantado, você prestará conta. É seu dever. Mas suas zombarias caem mal, Aldo, advirto-o disso. Perdi esses dedos no serviço da Senhoria. Estou aqui para garantir a segurança dela ao longo destas costas, e não creio falhar em meu dever. A maneira como a mantenho, disso sou juiz, e eu o considero bem jovem para se pronunciar...

O olhar levantou-se imperceptivelmente acima de mim, numa *firmeza de propósito* que dava a seu rosto uma súbita beleza.

— ... Disso também prestarei conta.

Eu me sentia estranhamente incomodado, confuso ao extremo pelo desafio desse tom tão sério. Mas logo Marino já lia em meus olhos que tinha me entendido mal, e, abandonando um instante suas defesas, recuperava esse tom de zombaria plácida que lhe era familiar.

— Deixamo-nos ir muito longe, é o que me parece, por conta de uma infeliz embarcação que passa ilicitamente. Não vamos nos indispor por causa de uma tolice, você não gostaria disso, não é, Aldo?

O olho cinza, por trás da tela da fala lenta, buscava uma aprovação que afugentasse as dúvidas, buscava sondar até onde eu havia lido nesse brusco desconcerto.

— Eu não quis feri-lo, o senhor sabe bem disso.

— Você é jovem, e eu o compreendo. Fui como você, cheio de zelo pelo serviço. Cheio de zelo bem egoísta, na verdade. Pensei, como você, que iam acontecer-me coisas singulares. Eu me julgava destinado a isso. Você envelhecerá como eu, Aldo, e compreenderá. Não acontecem coisas singulares. Não acontece nada. Talvez não seja bom que aconteça alguma coisa. Você se entedia no Almirantado. Você queria ver alguma coisa erguer-se nesse horizonte vazio. Conheci outros antes de você, jovens como você, que se levantavam de noite para ver passar navios fantasmas. Acabavam por vê-los. Conhecemos isto aqui: é a miragem do Sul, e isso passa. A imaginação é excessiva nas Sirtes, aviso-lhe; mas a gente se cansa disso, acabamos por desgastá-la. Esses pássaros de nossas estepes com asas atrofiadas, você os viu correr. Eles são para mim um bom exemplo. Ali onde não há árvores onde pousar e falcões para os perseguir, não se tem necessidade de voar. Eles se adaptaram. No Almirantado também nos adaptamos, e é assim que as coisas seguem, e é assim que as coisas vão bem. É desse modo que se vive aqui em segurança. Se você se entedia muito, se não quer ceder ao tédio, a essa monotonia que é aqui uma boa conselheira — você me entende bem —, vou dar-lhe, por minha vez, um conselho de amigo e de pai. Pois gosto muito de você, Aldo, você sabe disso. O nome que você carrega é ilustre e sua família é bem respeitada na Senhoria. Eu vou dar-lhe o conselho de ir embora.

— Ir embora?

Os olhos de Marino flutuaram distantes, como quando se perscruta o mar alto em busca de uma referência inapreensível.

— Há aqui um equilíbrio que eu mantenho. É algo difícil, e isso exige que se retire o que pesa demais de um lado.

— E o que pesa demais?

— Você.

Antes de responder segurei por um instante a respiração. Não podia enganar-me com o tom de Marino: nesse minuto mesmo, ele gostava de mim, eu o sentia profundamente. Mas eu estava decidido a ver mais adiante.

— O senhor está me expulsando. Não o faria sem motivos graves. Posso saber mais precisamente o que lhe desagradou em minha conduta aqui?

— Não inverta os papéis. É muito fácil recusar-se a compreender. Pus-me à sua disposição: uma palavra sua em Orsenna pode muito mais, pode expulsar-me para sempre daqui. Não se trata de favor, mas de uma conversa de homem para homem, pensei que você já tivesse compreendido. Critico-o por ser o que você é, a despeito de si mesmo. Critico-o por ser aqui causa de perturbação, quando pode até ser fonte de perigo.

— Não conheço poder tão mágico. O senhor vai, de uma vez por todas, pôr-me diante dos malefícios que exerci?

Marino permaneceu silencioso um instante, como que procurando para seus pensamentos a chave de uma ordem difícil.

— Falei, há pouco, de equilíbrio. O tranquilizador do equilíbrio é que nada se mexe. A verdade do equilíbrio é que basta um sopro para fazer tudo se mexer. Nada se mexe aqui, e é assim há trezentos anos. Nada mudou também para todas as coisas, a não ser uma certa maneira de desviar o olhar delas. E no entanto, de Rodrigo (era o almirante que havia bombardeado o Farghestão) até mim, há uma boa diferença. As coisas aqui são pesadas e bem instaladas, e você se esforçaria em vão para erguer as pedras que rolam diariamente nos fossos. Mas você talvez possa mais. Existe um excesso de inércia que mantém esta ruína imóvel há três séculos, a mesma inércia que em outras partes faz ruir as avalanches. Por isso vivo aqui de modo discreto, e seguro minha respiração, e faço dessa concha o leito de sono pesado de operário que o escandaliza. Não o censuro por, tal qual Fabrizio, se agitar como um cão novo livre da coleira. Aqui há lugar para se divertir e o deserto desgastou homens mais vigorosos. Eu o censuro por não ser suficientemente humilde para recusar os sonhos ao sono dessas pedras... Eles são violentos. Estou velho agora, e aprendi o que é morrer. É algo difícil e longo, e que exige ajuda e complacência. Quero dizer-lhe isto, Aldo: todas as coisas morrem duas vezes; uma vez na função e uma vez no signo, uma vez naquilo para que elas servem e uma vez naquilo que elas continuam a desejar por meio de nós. Eu o censuro apenas por sua complacência.

— Então, eu o considerarei indulgente e também, perdoe-me, um pouco romanesco. Eu não pensava que a vida no Almirantado escondesse tanto de fantástico. Tenho medo de que o senhor talvez esteja aumentando um pouco.

Eu sentira de súbito a estúpida vontade de tomar a dianteira. Compreendi de imediato que nossa conversa havia passado do ponto crítico. Marino só queria tranquilizar-se.

— Todos os marinheiros são um pouco romanescos...
Ele riu com gosto.

— É preciso ser um pouco assim para sentir a vinda da tempestade apenas pela aspiração do ar. Mas fique tranquilo, Aldo, não haverá tempestade. Ela não chegará. Não acontecerá nada. Não acontece nada com as pessoas sensatas...

A voz provocava-me, embora soasse um pouco perturbada.

— E talvez, apesar de tudo, você venha a se acostumar com este lugar. A invernada não é desprovida de encanto. A esse propósito, eu ia esquecendo, parece que estão lhe preparando uma vida de festas. Temos amigos em Maremma, e amigos que gostariam muito de vê-lo. E devo mesmo transmitir-lhe um convite formal.

— O senhor sabe que não saio daqui.

— E que você comete um grande erro, mas isso é assunto seu. A princesa Aldobrandi convida-o para uma reunião na casa dela amanhã. Gostaria muito de vê-lo, e me pediu que eu insistisse. Você fará o que quiser. Você a conhece, acho. Enfim, não lhe dou conselhos, como daria a um jovem recruta no interesse de seu progresso. Você já é adulto... Está tudo certo quanto a esta noite: darei as ordens para a patrulha...

45

Ele me lançou um olhar meio divertido.

— Venha conosco. Isto vai desentediá-lo.

Ao me afastar de Marino, vi-me num estado de espírito singular. Dessa conversa tensa, e que devia em certos aspectos tornar-se para mim tão carregada de sentido, um sopro brusco acabava de dissipar no último momento as nuvens de tempestade. Marino quisera expulsar-me das Sirtes, e, transposta a poterna, eu não me espantava mais nem sequer com minha súbita despreocupação. Lembranças afluíam-me aos montes, e dissipavam essas nuvens com a exuberância de um vento matinal. Eu pensava em Vanessa Aldobrandi.

No mês de maio, os jardins Selvaggi, quando se sai do labirinto de incrustações e de mármore que domina a colina, são uma única camada de enxofre claro que arde com um branco de decoada até a base do declive e vem alcançar com ornamentos de ondas a falésia em frente, e suas florestas escuras que deste lado, tal como um muro, fecham Orsenna. Passado o alto da colina que a isola dos ruídos familiares da cidade, ao meio-dia o perfume dos narcisos e dos jacintos reflui para o vale como uma vertigem rodopiante, semelhante ao ataque à audição de uma nota por demais aguda que perfura, antes de logo satisfazê-la, a sede de uma nota mais aguda e ainda mais lacerante. Nos últimos degraus de mármore, mordidos pela camada lisa como uma escada que mergulha no mar, as folhas de um álamo fazem essa sombra viva, tão semelhante ao reflexo de uma água agitada num muro; e a brusquidão do silêncio, ao se sair do barulho da rua, é a de um lugar mágico, como desses cemitérios abandonados onde o suspense ligeiro e distendido de todas as coisas dá ao mero zumbido de uma abelha uma plenitude de órgão e como que o peso grave de uma visitação. Em Orsenna eram pouco conhecidos esses jardins meio abandonados; eu passava ali com frequência pelo meio-dia, onde estava certo de não encontrar ninguém, com o encantamento sempre novo que se tem de mover uma porta secreta e indefinidamente cúmplice. Ele estava ali a cada vez como que apenas para mim, reavivado em sua incandescência — num além instantâneo e zombeteiro também da promessa, inesgotavelmente dispensador.

Naquela manhã, eu tinha saído da universidade bem cedo e me despedido de Orlando a algumas ruas dali: era um daqueles passeios clandestinos que tinham o segredo de me fazer enrubescer. Eu descia já os últimos degraus de meu belvedere predileto quando uma aparição inesperada me deteve, exasperado e confuso: no lugar exato em que eu costumava me apoiar na balaustrada estava uma mulher. Era difícil retirar-me sem embaraço, e nessa manhã eu me sentia num estado de espírito particularmente solitário. Nessa posição bastante falsa, a indecisão imobilizou-me, o pé suspenso, retendo minha respiração, a alguns degraus atrás da silhueta. Era a de uma jovem ou de uma mulher muito nova. De minha posição ligeiramente mais elevada, o perfil perdido destacava-se na sequência de flores com o contorno delicado e como que aéreo dado pela reverberação de um campo de neve. Mas a beleza desse rosto semioculto tocava-me menos que o sentimento de *despossessão* exaltada que eu sentia crescer em mim, segundo a segundo. Na singular afinação dessa silhueta dominadora com um lugar privilegiado, na impressão de presença, entre todas convocada, que se fazia dia, reforçava-se minha convicção de que a *rainha do jardim* acabava de tomar posse de seu domínio solitário. As costas voltadas para os barulhos da cidade, ela fazia cair sobre esse jardim, numa fixidez de estátua, a solenidade súbita adquirida por uma paisagem sob o olhar de um banido; ela era o espírito solitário do vale, cujos campos de flores se coloremm para mim de uma cor súbita mais grave, como a trama da orquestra quando a entrada pressentida de um tema mais importante aí projeta sua sombra de alta nuvem. A jovem voltou-se de repente de uma só vez e me sorriu maliciosamente. Foi assim que eu havia conhecido Vanessa.

Só bem mais tarde eu me daria conta desse seu privilégio de se tornar de imediato inseparável de uma paisagem ou de um objeto que sua simples presença parecia abrir para a liberação esperada de uma aspiração íntima, reduzia e exaltava ao mesmo tempo ao papel significativo de *atributo*. "Banhista na praia", "castelã em sua roda de fiar", "princesa em sua torre" eram os termos quase emblemáticos que me vinham à cabeça quando tentei mais tarde dar-me conta do poder de *apreensão* terrível dessa mão enfeitiçada. As coisas, em Vanessa, eram permeáveis. Com um gesto ou com uma inflexão de voz maravilhosamente à vontade, e no entanto imprevisível, como infalível a palavra de um poeta se agarra, ela se apoderava disso com a mesma violência amorosa e intimamente consentida que um chefe cuja mão magnetiza uma multidão.

O velho Aldobrandi era o chefe de uma família célebre em Orsenna pelo espírito inquieto e aventureiro. Seu nome se associara de modo quase lendário a todas as perturbações da rua, a todos os complôs nobiliários que abalaram por vezes a Senhoria até suas bases. As abjurações escandalosas, as intrigas, os raptos românticos, os assassinatos, os grandes feitos militares marcavam a crônica dessa linhagem principesca que carregava em seus costumes privados a mesma violência desabrida e altiva que a levara na vida pública tanto às traições efetivas como aos mais altos cargos do Estado. Um Aldobrandi pacificara com medidas de alta sabedoria a revolta agrária e a secessão de Mercanza, outro teria posto em defesa as fortalezas farghianas na época do grande bombardeio. Enclausurada em seu orgulho, e como que acampada em plena cidade no meio de um bairro popular em seu palácio do subúrbio do Borgo, essa era uma raça sem tibieza e sem lei, uma raça com estado de espírito distante e forte, suspensa indefinidamente em Orsenna em seu ninho de águia para fecundá-la ou fulminá-la como uma bela tempestade. As pessoas repetiam em Orsenna o desafio de sua divisa insolente: *"Fines transcendam"*, e nunca deixavam de matizar com ironia seu enunciado, lembrando para quantos de seus membros exilados ela havia adquirido com frequência sentido amargamente concreto. O pai de Vanessa, demagogo e homem de intrigas, considerado culpado por participar numa insurreição dos subúrbios que ele teria pagado com sua grande fortuna, fora a última vítima desses repetidos banimentos; essa circunstância, acrescida pela imaginação de um homem muito jovem, matizou com um respeito exaltado e romântico minhas relações com Vanessa; ela era um dos mais ricos partidos da cidade, e muito despreocupada com um pai que ela mal entrevira: protegi, venerei nela uma órfã ameaçada. Só nos encontraríamos, aliás, nesse jardim, que prolongava para nós sua floração secreta, e era raro, acho, que nos falássemos; permanecíamos demorados minutos sem nada dizer diante desse oceano incendiado que Vanessa me abria completamente para o mundo – em seus olhos passava para mim o reflexo turvo dos mares longínquos que o exilado havia atravessado –, sua desdita, que eu exagerava, punha em minhas alegrias um pensamento dissimulado de contenção secreta, e sobre os pensamentos menos castos que me vinham como que o interdito de um sacrilégio; eu a amava em ausência, sem desejar que ela se tornasse mais próxima de mim, e como se sua mão pensa e imaterial só tivesse sido feita para ordenar, numa distância indefinidamente aprofundada, a perspectiva de meus sonhos. Ela me falava com frequência dessas regiões de onde seu pai às vezes escrevia; sua voz, tornada breve e como que gutural, traía então uma calma exaltação. No que se referia a Orsenna e às coisas da vida corrente, seu desapego era extremo e menosprezador. O coração dessa cidade instalada com tanta complacência em sua riqueza, e em relação à qual ela era por excelência a Estrangeira, esses longos encontros arrastavam-me para uma deriva surda e dissolvente. Ao lado dessa frágil silhueta ereta que lançava o anátema sobre a vida medíocre e aceita, em espírito eu renegava Orsenna e sua saúde tranquilizadora e odiada; eu voltava do jardim Selvaggi por ruas desencantadas e tristes, minhas tardes arrastavam-se num langor interminável. Às vezes eu reabria a porta do jardim no crepúsculo com a precaução de um visitante ilícito; eu deslizava até nosso lugar agora vazio. O sol punha-se por trás da muralha de floresta negra; uma bruma cobria já os declives baixos do jardim e subia como maré no sentido de nosso observatório; numa imobilidade tensa, eu fitava até os últimos vestígios de luz as silhuetas das árvores escuras que se recortavam na faixa luminosa do horizonte. Ali se fixara o último olhar de Vanessa; eu esperava ver surgir o que ele me havia misteriosamente designado. O jardim fechava-se em seu silêncio hostil de claustro e me expulsava; eu beijava a pedra fria onde Vanessa se apoiara, voltava pelas ruas escuras do subúrbio, entre as silhuetas baixas das casas brancas esmagadas perto de seus teixos e de seus ciprestes eretos, e todas semelhantes a túmulos acesos.

Eu me desligava pouco a pouco de uma vida sem acidentes e sem exaltação. Vanessa reduzia todos os meus prazeres, e me despertava para um sutil desencanto; ela me abria desertos, e esses desertos estendiam-se por manchas e placas como uma lepra insidiosa. Abandonei pouco a pouco meu trabalho. Interditei com mais frequência minha porta a meus amigos, nada me agradava mais tanto quanto a perspectiva de um dia vazio, cortado ao meio-dia por esse único encontro com Vanessa. As ocupações regulares tornaram-se para mim fastidiosas. Com a intransigência provocativa da extrema juventude, eu levava as manifestações de meu desapreço até ao absurdo: para estupor de minha família, pretextei que Orsenna cheirava a pântano e me recusei, salvo por esses breves encontros, sair por mais tempo durante o dia claro. Eu percorria a cidade à noite, muito tarde; gostava de topar de passagem com essas silhuetas, imperceptivelmente muito rápidas ou muito lentas, que o dia por um momento mecaniza e que a noite avançada, como um fim de corrida impiedoso, expõe ao longo das ruas em sua nudez trágica de grande fera ou animal manco. Algo de equívoco e ferido se arrastava pelas ruas de Orsenna nesse instante de cansaço nu. Era como se as águas estagnadas que banhavam os pilares da cidade baixa se retirassem em seu nível mais baixo, e expusessem ao dia a floresta turfosa e corroída por más febres que lhe servia de sustentáculo; eu mergulhava com deleite nessas profundezas que fermentavam; um instinto desnudava-me súbito, como que a um visionário, uma cidade ameaçada, uma casca corroída ruindo em grandes pedaços sob um passo muito pesado nesses pântanos de que ela havia sido a flor suprema. Como o rosto de uma mulher ainda bela, e no entanto irremediavelmente envelhecida, que a iluminação fúnebre da madrugada de súbito arruína, o rosto de Orsenna confessava-me seu cansaço; um sopro de anunciação longínqua passava em mim e me avisava que a cidade vivera demais e que sua hora chegara, e, eu próprio, apoiado contra ela num desafio ruim, nessa hora turva em que se declaram os trânsfugas, sentia que as forças que a haviam sustentado até ali mudavam de lado.

Parecera-me algumas vezes que eu achava justificativas inconfessas para esses sonhos de criança que podiam tornar-se ativos. Para quem a contemplava com um olhar não prevenido, a cidade podia parecer às vezes cochilar durante o dia claro, como que cativa de uma rede de hábitos lassos, cada dia mais difícil de ser refeita. O recuo que me era dado agora por minha viagem às Sirtes dotava-me de uma clarividência maior: a lembrança decantava à distância impressões até então incessantemente misturadas e dissolvidas nesse tumulto do cotidiano que nos faz flutuar em sua leve agitação. Vanessa fora para mim essa rachadura mínima que revela a profundidade de um cristal invisível; mas em Orsenna as aparências — como um estranho que percebe primeiro as alterações da doença num rosto familiar —, uma vez tomada essa distância, não eram mais as da saúde. A expressão popular nos dias de festas — sempre suntuosas e sempre fielmente seguidas — era a do tédio sob uma imitação mais atenta do prazer: essa roupa de festa conservava algo de gasto e apagado, como esses uniformes de veteranos que conservam as dobras empoeiradas do armário. A fidelidade às tradições, tornada quase maníaca, expunha o empobrecimento de um sangue incapaz de recriar. Podia-se pensar algumas vezes nesses velhos secos e bem conservados que enganam por muito tempo as pessoas à sua volta pelo fato de que, à medida que a vida se retira deles, parecem atualizar, em vez disso, a cada ano de forma mais imperiosa e mais acentuada, a forte e convincente realidade de seu esqueleto: assim, chegara-se a citar como exemplo, por toda parte no estrangeiro, o mecanismo-modelo da constituição da Senhoria, que para a satisfação dos especialistas de fato funcionava com a perfeição desimportante de uma peça de museu, e como que no seio de um *vazio* inquietante que não dissipava mais a dúvida quanto ao vigor da mola que o mantinha ainda em funcionamento. O ceticismo das classes altas tornara-se profundo, à medida que se faziam mais exigentes as regras meticulosas do serviço, e que um ponto de honra mais impiedoso se atinha a sua estrita execução. Um sintoma que, para a reflexão, podia parecer especialmente inquietante nascia para mim dos gostos de viagem, do espírito cosmopolita, das *fugas* estranhas que começavam a despovoar, lugar após lugar, esse cupinzeiro ordenado engenhosamente demais —, como se o sangue fosse levado até a pele para se refrescar —, do humor nômade que se apossava dos círculos mais cultos. Eu mesmo era um exemplo disso, e me pus a pensar com mais atenção nessa singular colônia de Maremma de que Fabrizio fazia tanto caso. Sim, Vanessa encontrava ali seu lugar antecipadamente marcado.

Enquanto o *Intrépido* ganhava pouco a pouco sua velocidade num mar calmo, pus-me a sorrir diante do que esse próximo encontro de súbito adquiria de impressionante apenas para mim. Havia muito eu perdera Vanessa de vista: o velho Aldobrandi, mortalmente entediado com seu exílio, acabara por reclamar bruscamente sua família. Eu era muito jovem — esqueci; ou julguei esquecer. Ficara sabendo distraidamente, a seguir, de seu retorno e sua repentina boa recepção, e concluíra com um sorriso irônico que as coisas seguiam bem e que Orsenna compunha doravante com forças que não podiam oferecer-se para conduzi-la a bom termo.

A noite tornara-se muito escura. De pé, perto de mim na ponte de comando, Marino fixava o olhar na parte da frente da embarcação. O corpo desaparecia sob os reflexos lucentes do casaco escuro. O rosto isolara-se de modo estranho, os traços inteiramente acentuados na tensão da espreita. Ele não esperava nada, eu sabia disso, desse banal cruzeiro noturno, mas Marino nunca fazia as coisas pela metade. O *Intrépido*, nesse mar tranquilizador, avançava preparado para um encontro, sua tripulação alerta, seus canhões aprovisionados. Por mais desimportante que pudesse ser, ante a realidade tensa desse pequeno mundo militar em marcha através da noite cega, e que eu havia tão levianamente desatrelado, eu me sentia incerto e perturbado. Sentia algo do remorso tardio e do pânico do aprendiz de feiticeiro no instante em que, de início bem suavemente e para seu incrédulo e profundo espanto, as coisas, maltratadas em sua pesada dignidade, põem-se de repente a se mexer; no deslocamento do navio — meneio vociferante de animal desperto —, eu avançava presa de um leve espanto e do sentimento exaltante de um desligar mágico. Eu fizera com que o *Intrépido* saísse para o mar, dezenas de olhos bem abertos revezavam meu olhar incerto sobre o mar. Através da noite opaca, uma rede ensurdecida de vozes avaras repercutia, a intervalos, comandos secos – essas vozes breves e cativantes, com reflexos de destino, que sobem da garganta do homem em toda máquina lançada em direção a um horizonte aventuroso. Uma eficácia vigiada, tensa, alerta, encontrava-se, reunia-se em torno de nós através da escuridão; eu a sentia atar suas rédeas em minhas mãos, crepitar com os intervalos exatos de uma máquina em ordem de marcha. O próprio olhar de Marino, esse olhar sossegado e friamente lúcido, inflamava-se um pouco, como nos primeiros eflúvios da atmosfera sutilmente magnetizada da *ação*. Esse movimento militar, em sua ambiguidade de jogo que podia de um instante a outro tornar-se sério, trazia por sua vez consistência e realidade à duvidosa aparição da véspera, punha em andamento uma engrenagem sutil: eu quase esperava ver ressurgir diante de mim a silhueta enigmática; fuçava a sombra com um olhar de minuto a minuto mais absorvido; uma ou duas vezes, a um reflexo mais claro nas ondas, retive minha mão pronta para agarrar com nervosismo o braço de Marino. Será que eu estaria enganado? Teria sido naquele momento o sinal de acordo que se dirige a um cúmplice. O velho sangue dos corsários falava alto em Marino; eu o sentia, a meu lado, súbito quase tão nervoso quanto eu. Éramos nesse instante dois caçadores lançados através da noite, todo o navio sob nossos pés vacilantes como numa borrasca de uma brusca febre de aventura.

– Bela noite, Aldo, o que você acha?

Havia em sua voz um tremor reprimido que de repente o entregava inexplicavelmente, a despeito de si mesmo, no seio de seu elemento, *à sua questão*. Senti que no dia seguinte ele estaria ressentido comigo por uma expansão tão fora do habitual para com ele. Mas essa noite aproximava em nós dois inimigos muito íntimos; por essa embarcação que avançava e vibrava sob nossos pés, comunicávamo-nos nas profundezas.

– Uma bela noite. A melhor que já passei nas Sirtes.

Na semiescuridão da ponte de comando, ocorreu então algo muito solene: sem que o olhar se desviasse, a mão de Marino buscou meu braço e aí se pôs por um segundo. Senti meu coração inchar como se estivesse diante de uma permissão extraordinária, como um homem diante de quem se abre uma porta na qual ele não teria sequer ousado bater.

— Mas o senhor não gosta de fazer o *Intrépido* sair.
— Não com muita frequência, Aldo. Não muito. O menos possível... Parece que não estou ganhando meu pagamento... Parece que estou tirando férias.

A lua ergueu-se sobre um mar absolutamente calmo, numa noite tão transparente que se ouvia, da densa forração de caniços da costa, propagar-se o surdo canto de alarme dos pássaros dos pântanos, alertados nos juncos por nosso sulco. A costa que margeávamos eriçava-se, como muralha negra contra a lua, com as lanças imóveis de seus caniços. Silencioso como um andarilho noturno, o casco chato do *Intrépido* deslizava nessas passagens pouco profundas com uma segurança que traía o olhar infalível de seu capitão. Por trás da orla escura, as terras desertas das Sirtes refletiam, ao infinito, a majestade de um campo de estrelas. Era bom estar nessa noite no mar com Marino, era revigorante seguir com ele, sem fim, no desconhecido dessa noite morna.

As ruínas de Sagra

Fabrizio acordou-me no dia seguinte ao entrar em meu quarto bem cedo, com ar irônico e entendido.
— Já estou aqui, ansioso pelos detalhes dessa expedição noturna. Parece que vocês não tiveram nenhum resultado... Essa fanfarra matinal era desagradável. Daquela noite confusa, eu decididamente nada tinha a dizer a Fabrizio. Havia muitos muros a serem derrubados.
— Que coisa, Fabrizio! Respeite pelo menos o descanso das pessoas que se dedicam a ocupações sérias... Me deixe dormir.
Fabrizio estava decidido a não abandonar o terreno. Enrodilhado aborrecidamente nas cobertas, contra o ar frio, com a mais franca hostilidade, eu o observava a voejar pelo cômodo, abrir as janelas para a manhã gelada, percorrer com o olhar os mapas das Sirtes jogados sobre minha mesa.
— Brr!... Não faz calor aqui, Aldo... Trabalho esmerado, estou vendo... Era positivamente apaixonante, tenho certeza... "A linha das patrulhas"... — acentuou num tom enfático, fixando o mapa com curiosidade. — Acho que com Marino vocês não correram o risco de ultrapassá-la. Vocês não devem ter se afastado muito da costa — lançou ele levantando o nariz com ar astuto.
— Marino sabe o que tem de fazer, e dispensa conselhos de um garoto como você. Feche essa janela, Fabrizio; feche ou você vai ver. Acho que você quer me matar... Estou *dormindo*, ouça, estou *dormindo*. Acho que vou botá-lo para fora — acrescentei com voz sem convicção.
— "Botá-lo para fora"... O amável irmão!... Bem, bem, como

quiser. Temos todo o tempo. Você me contará tudo daqui a pouco, enquanto andamos.

— Esta manhã tenho tanta vontade de andar quanto de me enforcar. Fabrizio, olhe bem essa porta... Você está vendo?

Fabrizio consultou seu relógio.

— Temos uns quinze minutos para passar juntos por ela, ou estaremos atrasados. É melhor você se apressar.

— Pela última vez, vá encher outro!

Fabrizio levantou olhos e ombros num gesto enfaticamente excessivo.

— Enfim, Aldo, procure de qualquer modo se lembrar. É a manhã da cerimônia.

A perspectiva desagradável de ter de me levantar tornava-se de fato iminente. Marino, num tom oficial, havia me dito algo sobre essa cerimônia dos mortos, um ritual no Almirantado, e o Observador junto às Forças Leves não podia, sem escândalo, dispensar-se dela. Vesti-me resmungando. Além do mais, eu não chegava a me persuadir de que se tratava de uma simples obrigação desagradável. Marino aí estaria, e essa cerimônia despertava em mim uma vaga curiosidade.

O caminho sob nossos passos, nessa manhã de gelo, soava duro e leve. Fabrizio guiava-me. O cemitério do Almirantado, perdido nas extensões de juncos, distava apenas algumas centenas de metros. Um sol lavado resplendia sobre as Sirtes. Caminhando ao lado de Fabrizio, divertidamente arrumado em seu mais belo uniforme, meu humor tornava-se de novo mais regular. Nessa manhã seca e quebradiça de granizo, no caminho certo, saboreávamos um vivo prazer de não estarmos mortos.

Estávamos calados. Fabrizio de vez em quando olhava-me de soslaio. Visivelmente, sua curiosidade buscava um viés para me atrair. Passamos por uma pequena elevação de onde se descobria o mar.

— Você deve ter ouvido mergulhões, na ponta das Areias. Parece que há milhares, e que o inverno vai ser frio. Giovanni diz que nunca viu tantos como este ano.

— É verdade, passamos pela ponta das Areias, se você faz questão de saber. E bem perto da costa, quase a tocamos, se isso lhe agrada...

Senti, por minha vez, a comichão de atacar Fabrizio.
— O que fez com que você esta manhã dissesse que com certeza não tínhamos ultrapassado a linha das patrulhas?
Fabrizio assumiu um ar compungido.
— Marino nunca consentiria. Nem seria preciso conhecê-lo.
— Por acaso você já a ultrapassou?
— Parece que sim, uma vez.
Essa lembrança, de modo visível, não parecia especialmente agradável a Fabrizio.
— E ele o repreendeu?
— Ah! Meu Deus, que alvoroço! Marino estava agitado. E esse tom seco que ele assume nas grandes ocasiões é de gelar o sangue. Eu não me sentia bem, juro. "O senhor é um garoto sem cérebro, incapaz de avaliar o alcance de seus atos..." Você vê o gênero. Trovões! Eu lhe garanto que não estou com disposição para recomeçar... Naturalmente, confio isso a você como amigo, inútil que tudo isso chegue à administração.
— Você me honra com sua confiança. Mas ao mesmo tempo o que podia levá-lo a uma tal tolice?
Fabrizio assumiu um ar contrito.
— O que você quer, eu saía no *Intrépido* pela primeira vez. Estava orgulhoso de mim, completamente sozinho na ponte de comando. Tinha vontade de fazer alguma coisa significativa. Admita que é engraçado também, que não é natural para um marinheiro, esse navio de guerra que passa seu tempo a dar com o nariz ao longo de lodaçais quando seria perfeitamente possível ir ao mar.
— E você foi?
— Fui. Estava com vontade de perder um pouco de vista os lodaçais. Então o fiz pegar a rota a leste. Os velhos mestres tripulantes faziam uma cara estranha.
— Uma cara estranha?
— É difícil de explicar: ambígua, é mais isso. Não sabiam o que dizer. Estavam mudados, você compreende. Perder de vista seus caniços os desorientava...
Fabrizio permaneceu por um instante como se estivesse sonhando.
— ...Mas tenho a impressão de que com o tempo eles teriam

pegado gosto pela coisa, bem rapidamente. Não se deve confiar nos hábitos. Você sabe que às vezes eles se entediam nas Sirtes. De repente, encarei Fabrizio olho no olho, em minha voz o tom quente da provocação.

— Você algumas vezes pensou na costa em frente?

Fabrizio parou, confuso, menos sensível, acho, à minha pergunta do que ao tom de aspereza que me mordia os lábios.

— Não, não penso nisso. Eu não tinha nada na cabeça, você sabe. Era uma diversão de estudante. A guerra do Farghestão não me faz o sangue ferver, posso lhe confessar isso. Reconheço comigo mesmo que é uma coisa já arrefecida. São selvagens, é verdade, mas que afinal nos deixam bem tranquilos. Observe que estou pronto como todo mundo para recebê-los como deve ser, se eles voltassem. Que dia, Aldo!... Você não imagina esse velho *Intrépido* cuspindo fogo nas lagunas. Um espetáculo que não se deve perder, tipo fogo de artifício do dia de São Judas. Pena que só seja bom para contar histórias para dormir, em Orsenna. Seria pelo menos uma distração.

— Você toma a coisa pelo lado bom.

— Não penso sobre isso tanto quanto você, Aldo, é simples. O que passou, passou. Você quer que eu lhe diga: o Farghestão é como o bicho-papão; agora serve para dar medo nas crianças.

— Não é pouca coisa.

Fabrizio tampou os ouvidos em brincadeira.

— Ah! esses são seus grandes argumentos. Você pensa na coisa, sei disso, não precisa me dizer.

— Isso me acontece.

— Mas você não pensa nela como eu, quando pensa.

— Como assim?

— Eu penso nela como uma terra em frente, como as outras, uma terra como todas as outras terras. Você faz dela um vício. Pensa nela para você. Você precisa dela. Você a inventaria com um propósito determinado. Você inventa o bicho-papão para ele lhe dar medo.

Fabrizio pôs a mão como abafador de som na boca, e com uma mímica grotesca voltou-se para a lateral do caminho, sussurrando.

— O que está acontecendo com você?

— Estou confiando o grande segredo aos caniços, como Midas; "Aldo inventou o Farghestão! Aldo inventou o Far-ghes--tão!".

— Pare com essas macaquices.

— Eu não queria deixá-lo sem graça. Afinal, cada um com seus caprichos. E você não é o único a pensar nisso.

— De verdade?

Fabrizio voltou a ficar sério.

— Marino também pensa no assunto. Deve ser uma epidemia. Ele talvez pense mais do que você.

— Você acha?

— Acho. E vou lhe dizer. Observei uma coisa engraçada. Um dia, eu tinha uma noite livre, procurei na biblioteca um livro sobre o Farghestão. Não encontrei um único. Porém há vários no catálogo. Eles não estão lá. Giovanni disse-me onde estavam. Estão todos no quarto de Marino.

— E depois?

Eu havia assumido, sem nem me dar conta, um tom extraordinariamente desagradável. Diante de Fabrizio, eu de súbito defendia um aliado.

— Depois? Depois, nada. Se você encara isso desse modo... Pensei que isso pudesse lhe interessar. Ninguém quer roubar o Farghestão de você — acrescentou irritado.

Mas eu não me preocupava com o humor de Fabrizio. Eu evocava a voz cortante de Marino, essa voz que me era tão pouco familiar: "Você é um garoto desmiolado, incapaz de avaliar o alcance de seus atos".

O cemitério elevava-se sobre uma proeminência que dominava o mar; era um grosseiro cercado quadrado com muros baixos, varrido de ponta a ponta pelo vento do mar e preenchido pelo roçar dos caniços. O duro alinhamento esquadrado dos túmulos sem flores, a nudez fria das aleias sem árvores, a manutenção meticulosa e pobre dessa necrópole regulamentar acrescentavam a essas covas perdidas uma tristeza sombria e amarga que os túmulos isolados do deserto não têm. Uma náusea apertava o coração diante desse vazio administrado, onde a própria ideia da morte teria feito surgir algo por demais vivo; sentia-se que três séculos de corveias anônimas tinham se sucedido, absorvidos por sua vez no anonimato das areias, para nivelar ali o lugar do apagamento perfeito.

Os defensores de Orsenna apodreciam no alinhamento. Como se eu tivesse visto emergir de seus pântanos, erguendo seus 100 mil braços armados, a floresta pacientemente arqueada das estacas que sustentavam a cidade, eu tinha ali sob os olhos, em perspectiva cavaleira, três séculos dos fundamentos da pátria. Os corpos bebidos pela areia, um sobre o outro num aprumo rigoroso, enfiavam sob a terra, com golpes repetidos de massas pesadas e moles, sua floresta de pilares verticais. O gênio sinistro da cidade, até nesses confins extremos, transparecia na mutilação paciente que, de tantas vidas novas e ingenuamente proliferantes, havia talhado, com uma poda obstinada, esse madeiramento ajustado, esse encaixe fúnebre. Gerações após gerações tinham consumido a vida a se encaixar em seu alvéolo exato, a se calibrar nas medições do buraco previdente que se aprofundava para elas nas areias. A cidade voraz mantinha-se à flor do chão no cimo vertiginoso de um jardim de monstros, de uma estrutura de ossadas raspadas vivas. Ela existia, ela durava, uma fina membrana viva que enlouquecera por inteiro, por inteiro presa de uma necrose gigante, desgastando até a última gota de seus humores para secretar o osso, estirar sob a terra numa vertical de pesadelo uma dessas formidáveis carcaças que as eras geológicas vão acumulando deitadas.

Enquanto percorríamos distraidamente, Fabrizio e eu, essas aleias tristes, um pequeno grupo com armas se amontoara silenciosamente na porta do cemitério: um pelotão de desembarque, uma parte da equipagem do *Intrépido* e um destacamento de trabalhadores agrícolas, reconhecíveis por seus gestos desajeitados e suas túnicas sujas pelo estábulo, às quais se agarravam ainda pedaços de palha. Um comando breve ecoou, o grupo apresentou armas, e Marino desceu do cavalo diante da grade.

Nós o cumprimentamos na entrada. Pesado e lento com suas grandes botas de uniforme, ar de camponês bem-vestido, o capitão tinha prendido em seu casaco cinza a medalha de Valor, distinção concedida raras vezes pela Senhoria. Arrastou-nos com seu passo pesado para o fundo do cemitério. Em meio à alvenaria recentemente refeita, ali se erguia o trecho de um muro vetusto, guardando ainda num de seus cantos as armas e a data em que assumiu o cargo o podestade que o havia levantado; a marca sóbria e orgulhosa da cidade esplendia nesse muro nu que, atraindo o olhar como o centro de um alvo, trazia somente as armas de Orsenna e a estranha divisa em que se petrificava seu gênio sem idade: *In sanguine vivo et mortuorum consilio supersum*. As tropas dispuseram-se diante do muro, uma fila dupla cinza que a bandeira de São Judas manchava de vermelho; o deão dos mestres de equipagem apresentou a Marino uma coroa de mirtos e de louros das Sirtes; o capitão, curvando-se com dificuldade, a depôs ao pé do monumento e, erguendo-se, tirou o quepe do uniforme. Houve um instante de silêncio triste. Na imobilidade aprofundada movia-se apenas esse tufo de cabelos cinza despenteado pelo vento do mar, vagamente vivo. Ao pé do monumento, observei súbito, no silêncio adormecido, um longo escorrimento sujo que manchava a pedra e vinha alcançar uma cama esponjosa de folhas enegrecidas. As coroas mortas passavam, ano após ano, para essa almofada absorvente, evocando uma suave continuidade deteriorante em que o emblema se reconhecia. Esse húmus domado alegrava as narinas augustas. Mesmo como símbolo, Orsenna continuava a fabricar terra de cemitério.

Foi nesse instante que, na deflagração brutal de uma borrasca, as trombetas soaram. Um velho hino de Orsenna, uma canção dos tempos heroicos em que passavam os brocados rígidos, as tiaras bárbaras, as caudas hieráticas nos degraus de mármore, o fustigar de asas das chamas triunfais, as noites vermelhas plenas de galeras deixando flutuar velas no mar. Um desencadeamento esplêndido e nobre, semelhante ao desdobramento em longas pregas, uma após outra, de um interminável e rígido drapejamento da sagração no qual ondulavam iridescências impalpáveis do Oriente. Um suave ressoar caía em chuva de prata sobre o cemitério. Longas, breves, longas, as notas prosseguiam num apelo sobre-humano, em derramamento de alegria ardente e rubra, sufocante como um coágulo de sangue. Cessaram por fim, como quando se acendem as luzes. Nada havia se mexido. Até os limites do horizonte, as

Sirtes estendiam-se cinza e baças. A coroa pendia sempre em seu gancho. Os dedos incomodados de Marino passavam pela borda de seu quepe. Nos tubos de seus instrumentos, antes de repô-los nos estojos, os trompetistas enrolavam pequenos estandartes com as armas da cidade, como quando se dobra um pergaminho ilegível.

Houve um almoço oficial no Almirantado, para o qual Marino convidara, por diplomacia, alguns desses criadores ricos que constituíam a mais sólida clientela para nossa mão de obra volante. Suas maneiras francas e rústicas e o excesso de cordialidade demonstrado por Marino desagradavam-me; à sobremesa esboçaram-se algumas tramoias que me puseram os nervos à flor da pele, ainda que eu tivesse as provas de que Marino administrava seu pequeno grupo com a mais escrupulosa sinceridade. O fasto da recepção atingiu seu ápice quando ele lhes propôs uma visita à fortaleza: o rei Sol com pouco dinheiro levando os coletores de impostos para passear no parque de Versailles não teria me escandalizado mais; mandei selar meu cavalo e me desculpei, alegando estar doente. Na verdade, eu quase estava doente; a ideia dessas botas ainda sujas da palha do estábulo e arrastando-se na laje nobre fazia-me mal: eu via nisso um vago sacrilégio. Fabrizio não se deixou enganar, e deu um jeito de cruzar comigo quando eu saía da sala.

— Não esqueça que é o dia dos Aldobrandi. Contam absolutamente com você esta noite. O carro sai às seis horas.

— Pouco me importa essa corja! — cochichei para ele, levado por um movimento de cólera que eu não podia mais dominar. Nesse momento, a própria Vanessa se associava ao grupo sórdido, esses *civis* a que Marino se mostrava obsequioso, o que muito me desagradava.

— Acho que você ficou completamente maluco.

Fabrizio levantou os olhos e os ombros de modo eloquente, como fizera de manhã. Esquivei-me de um modo um pouco brusco ao sermão que me seria dirigido e corri às cavalariças. Tinha pressa de me sentir só.

Tinha diante de mim uma longa tarde de bom tempo e decidi aproveitá-la para uma visita, havia muito adiada, às ruínas distantes de Sagra. Giovanni falara comigo sobre essa cidade morta, onde o haviam levado às vezes essas caminhadas de caçador, como uma espécie de submata petrificada, num isolamento selvagem, onde se podia, ao que parece, atirar em animais grandes na esquina das ruas. Essa perspectiva de solidão agradava-me; o sol ainda brilhava alto no céu, enfiei uma carabina de caça em meu coldre de sela e pus-me a caminho.

A pista meio apagada que serpenteava entre os juncos e conduzia às ruínas atravessava uma das partes mais tristes das Sirtes. Os caniços com haste dura que são chamados de ilve azul, verdejantes na primavera por um curto período, secos e amarelos todo o resto do ano, e que se entrechocam ao menor vento com um barulho de ossos leves, cresciam ali em maciços espessos, e nenhum desmatamento jamais atacara essas terras deserdadas. Eu avançava, pela estreita trincheira que cortava as hastes secas, num atrito de ossinhos que dava uma vida sinistra a essas solidões, distraído apenas de vez em quando pela vista, à minha esquerda, das lagunas baças como uma lâmina de estanho e margeadas por uma língua amarela onde morria com indecisão o amarelo mais baço ainda dessas palhas obsedantes. E no entanto a própria tristeza desse sol ardendo sobre uma terra morta não chegava a acalmar em mim uma vibração íntima de felicidade e de leveza. Eu me sentia em conivência com a inclinação dessa paisagem que deslizava para o despojamento absoluto. Ela era fim e começo. Para além dessas extensões de juncos lúgubres estendiam-se as areias do deserto, mais estéreis ainda; e além – semelhantes à morte que atravessamos –, por detrás de uma bruma de miragem, faiscavam os cimos aos quais eu não podia mais recusar um nome. Como os primitivos que reconhecem uma virtude ativa em certas orientações, eu caminhava sempre de modo mais alerta rumo ao sul: um magnetismo secreto orientava-me em relação à *direção correta*.

Todavia, o sol já declinava. Eu andara por longas horas, e nada ainda, nessas planícies descampadas, anunciava a aproximação das ruínas cuja silhueta entrecortada eu procurava perceber de longe no horizonte plano. Eu caminhava fazia algum tempo em direção a uma pequena mata isolada e bastante cerrada que margeava a laguna e rumo à qual, para meu espanto, se dirigiam também as marcas recentes de um veículo que parecia ter seguido a pista estreita e ceifado em sua passagem os juncos cujas hastes quebradas eu entrevia por toda parte. Enquanto me perdia em conjecturas sobre o que pode ter atraído Marino ou seus tenentes para essa mata perdida, percebi de maneira distinta, a pouca distância, o murmúrio surpreendente de uma corrente de água; os juncos deram lugar a arbustos entremeados, depois à cobertura de um espesso aglomerado de árvores, e me achei de repente nas ruas de Sagra.

Giovanni não mentira. Sagra era uma maravilha barroca, uma colisão improvável e inquietante entre natureza e arte. Antiquíssimos canais subterrâneos, entre suas pedras disjuntas, acabaram por fazer surdir, através das ruas, as águas sob pressão de uma fonte que brotava e fora captada a várias milhas dali; e lentamente, com os séculos, a cidade morta tornara-se uma selva pavimentada, um jardim suspenso de troncos selvagens, uma gigantomaquia desencadeada entre árvores e pedras. A predileção de Orsenna pelos materiais maciços e nobres, pelos granitos e pelos mármores, dava conta do caráter singular de violência pródiga, e mesmo de exibicionismo, de que se revestia por toda parte essa luta — os mesmos *efeitos de músculos* avantajados exibidos por um lutador de feira refletiam-se a cada instante na resistência ostentatória, no desequilíbrio que opunha aqui uma sacada ao enlace de um galho, ali uma parede meio corroída na base, inclinando-se no vazio, ao crescimento turgescente de um tronco — até derrotar o peso, até impor a obsessão inquietante de uma deflagração lenta, de um instantâneo de tremor de terra.

Eu prosseguia tomado de espanto naquela meia claridade verde em que os galhos imóveis deixavam correr uma rede de sol sobre o pavimento escorregadio. Uma umidade pesada arrastava-se pelo chão, cobrindo as pedras com um revestimento de grama que abafava os ruídos, deixando tilintar apenas o som muito claro de água que se infiltrava por toda parte em pequenos cursos rápidos sobre as pedras, no gotejar despreocupado que ressuma de um fim de bombardeio ou incêndio.

Amarrei meu cavalo no alizar meio solto de uma porta, e me pus a errar ao acaso pelas avenidas, tropeçando às vezes num espesso feltro esponjoso de folhas apodrecidas. Sagra, era evidente, só fora muito sumariamente uma cidade, era antes um entreposto banal com suas poucas ruas entrecruzadas em xadrez à beira da laguna. Os térreos através dos quais se entreviam ao fundo salas solidamente abobadadas, os porões espaçosos sobre os quais o piso ruía perto das ruas sugeriam entrepostos e lojas; alguns fantasmas de vilas chiques perfilavam escondidos em seus jardins convulsivos como se estivessem por trás de uma fortaleza de brenhas. Mas a penumbra e a imobilidade fechada encerravam num cristal mágico esses restos medíocres, um devaneio se desenrolava ao longo desse ruído de fontes que parecia ainda chamar para suas humildes atividades os ocupantes desmaiados, reatar em guirlanda muda, em torno do poço e do lavadouro, esses gestos profundos que fazem pular no coração como que um sentimento pânico da permanência da vida. Eu fui tomado por uma vontade repentina e inquieta de despertar por um instante os ecos dessas ruas, de gritar por alguma *alma vivente* esquecida nesse labirinto de silêncio.

Mas, de modo evidente, não havia ninguém. O dia começava a cair nessas avenidas muito escuras, e eu já me decidia a voltar quando julguei discernir um ligeiro ruído de ondas, e quase ao mesmo tempo dei de improviso com a beira de um lago irregular de água marulhosa que fora o antigo porto de Sagra. Circulavam-no grandes árvores que faziam arrastar seus galhos baixos na água, deixando cair apenas no meio do lago uma mancha mais clara. Mas, meio oculta sob o caimento das árvores, uma silhueta insólita agarrava os restos de luz de um reflexo de metal: ao longo do cais arruinado estava amarrada uma pequena embarcação.

Um gesto instintivo fez-me recuar sob a cobertura das árvores, como se eu houvesse sentido naquele exato segundo que fui importante sobretudo não ser visto. Lembrei-me bruscamente das marcas na pista. Mas outra lembrança falava-me com voz mais distinta ainda. Nessa silhueta vaga, ainda mal percebida, algo me lembrava a aparição da praia.

A mata, felizmente, crescia espessa à beira do lago, e ganhei um posto de observação mais cômodo. A embarcação, de dimensões pequenas, e que eu distinguia bastante mal sob sua abóbada de ramagens, evocava a ideia de uma embarcação de lazer, mas robusta, e seguramente capaz de enfrentar o mar alto. Só a popa era distintamente visível, e eu podia aplaudir-me por minha prudência: a popa não trazia nem nome nem traço algum de registro náutico regulamentar em Orsenna. Senti subir-me ao coração, com a febre do caçador, uma espécie de desabrochamento íntimo que me justificava. Eu levava vantagem contra Marino. Havia ali algo que não estava em ordem.

Erguendo-me na ponta dos pés, eu dirigia meu olhar para a embarcação, quase a descoberto, em meio às folhas. Ela me fascinava — como uma aparição febrilmente esperada — como uma caça inencontrável que a mira de uma carabina de súbito põe a seu alcance, como se a tocasse, circundada no entanto de mistério. Eu a tinha à minha disposição. No silêncio dessa selva, poderia parecer abandonada ali, se os cobres brilhantes e as pinturas frescas não testemunhassem uma manutenção recente. Por um segundo, senti-me a ponto de ceder à vontade desmedida de saltar sobre a ponte e de esclarecer por completo o que não podia mais deixar de ser uma boa captura, quando de repente refleti que a embarcação podia estar sendo guardada da margem, e tentei sondar com o olhar, agora no dia bem declinante, o matagal espesso que brotava do cais em mau estado. Distingui então, a pouca distância sob as árvores, a silhueta de uma casinha meio arruinada, e me dei conta, com uma impaciência que me tirou toda vontade de sair do esconderijo, que um filete de fumaça saía das ruínas.

Enquanto eu refletia sobre o meio de contornar esse obstáculo imprevisto, ouvi de repente atrás de mim o relincho desastrado de meu cavalo repercutir através do bosque, e quase de imediato destacou-se da casinha a silhueta de um homem, com fuzil na mão. Com passo incerto, ar inquieto e indeciso, ele avançava como que por reflexo em direção à embarcação que evidentemente tinha a missão de guardar, detendo-se por instantes para tentar ouvir algo, e pude entrevê-lo um segundo mais claramente numa clareira da mata. Sua vestimenta era a dos pastores das Sirtes, mas o que me chamou atenção de modo igualmente vivo era algo de ondeante e singularmente flexível em seu modo de andar, e sobretudo a tez muito escura, quase exótica, do rosto e das mãos. A sombra já me ocultava a silhueta mal entrevista, confundindo uma impressão quase indefinível, e no entanto — não, não era o jogo de uma imaginação exaltada pela surpresa — eu acreditava poder jurar que ali estava alguém que não se esperaria encontrar nas Sirtes. Depois de um momento de espreita imóvel, e com a mesma rapidez ondeante, o homem, sem dúvida tranquilizado, se afundou de novo nas ruínas.

A embarcação estava bem guardada, era evidente, e só me restava partir. Insinuei-me o mais silenciosamente possível na escuridão até uma das ruas fantasmas e, guiando meu cavalo pela rédea em direção ao túnel de luz difusa que marcava a entrada das ruínas, saí sem ruído da intrigante Sagra.

Eu não corria o risco de me perder nessa noite bem clara, e dei rédeas a meu cavalo a partir da trincheira de juncos que devia levá-lo como um trilho ao Almirantado. Havia um vínculo evidente entre a presença dessa embarcação e os traços do veículo, e, quanto mais eu pensava nisso, mais era levado a buscar a chave dessas idas e vindas clandestinas do lado de Maremma. A ideia de contrabando passava-me pela cabeça, mas o aspecto dessa embarcação de lazer não o podia confirmar. Sua presença em Sagra prestava-se a inúmeras explicações banais. Mas eu sentia uma relutância instintiva em admiti-las; minhas suposições se orientavam já por si mesmas, projetavam-se nessa direção obsedante em que tudo o que transbordava do quadro da vida banal tendia para mim a se inflectir.

Eu não podia mais dissimular a mim mesmo a importância excessiva que começava a adquirir tudo o que, de perto ou de longe, se relacionava com o Farghestão. Em minha vida desocupada no Almirantado, a princípio ele fora objeto de um devaneio vago — eu buscara contra o chamado do vazio uma escora ao alcance da mão. O sono desfeito de Orsenna, por demais permeável ao assalto de lembranças obsedantes, como o de um velho mal precavido contra uma longa memória, fora a permissão de meus sonhos aventurosos, e era significativo que eu tivesse de fato tratado, por instinto, esses sonhos como sonhos e o Farghestão como uma figura complacente que eu exumava, como me aprazia, do silêncio da sala dos mapas, para aí o mergulhar de novo nela. No meio dessa perambulação inofensiva de sonâmbulo, minha conversa com Fabrizio pela manhã vinha bruscamente abrir-me os olhos. Brumas por demais tranquilizadoras haviam se dissipado. Havia uma costa diante de mim onde podiam abordar os navios, uma terra onde outros homens podiam imaginar e lembrar.

Era nessa nova perspectiva que eu era levado a pensar num navio que parecia tomar liberdades tão singulares com as instruções náuticas, e era o que me levava por instinto a me abster de informar a Marino sobre minha descoberta. Quanto à conduta a manter em relação ao resto, eu não me sentia pressionado a definir de imediato um partido. Desde a antevéspera eu tinha o sentimento de estar em contato com uma cadeia de acontecimentos que me pegara a reboque. Minha descoberta de Sagra era um elo dessa cadeia e, apressando meu cavalo em direção ao Almirantado, incitado pelo pressentimento de um futuro próximo fértil em surpresas, pus-me a pensar de novo no sinal de chamado que Vanessa me havia dirigido. Comecei a lamentar amargamente meu estado de espírito impulsivo; bruscamente passei ao galope na esperança de que o veículo pudesse estar atrasado, e foi muito exasperado que, ao sair do caminho das lagunas, me encontrei no meio da charneca vazia e do Almirantado já mergulhado na noite.

Uma visita

Eu estava muito contrariado, e pela primeira vez a solidão no Almirantado pareceu-me opressiva. Uma bruma pesada descera com a noite sobre as lagunas; a umidade corria pelas paredes nuas; a claridade de minha lâmpada, enquanto eu atravessava a charneca, desenhava esse mesmo halo irreal que Marino me havia lembrado. Sentia-me inquieto e nervoso, e de súbito tão rejeitado quanto uma criança punida que, do fundo de seu quarto escuro, anseia pelo calor e pelas luzes da festa. Eu estava atingido, pela primeira vez, por tudo o que havia de desorientador na ideia de que Vanessa e Marino se conhecessem. Como toda vez que, longe de nós, entram em contato duas criaturas ligadas a episódios separados de nossa vida, o sentimento de um conluio suspeito vinha subitamente ensombrecer e velar com segredo as luzes dessa festa longínqua. Nesse cenário teatral que eu imaginava à distância, e que a entrada pressentida de Vanessa acabava de carregar com uma brusca tensão, uma cena plena de sentido era representada durante meu devaneio, na qual eu tinha a impressão perturbadora de que de algum modo se estava *decidindo sobre mim*.

Esses pressentimentos inquietos aumentavam ainda o tédio de uma noite muito triste. Passeei bastante tempo de um lado para outro de meu quarto. Em meu espírito entorpecido por esse vai e vem mecânico, o cômodo muito escuro acabava por parecer inabitual, mantinha, sem que eu pudesse localizá-lo, esse mal-estar ligeiro de um quarto familiar, onde não se chega a identificar qual móvel foi deslocado. Dei-me conta de repente de que os mapas de Sagra, levados à tarde, enchendo a mesa em desordem, a cada passagem haviam feito maquinalmente meu olhar se fixar neles – ou antes compreendi que, fazia uma hora, me atanazava a vontade de entrar na sala dos mapas.

A massa da fortaleza erguia-se diante de mim do outro lado da charneca, mais impressionante ainda no negro quase opaco da ilusão que ela me dava, mesmo no meio da escuridão, de lançar sombra, de comunicar a esse acampamento de sono a pulsação fraca e quase perceptível de um coração de trevas batendo pesada, poderosamente, por detrás da noite. Protegido por aquela tela enorme, rompendo os ventos do mar alto que se ouvia assobiar nas ameias, eu avançava em meio a uma imobilidade pesada e cerrada. Essa noite morna e molhada, muito lassa, acrescentava ao ar confinado dessas muralhas uma tristeza de prisão entreaberta: a umidade gelava as paredes dos corredores tal como as paredes de uma caverna. Sob a luminosidade rodopiante de fogo-fátuo que minha lâmpada fixava nesses túneis, eu estava impressionado, como nunca, pelo caráter extraordinariamente inóspito do lugar. Seu silêncio era a indicação de uma hostilidade altiva. Uma aproximação ameaçadora parecia se emboscar por trás dessa sombra tramada, nesse feixe de vasos entrelaçados em torno a um coração negro.

A luz fraca de minha lanterna fazia mover sobre as paredes da sala dos mapas, de modo agora quase material, esse levíssimo frêmito do despertar, cuja vibração tensa eu sentira em meus nervos desde a primeira visita. Como o grito congelado pela sombra das esculturas de cavernas que o degelo de uma lâmpada acesa libera súbito sob sua argila de séculos, as panóplias dos mapas luzentes reavivavam-se na noite, dispondo nela aqui e ali a rede de um afresco mágico, com armas de paciência e de sono. A favor da hora avançada e do cansaço da cavalgada da tarde, parecia-me de repente que a própria energia que desertava meu espírito dissociado vinha recarregar esses contornos indecisos e – fechando-me para sua significação banal – me abria suavemente ao mesmo tempo a seu encantamento de hieróglifos, desatava uma a uma as resistências conjuradas contra uma enigmática injunção. Pouco a pouco eu deslizava para um sono povoado de pesadelos e, ainda meio consciente, ouvi um relógio de súbito dar dez horas na fortaleza adormecida.

O mal-estar em que eu me vira mergulhado dissipava-se com dificuldade. Ao sair desse sono breve, parecia-me reencontrar o cômodo inexplicavelmente mudado. Num repentino retorno de acesso de pânico, sob meu olhar bem desperto, as paredes da sala continuavam a mexer ligeiramente, como se o sonho tivesse resistido a desabar em torno desse quarto mal defendido. Ante um frescor nos ombros, eu sentia que o vento leve em que o cômodo se engolfara não tinha cessado de soprar, e percebi repentinamente que as sombras dançantes oscilavam nas paredes com a própria chama de minha lanterna, e que a porta atrás de mim tinha se aberto alguns segundos antes sem ruído.

Votei-me por inteiro e me sobressaltei ao roçar com o rosto o vestido de uma mulher. Desatou-se na noite um riso leve e musical que me lançava de novo ao mar, me rolava numa última onda de sonho. Crispei as mãos no vestido, e levantei os olhos para o rosto afogado na escuridão. Vanessa estava diante de mim.

— Não se pode dizer que o Almirantado é excessivamente guardado. Direi isso ao capitão. Assim, eis por que você abandona sua melhor amiga — acrescentou ela inclinando-se com curiosidade para a mesa.

Ela logo se sentou no braço da poltrona e, balançando um pé, desdobrava os mapas sem se apressar, como quando se empurra por ócio a porta de um vizinho no campo. Reconheci no primeiro instante esse inimitável modo de entrar *direto* no assunto, esse modo à vontade que ela tinha de montar de repente suas tendas em pleno vento.

— Mas seus convidados?... Como você está aqui? — disse eu enfim num tom pouco seguro.

Assim, abruptamente sem preâmbulo, sentia-me, não sei por quê, *surpreendido em flagrante delito...*

— Meus convidados estão bem e agradecem a você. Brindam a minha saúde em Maremma.

— Mas... Vanessa?

— Ele disse isso mesmo, ele não esqueceu tudo...

O riso leve desatou-se ainda uma vez, repentinamente insólito nesse cômodo com ecos profundos, como um riso de teatro por trás de um palco apagado. Vanessa pôs a mão em minha testa e me olhou com ar fixo e sério.

– ... Como você ainda é criança – acrescentou ela com inflexão quase terna. – Gosta daqui?

Ela percorria o cômodo escuro com um olhar lento.

– ... Marino diz que não se consegue arrancar você do Almirantado. É verdade?

Ela se instalava agora pouco a pouco, diante meus olhos confusos pela surpresa, com a fixidez perfeita, a quietude de uma chama de vela erguida num cômodo calmo. No desarranjo empoeirado do cômodo, a carnação igual e muito pálida de seus braços e de seu pescoço sugeria ao olho uma matéria extraordinariamente preciosa, radiante, como na noite de um jardim o vestido branco de uma mulher.

– É verdade que não saio. E gosto daqui, é verdade.

– É menos agradável que o jardim Selvaggi. Mas, de fato, não deixa de ter seu encanto.

Seu olhar, agora acostumado ao escuro, tornou-se repentinamente fixo. Ela levantou a lanterna: o conjunto complicado dos mapas saiu da escuridão. O rosto atento imobilizava-se numa curiosidade intensa e infantil.

– É para olhar esses mapas que você vem aqui?

– Isso é um interrogatório?

– Nada mais do que um elogio a você. Não conheço nada de mais decorativo.

O raio da lanterna deteve-se sobre um mapa antigo, adornado com estranhas letras encaracoladas. Na voz de Vanessa pairou súbito um tom de provocação direta.

– Tenho o mesmo em Maremma no meu quarto. Você o verá.

– O que você veio fazer em Maremma?

– As Sirtes vão estar muito na moda em Orsenna. Tínhamos lá um palácio que caiu em ruínas. Eu me entediava. Deu-me na cabeça de vir cuidar disso tudo. Você tem jeito de ser o único que não se dá conta disso. Aliás, há pessoas agradáveis lá. Seu amigo Fabrizio, por exemplo...

O rosto de Vanessa ficou imperceptivelmente tenso, como quando se escuta cair uma pedra num poço.

– ... O capitão Marino.

O nome reavivava meus pesares da noite, remexia de súbito em mim toda uma água turva.

— O capitão Marino não é exatamente o que eu chamaria de um homem agradável.

— Você se engana, Aldo. Ele o aprecia muito, posso dizer-lhe isso.

— Estou encantado por ele lhe dar delegação para me transmitir seus certificados.

Vanessa ignorou a interrupção.

— Ele faz os maiores elogios a seu zelo. Só o acha um pouco exaltado, um pouco imaginativo...

Ela mergulhava seus olhos nos meus com insistência.

— ... Lembro a ele que você é muito jovem, que não se deve queixar do entusiasmo dos jovens, e que você ficará mais ajuizado...

O olhar fixo do rosto zombeteiro interrogava-me com mais curiosidade do que essa brincadeira comportava.

— ... Você vê que temos conversas muito sérias.

— E de que mais vocês falam?

— Temos em comum muitos temas de interesse.

— Marino só se interessa pelo serviço.

— Isso não é algo que encurte nossas conversas.

Vanessa conseguia chegar a seus fins. Senti-me vermelho de cólera.

— Muito bem. Se você está a par dos assuntos do serviço, compreenderá que ele também tem suas exigências. Sinto muito, acredite, por não ter podido destinar esta noite a você.

— Não se pode mandar embora uma pessoa de modo mais elegante. Eu pensava ingenuamente que minha visita seria para você um prazer. Estava longe de imaginar que você tinha tanto trabalho. Vou queixar-me a Marino. Eu o envergonharei por ele o fechar à noite numa casamata escura. Direi que ele faz de você uma verdadeira Cinderela.

Seu riso era uma clara provocação.

— Trabalho quando quero e onde me agrada.

Vanessa cedia ao riso frouxo. Esse riso generoso que ela tinha, essa chuva de alegria terna, aliviava meu mau humor, me levava pela mão ao jardim Selvaggi. Ela mirou em mim a lanterna que seus acessos de riso ainda sacudiam e senti, na testa, o contato fortalecedor, o calor dissolvente de seus dedos familiares que me despenteavam.

— É isso! Garanto, você é encantador como garoto amuado. Você é positivamente adorável, Aldo.

Sua voz esbaforida quebrou-se numa inflexão surda que súbito fez formigar meu sangue nas mãos e nos lábios. O leve empurrão nos havia aproximado. Prendi as mãos que se demoravam em meus cabelos, a lanterna caiu, tornando completa a escuridão. Mergulhei a cabeça no côncavo de suas mãos quentes e as beijei longamente. Vanessa pressionava-as de leve em meus lábios, no escuro. Afastou-se bruscamente, como que despertada, e desviou os olhos.

— Como você encontrou as ruínas de Sagra?

— As ruínas de Sagra?... Você percebe de verdade as coisas, Vanessa. Eu estava dizendo *a mim mesmo* que elas teriam de fato lhe interessado.

Vanessa levantou-se, apertou o casaco e procurou meus olhos com olhar firme.

— Se você gosta de mim, Aldo, guardará suas impressões só para você.

O tom breve contraditado pela voz sufocada cortava por completo todo comentário. Levantei-me indeciso. Vanessa envolveu-se friorentamente em seu casaco de pele; a mancha branca de seu vestido apagou-se, misturou-a de novo à escuridão do cômodo.

— Entendido, eu o levo.

— A Maremma? Tão tarde!...

Eu já me rendia incondicionalmente. Não queria mais deixá-la.

— Não se faça de criança. Prometi levá-lo. Você me comprometeria... — acrescentou ela com sorriso malicioso. — E depois quero que veja minha festa, está decidido... A festa era para você.

Eu escutava crescer em sua voz essa exaltação infantil que eu reconhecia tão bem. Eu a reencontrava. Nesse rosto de tecido mais delicado, viam-se as emoções e os pensamentos não se formarem, mas nascerem. O desejo de Vanessa subia a seus olhos em seu frescor novo, como as estrelas que saem do mar.

— Vamos, não se irá dizer que terei contrariado uma criança mimada.

Bem mais que a perspectiva da festa, era o pensamento dessa viagem a sós com Vanessa o que me havia feito decidir. Vanessa conduzia-me. Eu tinha passado o braço em torno dela na quentura das peles, sentia contra mim o consentimento de todo um peso suave e que cedia. Margeamos algumas vezes uma dessas grandes fazendas fortificadas adormecidas na noite morna das Sirtes; à beira da estrada arenosa, muros cinza espelhavam um instante diante do veículo; enganados pela luz insólita de nossos faróis, galos às vezes cantavam. As luzes violentas misturavam ao chão irregular da estrada bichos petrificados por uma terra cinza, penduravam em seus olhos o brilho cortante das pedrarias. Vanessa levava-me na noite leve. Eu me recuperava nela. Sentia-a junto de mim como o leito mais profundo que as águas selvagens pressentem, como na testa o vento irascível dessas costas que descemos de olhos fechados, numa pesada entrega de todo o seu ser, numa *velocidade perigosa*. Eu me entregava a ela no meio dessas solidões como a uma estrada que pressentimos conduzir rumo ao mar.

Uma noite leitosa de bruma e de lua pairava sobre as lagunas quando chegamos a Maremma, injetada de luz difusa pelo plano prateado das águas calmas. Persistia a sensação de irrealidade que atravessa essa noite branca. Maremma envolta em sua noite surgia para mim como uma nebulosa de cidade, toda ela em vagos coágulos de bruma que pareciam nascer, em nossa passagem, da própria trepidação do veículo para se dissolverem logo a seguir. O veículo parou bruscamente; senti sob meus pés uma pavimentação deslizante e úmida, e no rosto o sopro cru que raspa a pele úmida de sono do passageiro extraído de seu vagão aquecido. Um cais diante de nós abria-se a prumo sobre uma água negra. Vanessa, sem se voltar, com um movimento rápido, andou diretamente para a margem. Eu a olhava, mudo de espanto no cais vazio, como se olha um passante numa noite de bruma subir no parapeito de uma ponte. Vanessa voltou-se, surpresa por se achar só, entreviu-me e desatou num riso frouxo. Um barco esperava-nos no cais.

Refeito, eu me lembrava de um momento para outro desta denominação tão complacentemente irônica que davam a Maremma: "Veneza das Sirtes". Voltava-me a imagem, que me havia com frequência tocado nos desenhos da sala dos mapas, de uma mão com dedos afilados a avançar na laguna e figurar o delta instável e lamacento de um dos raros uádis que chegam ao mar nas Sirtes. Numa época em que as incursões dos farghianos tornavam a terra pouco segura, os colonos da costa haviam se refugiado nesses bancos de vasa planos – com o curso da corrente desviado para deter a colmatagem da laguna, um canal havia separado o delta da costa em sua raiz –, Maremma, como Veneza, havia se entrincheirado, havia soltado suas amarras; estabelecida em suas vasas trêmulas, tornara-se uma ilha flutuante, uma mão encantada, dócil aos eflúvios que vinham de além-mar. Um breve período de esplendor se abrira para ela na época da paz das Sirtes: então seus marinheiros e seus colonos haviam se espalhado por toda a costa, escoando para o mar as lãs e os frutos dos oásis afastados, e trazendo em suas galeras o ouro e as pedrarias brutas do Farghestão. Depois viera a guerra, e a vida havia se retirado; Maremma agora era uma cidade morta, uma mão fechada, crispada em suas lembranças, uma mão enrugada e leprosa, com as excrescências das crostas e das pústulas de seus entrepostos derruídos e de suas praças comidas pela grama e pela urtiga.

Via passar ante meus olhos, num devaneio, esse escombro de mar, semelhante às placentas de uma grande cidade carreadas até a costa por uma inundação. Dos canais abandonados subia um cheiro estagnante de febre; uma água pesada e pegajosa colava nas pás dos remos. Acima de um trecho de muro em mau estado, uma árvore magra inclinava a cabeça para a água morta que fascinava essas ruínas. Altos muros que pareciam ser de conventos erguiam-se aqui e ali sobre quarteirões de bastiões preservados e hostis, como os últimos quadrados construídos por um desastre. O ruído abatido e líquido dos remos e a bruma lunar escavavam ainda o silêncio de peste, e observei então que a superfície fracamente resplendente do canal trazia marcas contínuas de finos triângulos: no minúsculo gorgolejo e nos ruídos muito íntimos que sobem de um fosso afogado, os ratos-d'água colonizavam essa necrópole.

Eu tinha posto a mão, na beira do barco, sobre a mão de Vanessa. Imaginava-a, em seu silêncio, tomada como eu por esse cemitério de águas mortas, por essa pungente água sob uma cidade em seu supremo encalhe. Esse silêncio a traía, semelhante ao do amor. Vanessa acolhia-me em seu reino. Eu me lembrava do jardim Selvaggi, e sabia qual apelo a atraía para esse antro de vasas bolorentas. Maremma era o descenso de Orsenna, a visão final que coagulava o coração da cidade, a exposição abominável de seu sangue apodrecido e o borborigmo obsceno de seu último estertor. Como se evoca o inimigo já deitado no caixão, um encantamento mortal curvava Vanessa sobre esse cadáver. Seu mau cheiro era uma garantia e uma promessa. E, sentindo erguida a meu lado essa figura de proa que me abria a rota, eu compreendia que Vanessa encontrara nessas margens perdidas sua visão preferida.

Separado da cidade por extensões de terrenos vagos onde se percebiam traços de seus antigos jardins, o palácio Aldobrandi erguia-se na extremidade de um dos dedos da mão aberta, e seu isolamento diante da passagem das lagunas e na extremidade do canal alargado pareceu-me figurar singularmente o humor da linhagem suspicaz que o construíra à sua imagem. Essa residência de lazer, lançada como uma zombaria sobre águas tiritantes de febre, sempre lembrava um castelo fortificado. Separado da língua de areia por uma estreita passagem, sobre a qual cruzava uma ponte de madeira, ele alongava à beira do canal as linhas baixas de um molhe agachado sobre a água, de onde despontava, numa das extremidades, uma dessas torres de vigia retangulares, estreitas e elevadas, que tornam reconhecíveis em Orsenna os palácios nobres da grande época. Sob a luz fraca da lua que afogava os detalhes, as linhas duras e militares evocavam a forte fundação, a robustez e o maciço de um banco, de um terrapleno enrocado como um dente nessas vasas móveis. Enquanto as arcadas baixas derramavam no nível da água, como uma boca de forno, rastos de luz violenta, a galeria superior do edifício, profundamente adormecida sob seu terraço lunar, se alongava acima, de ponta a ponta, como uma tira cega, e deixava a impressão dominante de uma reserva hostil, de uma respiração secreta na escuridão.

O auge da festa visivelmente já tinha passado. Sua febre se amainava. Nas vozes que subiam dos grupos isolados transparecia esse matiz de ofego e esse tom indiferente de *retorno à calma* que bate nas conversas de rua, ainda animadas, quando se chega depois de um acidente. Cumprimentei Marino com uma sombra de incômodo e evitei responder a seu olhar malicioso. O capitão estava de muito bom humor, e atribuí uma feliz conclusão às negociações da manhã. Fui surpreendido, porém, como que por uma familiaridade que nele era excessiva, por vê-lo pegar meu braço, e, enquanto circulávamos lentamente pelos grupos, julguei observar que ele procurava ouvir os comentários que eram trocados aqui e ali. Eu via reaparecer em seu rosto a mesma expressão de agudeza tensa que eu observara na ponte de comando do *Intrépido* quando ele tateava seu caminho entre os baixios, e percebi de uma hora para outra que estava mais preocupado do que parecia.

— Você sabe quem são essas pessoas? — perguntou-me ele de repente com um tom sério, detendo-me e mostrando as salas com um gesto vago.

Tocado por esse tom de incômodo tão anormal em Marino, comecei a examinar os presentes com um olhar mais interessado. Ao passar, eu observara em alguns olhos uma luz de atenção súbita e, aqui e ali, um sinal amistoso a que respondi apenas de modo desajeitado, perturbado que estava por uma impressão de *déjà-vu* ainda indefinível. Certas lembranças voltavam-me agora de forma mais clara. Havia ali pessoas que eu encontrara quase certamente na casa de meu pai, antes que a morte de minha mãe tivesse feito cessar para ele toda vida mundana, e pude soprar ao ouvido de Marino de imediato alguns nomes importantes de Orsenna, e nomes tais que só seu anúncio num salão de nossa cidade já seria suficiente para classificar uma reunião social. Ao assegurar-me que as Sirtes estariam na moda em Orsenna, Vanessa não tinha mentido. Todavia, isso era talvez mais uma fantasia bizarra do que uma moda estabelecida, e a impressão dada por essa massa de convidados bastante densa não confirmava de modo algum a garantia que alguns nomes indiscutíveis pareciam trazer. Bem mais que a reverberação de uma reunião mundana, esses olhares muito brilhantes e que pareciam absortos numa obsessão comum evocavam o parentesco espontâneo, a franca maçonaria íntima das cidades hídricas onde se vai cuidar de uma doença grave. Eu não me espantava mais que a saúde de Marino fosse excessiva no meio daquela massa de pessoas. Aliás, eu podia agora convencer-me de como ela estava misturada, e com que familiaridade aí conviviam, para minha surpresa, pessoas que jamais teriam se cumprimentado em Orsenna.

— Os Aldobrandi sempre frequentaram gente esquisita. Pode-se dizer que essa gente veio a Maremma pegar as febres.

— É verdade, aqui se respira mal. Errei ao sair do Almirantado esta noite. Vamos até o bufê.

Marino arrastava-me. Erguemos silenciosamente nossas taças. Seu ar preocupado não o deixava mais.

— Acho que vou embora, Aldo. A princesa encarrega-se de como você voltará. Não me preocupo. Você está em casa, aqui... — acrescentou ele, fechando um pouco os olhos.

— E Fabrizio?

— Esse moleque já está a minha espera no carro...

Marino apontou para o bufê com um gesto desalentado.

— ... Ele ficou doente... Deixo que você fique aqui para defender a honra da frota — acrescentou ele com uma careta lastimável.

Dei uma gargalhada. A bondade desajeitada de Marino voltava-se com remorso para nossa grande discussão, estendia-me uma garantia tímida. Ele ali estava inteiro, e senti de novo quanto eu gostava dele.

— Vanessa vai lamentar. O senhor sabe que ela me falou muito do senhor. Disse-me que ela e o senhor tinham longas conversas.

Marino pigarreou e enrubesceu com uma ingenuidade que me tocou o coração.

— É uma mulher de fato notável, Aldo. Muito, muito notável.

Senti-me um pouco alfinetado.

— Mas é uma sorte vocês terem se entendido. Vanessa não é um gênio fácil.

— Não é exatamente o que quero dizer.

A voz de Marino subiu plácida e uniforme.

— ... Ela me odeia. Vamos, já é hora de ir — emendou ele, visivelmente para cortar a conversa. — Até amanhã, Aldo. Boa noite.
Hesitou um instante.
— Preste atenção nas brumas da manhã. É quando se pode pegar as febres.

Eu nada havia feito para atrasar essa partida brusca. Marino lançava-me um olhar provocante. Senti-me mudar de modos, pego nos ombros por uma súbita desenvoltura, como uma jovem em seu primeiro baile, quando sua mãe, após ter oposto ao sono uma bela defesa, decide enfim *ir embora*. Eu sabia que Vanessa não deixaria de me encontrar a seguir, mas nada me apressava, e tive vontade de entrar em contato de mais perto com os equívocos veranistas de Maremma. Dirigi-me a uma sala de onde provinham lufadas de música, e que se alongava diante do mar. Eu contava com o sono breve da música para me revelar aqueles rostos: mais que em outros lugares, eu tinha ali oportunidade de observar sem ser visto.

A festa de Vanessa não negava sua reputação de prodigalidade suntuosa. Haviam aberto por completo as janelas de arcadas que davam diretamente para a laguna: o cheiro entontecedor das águas mortas levantava como que uma maré de perfumes dos grandes arbustos floridos, dava-lhes essa mesma opacidade fúnebre e molhada que nos gela as têmporas numa câmara mortuária. Pelas janelas escuras, percebia-se um fervilhar de barcos que levavam flores e luzes para o mar. A iluminação, tamisada pelos ramos cerrados com folhas pendentes, fazia a sala pairar numa penumbra esverdeada e vítrea de gruta musgosa e tanque habitável, que tornava viscosos os movimentos, deixava arrastar-se atrás de cada punho brilhante como que a rebarba de prata de um sulco perceptível, e protegia, em torno da música, a vibração integralmente transmitida de um ar quase líquido, uma zona de mais profundo, de mais íntimo abalo. Retive um movimento de recuo, como se eu tivesse levantado o reposteiro sobre um espetáculo por demais privado. Havia na sala bem poucas pessoas, mas me chamou atenção algo de singular na atitude e na disposição dos grupos que, mais que de uma sala de concerto, sugeria um local para fumar ópio ou celebrar uma cerimônia clandestina, e que me aconselhou a *entrar na linha* rapidamente. Dirigi-me para uma poltrona na penumbra e sentei-me apressado, retendo de modo involuntário a respiração.

A música muito pesada e muito sombria, a iluminação velada e os perfumes absorventes me desorientavam. Pareceu-me que eu recuperava lentamente meus sentidos, como se tivesse caído ali numa armadilha, e só os recuperasse um a um, arrastado primeiro no fio dessa música subjugante, depois dilatado na explosão desses perfumes febris. Eu começava a ver melhor na sala, e tive de novo a atenção atraída pela liberdade de atitude e de gestos dos casais que tinham sido atraídos para ali, como era de esperar, pela promessa de relativo isolamento. Uma atmosfera sutil de provocação, um magnetismo sensual insidioso pareciam-me de repente incender-se aqui e ali na curva de uma nuca abaixada com uma condescendência excessiva, num olhar por demais carregado, no luzir inflado de uma boca se entreabrindo na semiescuridão. Movimentos leves despertavam, apenas esboçados e mal perceptíveis, mas que de repente para o olho se moviam mais puramente que outros, na mesma profundidade, teria sido possível dizer, que os gestos de alguém dormindo. Todavia, no meio desse despertar de gruta marinha, tive súbito, distintamente, como um sopro na nuca, o pressentimento de uma presença mais desperta e mais próxima. Passeei os olhos rapidamente em torno de mim. Quase a me tocar, pareceu-me, de tal modo eu me chocava súbito como que com uma porta, voltava-se para mim o rosto de uma jovem. E compreendi, na devoração nua com que se apossavam dos meus, num soberano além do escândalo, que não estava mais em questão me desviar desses olhos.

O que de mais escondido e mais noturno pode saltar da vida das profundezas estava voltado para mim nessas pupilas. Esses olhos não pestanejavam, não brilhavam, nem sequer olhavam — mais que no olhar, sua umidade brilhante e estagnada fazia pensar numa valva de concha aberta por inteiro no escuro —, simplesmente se abriam ali, pairando sobre um estranho e branco rochedo lunar com rolos de algas. Na desordem dos cabelos semelhante a um campo revolvido, a base desse bloco calmo se abria como que para um céu de estrelas. A boca também vivia como sob os dedos, com um tremor retrátil, nua, uma pequena cratera em movimento de geleia marinha. Bruscamente fez-se muito frio. Como os anéis de uma serpente enredada que se juntam no estupor, organizava-se aos sacolejos, em torno dessa cabeça de medusa, uma conformação estranha. A cabeça estava incrustada no côncavo de um ombro de tecido escuro. Dois braços formavam-lhe uma estola, um colar dormente de um bem-estar ofegante, que perscrutavam, como numa gamela cheia, no encovado de seu busto. O conjunto desgrudava-se das profundezas sob uma pressão enorme, subia fixamente a seu céu de serenidade como uma lua cheia através das folhagens.

Embora eu recorresse aos álcoois violentos e me deixasse vagar em meio às pessoas rumo aos pontos mais animados da festa, era só lentamente que me refazia. Como que mordidos um instante por um sol muito vivo, um ponto negro flutuava diante de meus olhos sobre a cintilação das luzes. Por mais inverossímil que pudesse parecer numa noite assim a celebração a descoberto dessa liturgia amorosa muito íntima, eu não me sentia escandalizado. Os olhos que me haviam olhado não tinham julgamento. Testemunhavam. Quando eu tentava encontrar o estranho peso que me havia súbito grudado neles, uma imagem obsedante voltava-me; a desses poços naturais abertos no nível do chão, nos quais o ouvido procura surpreender em vão a queda de uma pedra. Nesse vazio de náusea, para além do preenchimento, tropeçava-se um segundo, o espírito em outro lugar, mas, como se não fosse nada, não havia mais que pensar em retomar seu caminho. Esses olhos andavam junto de mim, o vento fraco de seu abismo soprava as luzes; faziam a festa balançar suavemente sobre um fundo de pesadelo.

Pareceu-me inesperadamente, enquanto circulava desocupado entre os grupos, pensando nos convidados singulares que Vanessa reunira ali, que um desses rostos em que eu tentei algumas vezes pôr um nome me surgira com mais frequência do que os outros. Um rosto seco e glabro, cujos olhos, como que velados por uma catarata, tinham, entretanto, um olhar mais desperto e mais agudo — um rosto que não me era estranho e cujo reaparecimento insistente parecia *puxar-me pela manga*. Vagamente intrigado, encostei-me por alguns instantes num canto, espiando, entre duas desaparições, no turbilhão de pessoas que passavam, seu reaparecimento. Uma voz ergueu-se bem perto de mim, uma voz nítida, mas velada e voluntariamente baixa, já colocada no registro de uma conversa a sós. O rosto estava diante de mim.

– Uma festa grandiosa, não é, sr. Observador?... Posso valer-me de minha amizade por seu pai para lhe lembrar meu nome? – acrescentou, lendo a surpresa em meu rosto sem se desconcertar e com um ligeiro sorriso. – Giulio Belsenza... Eu o conheci muito jovem...

Sua voz assumiu uma inflexão cúmplice.

– ... E, sem querer misturar o trabalho com os prazeres, pensei que nossas funções podiam aproximar-nos esta noite.

Lembrei-me bruscamente desse nome. As instruções que eu recebera em minha partida designavam-no para mim como o agente secreto que a Senhoria mantinha em Maremma. Minhas falas iniciais, formais, foram breves, e também tão pouco profissionais quanto possível. Algo nessa fisionomia falava-me de intrigas policiais, e me desagradava ouvi-las nos salões de Vanessa.

– ... É – continuou a voz sem parecer se perturbar –, o senhor me perdoará por ter pensado comigo mesmo: ao diabo a circunspecção! Já que tenho a oportunidade de encontrar esta noite alguém que tem a ver com a administração... Estou muito sozinho em Maremma, deixam-me sem ordens, sem informações.

Sua voz havia sublinhado um parêntese muito amargo. Súbito ergueu os olhos para mim com ar ávido.

– ... São esses rumores...

Na fixidez brusca de seus olhos, um aspecto ansioso desmentia o sorriso. Deixei por completo minha distração.

– Sou menos informado, sem dúvida, do que o senhor pensa...

– Não sabem nada no Almirantado? Eu me tranquilizo.

O sorriso era de uma ironia insistente. Senti-me de súbito impaciente.

– Não, confesso-lhe que não vejo... Tenho pouco o que fazer aqui – acrescentei desdenhosamente –, e não me envolvo no disse me disse.

– Dizem muitas coisas em Maremma precisamente, e talvez digam demais.

83

— A respeito do Almirantado?
— A respeito do Farghestão.
A voz sopesara, como uma mão, por uma fração de segundo, uma palavra mais pesada que as outras. Senti uma leve onda percorrer-me inteiro, como um pescador que vê sua boia de cortiça mergulhar numa água calma, e que logo se transforma na figura da perfeita despreocupação.
— Verdade? Em Maremma as pessoas gostam de uma especulação desinteressada. Também falam da lua?
Belsenza lançou-me um olhar astuto.
— Por que não? Não faltariam astrólogos de boa vontade. É esta a estranheza da coisa: tão impossível retraçar a origem desses rumores quanto os eliminar. Maremma, sr. Observador, não é uma cidade muito sã, como o senhor talvez saiba... Sou pago para saber — (mal pago, dizia a voz tão claramente quanto possível. Eu observava agora a tez amarela, os traços mais abatidos que ascéticos, a expressão subalterna. Alguém vivendo nas colônias que não dá atenção a si mesmo, pensei logo. Em alguns anos, Belsenza seria um pobre-diabo) — e pensar que suas pequenas crises de febre não provêm todas de seus pântanos.
— Muito alarmante, é o que posso dizer. Mas o senhor teria a gentileza de me pôr a par.
Os olhos de Belsenza tornaram-se vagos, e suas mãos se apertaram uma na outra, na atitude de quem busca com dificuldade reunir impressões fugidias — como aquele que sonha e que, para contar seu sonho, deixa-se cair na mímica de quem dorme.
— Eu estava errado ao falar de rumores, e com razão ao falar de febre. Em certo sentido, é menos que nada. A febre sozinha não é nada, é só um sinal... Não me tome por febril delirante, eu também... Vivo aqui, e é difícil de se fazer compreender. Eu, de minha parte, compreendo melhor ao vê-lo esta noite. Porque tive vontade de lhe falar esta noite. O senhor não é de Maremma, e falar com o senhor — se o senhor acreditará em mim, é pouco provável — é como abrir a janela de um quarto onde há um doente. Respira-se mal em Maremma, busca-se ar, é isto o que há a dizer: busca-se ar.
— Para um quarto cheio de contágio, atrai muita gente.

O semblante eloquente de Belsenza tomou-me como testemunha.

— Uma pura extravagância, sr. Observador. As pessoas são completamente malucas em Orsenna... Chego lá, chego lá! — avisou diante de meu ar impaciente. — Há mais ou menos um ano que a coisa começou; isto é — corrigiu ele —, que eu comecei a observar alguma coisa. Não se falava do Farghestão aqui, eu lhe garanto. Era como se não tivesse existido. Apagado, riscado do mapa... Tinham outras preocupações. A vida aqui é dura, vive-se modestamente, as aparências enganam... Vou levá-lo para visitar a cidade — acrescentou, apontando os salões com um gesto amargo —; ela não é toda tão suntuosa quanto o palácio Aldobrandi.

— Eu sei. Hoje a noite estava iluminada pela lua.

— Ah, o senhor viu. Embora de noite, o senhor sabe... fica sobretudo o pitoresco. As pessoas do palácio preferem passear à noite. Mas eu me afasto — cortou ele, tranquilizando-me com um gesto da mão. — Agora se fala de lá, as pessoas começam a saber das coisas.

— De lá?

— Esqueço que o senhor não é daqui. Os cacoetes são adquiridos com o tempo. Não se tem mais cuidado. Aqui dizem muito pouco "o Farghestão", pode-se mesmo nunca dizer. Dizem "lá".

— Curioso. De longe, não se suporia tanta familiaridade.

— De longe, não se supõe nada, mas aqui se supõe muito. Pelo menos é o que quero crer. Seria mais tranquilizador. Diriam...

— Dizem o quê, exatamente?

Dessa vez eu estava de fato exasperado. Belsenza imobilizou-se, e suas sobrancelhas se juntaram como diante de uma questão difícil.

— Exatamente, o senhor levanta a lebre, sr. Observador. Gosto também de pôr as coisas preto no branco. Mas, quando tento começar um relatório, a pena cai-me das mãos. Você mal tenta apreendê-los *exatamente*, e os rumores adquirem logo outra forma. Como se tivessem medo sobretudo de se deixar pegar, verificar. Como se as pessoas tivessem medo sobretudo de serem impedidas de correr, de manter o fôlego. Como se as pessoas tivessem sobretudo medo de que deixasse de haver rumores.

85

Belsenza fez um muxoxo excessivo e debochado.

– ... Isso se reduz – caso se queira reduzir – a muito pouca coisa, a nada. A menos que nada. A mais ou menos isto. Teria havido grandes mudanças no Farghestão. Alguém, ou antes alguma coisa, teria tomado o poder. E, nisso a concordância é universal e enérgica, esse alguém... essa alguma coisa... essa mudança... não pressagiaria nada de bom para Orsenna.

– Rumores!... Então. É pura extravagância. – Belsenza fixou-me com um olho desafiador.

– Sinto-me levado a acreditar nisso como o senhor. Mas posso também assegurar-lhe que prová-lo, o que seria ainda melhor do que dizê-lo, não ajudará em nada para fazê-los cessar.

– Mas o senhor poderia publicar um desmentido oficial.

– Pensei nisso... Não, acredite, já é muito tarde. Há aqui um fogo em incubação. Toda matéria pode tornar-se inflamável. Um desmentido nutrirá os rumores. É questão de temperatura.

– Quem fala?

– Hoje, todo mundo. No início, parece-me – Belsenza baixou a voz –, sobretudo os estrangeiros. Esqueço ainda – corrigiu-se rapidamente –, que "estrangeiros" aqui são as pessoas de Orsenna. E quando se pergunta "quem fala", compreenda-me bem, é preciso entender. No fundo não se *fala*. Quase nada mesmo. É antes por alusão, por omissão que se fala. Nada de positivo. Tudo permanece envolto, indireto. Tudo *remete* aos rumores, mas nada os denuncia. Como se as palavras, todas as palavras de um dia, desenhassem obstinadamente um molde, o molde de alguma coisa, mas esse molde permanecesse vazio. Faço-me compreender bem mal. Vou servir-me ainda de uma imagem. O senhor conhece o jogo do furão. Todo mundo forma um círculo, as mãos seguram a corda, não se vê nada, mas as mãos são cúmplices, o furão corre, desliza ao longo da corda, repassa, volta incansavelmente. Ele nunca está ali. Cada uma das mãos está vazia, mas cada uma delas é um côncavo morno para acolher o furão, por tê-lo acolhido. Eis a que se dedica Maremma o dia todo. E não estou inteiramente certo de que seja um jogo.

– Não, um desmentido não serviria para nada – conclui Belsenza pensativo. – Seria preciso cortar a corda, mas primeiro seria preciso encontrá-la.

— A corda?
— A corda ao longo da qual o furão desliza — Belsenza sorri com ar absorto. Mantive um momento de silêncio. Não tinha vontade de sorrir. Esse discurso era para mim menos incoerente do que eu teria desejado.
— Compreendo. Mesmo sem isso, acontece de o pegarem. O senhor não prendeu ninguém?
— Não. Assim como não publiquei o desmentido. Pelas mesmas razões. Além do mais...
Belsenza envolveu os salões com um olhar precavido.
— ... não tenho nem apoio nem crédito em Orsenna, e pego logo uma questão complicada.
Senti que minha voz tremia ligeiramente.
— Estou como o senhor a serviço da Senhoria, Belsenza, e minhas amizades só vêm depois. Gostaria que o senhor falasse mais claramente. O senhor teme que a corda o traga aqui?
— Talvez.
— É uma impressão ou uma certeza?
A voz de Belsenza soou com tom de franqueza.
— É uma impressão. Tudo isso não passa de impressão, repito. Talvez eu tenha errado ao falar. É possível que eu tenha exagerado.
— Não vejo nada de muito grave em tudo isso. Maremma não é uma cidade com distrações. Isso será um remédio para o tédio.
— Assim o desejo, sr. Observador.
A voz retomava o matiz oficial e neutro, e senti que o buraco em que eu colava meu olho ia fechar-se.
— Uma fala sua, há pouco, me espantou, se não foi um descuido de sua parte. Ao falar do autor desse dito golpe de Estado, "lá", o senhor disse: algo... ou alguma coisa.
— Exatamente. Não foi descuido. Há aí uma estranheza ainda...
Belsenza parecia chocar-se de repente com um obstáculo.
— O senhor vai ver, sr. Observador, até que ponto qualquer desmentido seria ineficiente. Seria possível dizer que os rumores se imunizam, ao nascer, contra qualquer prova material. A expressão golpe de Estado é muito inexata. Segundo os

rumores, não se passou lá nada que se possa ver. Nada mudou de modo aparente. É mesmo ao sublinhar que nada mudou nas aparências que os rumores ganham algo de mais perturbador. A ideia, na medida em que aí se possa ver com clareza, seria mais que uma espécie de poder oculto, digamos de sociedade secreta, com objetivos mal definidos, mas certamente exorbitantes, inadmissíveis, teria conseguido subjugar o país, fazer dele uma coisa sua, apoderar-se sem que nada a denuncie em todas as engrenagens do governo.

– Excessivamente romanesco! O senhor não vai me fazer acreditar que se dê crédito aqui a tais histórias...

– Isso parece pouco crível, de fato. Mas eu gostaria que o senhor me permitisse uma observação. Falei há pouco de febre e de doença. Os efeitos da doença são estranhos. Tive oportunidade, em Orsenna, de fazer investigações sobre charlatões, curandeiros. E da espécie mais grosseira. Quanto a isso, pode acreditar em mim: era raro que não tivessem em sua clientela algumas das pessoas mais notáveis, das mais esclarecidas da cidade. Eu poderia citar nomes...

Eu não fazia questão de saber. De novo, havia na voz de Belsenza uma insinuação que me era desagradável.

– Não vejo em torno de nós doentes muito graves.

Belsenza lançou sobre os grupos um olhar vago, e me lembrei súbito de Marino.

– Eu também não. Mas...

Aproximou-se de mim com um gesto nervoso.

– ... veja, sr. Observador, conheço bem essa cidade. Num sentido, é sempre a mesma. Esfrego os olhos, e não vejo nada. Tudo está em ordem. Mas tem alguma coisa que mudou. Tem alguma coisa...

De novo, os olhos flutuaram vagos.

– ... Tem alguma coisa errada.

O ar desamparado de Belsenza e a ansiedade que transparecia em seu tom me perturbavam. A visita a Sagra voltou-me de imediato, vividamente, à memória.

– De qualquer modo, isso diz respeito ao senhor. Mas não posso crer que esses rumores tenham nascido sozinhos. E é a fonte que me interessa. O senhor deve ter-se indagado, naturalmente, se alguém em Maremma não estaria de um modo ou de outro em contato com o Farghestão?

O rosto de Belsenza tornou-se o próprio rosto do pasmo, e me senti no mesmo instante tomado pela mais viva convicção de ter feito uma besteira.

– Em contato?... É impossível. Fui tomado pela irritação.

– É proibido, o que não é a mesma coisa.

Uma expressão singular formava-se no rosto de Belsenza: a de um homem chocado e intimamente escandalizado, mas que em razão das regras de comportamento é impedido de corrigir o outro. De repente, senti-me diante dele como um estrangeiro a quem, pela mímica de um incômodo mudo, se tenta evitar um *desrespeito ao decoro* por demais sutil para ser explicado.

– Isso é *totalmente* impossível... – Belsenza tossiu e me olhou nos olhos com um sorriso congelado.

– ... O senhor sabe disso melhor que eu, sr. Observador. Sua própria presença no Almirantado tornaria injuriosa qualquer busca nessa direção.

– Desculpe-me, nesse caso, por não ver mais muito bem para onde tendiam essas confidências.

O tom de Belsenza tornou-se de novo superficial e mundano, e senti que ele *se afastava* do assunto de novo, dessa vez de modo definitivo. De uma ponta a outra dessa conversa, toda em lances suspeitos, ele fora para mim a silhueta irritante que, na arena, transparece, depois desaparece até a exasperação por trás de um pedaço de pano vermelho.

– Oh! Era uma conversa, de modo algum uma diligência. Ainda uma vez, não se trata de serviço. Eu pensava que o Almirantado desprezava essas besteiras. Agora, estou certo, é tudo.

A animação da festa declinava agora por completo. Os comentários de Belsenza deslizaram por mim: deixavam-me mais distraído que abalado, como a gesticulação insignificante de um caçador que atira ao longe, antes que a detonação chegue a nós. As vozes indistintas misturavam-se, faziam em meus ouvidos o barulho indefinidamente retomado e desfeito da maré. Eu me sentia como seu litoral hostil. Estava no meio desse grupo de pessoas como um intruso a quem não haviam

89

dado a senha, e que sente cada rosto mostrar ao seu uma insuportável interrogação. A voz precavida e ensombrecida de Belsenza, como quando se diminuem as luzes, havia turvado para mim o brilho da festa; já era hora de encontrar Vanessa.

Ao sair do burburinho das pessoas e da iluminação violenta, a galeria superior do palácio parecia profundamente adormecida. Diante de mim, um corredor lajeado repleto de silêncio perdia-se na penumbra; pelas altas janelas, de um azul-noite, abertas para a laguna, os elos lunares que subiam da água bem próxima moviam-se nas abóbadas como um fraco murmúrio de claridade. Apoiei-me por um momento numa das janelas abertas. A noite estava calma, como se nela se tivesse erguido uma lâmpada. Diante de mim, numa distância que mal se via, o fino orlado branco das ondas que se desfaziam na barra marcava a entrada da passagem das lagunas. A fraca oscilação dos reflexos nas paredes, os rastos luminosos que se cruzavam aqui e ali na superfície da água, o silêncio tenso na escuridão dessa ponte adormecida acima de uma profunda e confusa agitação, lembravam-me a noite do *Intrépido*, evocavam a ideia de uma aparelhagem, de um cruzeiro na escuridão, com todas as luzes apagadas. O palácio velava por Maremma nessa noite adormecida. Já muito longe na estrada, o veículo de Marino rolava como um astro minúsculo através dessa noite vazia que dilatava o olhar. Os ruídos haviam se calado na cidade, e Belsenza voltava para seu alojamento febril. Lembrei-me sorrindo com que incômodo equívoco ele me mostrara o palácio como a fonte desses rumores obscuros; pensei na promessa irônica que Vanessa me fizera no Almirantado, e empurrei a porta de seus aposentos com um dedo nervoso.

Os aposentos de Vanessa ocupavam em toda a sua largura a extremidade da ala do palácio que dava para o mar. Era um cômodo imenso com paredes nuas, e as janelas abertas em três lados enchiam-no por inteiro com o leve fremir das águas da laguna. Um único canto do cômodo emergia de uma luz fraca, mas desde a entrada fui tocado, apesar do brilho oriental dos tapetes e da riqueza dos revestimentos de mármore, por uma impressão íntima de deterioração. Nessa ala talhada à medida de uma vida esquecida, a existência que voltava parecia se enrodilhar, flutuar como numa roupa muito grande. Um lago de vazio abria-se no meio do cômodo; como uma carga que se amontoa ao balanço de um casco gigante, os móveis confusos, muito raros, refugiavam-se medrosamente contra as paredes.

— Marino foi embora cedo esta noite. Ele tinha o que fazer no Almirantado? Venha, sente-se. Não tenha medo — acrescentou Vanessa rindo de minha hesitação ao atravessar o cômodo vazio.

Sentei-me em frente dela, intimidado. Estendida num sofá baixo, o abajur a deixava quase por inteiro na sombra. O eco inesperado das paredes desconcertava-me, desmentia a intimidade precária dessa lâmpada de alcova, dessas almofadas tépidas e profundas. O espaço nu do quarto atrás de mim me deixava tenso, pesava em meus ombros como um teatro vazio.

— Não, com certeza não. As idas e vindas do capitão preocupam mesmo você.

Vanessa parecia nervosa e contrariada.

— Você não falou, não é? Quero dizer: da visita que fez a Sagra.

— Não, de fato. Que ideia maluca! E na verdade espero ser recompensado por minha nobreza de alma. De qualquer modo, no Almirantado, agora mesmo, você foi de uma discrição excessiva. Eu poderia ter me irritado.

Vanessa continuava séria.

— Eu ficaria muito chateada se Marino descobrisse essa embarcação.

— É um grande segredo?

Vanessa deu de ombros com ar descontente e preocupado.

— É uma coisa de criança. Mas Marino não veria assim.

— Ele talvez tivesse boas razões para isso. Parece-me que eu mesmo vi essa embarcação navegar bem longe de Sagra. Em condições que não eram regulamentares, é o mínimo que se pode dizer.

Vanessa lançou-me um olhar mais curioso que alarmado.

— E o que você achou disso?

— Avisei Marino. Patrulhamos no dia seguinte à noite. E é uma sorte para você, tenho de dizer, que não tenhamos achado nada.

Vanessa baixou os olhos.

— Não é proibido passear no mar. Esses regulamentos são um total absurdo. Maremma está se tornando uma praia frequentada, e o Almirantado poderia fechar um pouco os olhos. Já é tempo de Marino compreender isso.

— Você poderia tentar convencê-lo.

Vanessa hesitou um segundo, buscando suas palavras com atenção.

— O capitão é um homem que estimo. Mas não é muito inteligente.

— Com certeza é o bastante para ser indulgente para com esse tipo de prazeres. É um marinheiro. Talvez uma abordagem direta, e sobretudo franca...

Vanessa franziu ligeiramente a sobrancelha e me olhou com ar sério.

— Não gosto muito, Aldo, das suas insinuações de melodrama. Você talvez considere Maremma como refúgio de contrabandistas?

— Não.

Olhei-a, por minha vez, nos olhos...

— ...Mas, se você quer saber, considero um local de lazer no mínimo muito imprevisto. E acho que Marino se indaga, tal como eu, o que exatamente você veio fazer aqui.

Houve um curto momento de silêncio, e senti súbito, com uma impressão de libertação ansiosa, todo o peso que eu pusera em minha interrogação. Vanessa abandonou sua troça estudada e, voltando os olhos para a janela aberta, desviou de mim seu rosto.

— O que vim fazer aqui? Mas nada, Aldo, eu lhe garanto. Eu não aguentava mais Orsenna. Tínhamos aqui esta velha ruína. Vim. Fiquei mais tempo do que imaginava. É isso.

Havia em sua voz o tom de sinceridade incrédula. Cada palavra esgotava a verdade, mas como o relato de quem sonha esgota a verdade de seu sonho.

— Você vê tanto encanto nessas areias?

— Não vejo as areias. Não saio daqui. — Vanessa voltou-se para mim. Sua voz branca e sem timbre era como o murmúrio apaixonado dessa penumbra.

— ...Espero.

— Você fala por enigmas, Vanessa. Não quer dizer-me?...

Sentia-me estranhamente mexido. À minha revelia, sentia

transmitir em meu tom o matiz de cortesia delicada que a voz assume na cabeceira de um doente. A voz de Vanessa, por sua vez, apoiou-se em mim com terna confiança.

— É difícil fazer-se compreender, Aldo. Alguma coisa deve acontecer, estou certa. As coisas não podem mais perdurar assim. Voltei a Orsenna. Você sabe, eu tinha ficado ausente por muito tempo. Vi as pessoas, as ruas, as casas. E tive um choque. Era como alguém que se revê ao termo de alguns anos e a propósito de quem se percebe, tão claro quanto o dia, que traz a morte no rosto. As pessoas à volta riem, se ocupam agitadas, vão e vêm como se nada houvesse. Mas a gente vê, e sabe. Por si só. E tem medo.

— Algumas vezes se toma a própria decisão.

Vanessa desafiou-me com os olhos.

— Não mudei. Odeio Orsenna, você sabe. Sua condescendência, seu bom comportamento, seu conforto, seu sono. Mas vivo disso também. E tive medo.

Vanessa ficou pensativa.

— ... Há muito que os meus estão nessa cidade. Eles puseram suas garras e seus dentes na carne dela. Pela primeira vez, vi o fim, e tive vertigem. Pensei no verme que acabou de devorar sua maçã. Compreendi que a maçã não duraria para sempre.

— E você veio refletir sobre isso em Maremma. Nada mais?

— Não entendo o que você quer dizer.

— Em Maremma não apenas se medita, ao que parece. Fala-se. Parece mesmo que se fala muito.

— Belsenza queria encontrar-se com você. Foi o que notei. Vejo que você não perde de vista suas obrigações profissionais — lançou Vanessa com uma zombaria no olhar.

— Belsenza está muito surpreso por acolherem aqui esse tipo de intrigas. E, se é verdade, ele tem razão. Você deveria cortar isso.

O rosto de Vanessa fechou-se.

— Não tenho como acabar com esses rumores. E não tenho vontade de fazer isso.

— Cuidado, Vanessa. Belsenza tem suspeitas. Um desses dias, a Senhoria vai interessar-se por essas criancices. Ela é desconfiada, você sabe. O palácio Aldobrandi não é uma hospedaria, e o que em outro lugar seria mexerico poderia levar a pensar aqui em algo mais sério.

93

— Você não compreende, Aldo. Todo mundo é cúmplice nesse caso. Belsenza em primeiro lugar, ele o condena, mas se apressa a falar do assunto com você.

— Mas, Vanessa, enfim, o que está por trás dessa história?

— Não sei nada. Não procuro saber. O que me interessa não é o que está por trás... mas o que está na frente.

— Na frente? Ou conheço mal a Senhoria, ou há uma provável diligência para a prisão de alguns falastrões.

Os olhos entrefechados de Vanessa desviaram-se.

— Não, você vai compreender. No verão, faz muito calor nas areias de Maremma. Há dias em que o ar fica tão calmo, tão pesado, que se torna irrespirável. A gente se sufoca. Então, no meio da tarde, em plena calma ensolarada, vê-se formar bruscamente nas dunas pequenos redemoinhos, minúsculos. O pó sobe em feixe, um monte de ervas bruscamente voa nos ares, não se sabe por quê. A 10 metros, não se sente nada. Nem um sopro. É tão incôngruo, tão inesperado quanto um espirro. Atrás, vem uma tempestade. Pode-se rir desse ciclone grotesco. Mas é o turbilhão que compreende melhor. Compreende porque redemoinha, porque o ar se rarefez de modo insensível, porque há um vazio que chama não importa o que para si.

— Os cabeças de vento e desmiolados, para começar.

Vanessa deu um sorriso irônico.

— Espere. Não terminei minha fábula. Se os pedregulhos pensam, com certeza acham ridículo a poeira dançar assim no ar quando não há vento.

Comecei a sorrir, um pouco irritado, com um sorriso forçado.

— Acho sua imagem sedutora. Você deixou o capitão saboreá-la?

— Marino leva esse assunto de modo mais sério do que você.

— Você fala disso com ele?

— Você se engana, Aldo. É ele que fala disso comigo. Eu o informo sobre o que se ouve dizer aqui, só isso. Ele não se cansa disso. Ele me escutaria durante horas.

— Isso não se parece com ele.

— Mas ele volta. Aldo, você também vai voltar.

Vanessa pôs-se a mexer distraidamente com o fecho de seu cinto.

— Com certeza, Vanessa. Acho que vou precisar pôr a limpo esse assunto.

Sorri, e peguei delicadamente em minha mão uma outra que não se manifestou.

— Não acho que seja para se informar que Marino vem aqui. Com você posso falar. Ele vem buscar sua droga. Tem necessidade dela. As pessoas vêm de Orsenna, você viu.

— De que droga você quer falar?

— A mesma, Aldo, que você vai buscar nessa casamata onde há tantos mapas. O capitão não sabe por que ele volta a Maremma. Eu poderia dizer-lhe. Ele volta aqui porque é entediante dormir muito, porque, num sono por demais pesado, a pessoa revira-se na cama para buscar um ponto menos mole e menos fundo, e porque para viver tem necessidade de imaginar vagamente que as tripulações de Orsenna não estão destinadas por toda a eternidade ao cultivo de batatas.

A voz de Vanessa calou-se, fez-se silêncio. Eu sentia no coração um aperto. Revia as muralhas do Almirantado, o chamado que seu impulso dirigia ao vazio. Desejava que agora se calasse essa voz que afastava sombras demais. De repente, eu tinha medo de mim mesmo.

Um fraco e profundo murmúrio entrava pelas janelas, povoava agora o silêncio que tinha voltado e fazia viver surdamente à nossa volta o quarto vazio. O espaço que eu sentia aprofundar-se atrás de mim pesava-me; levantei-me com um gesto nervoso e andei em direção a uma das altas janelas abertas. A lua se levantara. A abóbada dos vapores elevava-se acima da laguna. Na beira do mar, as primeiras fachadas de Maremma, branquicentas e muito próximas umas das outras, saíam vagamente da sombra. A música havia se calado nos salões e um rumor mais longínquo imobilizava essas faces de pedra. A faixa de areia fechava o horizonte com uma barra negra; pela passagem aberta, os rolos de ondas inchadas pela maré quebravam em patamares fosforescentes de neves espumosas, em degraus desmedidos que pareciam derrocar-se teatralmente por repelões do coração mesmo da noite. Um cicio solene subia das areias, e, como a franja do tapete que desborda de uma escada de sonho, um lençol obnubilante vinha desrugar-se a meus pés sobre as águas mortas.

95

Senti no ombro um leve contato, e, antes mesmo de virar a cabeça, soube que a mão de Vanessa aí se havia apoiado. Fiquei imóvel. O braço que me roçava tremia de febre, e compreendi que Vanessa tinha medo.

— Venha — disse ela de repente com voz contraída —, a noite está fria.

Voltei-me para o cômodo escuro. A parede diante de mim parecia flutuar na claridade difusa da laguna e, como que por uma silhueta que se solta num longínquo indeciso, minha atenção foi de imediato vividamente atraída por um retrato para o qual eu havia virado as costas ao entrar no quarto, e que me dava agora a impressão súbita, por sua presença quase indiscreta e uma sensação inesperada e incômoda de proximidade, de ter emergido de repente, graças a minha distração, nessa superfície lunar. Embora o quadro permanecesse muito escuro e tivesse de início passado apenas como sombra vaga no canto muito oblíquo do olho, uma sensação violenta de *nunca visto* que me desceu pelos ombros fez com que eu acendesse as luzes, com a mesma mão brutal com que se desmascara um espião atrás de uma cortina. E compreendi de súbito o incômodo que eu sentira pesar em mim desde minha entrada no quarto e ao longo de minha conversa com Vanessa. Havia um terceiro entre nós. Como o olhar que, através de uma janela, é magnetizado, sem querer, por uma extensão de mar ou picos nevados, dois olhos arregalados surgidos na parede nua desancoravam o cômodo, derrubavam sua perspectiva, assumiam-no como um capitão em seu navio.

Eu conhecia essa obra célebre, um dos retratos em que se considerava que Longhone havia posto esse toque de jubilação na angústia profunda, graças ao qual se reconhece sua maneira suprema, e que é materializada com frequência nas obras do fim de sua vida pelo levíssimo estrabismo do olhar e pela nuance imperceptível de alheamento no sorriso, o que faz com que alguns considerem que sua obra-prima é o retrato — pintado aos oitenta anos — do podestade Orseolo. Com frequência eu me havia detido, sem me dar conta, como que tomado por um encanto, diante da antiga cópia que existe na Galeria do Conselho em Orsenna, e diante da qual um rito secular exige que a pessoa se cubra, em sinal de execração pela memória de um traidor cuja lembrança Orsenna teve por muito tempo gravada na carne. Era o retrato de Piero Aldobrandi, trânsfuga de Orsenna, que se contrapôs às forças desta no cerco das fortalezas farghianas de Rhages, cujo assalto mais furioso o quadro evocava. Mas, dessa vez, eu tinha diante dos olhos o próprio quadro, tão novo, tão escandalosamente exposto quanto o verniz dos músculos sob uma pele arrancada: a obra parecia com sua cópia como um nu agradável parece com um esfolado vivo. As últimas elevações com vegetação do Tängri, que desciam até o mar em linhas inconstantes, formavam o pano de fundo do quadro. A perspectiva cavaleira e ingênua, num grande mergulho, mutilava o cume da montanha, cujas linhas convergentes das cumeadas baixas sugeriam, todavia, a iminência e a enormidade viva da massa, como se a determinação esmagadora de uma pata gigante se impusesse, mergulhando da beira da moldura até o mar. À beira da água, a insolação de uma tarde brilhante fazia reluzir no calor o anfiteatro de casas e muralhas da cidade, como uma miragem erguida sobre o mar. Rhages surgia surpreendida no torpor amoroso da sesta, com as idas e vindas bocejantes de seus terraços, a suave atividade de sonâmbulos dos minúsculos personagens que caminhavam aqui e ali em suas ruas. Uma rica pele de chamas com volutas arquitetônicas fazia um orlado na cidade sitiada. A impressão confusa que esse quadro de massacre comunicava devia-se ao caráter extraordinariamente natural e mesmo repousante que Longhone, com sua crueldade serena, soubera dar a sua pintura. Rhages ardia como uma flor se abre, sem laceração e sem drama: mais do que um incêndio, dir-se-ia o rebentar calmo, a voracidade tranquila de uma vegetação mais voraz, uma *sarça ardente* contornando e coroando a cidade, a voluta rebordada por uma rosa em torno do barulho de insetos de seu coração fechado. A frota de Orsenna estava disposta em semicírculo ao largo da cidade, mas se um muro de fumaças tranquilas se elevava em pesados penachos do mar, pensava-se, sem querer, não tanto no estrondo lacerante da artilharia, mas antes em algum cataclismo pictórico e visitável, no Tängri de novo fazendo suas lavas caírem no mar.

Tudo o que a distância pode comunicar de cinicamente natural aos espetáculos da guerra recuava de modo a exaltar o sorriso inesquecível do rosto que brotava da tela como um punho estendido e parecia vir atravessar o primeiro plano do quadro. Piero Aldobrandi, sem quepe, usava a couraça negra, o bastão e a faixa vermelha de comandante que o ligavam para sempre a essa cena de carnificina. Mas a silhueta, voltando as costas para essa cena, diluía-a na paisagem com um gesto, e o rosto tenso por uma visão secreta era o emblema de um *distanciamento* sobrenatural. Os olhos meio fechados, com o estranho olhar interior, flutuavam num êxtase pesado; um vento de mais longe que o mar agitava esses cachos, rejuvenescia todo o rosto com uma castidade selvagem. O braço de aço polido com reflexos escuros elevava a mão à altura do rosto, num gesto absorto. Entre a ponta dos dedos de sua manopla de guerra, com a carapaça quitinosa, com cruéis e elegantes articulações de inseto, num gesto de graça perversa e meio amorosa, como que para aspirar de suas narinas trêmulas a gota de perfume supremo, os ouvidos fechados para o trovão dos canhões, ele esmagava uma flor sangrenta e pesada, a rosa rubra emblemática de Orsenna.

O cômodo alçava voo. Meus olhos pregavam-se nesse rosto, brotado da gola vistosa da couraça numa fosforescência de hidra nova e de cabeça cortada, semelhante à ostentação obnubilante de um sol negro. Sua luz se erguia por sobre um além inominado de longínqua vida, criava em mim como que uma aurora escura e prometida.

— É Piero Aldobrandi — disse Vanessa em voz alta, como que para si mesma. — Você não sabia que ele estava em Maremma?

Ela acrescentou com voz mudada:

— Gosta dele, não é? É uma coisa maravilhosa. Aqui, sentimos que vivemos debaixo de um olhar.

Acesso de febre

Há em nossa vida manhãs privilegiadas em que nos chega o *aviso*, em que desde o despertar ressoa para nós, numa andança ociosa que se prolonga, uma nota mais grave, à medida que demoramos, com coração confuso, a manejar um a um os objetos familiares de nosso quarto no momento de uma grande partida. Algo como um alerta longínquo insinua-se até nós nesse vazio claro da manhã mais cheia de presságios que os sonhos; talvez seja o ruído de um passo isolado no calçamento das ruas, ou o primeiro canto de um pássaro vindo delicadamente em meio ao último sono; mas esse ruído de passo desperta na alma uma ressonância de catedral vazia, esse canto passa como que por sobre os espaços do mar alto, e o ouvido volta-se no silêncio para um vazio em nós que de repente não tem mais eco que o mar. Nossa alma purgou-se de seus rumores e do tumulto de multidão que a habita; uma nota fundamental rejubila-se nela e lhe desperta a exata capacidade. Na medida íntima da vida que nos é devolvida, renascemos com nossa força e nossa alegria, mas por vezes essa nota é grave e nos surpreende como o passo de um transeunte que faz ressoar uma caverna: é que uma brecha se abriu durante nosso sono, uma parede nova ruiu sob o avanço de nossos sonhos e será preciso que vivamos agora por longos dias como num quarto familiar cuja porta bateria inopinadamente contra uma gruta.

Foi nesse estado de alerta sem causa que despertei no dia seguinte em Maremma. Tudo ainda dormia na laguna, como se a cidade inteira, por respeito, tivesse regulado a hora de seu despertar pelo sono demorado do palácio. O sol queimava os canais vazios e as praias mortas com a mesma aridez que uma paisagem de salinas, fazendo crepitar de brancura a roupa pendurada nas janelas dos bairros pobres. Um barco de pesca, nas águas desertas, deslizava em silêncio rumo à passagem. Um ruído de voz subia do salão de Vanessa, abafado pela distância; seu rumor distinto e incompreensível misturava-se a meus sonhos da noite, alcançava esse longínquo zumbido de tempestade que eu sentira pairar na véspera em meio aos comentários de Belsenza. Já se *falava* em Maremma; pela cidade adormecida despertava, com essas vozes abafadas, o pulso da leve febre que agora eu sentia bater em meu punho.

Fui despedir-me. Já havia na casa de Vanessa muita gente, mas a porta empurrada fez diante de mim como que uma onda de silêncio. Eu não me sentia à vontade. A noite branca e a luz crua desfaziam os rostos: apesar dos sorrisos e da elegância das roupas, o salão povoado a essa hora insólita evocava o "quem vem lá" e a incerteza de um acampamento improvisado em pleno vento, de uma chegada de refugiados de manhã bem cedo. No momento de partir, Vanessa, com um gesto rápido, puxou-me à parte.

— Parto amanhã para Orsenna... No fim do mês, estarei de volta. Logo que voltar, vou esperar por você, Aldo. Só que dessa vez você virá aqui já de manhã. Com o nascer do dia...

Ela acrescentou com voz mais baixa:

— Teremos de ir bem longe.

— Vai ser uma expedição?

— Sim e não. Em todo caso, uma surpresa, assim espero. Vou avisá-lo logo que eu estiver de volta.

A voz um pouco febril *dirigia-se a mim à parte*, e pensei logo, um pouco embaraçado, em Marino.

— Devo prevenir o capitão?

Vanessa pareceu contrariada.

— Você virá sozinho. Você terá algo para fazer em Maremma, só isso.

Um incidente na estrada atrasou o carro. O Almirantado, quando lá cheguei à hora da sesta, com portas e janelas fechadas na exuberância de fim de verão, parecia abandonado. Os golpes de martelo espaçados vindos do galpão tornavam ainda mais aguda nas pedras a vibração do calor. Meu quarto inteiramente aberto para a charneca tórrida pareceu-me inabitável; refugiei-me no cômodo fresco onde às vezes eu trabalhava perto do escritório de Marino: havia correspondência para mim, e comecei a classificar, sem entusiasmo, alguns papéis oficiais. No silêncio mortuário, o ranger de minha pena lutava sozinho contra o leve zumbido das moscas. Senti-me súbito derrotado pelo sono; joguei-me numa cama de acampamento e adormeci profundamente.

Acordei com a cabeça pesada. As redes de sol mal tinham se deslocado no piso vermelho. Falavam no cômodo vizinho. O barulho de voz monótona e igual *retomava o fio*, levava-me ao despertar da manhã como a um sonho cortado por insônias, e eu me encolhia exasperado, mal convencido de que não ia mais dormir. As vozes, porém, continuavam a se infiltrar através da porta, suavemente inesgotáveis, com a calma arrastada e insípida de uma discussão camponesa. Eu reconhecia agora, distintamente, a voz de Marino, cuja emissão ele sabia tornar mais lenta como no teatro, e tentei seguir, divertido, apenas pelas inflexões habilidosas da voz, os meandros de uma discussão cujo tema eu mais ou menos percebia. Não havia com que se enganar: era sua voz "dos contratos das fazendas" que Fabrizio imitava tão bem. O passo pesado do capitão soou sem pressa no piso e a porta se abriu.

– Ah! então você está acordado, Aldo. A noite foi curta, estou vendo...

Não era bem de malícia o piscar de olho de Marino. Ele parecia preocupado.

– ... Venha ajudar-me. Temos problemas.

No escritório do capitão, Beppo, um dos mestres de equipagem que dirigiam as nossas equipes agrícolas, puxava as fitas de seu chapéu com ar incomodado.

– Você sabe o que Beppo acabou de me contar? – disse-me Marino com tom incrédulo. – A propriedade de Ortello recusa-se a renovar a contratação de nossos homens.

Ergui para Beppo olhos ainda mal despertos. Era na verdade uma estranha novidade, e um grande transtorno. Ortello era uma das terras mais extensas das Sirtes e constituía para o Almirantado sua clientela mais antiga e mais sólida. Para tudo dizer, essa propriedade, famosa nas Sirtes por suas grandes caçadas e sua hospitalidade faustosa, era como que o primogênito e o orgulho de Marino, que se julgava um pouco o patriarca e o pai nutriz dessas terras perdidas; a propriedade havia crescido graças a ele, e ele punha nela toda a sua dedicação; dir-se-ia, quando falava dela, que a cultivava com suas mãos.

— Qual o problema?

— Ele mesmo vai dizer-lhe — prosseguiu Marino surdamente indignado. — Não estou entendendo nada.

Beppo tossiu para limpar a voz, sem nenhum entusiasmo. Compreendi que a acolhida de Marino fora uma ducha de água fria.

— O capitão não quer acreditar em mim, mas eles me recomendaram dizer que não se queixam do trabalho dos homens. São as circunstâncias, é isso que repetiram.

— Você fala em interesse próprio. As circunstâncias! — cortou Marino, irritado. — Mas enfim o que significa isso? O que mudou? É o que lhe pergunto.

A voz intimidada de Beppo visivelmente renunciava a se fazer crer.

— Ah! Isso, capitão!... Dizem que não podem mais pagar os dois anos de salário antecipadamente, que não é mais possível agora um compromisso por tempo tão longo.

— Querem vender a terra deles?

Beppo pegou energicamente a deixa, e sentiu que ia agradar a Marino.

— Quanto a isso, não, capitão. Com certeza não! Uma terra como essa! Acabaram de refazer os caminhos e ano passado plantaram oliveiras na parte das dunas.

— Você pode então me dizer onde eles esperam encontrar braços para o trabalho?

— Isso, capitão!...

O tom de Beppo tornou-se de novo envergonhado.

— ...Dizem que darão um jeito.

— Mas tem alguma coisa aí — grunhiu Marino, olhando-o nos olhos. — Você terá feito alguma besteira, é isso.

— Eu juro, capitão! — Soluçou Beppo à beira das lágrimas.
De repente, Beppo intrigava-me. Algo havia transcorrido no constrangimento de sua voz que me lembrava, num relâmpago, Belsenza. A cólera fria de Marino visivelmente o paralisava, e pressenti que ele não tinha acabado. Minha voz fez-se tão interessada quanto possível.

— Você não tem ideia do que eles querem dizer quando falam das circunstâncias?

Beppo agarrou-se a mim como a uma boia de salvamento.

— Não é possível dizer com exatidão, sr. Observador. São velhos, o senhor vai compreender; eles balbuciam as palavras entre os dentes; seria possível dizer que sabem de coisas que não querem dizer.

Beppo franziu as sobrancelhas num esforço de reflexão.

— ... Dizem que os tempos não são seguros, é isso que dizem.

— Não são seguros?

— Dizem que vão acontecer coisas novas, e que não é possível fazer arranjos antecipados.

— O que isso quer dizer?

A voz de Marino tremia ligeiramente.

— Coisas novas, capitão, coisas ruins: vale dizer a guerra. É isso que dizem agora.

A voz de Beppo decaiu, como na confissão de uma doença vergonhosa. Houve um instante de silêncio carregado. Eu tentava manter a postura. O olhar de Marino, atrás de mim, dava-me medo. No entanto, sua voz se ergueu, muito dona de si mesma, e nesse instante o admirei.

— É isso, Carlo está bem velho. Pode ir, Beppo. Irei a Ortello cuidar do assunto.

A saída de Beppo deixou-me exposto. Marino, cabeça baixa, mãos nas costas, andava de um lado para outro com ar absorto. O silêncio tornava-se tão sufocante que com um gesto mecânico abri a janela. O tédio vazio do fim da tarde refluiu para o cômodo como um perfume. Os passos detiveram-se, e a voz de Marino subiu atrás de mim estranhamente tênue, como uma voz de ferido grave.

— É desagradável esse assunto, Aldo.

Dei de ombros com ar tão à vontade quanto possível.

— Isso não me parece sério. Carlo vai refletir. Não vejo como Ortello poderia ficar sem nossos homens.
— Você acha?
Tão subitamente *dependente*, ele parecia envelhecido. Eu tinha pena de sua voz quase ofegante, que se agarrava a mim como uma mão.
— ... É isso que me inquieta — prosseguiu com voz cansada, como se falasse consigo mesmo. — Não podem nos dispensar, e sabem disso.
— O senhor deveria ir lá ver. Eles só acreditam no senhor.
De repente, eu o desejava longe de mim, como alguém procura fugir de um quarto de doente. Ele só esperava minha permissão.
— É, você tem razão. Vou imediatamente lá...
Ele parou, com ar indeciso.
— Eu queria dizer-lhe, Aldo...
Parecia quase confuso.
— ... Enfim, é assunto seu, você fará o que quiser. Você ouviu Beppo há pouco. Existe aí alguma coisa que lhe interessa.
— Também acho.

Marino pareceu aliviado. Pela janela, segui olhando por um momento seu cavalo sobre o caminho das lagunas: uma magra silhueta negra no horizonte plano; e me pareceu que me vinha das lagunas uma lufada de ar. Fui quase correndo para meu quarto, com as têmporas apertadas por uma exaltação ruim. Entre a perda de forças de Marino e sua volta, eu tinha pressa de pôr o irreparável.

Quando acabei de reler, uma hora depois, antes de o selar, o relatório que eu redigira para Orsenna, pus o papel assinado sobre a mesa, entreabri minha janela para a charneca já escurecida pela sombra alongada da fortaleza; como o frescor que subia do chão me tivesse desembriagado, permaneci por um momento com a cabeça colada na vidraça resfriada e, pela primeira vez, senti em minha exaltação insinuar-se um sentimento de alarme.

O relatório em si estava irretocável, e, ao relê-lo com cabeça que não chegava a se manter completamente fria, pude admitir a mim mesmo que ele era a própria moderação e clareza.

Os comentários de Belsenza voltaram-me à mente sem esforço e em seus menores detalhes, e mesmo as reticências de sua conversa se transcreveram como que por si mesmas e com uma agilidade singular. E todavia eu permanecia perturbado, talvez mais pela impressão que eu conservava da facilidade anormal de sua redação do que pelo conteúdo inofensivo dessas páginas banais. Essa impressão parecia-se com a de um virtuose que se recupera de uma longa doença e sente seus dedos escaparem dele, embalarem-se por si mesmos em seu instrumento familiar. O veículo do Almirantado parou sob minha janela; era a hora da partida do correio; lacrei apressado o envelope, segui com o olhar por muito tempo, sob o céu embaçado, o veículo aos trancos rumo a Maremma pelo caminho das lagunas. O calor diminuíra, o fim de tarde estava inteiramente cinza. Sentia-me leve e vazio como mulher parida.

Naquela noite, Marino só voltou muito tarde, e o esperamos muito tempo diante de nossos copos já vazios, em torno da mesa do jantar. A conversa evoluía constrangida na sala escurecida, deixando arrastarem-se intervalos de silêncio que se dissipavam mal. O copo que ficou cheio diante do lugar de Marino prendia os olhares como uma repelida oferenda ao gênio do lugar: ali onde ele não estava, o deserto entrava pelas janelas abertas. O passo de seu cavalo na charneca reanimou-nos, fez dançar em torno da sala a ondulação de uma chama delicada. Marino entrou sem dizer palavra e sentou-se, verificando maquinalmente com o dedo os botões de seu casaco de uniforme; era nele um grande sinal: compreendi que a negociação não dera certo. Pareceu-me que a luz baixava bruscamente, e que eu sentia como que uma leve constrição nas têmporas: alguma coisa ia começar.

O jantar, nesse dia, acabou rápido. Eu não podia afastar meus olhos do capitão. Havia em seus gestos lentos uma grande e repentina lassidão. Observei que ele respirava com dificuldade, e parecia buscar meu olhar com mais frequência que de hábito. Esses olhos falavam-me a sós, e, quando cruzavam os meus, sacudiam por um instante, para mim, sua pesada bruma de cansaço. Nesse momento, senti que Marino hesitava, e senti que era muito tarde: Fabrizio, Roberto e Giovanni calaram--se um após o outro, um silêncio completo fizera-se pouco a pouco em torno da mesa, e, nesse silêncio que sugava voraz, a novidade já explodia.

Quando ficamos a sós, Marino acendeu o charuto num gesto brusco, murmurando por trás da chama de seu fósforo.

— Você explicou a eles, Aldo?

— Eu nada disse... O senhor esperava ainda resolver esse assunto — acrescentei com um pouco de crueldade.

A mão de Marino teve um gesto de impotência resignada. Mas o rosto ergueu-se bruscamente, e os olhos cinza-azulados enfrentaram-me com decisão. A voz alteou-se nítida e calma, e se dirigiu a todos, e observei de novo sua autoridade singular e velada, que Marino prodigava tão pouco.

— Eu lhes pedirei que fiquem todos por algum tempo. Surgiu uma dificuldade no Almirantado e é hora de dar-lhes conhecimento... Fabrizio, pode fechar essa janela. Precisamos estar a sós.

Fabrizio levantou-se com uma solenidade brincalhona, o senso de oportunidade como um sol no rosto. O capitão gostava de provocá-lo no final do jantar.

— Ouvir é obedecer, capitão. Não é todo dia que se tem conselho de guerra.

A expressão caiu num silêncio repentino. O canto da boca de Marino começou a tremer levemente.

— A reflexão é excessiva, e ela é de um imbecil...

Fabrizio tornou-se bruscamente muito vermelho, e se afundou sem barulho em seu lugar. Ouviram-se no silêncio uma ou duas tosses contrafeitas.

Marino expôs de modo breve o assunto de Ortello. Não se tratava mais de rumores, e os motivos da ruptura do contrato ficaram numa sombra vaga. Marino deu a entender que a equipe do Almirantado não fora satisfatoriamente eficiente. Observei que, enquanto falava, ele me fixava de maneira hostil, quase provocadora: a voz, imperceptivelmente martelada em minha intenção, *advertia-me* de maneira formal, acentuava sílaba após sílaba uma versão oficial estabelecida em definitivo. Terminou com uma alusão rápida à convicção que ele havia adquirido à tarde de que toda negociação era doravante inútil. O relato fora apressado e sumário; Marino, de modo visível, ao se recusar a ler o estupor que se pintava nos rostos, tinha pressa de chegar ao fim.

— E, agora, trata-se de o que vamos fazer...

Ergueu a cabeça num gesto vivo que encerrava o assunto, afastando qualquer comentário sobre o incidente.

Roberto aspirou seu charuto com ar absorto, olhos fixos na janela. Começava a ficar bem escuro. A massa confusa da fortaleza, em frente, embuçava-se, ampliava-se, recolhia em torno dela a neblina da noite.

— Quantos homens tínhamos em Ortello, capitão?

— Oitenta... oitenta e dois com Beppo e Mario.

— E impossível pensar em repô-los em outra fazenda?

Fabrizio fez um sinal tímido com a mão para pedir a palavra. Com um gesto irritado do queixo, Marino a cedeu.

— Não será fácil. Ontem passei em Gronzo para os pagamentos, capitão. De início eu pensava que não traria consequências, mas eles falavam também de nos devolver pessoas no próximo ano.

Giovanni franziu os olhos ligeiramente.

— De qualquer modo, é estranho.

O olhar ia e vinha, buscava de um a outro uma resposta que não surgiu. O cômodo tornava-se pouco a pouco muito escuro, e pela primeira vez todos sentiram que com esse crepúsculo imóvel se insinuava na sala uma inquietação.

Marino cortou de novo o silêncio com uma voz seca:

— A questão não é essa. Em todo caso, é preciso pensar em empregar os homens disponíveis. A partir de amanhã eles estarão por nossa conta. E Orsenna não nos permitirá alimentá-los sem que estejam fazendo alguma coisa... Parecia que você tinha uma ideia, Roberto.

A voz de Marino suavizava-se, buscava um apoio. Roberto era um veterano do Almirantado, e o capitão gostava desse espírito lento, pesado, entorpecido pelas noites de espera pacientes, que o tranquilizava, escorava seu bloco de calma.

— Talvez. Eu estava pensando que afinal, se quiséssemos, não faltaria trabalho aqui.

— No Almirantado?

A voz de Roberto ficava mais firme, refletia com visível satisfação a evidência do bom senso.

— No Almirantado.

Fez um gesto em direção à janela.

— O senhor não acha que este prédio não diz muito a nosso favor? Ele está desmoronando... Nossos homens foram lavradores durante anos... poderiam ser pedreiros...

— Você quer reformar a fortaleza?

Na voz de Marino havia surgido súbito uma nota aguda, uma vibração incontrolável que uma contração da garganta cortou de vez, mas tão perceptível, tão reveladora de um pânico íntimo, que Roberto sob sua capa espessa se viu alertado e permaneceu por um segundo paralisado.

— Reformar é falar de modo excessivo. É algo muito grande, e não temos os meios. Mas seria possível limpá-la. Era uma bela construção — acrescentou Roberto fixando de novo seu olho na janela —, agora ela não tem sequer uma cara humana. Um matagal, uma floresta, é isso que ela é.

Uma onda de aprovação ardorosa correu surdamente pela sala — os olhos brilharam. A fala desajeitada de Roberto aquecia o ar como um degelo.

— É, isso é desanimador para os homens. Essa ruína expulsa-nos daqui. Não podemos mais nos levar a sério, vivendo nesses escombros... É o mesmo que construir uma cabana nas ruas de Sagra e começar escavações — acrescentou Giovanni com humor.

— Confie em mim, e me dê a equipe de Ortello, capitão.

Fabrizio se punha de pé, muito animado.

— ... Em dois meses, eu lhe prometo uma fortaleza inteiramente nova. E os canhões inteiramente polidos.

Não havia com o que se enganar: uma pequena borrasca levantava-se sobre o Almirantado, uma verdadeira sedição íntima. O olho de Marino, incrédulo, errava de um rosto a outro, estupidificadamente dócil com o choque alternado das vozes, com esse brusco despertar de energia — já *a reboque*, reduzido a uma defensiva sem esperança. Ele respirou profundamente e procurou palavras com lentidão, com os olhos sobre a mesa.

— Tudo isso é muito bonito, mas é infantil. A fortaleza está abandonada, e a Senhoria não abrirá crédito nem de um centavo para um trabalho inútil.

Os rostos fecharam-se, subitamente hostis. A réplica de

Marino vinha muito tarde. Uma claridade insinuara-se pela porta entreaberta, e ombros a forçavam.

— Se fizéssemos as contas, todas as contas, parece-me que Orsenna seria antes devedora ao senhor.

— É uma questão de limpeza. Há um crédito aberto para os trabalhos de manutenção.

— O senhor economizou muito para eles, capitão. A fortaleza ainda tem suas armas, e a Senhoria poderia de qualquer modo fazer-se respeitar.

Houve um murmúrio de aprovação grave e de dignidade ferida, súbito um pouco cômica. Marino me olhava com o canto do olho. Numa excitação fria de jogador, eu olhava todas as cartas marcadas serem lançadas. Contra elas, Marino jogava sozinho, e não jogava aberto.

— Senhores!... Senhores!...

Marino deu um murro seco na mesa e fez-se silêncio.

— Parece-me que os senhores se excedem um pouco. Orsenna nos vê e nos ouve — acrescentou, pondo em mim um olhar indecifrável... —, não o esqueçam. Aldo é nosso amigo, mas há limites. E me parece que ele está bem silencioso.

Senti, com um aperto no coração, que Marino jogava sua última cartada. Levantei-me um pouco pálido. Ia traí-lo duas vezes.

— Parece-me que a proposta de Roberto é razoável. De qualquer modo, o contingente de Ortello volta para nossa responsabilidade. Orsenna não pode objetar a que seja empregado de maneira útil.

No olho de Marino, vi passar um relâmpago. Ele se levantou com brusquidão.

— Que seja. Você tem carta branca, Fabrizio. Amanhã visitarei com você a fortaleza.

Com seu passo pesado de vigia noturno, ele saiu da sala, parou hesitante na porta, esboçando com a mão um sinal que não se completou. A cabeça entrava mais pesada que nunca nos ombros; o olhar se embaçara de uma só vez. De repente, eu o revia, na noite da sala dos mapas, quando erguera sua lanterna. Num gesto de desânimo senil, sacudia a cabeça, desconsoladamente.

— São grandes mudanças...

Todos ergueram os olhos, surpresos, mas a frase não se completou. O sacudir da cabeça continuava, mecânico. O olhar errava sem chegar a se fixar, de novo estranhamente voltado para dentro, como o de um doente perdido na obscura advertência de sua carne negra. Enfiou o quepe e se afastou com passo pesado. A partir desse dia, ocorreu no capitão uma mudança digna de nota. Nele, vacilava alguma coisa que atingia as próprias raízes da vida. Quando, para a refeição da noite, se desfazia de seu pesado casaco do uniforme, sua silhueta parecia a cada dia extenuar-se, afinar-se. A cada manhã, imutável, em seu escritório de silêncio, ela ainda se enquadrava no distanciamento desse corredor que a protegia do tempo, a exorcizava, como a perspectiva de seu fosso de pedra protege uma múmia sob as rígidas bandagens de sua eternidade. Mas o rosto agora *vivia* terrivelmente, com uma espécie de despertar lúgubre e mecânico, em que o espírito não tomava parte, todos os traços tendo se tornado estranha, involuntariamente contráteis em sua imobilidade tensa de planta sensitiva, como se só tivessem servido para ampliar, para reforçar as vibrações exacerbadas da audição. Mais pesada, mais reunida que nunca sob os ombros aproximados, a massa do corpo se amontoava inerte. O trabalho continuava aparentemente como de hábito, e a pilha de papéis arrumada pela manhã à sua esquerda e reformada à noite à sua direita, como se inverte uma ampulheta, era a própria figura do tempo sem oscilações desses dias do Almirantado; mas o rosto, como que descolado do corpo acima das mãos ativas, era puxado por tiques e tremores autônomos. Marino escutava. Um impulso, uma impressão perfurante vinha-lhe do fundo da fortaleza, despertada, agora abalada pelas botas pesadas desde a manhã até a noite. Os olhos, no dia alto, guardavam o olhar cego de uma toupeira desalojada. Às vezes, quando trabalhava perto dele em sua mesa, eu erguia os olhos, sem querer, disfarçadamente, para seu rosto, e com um leve choque era-me devolvida a revelação de sua súbita, de sua inquietante animalidade. Marino de fato envelhecera, mas essa animalidade não era senil. Ela se degenerava em relação à inteligência na medida apenas em que vivia em maior profundidade. Evocava antes a estupidez sagaz da atenção total, e às vezes me fazia pensar na expressão fascinante dada aos traços pela vida reunida numa interrogação orgânica profunda: a do médico na auscultação, a da mulher que vigia sua gravidez, a do animal amedrontado que choca no fundo de sua noite quente o anúncio obscuro de um tufão ou de uma ressaca do mar. Ficamos com o sentimento, diante dessa tensão quase imóvel, de que há algo de sacrílego no próprio ato de encarar; um instinto adverte-nos de que o espírito que ali, diante de nós, se enfurna a cada segundo mais profundamente, se aproxima de modo muito perigoso de certos *centros* proibidos onde algo se mexe; assim uma leve ruga cavada no rosto de Marino parecia-me súbito equilibrar em outra parte uma pressão enorme: eu desviava os olhos às pressas, e parecia que meu coração batia com mais rapidez.

Todavia, o Almirantado saía de seu sono. No quebra-mar do pequeno porto, nos terraplenos, na charneca, uma agitação inabitual expulsava agora o silêncio, que só voltava na hora da sesta, ritual no clima das Sirtes, embora já se estivesse no período da invernada. Como faltava lugar para alojar o contingente de Ortello nos prédios havia muito abandonados e que ameaçavam ruir, Fabrizio mandara limpar a charneca que se estendia atrás da fortaleza; as tendas erguidas em alinhamento, e as filas regulares das fogueiras de acampamento que fumegavam para a refeição da noite evocavam algo de mais estrito e mais militar que tudo o que se podia ver no Almirantado. Marino não se aventurava pelos lados do que ele chamava num tom menosprezador "as caravanas", e a nuance de ironia com que ele falava com Fabrizio de seus "refugiados" deixava entender, de modo bastante claro, que esse reforço tão pouco desejado, e que lhe trazia à lembrança uma recordação amarga, o deixava pesaroso, mas essa movimentação contínua de fuzis em entrechoque, de ruídos de metal e gritos de chamado, essa confusão de vozes mais altas que se acostumavam de novo com o ar livre nos agradava; tornara-se o ponto mais vivo do Almirantado. Esse acampamento nascido de forma abrupta, como planta selvagem, ao lado da ruína era como que uma ascensão de seiva inesperada nessas estepes; o que tinha de provisório convocava um futuro, e quando, findo o jantar, nossos passos nos levavam, como que independentemente de nós, rumo à charneca onde as fumaças rebatidas das fogueiras de acampamento que luziam rubras na escuridão misturavam-se à bruma que cedo surgia da laguna, o ruído das vozes alegres e fortes que se interpelavam em torno das tendas invisíveis punha no ar uma nota de imprevisto, de liberdade e de selvageria, como a que paira numa tropa reunida ou num navio de partida, e sentíamos de repente subir em nós como que uma leve ebriez de aventura. Marino não se enganara a respeito: eram grandes mudanças. Como uma árvore nova cujas raízes se agarram por toda parte, essa célula anárquica, mas viva, *puxava* de todos os lados a maquinaria adormecida e carcomida do Almirantado, e percebiam-se seus estalos, que perturbavam o torpor do capitão. Quase todo dia eram novos problemas para resolver de improviso: o reabastecimento do que estava em falta, material de acampamento a ser comprado em Maremma, insuficiência de utensílios que fazia Fabrizio irritar-se, bruscamente muito persuadido de sua importância –, problemas na verdade minúsculos, mas em torno dos quais cada um se atarefava para além mesmo dos limites de suas atribuições com um excesso transbordante de zelo e de boa vontade em que entrava uma parte de brincadeira e de embriaguez da pura atividade, mas que só manifestava até a evidência a *necessidade de febre* que se apossara do Almirantado. Os almoços e jantares da fortaleza eram agora ruidosos de projetos e decisões, de números de orçamentos e de discussões de serviço, que faziam Marino sacudir a cabeça de tempos em tempos, cansado, com o gesto mecânico com que se expulsa um enxame de moscas; às vezes, ao final de um jantar muito animado, ele se punha a cochilar levemente sobre um canto da mesa, ou talvez fingisse – pelo menos eu desconfiava disso – esse letargo que o protegia, que o ajudava a retornar a um canto sombrio frequentado por figuras muito legíveis. Cercava-o o mesmo profundo respeito que ele soubera sempre comandar, e no entanto sua lentidão calculada e intencional para esclarecer as questões, que fazia invariavelmente o papel de um freio, provocava às vezes sinais de impaciência que agora só eram reprimidos pela metade; o ritmo acelerado da vida no Almirantado parecia empurrá-lo insensivelmente para a beira-mar, e ele não resistia, arrumando suas forças para uma conjuntura mais longínqua. Observei que nas instâncias regulamentares do andamento dos negócios ele tendia a estabelecer uma espécie de *curto-circuito* que o deixava fora do jogo: assim, acontecia de Fabrizio, encarregado dos reparos da fortaleza, tratar diretamente dos fornecimentos de utensílios com Giovanni, que tinha sob sua alçada os problemas de material. Quase toda noite, conciliábulos a dois ou três travavam-se a meia-voz no canto da mesa, dos quais Marino não estava nem inconsciente nem iludido: seu olho meio fechado, que piscava para mim com deboche, pegava-me às vezes como testemunha de seu maravilhamento irônico diante de tanto zelo, e do milagre de que assuntos tão complicados e insólitos pudessem ser tratados tão rapidamente. Nesses momentos, a expressão de seu olhar era a de uma artimanha profunda, cujas implicações me escapavam e o teriam desconcertado talvez naquilo que súbito revestiam de curiosamente impessoal: dir-se-ia às vezes que o olhar de Marino sorria *por um outro*, e de fato esse sorriso um pouco cruel não se parecia com ele; como se algo de infinitamente mais duro e de infinitamente mais velho que ele tivesse, na fenda dessa pálpebra de repente sem idade, substituído seu piscar cúmplice por um reflexo cortante e glacial como o brilho de um riso que me gelava o sangue.

Era como se o tédio tivesse desaparecido do Almirantado. A atividade de Fabrizio fazia maravilhas. Ele se deixava tomar pela coisa, e encontrava nos homens, que tinham pensado em adormecer sobre a palha suja de seus estábulos, esse sobressalto de exuberância e de agitação um pouco excessiva que se vê nos que se salvaram. As equipes dos trabalhos perigosos podiam até mesmo recusar voluntários, que se lembravam bruscamente das mastreações, e certos dias se diria que um grupo de macacos subia em assalto por essas ruínas altivas, pois Fabrizio, temendo a chegada agora iminente das chuvas que acompanham a invernada das Sirtes, apressava-se em acabar a renovação dos terraços superiores e dos caminhos de ronda, onde as águas se infiltravam em cascatas nas fissuras escancaradas para vir inundar as casamatas, reservando os reparos internos para a clausura forçada dos intermináveis dias de mau tempo. Em alguns dias a fortaleza foi limpa, e de repente só havia ela. Dia após dia, ela brotava de seus farrapos jogados fora, brotava com a evidência de uma musculatura perfeita, na simplicidade de um gesto imóvel, de um sinal, como um duro eriçar trágico e nu à beira das águas estagnadas. Suas arestas agudas mordiam por toda parte o horizonte vazio. Ao vê-la assim brotar gradualmente de sua ganga, como em torno de uma estátua que se extrai da terra, parecia-nos repentinamente que o ar no Almirantado circulava mais livre, e que essas altas muralhas virgens e insensíveis chamavam para que as lavassem como que um vento do mar alto; de manhã à noite, o olho febricitado voltava a se excitar na silhueta cortante delas, como a língua no gume de um dente há pouco quebrado. Era difícil compreender que mudanças tão insignificantes pudessem trazer com elas uma tal perturbação, chegar a mudar o gosto mesmo e o sabor do ar que respirávamos, e a fazer pulsar nosso sangue mais rápido, e no entanto, eu o sentia, era assim: a fortaleza crescia agora no meio de nós, lancinante de fato como um dente novo, e o descanso acabara; ela estava ali, a própria imagem do incômodo — instalada, reinante, incômoda, incompreensível —, a ferida leve e contínua de uma ponta fina, estirando até as terminações nervosas mais extremas a inquietação de um aguilhão sutil.

Embora a gestão do Almirantado e o serviço interno não devessem dizer-me respeito diretamente, eu estava preso nesse turbilhão de atividade nova, e ia com menos frequência à sala dos mapas. Ela não era mais esse receptáculo de silêncio cujo hálito frio e mofado me pegara pela garganta como o de um hipogeu. As janelas limpas deixavam refletir nas mesas escurecidas uma claridade mais viva, e às vezes um raio de sol, que deslocava lentamente com as horas sua coluna de poeira, passeava como um dedo de luz na mistura dos mapas, extraía da sombra, num tatear adormecido, um nome estrangeiro ou o contorno de um litoral desconhecido. O eco profundo dos pátios internos despertava-se longamente com os chamados dos empregados dos aterros que saltavam de ameia em ameia e se recortavam às vezes bruscamente nos vitrais como sombras chinesas. Esses gritos e esses chamados, essa confusão febril, penetrando até o fundo desse retiro fechado e profundamente adormecido sob sua capa de poeira, despojavam-se de seu imprevisto e seu tom pitoresco: como uma paisagem pintada no fundo de um cômodo escuro perde o brilho cambiante da vida, mas adquire em compensação uma estabilidade mineral para o olho, e parece triar sutilmente, entre as coisas, o que traduz mais profundamente seu devaneio obscuro do repouso e da quietude na prostração – teria sido possível dizer que os sons e os ruídos aí se decantavam como que filtrados por um manto de neve, perdiam sua significação familiar para vir aumentar um rumor profundo e indistinto que se tornava para o ouvido o da vida que voltou –, assim esse ruído familiar dos utensílios e das vozes ressoava, no fundo dessa penumbra recolhida, antes como a tomada de posse, volúvel e cheia de presságios, dessas ruínas por uma colônia de pássaros de passagem – como se os tempos tivessem chegado –, como se sua estação secreta, uma estação que desmentia as tristes aproximações da invernada, há muito chocada sob a poeira das épocas, estivesse de volta para eclodir sobre a fortaleza que ela reanimava como um degelo.

Fabrizio falava agora de "sua" fortaleza, como se ele a tivesse feito. Na verdade, não consentia mais em falar de outra coisa. Ela era como que um brinquedo gigante entre as mãos de uma criança grande, e as fantasias que a esse respeito lhe passavam pela cabeça não deixavam de ser às vezes inquietantes, pois com ele era de fato "dito e feito"; Fabrizio tinha o dom de comunicar de imediato seus entusiasmos mais extravagantes a sua equipe, encantada com a improvisação barroca de seus planos, e que apreciava sobremaneira ignorar por completo na véspera o que se empreenderia no dia seguinte. Era de crer também que esses trabalhos apressados lhe lembravam o imprevisto da vida no mar; uma espécie de espírito de corpo nascera em sua tropa, que cada vez mais mostrava desprezar a vida caseira das equipagens regulares, e não passava um dia sem que chegassem ao capitão pedidos de designação para a equipe da obra. Essas cartas, que irritavam particularmente Marino, iam uma após a outra para o lixo, e a acolhida aos peticionários mais audaciosos não era gentil.

– Que o diabo carregue essa construção! – murmurava às vezes o capitão, irritado. – Têm o que pediram. Fabrizio vai perverter todas as minhas tripulações. Ele me corrompe o Almirantado...

E o olho estava tão desolado e tão sombrio que eu evitava ironizar. As coisas de resto não iam adiante, e Marino mantinha sua promessa com um escrúpulo que com o tempo passei a achar esquisito. Fabrizio tinha as mãos livres, e sobre as obras o capitão não se permitia nenhuma observação.

Uma noite, depois do jantar, quando voltávamos de nosso passeio, tornado agora ritual, ao longo dos caminhos de ronda, de onde Fabrizio, tomado por seu assunto, nos expunha como um capitão no campo de batalha os trabalhos do dia seguinte, ele me puxou de lado. Seu olho brilhava mais que de costume.

— Marino deu-me carta branca. Ele não imagina como a expressão se encaixou bem. Vai para Orsenna por alguns dias. Na volta, eu lhe reservo uma surpresa.

— Andamos todos de surpresa em surpresa, Fabrizio. Você se supera.

— Você está debochando de mim. Mas, desta vez, Marino ficará surpreso com minha fortaleza.

— É intrigante. Você vai deixá-la em jardins suspensos? Ou lançá-la numa laguna?

Fabrizio pôs a mão em meu ombro e fixou a fortaleza, avaliando-a com olhos apertados, com ar possessivo e competente.

— Assim ela é bem boa, eu reconheço — começou ele com um tom modesto. — Mas falta o toque do artista. Você vai me compreender. Ela está mais ou menos limpa, que seja, mas de qualquer modo é ainda um velho rochedo negro. Agora, olhe isto.

Ele pegou ao pé do muro uma pedra caída, com sua pátina negra, onde uma rachadura recente deixara uma mancha de um branco brilhante, cristalino.

— Uma pedra magnífica, com um brilho!... Veja só, parece uma fatia de um pão de açúcar. Há em cima dela três séculos de pátina, uma verdadeira sujeira de séculos. Eu raspo, esfolo. Retiro a pátina. Em quinze dias dou de presente a Marino uma fortaleza brilhando de novo. Meu triunfo!

Ele acrescentou com voz de quem já saboreava:

— Você acha que ele ficará espantado?...

A ausência de Marino, que se prolongava, facilitou as coisas. Seria possível dizer que um dique fora rompido. Arrebatado pela primeira vez por uma onda de juventude havia muito refreada, o Almirantado tomava a rédea nos dentes. Para esse trabalho escondido, Fabrizio só tinha cúmplices, e se aproveitava à vontade da mão de obra de reserva. Todo o Almirantado subia pelas muralhas, como cupins em seu cupinzeiro; a fortaleza rumorejava ao longo do dia, até depois do cair daquelas noites claras, com uma febre um pouco frenética, como nos preparativos de uma festa.

Na hora tardia em que o correio de Orsenna trouxe Marino, já se fazia noite. O capitão parecia preocupado, e me pareceu que a nuvem de indiferença e de escuro devaneio que algumas semanas antes o separava de uma aproximação muito íntima se ensombrecera ainda mais. As perguntas quase rituais que o assaltavam familiarmente a respeito de Orsenna chocavam-se com respostas cada vez mais breves e distraídas, e comecei a temer mais seriamente que Fabrizio não despertasse todo o entusiasmo que ele havia esperado. A lua levantara-se antes de o jantar terminar, e Fabrizio, que vigiava sorrateiramente a janela, assim que Marino acendeu o cachimbo, com ar de falsa indiferença, assumiu a frente do pequeno grupo para o passeio da noite.

Embora as fogueiras já tivessem sido apagadas, um ruído confuso de vozes misturadas chegava ainda do acampamento através da noite calma, que se fundia, pouco a pouco, à medida que atravessávamos a charneca adormecida, na respiração entorpecida e mais ampla da laguna; dobramos na esquina do pavilhão do comando, e um brusco espanto nos paralisou onde estávamos. Algo de nunca visto, e no entanto havia muito esperado, como um animal monstruoso e imóvel surgido de sua própria espera no lugar marcado após intermináveis horas de espreita vãs, algo na beira da laguna, longamente chocado na escuridão, brotara por fim sem ruído de sua casca corroída, como de um enorme ovo noturno: a fortaleza estava diante de nós.

A luz da lua caindo a prumo sobre os terraços e as partes altas deixava os fossos e o pé dos muros mergulharem numa sombra transparente, descolava o edifício do solo, parecia torná-lo leve, aspirá-lo suavemente em direção às alturas; e, assim ancorada na beira da laguna margeada de rebarbas de luz, a fortaleza parecia súbito *posta a flutuar*, levada num elemento fluido que a fazia viver sobre o fundo inerte da paisagem com o leve e profundo estremecimento de satisfação de um navio na ancoragem. Assim, surpreendida em sua imobilidade de sonho, teria sido possível dizer que, no entanto, ela se agitava num contentamento sem limites, como esses jogos silenciosos que à noite podem ser surpreendidos nas clareiras. Como a primeira neve que toca com um dedo mais solene o cimo mais elevado, sua brancura irreal consagrava-a misteriosamente, envolvia-a com um ligeiro vapor trêmulo que fumegava em direção à noite lunar, marcava-a com a incandescência de um carvão ardente.

— É uma aparição — Roberto acabou por dizer, rompendo o silêncio que se prolongava. — Um fantasma em seu sudário.

— Você não está sendo simpático com Fabrizio. É preferível dizer seu vestido de casamento — disse Giovanni, mas o silêncio se fechou repentino, e parecemos sentir que caía sobre nós todo o frio daquela noite clara.

A ilha de Vezzano

— Tenho correspondência para você — disse-me Marino num tom brusco quando entrei em sua sala no dia seguinte cedo. — Parece que estão preocupados conosco na administração. Apesar do desinteresse ríspido que ele demonstrava, havia em sua voz uma interrogação inquieta. Estendeu-me dois envelopes lacrados. Reconheci o selo do Conselho de Vigilância, de que depende, em Orsenna, a condução dos assuntos pertinentes à polícia que cuida de questões de Estado — fazia pressentir algum assunto sério; peguei-os sem nada dizer, e esperei para abri-los num momento em que estivesse sozinho.

Eu estava pouco habituado ao estilo administrativo em uso nos departamentos da Senhoria, e, quando terminei a leitura do primeiro documento, que era uma espécie de instrução bastante longa e particularmente verborrágica, minha primeira impressão foi a de ter tido sob meus olhos um desses documentos de arquivo isolados cuja construção enigmática e constantemente alusiva parece-nos decorrer do fato de se inserirem num jogo de referências familiares cuja chave não temos. Tomadas de forma isolada, todas as palavras desse texto eram-me claramente compreensíveis, mas a significação do conjunto permanecia confusa para mim. Diante de certas construções mal explicáveis da frase, do acúmulo supérfluo de precauções de linguagem onde menos eram esperadas, eu pressentia que, para o redator, a carga exata de significação implicada aqui e ali em algum termo de aparência banal não podia ter sido exatamente a mesma que aquela que eu lhe atribuía.

Vinha-me a lembrança agora dos comentários que no passado me fizera Orlando, quando frequentávamos juntos a escola de Direito diplomático, comentários que eu na época julgava exageradamente românticos e que diziam respeito ao "segredo" particular de Orsenna. Segundo Orlando, séculos de uma estabilidade política total tinham permitido a Orsenna beneficiar-se de uma experiência quase única, a de uma sutil e longa *decantação*. O controle contínuo e hereditário sobre os grandes negócios de algumas famílias escolhidas deixara acumularem-se a longo prazo, no cume do corpo social em estagnação, como que pelo efeito de uma operação química paciente, os princípios voláteis elaborados nas profundezas desse pântano sem idade que a cidade se tornara. Contudo, o que havia me surpreendido na linguagem bastante obscura de Orlando era que, bem longe de considerar essa encarnação lenta dos princípios vivos como o suplemento de consciência e de força que parece legitimar o direito de uma aristocracia, ele a isso se referia antes como uma operação suspeita e altamente perigosa, como se a consciência mais aguda que assim Orsenna adquiria nos cumes de suas exigências profundas houvesse acumulado, com essa quintessência de alta sabedoria política, uma ameaça latente de deslocamento. Segundo Orlando, a ideia que em Orsenna era feita dos elementos profundos de sua vida, e de seu futuro, por um certo número de cabeças pensantes pertencentes às mais antigas famílias da Senhoria — e que eram todas encontradas, não nas altas funções honoríficas, mas em certos postos de aparência subalterna de onde se controlava efetivamente sua pesada maquinaria política —, tornara-se com o tempo tão radicalmente incompreensível para as pessoas comuns quanto o mundo das grandes profundezas pode ser para os habitantes das águas translúcidas. Ele pretextava ainda que os órgãos da vida em Orsenna, para um espírito suficientemente precavido, haviam com o tempo se diferenciado tão profundamente quanto pode acontecer numa árvore com a raiz e a folha. "A folha é a beleza da árvore", repetia-me ele, "e o dispêndio profuso e brilhante de sua vida — ela respira no dia e conhece os menores sopros do vento, ela orienta o crescimento do tronco segundo as impressões sutis que recebe a cada instante da luz e do ar. No entanto, a verdade da árvore repousa talvez mais profundamente na sucção cega de sua raiz e sua noite nutriente. Orsenna é uma árvore muito grande e muito velha, e desenvolveu longas raízes. Você sabe por que as árvores não podem crescer em nossas Sirtes? A primavera aí se desencadeia como uma borrasca a partir de março, e o degelo é de uma brutalidade incomparável. A vegetação desenvolve-se como as bandeiras sobre uma insurreição, e tira a seiva como um recém-nascido que pega o seio – mas o degelo não atingiu a terra em suas profundezas, a raiz ainda dorme no gelo, as fibras do coração rompem-se e a árvore morre no meio da pradaria que floresce. Não gosto dessa velhice por demais verde de Orsenna, que lhe vem quando é prudente não viver demais, nem de tudo o que nela conspira para a impedir de adormecer o bastante". Numa de nossas últimas conversas, ele aludira com insistência a essa dominação sobre Orsenna por parte de um clã de espíritos aventurosos e perigosamente lúcidos, e me deixara entender que Orsenna, na sequência das últimas nomeações para o Senado, se fechara, independentemente do público, de uma maneira que para ele era claramente inquietante – como se, acrescentara Orlando, "uma sombra se estendesse sobre a cidade". Todavia, o retorno do velho Aldobrandi às boas graças, o que marcava para Orsenna, aos olhos dos bons observadores, uma modificação profunda de seu equilíbrio, fizera-me mais atento às opiniões tenebrosas de Orlando – em especial pela ausência das ressacas políticas que se podia esperar vê-lo provocar, ausência que revelava um preparo de longa data e um dedilhado digno de nota no manejo das cumplicidades que esse retorno pressupunha em todos os escalões do poder. Assim, as sugestões de Orlando tinham progredido em mim de modo silencioso, e agora eu interrogava esse documento com a febre do caçador que cai num cruzamento de pistas confusas: eu buscava não tanto definir-me a conduta prática que me convidavam a seguir, mas deixar atuarem, como um reflexo confuso, as condescendências que desejavam talvez despertar em mim.

Segundo um uso que recuava em Orsena até a noite dos tempos – provavelmente até uma época em que ainda não estava em prática a precaução de conservar para os arquivos cópias de cada peça de correspondência –, o documento começava por uma lembrança minuciosa dos pontos estabelecidos por meu relatório. As instruções que me eram comunicadas articulavam-se em seguida em torno de três pontos, sendo-me prescrito que os considerasse inteiramente distintos.

No que dizia respeito à própria origem dos rumores, as instruções, particularmente férteis aqui em fórmulas vazias, permaneciam numa vagueza que, pensando bem, não deixou de me surpreender. Era declarado "altamente desejável", é verdade, que essa origem fosse esclarecida, mas talvez também pouco compatível com as funções que eu desempenhava no Almirantado – aqui a redação se perdia como nas areias em extraordinárias circunlocuções e retoques de polidez – que eu tivesse de entrar nos detalhes de uma investigação policial fastidiosa, cujos resultados prometiam de antemão ser decepcionantes e o objeto revelar-se em definitivo subalterno. A impressão que se depreendia dessa prosa como que de propósito lodosa, e que tinha menos a ver com seu sentido geral mal apreciável do que com o tédio polido e compacto que ela exprimia de modo eloquente, era que se tratava não tanto de me orientar quanto a esse assunto determinado, mas sim de proteger-se, por uma alusão duramente formal, contra o risco de incorrer em omissão. Por uma ou outra razão, davam-me cortesmente a entender que, desse lado, era sensato pôr a todo custo um freio no "procedimento corrente", e prudente apressar-se lentamente.

O grau exato de realidade dos rumores parecia preocupar de maneira bem distinta o redator da nota, e aqui, pela primeira vez, comecei a me dar conta, entre o relatório que eu fizera e esse documento ambíguo, de uma sutil diferença de perspectiva. A ideia de que fábulas tão extravagantes pudessem ter um grau de realidade qualquer não me ocorrera de modo sério – ou talvez desde o início eu a tivesse refreado por instinto como uma *falta de decoro* que teria me desqualificado junto à Senhoria. Ora, parecia-me, a ponto de me confundir por completo, que o que desagradara em meu relatório fora precisamente esse ceticismo, considerado por mim obrigatório. No afoitamento que mostravam para tratar esses rumores como um dado sólido em que se podiam apoiar a fim de lhes atribuir, sem outra verificação, um fundamento e um futuro, era possível discernir como que uma vontade de desembocar por meio deles numa perspectiva por muito tempo proibida de lhes emprestar um longe, um além cuja possibilidade me era sutil e atentamente sugerida, como se houvessem acreditado sobretudo que eu tivesse fechado por demais rapidamente uma porta que súbito batesse, uma porta que se esperara em segredo ver entreabrir-se. "A Senhoria", concluíam nesse ponto as instruções, "tem interesse muito vivo pelos esforços que o senhor não pode deixar de fazer para esclarecer esse ponto essencial. A regulamentação extremamente estrita em vigor no que concerne à navegação no mar das Sirtes – regulamentação inspirada, em outras circunstâncias, talvez mais pela preocupação imediata de evitar encontros perigosos no mar do que pelas exigências de uma informação exata cujo preço se mostrou com o tempo e que algumas vezes fez com que se desejasse vê-la mais branda – pode sem dúvida tornar essas verificações delicadas e incompletas, mas cabe à inteligência do senhor e a seu zelo dar-lhes toda a precisão e amplitude compatíveis com os poderes de que o senhor recebeu notificação.

"No que diz respeito ao restauro do estado de defesa da fortaleza" (aqui, arregalei os olhos: além de jamais ter tratado de trabalhos militares no Almirantado, meu relatório, redigido antes da proposta de Roberto, só podia ter sido mudo a respeito da fortaleza; mas vi que aqui me remetiam, para esclarecimento, aos documentos anexos), "a Senhoria se espanta por só ter sido avisada de modo indireto de uma iniciativa a propósito da qual é desagradável que não tenha sido consultada, e à qual seria mais grave ainda voltar, por razões que se depreendem da leitura do documento aqui anexado. A Senhoria, ao mesmo tempo que reconhece que tal decisão possa ter sido ditada no local por uma preocupação legítima de segurança, e que corresponde em definitivo às exigências da situação, deseja que no futuro não se possam tomar decisões de tal alcance, passíveis de envolver sua política geral, sem que lhe seja informada no prazo mais breve possível".

As instruções oficiais paravam aí. Serviam muito para que eu refletisse e me espantasse. Agora, porém, *alguém* em seu próprio nome tomava a palavra – aquele cuja assinatura indecifrável cortava a parte de baixo da folha –, uma voz chamava-me à parte, singularmente reconhecível, parecia-me, sem que eu jamais a tivesse ouvido, em sua plenitude de sonoridade e como que num aveludado e antigo tom de poder. Essa voz transpassava agora o falatório oficial e se alteava sozinha, como se, mais que ao fluxo das palavras decepcionantes, fosse de toda importância dispor agora meu ouvido às sugestões profundas, quase hipnóticas, de um certo *timbre*.

"É agradável para mim", dizia a nota, "poder fazer justiça à clareza de seu relatório e ao discernimento de que o senhor soube dar prova ao não hesitar em trazer ao conhecimento do Conselho um assunto cuja importância exata era difícil para o senhor apreciar; todavia, cabe-me agora preveni-lo contra certa ligeireza, cujas marcas sou a contragosto obrigado a ressaltar, e que sua jovem idade não desculpa por completo. É hora de lembrar-lhe confidencialmente que as funções de Observador, implicando uma comunhão de pensamento completa com o governo da Senhoria, impõem ao senhor ver a todo instante com seus olhos e manter-se particularmente alerta contra as sugestões da opinião corrente. A todos é permitido – dentro de certos limites – falar; a alguns é reservado saber. O estado oficial de hostilidade, que é o da Senhoria diante de certa potência estrangeira, pôde com os anos desvanecer-se na consciência de seu povo até se tornar um tema de brincadeira e zombaria; cabe ao senhor lembrar, em caso de necessidade contra ele, uma verdade *temível* que jamais deixou de existir, e de manter-se em todas as circunstâncias à altura do que ela pode propor. Essa verdade vive pelo senhor e por alguns, que permanecem como seus únicos depositários; depende do senhor, e deles, que o Estado, que podem pretender encarnar sozinhos em circunstâncias decepcionantes, continue a ser servido lucidamente. Insto-o a meditar sobre a divisa de Orsenna. A opinião professada por homens que fizeram a grandeza da Senhoria era a de que um Estado vive na medida mesma de seu contato inveterado com certas verdades escondidas, das quais só é depositária a continuidade de suas gerações, verdades difíceis de serem lembradas e perigosas de serem vividas, e portanto mais sujeitas ao esquecimento do povo. Eles chamavam essas verdades de Pacto de Aliança, e se rejubilavam, fosse no perigo e nas calamidades passageiras da cidade, com toda circunstância que as fizesse resplender como que por uma manifestação visível de sua eleição e de sua eternidade. As circunstâncias podem fazer com que um dia o senhor esteja incumbido da guarda desse pacto que a cidade não poderia denunciar sem morrer. Orsenna espera do senhor que saiba ser nas Sirtes a consciência de seu perigo – sem o quê, o senhor deve afastar-se".

O documento anexo era um relatório de Belsenza, que, por sua vez, aparentemente se decidira a sair de seu silêncio. A "restauração do estado de defesa" da fortaleza (refleti, de passagem, que era no mínimo curioso que se tivesse posto tanto empenho em crer, sem outro fundamento, num testemunho tão distante) sobre a qual, pelo visto, Maremma inteira assestava a cada dia suas lentes (a enorme massa da fortaleza alçava-se de muito longe acima dessas praias planas) parecia, pela confirmação trazida aos rumores alarmistas, ter aumentado sensivelmente a febre que fazia a cidade rumorejar – a ponto de Belsenza ter ficado com medo. Ele decidira mesmo – ao menos era o que fazia crer uma perífrase pudica – mandar prender discretamente, nos lugares públicos, alguns falastrões que iam além da medida. Todo esse relatório, redigido com prudência e reticência extremas, traduzia de resto a hesitação de Belsenza no momento de avaliar a situação: cioso, se decidissem jugular esse pânico, de se prevenir de uma acusação de negligência, preocupado em parecer mostrar-se acima das crenças se a "restauração" da fortaleza preludiasse de fato acontecimentos sérios.

Quando eu já havia percorrido a nota de Belsenza, reli de cabo a rabo, com a atenção e a minúcia que se dá a um texto que deve ser traduzido, as instruções do Conselho, e repus os papéis sobre a mesa, profundamente desorientado. Como primeiro tremor imperceptível de um casco que desliza no mar, parecia-me que acontecera algo, ante meus olhos, em que eu não queria crer. Erguia-se atrás de mim um olhar que eu julgara obstinadamente pregado na terra, ele despontava no horizonte e alterava toda a minha perspectiva. Como que caindo do mastro, na voz solene de um vigia, em mim um pressentimento ante esse olhar gritava "terra", dava consistência e forma ao fantasma que já me fascinava.

Um ruído de motor medrou na tarde adormecida, e o reflexo da janela aberta mostrou-me o veículo de Maremma parando tranquilamente diante de minha porta. Havia carta para mim. Vanessa pedia que eu fosse no dia seguinte bem cedo. Sabiam muitas coisas, ao que parece, no palácio Aldobrandi. Marino deixara o Almirantado por dois dias, com o *Intrépido*, que nessa estação visitava os bancos de esponjas para a substituição das equipes de vigilância; era facilitar-me tão ostensivamente as coisas que melhorei o humor. Esse modo que Vanessa afetava de assumir as coisas desagradava-me; eu não podia deixar de refletir que ela escamoteava Marino como um marido traído, nem de sentir-me humilhado com isso. As conversas *à parte* que ela me propunha lançavam-me de volta por instinto em direção ao capitão: eu nunca sentia mais vivamente minha amizade por ele do que no momento em que ela me testemunhava essa desenvoltura na preferência e exigência de que ela tinha o segredo.

Ao me dirigir na manhãzinha fria rumo a Maremma, eu encontrava algo do encanto da espera pura que eu havia saboreado em minha viagem para as Sirtes. Não buscava sequer adivinhar aonde me levava essa escapulida em torno da qual Vanessa fazia tanto mistério. O canto triste dos pássaros das Sirtes alçava-se com o amanhecer, já abafado e monótono como cada um de seus dias, espalhando-se como areia nesses espaços sem limites; a calma das planícies cinza, sempre úmidas de bruma pela manhã, parecia essas auroras de verão lânguidas, que se arrastam como que acossadas sob um fim de tempestade. Às vezes eu me voltava para perceber atrás de mim a fortaleza, com uma lívida cor de ossos sob seu drapeado de bruma; diante de mim, ao longe, os reflexos de mercúrio da laguna vinham atingir no horizonte uma fina linha negra e denteada, e, nessa manhã já pesada, parecia sentir esses dois polos, em torno dos quais agora oscilava minha vida, ficarem carregados, sob seu véu de bruma, de uma sutil eletricidade. O relatório de Belsenza voltava-me à mente com mais força; eu fixava os olhos nesse orlado sombrio que se alongava sobre o mar, as exalações fortes e pesadas de sua laguna chegavam-me já por bafos no vento adormecido; como quando o olho mergulha a partir de uma colina nas fumaças de uma cidade distante, meus ouvidos, a despeito de mim mesmo, atentavam para o murmúrio baixo e encarniçado que em minha lembrança essa cidade acachapada fazia, como um pântano numa noite tempestuosa; ele nutria essa atmosfera pesada, criava uma palpitação fraca nesse seu casulo de brumas, batia sem força atrás dela, como o batimento embuçado de um coração.

Com as portas inteiramente abertas para os reflexos dançantes da laguna, o palácio parecia adormecido por inteiro. Meus chamados não despertavam ninguém. Eu prosseguia, incerto e hesitante, nessa fieira insólita de cômodos nus que não reconhecia. Uma indiferença glacial caía dos tetos abobadados, e eu sentia bruscamente refluir em mim toda a minha irritação. Bastante indeciso, pus-me a circular devagar de sala em sala, erguendo olhos de tédio para a sarabanda gelada dos tetos e afrescos, como um visitante de museu. Penetrei assim numa galeria separada que me mostrava, numa sequência, acima do braço de água estagnada, a ponte e o jardim em mau estado, adjacentes ao palácio, e, logo do outro lado da água, de pé numa aleia coberta, entrevi de repente Vanessa.

Era evidente que se julgava sozinha. Saía de seu banho e só tinha vestido uma calça larga de marinheiro e uma blusa curta e cavada que deixava seus braços nus. Torcia agora os cabelos úmidos: nas axilas movia-se um tufo castanho e entre os seios uma dobra escura. Segurava os alfinetes na boca apertada, que banhava todo o rosto tenso com uma súbita vaga de infância; em sua inocência ambígua e sua dedicação maníaca de estudante, era como se essa boca, tão vivamente entregue a sua atividade, *mostrasse a língua*, vivesse com uma intensidade de flor carnívora no gesto único e cego de apanhar e reter.

Eu permanecia escondido, o coração sobressaltado, diante dessa estranha de repente entregue à graça perturbadora de sua animalidade pura. Os dedos demoravam, dobravam-se nos tufos delicados, a cabeça inclinada fazia do pescoço uma tempestade pálida, contorcia suavemente os seios como que em torno do cabo de um punhal. Ela parecia o tremor que se vê no ar acima de uma chama quente. Pela primeira vez, Vanessa fizera-se carne.

Surgia do refluxo de meus devaneios febris, firme e elástica como uma praia, feita para a planta e a palma, uma delicada terra desbravada sob o chicote de chuva de sua cabeleira.

Bati na janela. Vanessa viu-me e veio até mim pela pequena ponte.

— Dispensei todo mundo. O palácio está vazio. É um dia só para nós. Vou raptá-lo.

— Para o mar, estou vendo.

— É, muito longe. Precisávamos do dia inteiro. Vamos a Vezzano.

O nome despertava em mim lembranças bem próximas, e senti um movimento de curiosidade. Em minha cabeça surgia a imagem de um ponto negro identificado no isolamento no lençol azul onde com tanta frequência eu navegara em espírito na sala dos mapas. Vezzano não passava de uma ilhota minúscula, e os tratados de navegação que eu havia folheado no Almirantado só lhe consagravam uma notícia breve: era mencionado sobretudo pela singularidade de suas costas escarpadas e de suas falésias erguidas diante das faixas meio submersas das lagunas, que podiam oferecer um abrigo aos navios surpreendidos pelos bruscos ventos de inverno do Sul. No tempo em que a pirataria estava no auge nessas paragens, Vezzano desempenhara para os piratas o papel de um porto de registro e de um entreposto fortificado; escolhido sem dúvida por suas angras protegidas e suas grutas espaçosas que, em certos pontos, rasgavam a ilha de lado a lado, a proximidade do continente lhe fora ainda mais útil por permitir encaminhar as mercadorias de noite, em simples barcos, até as praias de encalhe da costa. Mas todo esse passado de sangue derramado e de riquezas bárbaras não me detinha. Para mim, uma lembrança ou uma paisagem não tinha mais vínculo com esse ponto negro marcado no mapa do que com um pingo de luz de uma estrela. Vezzano era uma de minhas estrelas, o ponto brilhante de uma de minhas constelações fixas. Se se fixasse a ponta de um compasso no local de Rhages, Vezzano era, de todos os pontos do território de Orsenna, o que se inscrevia no círculo de raio mais curto.

O sol brilhava sobre a laguna quando deixamos o palácio: o dia prometia ser de bom tempo. O vento penetrava como uma

mão, voluptuosamente, em minhas roupas livres; antes de deixar o palácio, Vanessa me obrigara a pôr, como ela, um casaco e uma calça de marinheiro.
— É melhor que você não seja reconhecido no navio. Você verá por quê. De resto, é muito mais cômodo — acrescentou ela com uma voz gutural um pouco contraída, desviando os olhos de meus pés descalços.

Sentir que nessas roupas meus membros estavam livres como os de Vanessa ligava-me a ela, aproximava-nos como uma roupa de noite. Eu sentia o vento deslizar na pele dela e na minha, unir-nos como sua própria respiração em minha boca. Sentado comportadamente um ao lado do outro, olhávamo-nos sorrindo, sem nada dizer, felizes por essa escapadela de estudante, com as investidas desse vento que a despenteava. Minha nova vestimenta era pretexto para certas liberdades que me deixavam oprimido e gelavam-me as palavras nos lábios, tamanho era em minha garganta contraída o medo súbito de me trair; em meu pescoço, eu sentia a carícia leve de seus dedos como uma queimadura, e, quando de um balanço brusco da embarcação, seu pé se pôs sobre o meu, e ela me cingiu com seus braços tépidos, rindo com um riso um pouco precipitado; eu não estava em estado de dizer nada, mas apertei esse pé nu, gelado sobre as tábuas úmidas, seu braço se demorou um segundo em torno de mim, e senti o perfume de infância e de floresta de seus cabelos. Nesse instante, eu nem mesmo a desejava mais, eu nada mais sentia a não ser o vento fortalecedor que nos esbofeteava com batidas de asas rudes e uma ternura a abrir seus mil braços numa noite confiante, segura de abraçá-los até onde seu delicado calor alcançasse.

A embarcação deslizava agora na passagem das lagunas e nos conduzia rumo ao alto-mar. Nesse momento, nada mais podia espantar-me — a não ser empreender a travessia de Vezzano nessa embarcação minúscula —, voltei-me para Vanessa e lhe dirigi uma mímica tão decidida e ao mesmo tempo tão comicamente interrogativa que ela desatou a rir — o mesmo riso que ela dera, na primeira noite, na beira do cais.

— Vezzano fica um pouco longe, você sabe, Aldo. Nossa embarcação de alto bordo está avançada.

Com voz inquieta, que a incerteza tornava um pouco dura, ela acrescentou:

— ...Você o reconhece?

Eu o reconhecia bem. Ancorado ao largo da faixa de areia, uma silhueta bem fina, por se apresentar pela proa, diminuído no rebrilhar do sol e do mar, era o misterioso barco de Sagra.

— Preciso preveni-lo, Aldo, de que me esqueci de registrá-lo. É muito repreensível, não é? Você não terá escrúpulos demais para subir em um barco irregular?

Por sua voz pausada passava um tom de altivez involuntária, e os olhos compassivos se desviaram, mas compreendi sua demora e seu ataque brutal. Eu só subiria no barco como prisioneiro. Nesse instante, senti que algo seria decidido e para sempre, e busquei os olhos de Vanessa. Brilhavam agora sobre mim, cintilantes e fixos; atravessavam-me rumo a um longe de que eu nada sabia — nesse momento, Vanessa nem sequer me olhava. Estava contra mim, muda, preocupada, como uma pesada pressão noturna, seus seios rijos e nus sob a blusa, tensos pela friagem como uma vela içada. Meus olhos deslizaram para o nascimento desses seios que um sopro sem lei levantava — uma nuvem os confundiu; baixei a cabeça sem nada dizer, a boca seca, e me pareceu que minhas palmas se molhavam.

— Venha — disse-me ela com voz breve, e me levantei para segui-la.

A lembrança que conservo dessa travessia é a desses dias de plenitude em que a chama ardente de alegria que queima em nós devora e resume tranquilamente em si todas as coisas, parece acender-se, como no foco de uma lente imensa, apenas com a transparência do céu e do mar. O sol tinha dissipado os chuviscos: o calor ambarino e mais contido de fim de outono, como que uma exsudação deliciosa da terra, estava para o calor do verão assim como para sua pele ardente estava a carne morna de um fruto que mordemos. O mar das Sirtes, com suas ondas desabridas e dançantes, arrebentava por toda parte suas curtas volutas de espuma; ao redor de nós, pássaros marítimos em bandos divertiam-se e revoavam sem parar sobre as planícies variadas das extensões cambiantes, como na noite tranquila das terras aradas. Tudo ao redor de nós revoava, enfunava-se delicadamente rumo a um paraíso de eflorescência plumosa: longos batimentos amortecidos das gaivotas salpicados de gritos roucos, delicadas penas arrancadas à espuma, grandes penas vivazes do vento contra o rosto, deslizamento fugidio, como o dorso de um cisne, da vaga a levantar o barco. A frente da embarcação, abrigada por um tabique baixo que ocultava os painéis e por rolos de encerados e cordames, formava um reduto estreito que se abria de todos os lados para o mar. Tínhamos levado almofadas; deitado completamente ao lado de Vanessa, meus dedos demoravam no sangradouro de seu braço, onde batia uma pulsação delicada, e eu seguia com os olhos os grandes cruzeiros de nuvens oscilando acima de minha cabeça no ritmo regular de um balanço silencioso. Fora-se a curta, a grande angústia que me havia tomado no momento de embarcar; parecia-me que as coisas se cumpriam e que tudo se ordenava e se punha num andamento sem pressa, no batimento desse sangue fraterno. Vanessa agora parecia desnuda e feliz, e quando eu apoiava meus lábios em sua palma fresca, sua mão pesava com todo o seu peso adormecido sobre minha boca, e os dedos flectidos e mortos dessa mão isolada vinham fechar minhas pálpebras e me abrir para seu dia. O nome perturbador de Vezzano rumorejava em mim como um barulho de sino que passa no vento por um deserto ou pela neve; era nosso encontro e nossa aliança, parecia-me que a seu chamado as tábuas leves onde estávamos deitados voavam sobre as ondas, e que o horizonte diante de nossa roda de proa se orientava e se afundava misteriosamente.

Quando suas falésias muito brancas saíram do reflexo das distâncias do mar, Vezzano pareceu de súbito curiosamente perto. Era uma espécie de iceberg rochoso, corroído por todos os lados e cortado em grandes pedaços derruídos que as ondas avivavam. O rochedo brotava a pique do mar, quase irreal no rebrilho de sua couraça branca, leve no horizonte como um veleiro sob suas torres de tecido, não fosse a magra orla gazeada que cobria a plataforma, afundando aqui e ali num estreito corte ziguezagueante das ravinas. O reflexo níveo de suas falésias brancas ora o prateava, ora o dissolvia na gaze leve da bruma de tempo bom, e navegamos muito tempo ainda antes de vermos erguer-se a uma altura enorme, no mar calmo, uma espécie de torreão deteriorado e em ruína, de um cinza sujo, que tinha suas cornijas altivas acima das ondas. Nuvens compactas de pássaros marinhos, brotando em flecha, depois se rebatendo em volutas delicadas sobre a rocha, conferiam-lhe como que a respiração ostentatória de um gêiser; seus gritos semelhantes aos de um pescoço cortado, acerando o vento como uma lâmina e repercutindo longamente no eco duro das falésias, entregavam a ilha a uma solidão malévola e intratável, enclausuravam-na mais ainda que suas falésias sem acesso.

A embarcação foi fundear sob o vento dessas falésias a pique, que faziam planar sobre o mar uma acalmia e um frio de subterrâneo; puseram um bote no mar; Vanessa fez-me sinal para descer só com ela.

— Você queria ir de barquinho, não é? — soprou ela em meu ouvido como uma desculpa, com um sorriso ambíguo. — Além disso, meu capitão não está chateado: ninguém vem aqui, e não se conhecem mais os atracadouros. Tente pelo menos não nos afogar.

Enquanto fazia o bote seguir com meus remos, eu não conseguia, à medida que entrávamos em sua sombra que me gelava as costas, evitar ser tomado pela solidão e pela hostilidade dessa Citera triste rumo à qual eu a levava. Esses gritos selvagens e desolados dos pássaros do mar que cobriam a ilha e resfriavam essa sombra espectral, essas rochas nuas de um branco cinza de ossadas, e a lembrança desse passado fúnebre lançavam uma nuvem inesperada sobre esse mar festivo. Ao longo dessas paredes lisas, assustando colônias de pássaros aninhados muito alto nos côncavos da rocha, deslizamos bastante tempo em silêncio, como sob uma abóbada de catedral: nenhuma fissura parecia abrir-se nesse recinto formidável, quando de repente, ao leve marulhar das ondas contra a falésia, misturou-se um ruído de águas vivas, e quase de imediato deslizamos numa cunha, com a largura de apenas alguns metros e tão profunda que parecia um traço de serra na massa do planalto. Uma ravina alargava-se a partir do fundo da cunha, e um regatinho aí se lançava tintinando sobre seu leito de pedras.

Saltamos em terra numa praia de seixos. Estava bem escuro nesse corte aberto nas entranhas da rocha, um crepúsculo transparente e líquido filtrado pelo ruído do riacho. O rumor das ondas só chegava ali como um atrito abafado. Através do corte aberto acima de nós, o céu muito puro passava ao azul--escuro; na sequência da ravina onde se engolfava o dia, recortava-se a silhueta de uma árvore isolada, muito alta acima de nossas cabeças, recortava sua silhueta banhada de sol, e parecia fazer-nos sinal para as alturas. A intimidade silenciosa e a penumbra desse pescoço eram tão inesperadas que permanecemos um momento sem nada dizer, confusos e sorrindo um para o outro como crianças que penetram num porão proibido. E tão bruscamente cúmplice era o segredo encerrado por essa cripta fechada que Vanessa, tomada de uma angústia involuntária diante do acionamento dessa armadilha que se fechava, deu, tropeçando nos seixos, alguns passos incertos como que para fugir; eu percebia sua respiração alterada e por demais rápida, mas, surgindo atrás dela, e pulsando com um sangue brutal diante da confissão dessa fraqueza que me transfixava deliciosamente, passei meu braço sob o dela e derrubei com força sua cabeça em meu ombro, e num segundo ela pareceu dispersar-se e tornar-se pesada, mesmo que de um peso ardente e delicado, solta e toda entregue à minha boca.

    Devemos ter passado longas horas nesse poço de esquecimento e de sono. O corte do rochedo acima de nossas cabeças unidas era tão estreito, e o céu que aí se encaixava tão longínquo e calmo, que as variações do dia, na ausência do jogo mais alongado das sombras, não chegavam mais até nós; repousamos com todo o nosso peso na própria segurança dos jacentes sob esse falso dia de cripta em que a sombra vinha diluir-se como numa água profunda; os leves ruídos à nossa volta: um ruído de água viva sobre os seixos, o lamber insensível e o minúsculo barulho da água nos vãos de rocha da maré montante davam ao escoamento do tempo, por seus longos intervalos suspensos e suas súbitas retomadas, uma incerteza flutuante cortada por rápidos sonos, como se a consciência leve que vinha aflorar em nós por instantes tivesse buscado nessa emersão o mínimo excesso de peso que a mergulhava de novo imediatamente num curto desmaio. Eu tinha levado Vanessa à beira do riacho, que deixava entre ele e a rocha o espaço de uma estreita trilha onde crescia um mato profundo e negro; a mão posta sobre um de seus seios, eu a sentia junto de mim tranquila e toda congregada num escuro crescimento de forças; esse seio delicadamente erguido sobre um profundo odor de terra trazia-me como que a notícia fortalecedora desse *bom sono* que é o presságio das curas profundas; então o excesso de minha ternura por ela despertava: meus beijos arrebatados choviam de todos os lados sobre esse corpo desfeito, como um granizo; eu mordia seus cabelos misturados ao mato, diretamente no chão. Meio desperta, os olhos fechados no excesso de sua lassidão, Vanessa apenas sorria com a boca entreaberta; sua mão tateava em minha direção, e mal me havia encontrado, entorpecida de certeza confiante, recaía no sono com um suspiro de satisfação.

O sol devia ter descido sensivelmente, pois as paredes da garganta haviam se tornado cinza, e só um dos lábios da rocha que nos recobria flamejava ainda no cume com um estreito orlado de luz; o ruído das ondas parecia suavizar-se, e algumas estrelas pouco mais que reais, semelhantes a esse fosforescer fugaz que se desperta nas luzes em certas pedrarias, piscaram débeis sobre o azul empalidecido do céu. O frio subia do mato úmido; ajudei Vanessa a se levantar, acheguei a mim esse peso curvado e morno entregue longa e interminavelmente a minhas mãos plenas.

— Vamos voltar ao barco? — disse-lhe eu com voz sonolenta. — Já deve ser tarde.

— Não. Venha.

Agora completamente reanimada, febril, voltando para mim num segundo esses olhos de outros rumos que eu reconhecia tão bem, ela me mostrava o alto da ravina.

— ... O navio nos espera só depois que a noite tiver caído. Por que você acha que eu o trouxe aqui? — lançou-me ela, com uma altivez cortante que me feria e me exaltava ao mesmo tempo, porque eu tinha a impressão de estar sendo maltratado por uma rainha, mas quase de imediato ela baixou os olhos e pousou a mão delicadamente em meu ombro.

— É preciso ao menos que exploremos nosso reino. Pense, Aldo, estamos sozinhos numa ilha. E você já quer ir embora.

Escalamos, não sem dificuldade, o corredor formado pelo leito do riacho, com pedras que ameaçam rolar. Vanessa agarrava-se a mim sobre esses seixos escorregadios, e logo seus pés nus ficaram ensanguentados. Eu me sentia bruscamente desembriagado; o dia já escuro parecia-me de mau presságio, e essa ilha mal-afamada, vagamente suspeita; eu propunha de novo a Vanessa que voltássemos, mas ela me respondeu com voz breve:

— Vamos descansar lá em cima.

Pouco a pouco a ravina se alargava e se aplainava; saímos da garganta, e andávamos agora sem fazer barulho sobre um gramado plano, no fundo de um valão curto que levava de modo imperceptível ao planalto da ilha. Ao ar livre, ainda era dia claro; emergindo à luz dessas alturas ainda quentes, respirávamos deliciosamente. O cume da ilha não passava de uma tábua rasa, rasgada nas beiradas pelos cortes brilhantes das ravinas. Ondas rápidas e bruscas corriam pelo mato seco; a surda detonação das ondas invisíveis quebrando-se nas reentrâncias das falésias trazia no vento o ruído de uma tempestade longínqua. Aqui e ali, com a friagem da noite, novelos de bruma branca começavam a correr e a se balançar no nível do chão, como um rebanho tomado de pânico — na ilha já anoitecia —, dir-se-ia que antes da hora os fantasmas da noite se apressavam em retomar posse da charneca. Vanessa levava-me agora rapidamente para uma colina bastante íngreme — a única saliência desse planalto nivelado — que se desenhava diante de nós à frente das falésias, na direção leste. Desse lado, a ilha se ia estreitando, e apontava para leste como uma proa elevada; à direita e à esquerda de nós, agora próximas, as ravinas só deixavam entre elas uma estreita aresta de traçado sinuoso. Vanessa andava à minha frente sem dizer palavra, a respiração curta, o passo apressado, e me veio o pensamento, por um instante, de que a ilha ainda estivesse talvez habitada, e de que dessas rochas ia surgir uma silhueta que daria corpo a sua febre e a meu incômodo.

Tendo chegado ao cume da colina, ela parou. A ilha acabava diante de nós em precipícios abruptos; o vento desse lado a chicoteava com fúria, e ouvia-se da base das falésias subirem os contínuos golpes de aríete das ondas. Mas Vanessa não se preocupava com isso, e sem dúvida nem sequer se lembrava que eu estava ali. Sentara-se sobre uma rocha despedaçada e fixava os olhos no horizonte: era como se sobre esse recife afastado súbito ela estivesse de vigia, semelhante a essas silhuetas enlutadas que, do alto de um promontório, espiam interminavelmente o retorno de uma embarcação.

Meus olhos seguiam, a despeito de mim mesmo, a direção de seu olhar. Uma claridade bastante viva demorava sobre o ressalto de colina que perfurava o manto de brumas. Diante de nós, o horizonte marítimo bordava uma faixa mais pálida e espantosamente transparente no crepúsculo avançado, semelhante a uma dessas vistas ensolaradas que se abrem no nível da água sob a cúpula dos vapores e anunciam o fim de uma tempestade. Meus olhos percorreram esse horizonte deserto e se detiveram por um instante nos contornos de uma nuvem muito pequena e branca em forma de cone, que parecia flutuar no nível do horizonte numa luz mais fraca, e cujo isolamento insólito nessa noite clara e cuja forma pesada se associaram de imediato em meu espírito, de modo confuso, à ideia de uma ameaça distante e à apreensão de uma tempestade subindo sobre o mar. Um frio brusco agora se abatia sobre a ilha, o vento ficava mais fresco, com a aproximação da noite os pássaros do mar tinham parado de gritar; eu tinha pressa súbita de deixar essa ilha triste e selvagem, evacuada como um navio que afunda. Toquei de modo seco o ombro de Vanessa.

– Está tarde. Venha. Voltemos.

– Não, ainda não. Você viu? – disse-me ela voltando para mim os grandes olhos abertos no escuro.

De uma só vez, como uma água lentamente saturada, o céu do dia se havia tornado céu lunar; o horizonte tornava-se uma muralha leitosa e opaca que passava ao violeta, acima do mar ainda fracamente espelhado. Atravessado por um pressentimento brusco, dirigi os olhos para a singular nuvem. E de repente vi.

Uma montanha saía do mar, agora distintamente visível contra o fundo escurecido do céu. Um cone branco e nivoso, flutuando como a lua a se erguer acima de um delicado véu malva que o separava do horizonte, semelhante, em seu isolamento e sua pureza de neve, e no brotar de sua simetria perfeita, a esses faróis diamantados que se erguem no limiar dos mares glaciais. Sua ascensão de astro no horizonte não falava da terra, mas antes de um sol de meia-noite, da revolução de uma órbita calma que o tivesse trazido na hora prevista das profundezas lavadas ao afloramento fatídico do mar. Ele estava ali. Sua luz fria se irradiava como uma fonte de silêncio, como uma virgindade deserta e estrelada.

– É o Tängri – disse Vanessa sem virar a cabeça. Falava como que para si própria, e eu mais uma vez duvidava de que ela tivesse consciência de que eu estava ali.

Permanecemos muito tempo sem dizer palavra na escuridão que se tornara profunda, os olhos fixos no mar. O sentimento do tempo afastava-se de mim. A luz da lua extraía vagamente da sombra o cimo enigmático para de imediato nela o mergulhar de novo, fazia-o palpitar de modo irreal sobre o mar apagado; nos olhos fascinados esgotavam-se a seguir o desenvolvimento dessas fases desfalecentes, como nas últimas claridades, mais equívocas e mais misteriosas, de uma aurora boreal. Por fim, fez-se noite por completo, o frio transpassou-nos. Ergui Vanessa sem dizer palavra, ela se apoiou em meu braço com todo o peso. Andamos de cabeça vazia, os olhos doloridos por ficarem tão fixos, as pernas bambas. Eu mantinha Vanessa estreitamente apertada contra mim pelo caminho perigoso e escorregadio que tínhamos dificuldade em seguir no escuro, mas esse apoio que eu lhe emprestava não era, nesse momento, mais que um reflexo maquinal e sem ternura. Nesse dia de calor suave e acariciador, parecia que havia passado como que um vento descido dos campos de neve, tão lustral e tão selvagem que meus pulmões, que ele atacara, jamais lhe poderiam esgotar a pureza mortal, e, como que para guardar ainda seu fulgor em meus olhos e seu sabor frio em minha boca, eu involuntariamente andava no caminho inseguro com a cabeça voltada para o céu cheio de estrelas.

Natal

Agora eu ia a Maremma com frequência: aproveitava as idas e vindas do veículo que o movimento das obras na fortaleza chamava toda hora à cidade. Saía do Almirantado depois do almoço, impaciente pelo breve percurso. Quando chegávamos às primeiras casas de Maremma, observava que, ante a mera vista, no entanto familiar, da bandeirola do Almirantado batendo na lateral do veículo, reuniam-se de imediato em torno de nós alguns curiosos, e que os olhares dos passantes ao longo de nosso percurso se erguiam, por um segundo, mais brilhantes; eu sentia que a simples passagem do veículo era uma *novidade* que iluminava o dia deles, e nossa presença um sinal, uma confirmação de que algo estava acontecendo; via mesmo às vezes esboçar-se em minha passagem o gesto ritual do braço erguido para o cumprimento, de hábito reservado em Orsenna para as circunstâncias solenes, como se cada um tivesse procurado encostar-se instintivamente naquele que parecia tocar de mais perto o segredo, e eu sabia que um rumor logo correria de rua em rua: "O veículo do Almirantado ainda está aqui". Para sair era preciso afastar os desocupados como moscas, e os olhares colavam-se às minhas costas ainda por muito tempo, ávidos, como uma boca que busca ar.

Essa não era a única mudança que se observava em Maremma. Quando eu visitava Belsenza em busca de notícias, no velho escritório em mau estado, com aquele cheiro de papel superaquecido que dava sede, onde ele trabalhava no centro de um dos bairros pobres, encontrava-o cada vez mais preocupado.

Ele me dava os relatórios sem dizer palavra, a sobrancelha ainda franzida da leitura, o cigarro colado no canto da boca, pondo a cabeça para trás e me inspecionando rapidamente com olhos semicerrados. A curva ascendente da febre que minava a cidade inscrevia-se implacável nesses registros manchados de dedos sujos, e, a julgar pelos índices duvidosos que se empilhavam sob meus olhos como papéis engordurados sob o ponteiro de um varredor, seria possível dizer que essa febre agora supurava. As estatísticas da polícia davam dia a dia o testemunho de um relaxamento estranho da moralidade, e pareciam multiplicar--se em particular os casos de exibicionismo e de provocação à devassidão, frequentemente difíceis de serem identificados pela polícia, por conta da cumplicidade tácita que beneficiava as testemunhas. Belsenza às vezes caía num riso pesado de homem pretensioso, ao me submeter algum detalhe picante, mas para mim havia ali mais um sinal clínico que uma doença, e o que eu entrevira no palácio Aldobrandi me deixava pensar. A polícia dava a esses assuntos uma boa publicidade.

— Isso os impede de pensar em outra coisa — confiava-me Belsenza piscando um olho divertido. — A polícia sabe disso desde sempre, e eu não ficaria espantado se meus tiras tiverem às vezes alguma participação na coisa.

Mas estava claro que Maremma não deixava, entretanto, de pensar em outra coisa. A alegria de Belsenza diminuía quando lhe levavam — e isso era frequente — uma cartomante com predições apocalípticas, ou um desses "missionados" cabeludos (era o nome que o povo lhes dava) com olhos fugidios e aspecto subalterno, que profetizavam agora nos cais ao cair da noite e reuniam os bateleiros.

— Estes são pássaros de mau augúrio. Há alguma coisa, ou alguém, por trás. Se eu pegasse quem os paga! — murmurava Belsenza entre os dentes cerrados, com um silvo de cólera e impotência.

A atitude deles era infalivelmente a mesma e se caracterizava por um respeito exagerado, e que não parecia fingido, pelas insígnias e pelos representantes do poder. Quando eram levados ao departamento de polícia, cumprimentavam um a um em volta com uma espécie de ênfase cerimoniosa e exaltada, segundo o grau exato de consideração que sua função ou posto merecia, a seguir se encostavam na parede e se mantinham quietos, os olhos fixos no chão. Depois disso, não se conseguia tirar mais nada deles. Belsenza em vão os tratava com rudeza, ameaçava com varas, só saíam de seu mutismo para pronunciar sem convicção alguns pedaços de frases feitas, que constituíam como que o *leitmotiv* inepto de sua pregação grosseira e tendiam todas a atribuir ao Farghestão um papel vagamente apocalíptico, uma estranha missão de providência às avessas.

"São chegados os tempos... Estamos todos prometidos para Lá... As palavras estão ditas... Contaram-nos do primeiro até o último..."

Sua voz salmodiante e aguda dos espaços abertos e dos lugares vazios destoava súbito de modo tão desorientador ante a indiferença cética dessas paredes nuas que interrompiam quase de imediato por si mesmos e se recolhiam, a cabeça afundada nos ombros, como pássaros à noite, amedrontados e entristecidos, enlouquecidos pelo som da própria voz, trêmulos como uma caça presa na armadilha. Belsenza dava de ombros e, segundo seu humor do momento, liberava-os com um chute ou os enviava por alguns dias para a prisão da cidade; eram revistados antes de ir embora, mas, o que era estranho e parecia desmentir Belsenza, quase nunca se encontrava ouro em seus bolsos.

Interrogatórios desse tipo deixavam-me incomodado. Essas bocas negras, de repente escancaradas contra a vontade para seu pesadelo infantil, deixavam-me não sei que impressão sinistra. O abandono, o relaxamento desses lábios trêmulos e quase obscenos tocava-me em especial – como se nelas as defesas últimas da vida tivessem se curvado, como se alguma *coisa* se tivesse aproveitado insidiosamente para assumir a palavra de uma derrocada profunda do homem. Essa voz naufragada, que parecia vir de mais baixo que uma outra, que agarrava na nuca e que fazia passar uma brusca onda de silêncio entre os policiais à mesa, era de pânico. Nessa repartição suja e sonolenta, nesse escombro de cidade mumificada e recozida em sua imobilidade ruinosa, era como uma rachadura de trevas entreaberta em pleno dia, como o pesadelo podre desse sono secular que arrebentava, que se erguia diante de nós, que *descia os degraus*.

Nessa agitação ruidosa de larvas, havia silhuetas mais altivas. Certo dia, durante uma de minhas visitas, trouxeram uma jovem – com aspecto muito pobre, mas com traços finos e quase nobres – que lia o futuro nas cinzas, num canto do mercado de legumes. O interrogatório começou mal; seu mutismo obstinado tornou-se de uma tal insolência, e seu olhar distante e menosprezador tão provocativo que, no rosto de Belsenza, mais nervoso que de hábito, ou talvez tocado por um pensamento oculto mais conturbado, vi subir pouco a pouco uma cólera fria.

– Você não quer falar. Vamos ver. É você quem está pedindo! – lançou ele com voz rouca e baixa. – Chicoteiem-na.

Na penumbra da sala, pareceu-me ver escurecer os olhos da jovem. Mãos atadas nas costas, apertaram-lhe o pescoço com um anel preso bem baixo na parede, depois um policial ergueu sua saia por trás e com ela a encapuzou. Houve um movimento de ávido excitamento e de alegre estado de espírito no posto. Belsenza não prodigava esse tipo de passatempo, banal no entanto em Orsenna, onde a autoridade tinha a mão pesada, e onde uma longa intimidade com as agressões fazia com que fossem tratadas com uma familiaridade zombeteira. Mas algo de insólito, nesse silêncio de tumba, detinha as brincadeiras habituais.

– Você se decidiu? – murmurou Belsenza entre os dentes.

Ouvia-se o soluçar entrecortado sob o arrepanhado da roupa, e eu sabia que agora ela não falaria. O pior para ela tinha passado: era essa corda de animal em leilão, esse lombo brotado das roupas, cheio de saúde e de desabrochar obsceno, que escarnecia agora do rosto como um riso grosseiro.

O dorso riscava-se com marmorizados rubros, reagia sob as correias com um tremor monótono. Um incômodo constrangido descia agora na sala; havia erro de pessoa: era como se estivessem chicoteando uma morta.

– Chega! – disse Belsenza sem jeito, sentindo vagamente que a cena me desagradava. – Vá embora, e que não seja pega outra vez.

Com o rosto ainda todo inflamado, ela batia ligeiramente na saia, arranjava apressada os cabelos com uma provocação de indiferença pueril desmentida por seus olhos queimando e secos, que saltitavam de objeto em objeto como sob um ataque insuportável, como se a sala inteira tivesse sido esquentada em fogo vivo.

— Vamos, não falemos mais disso, não é grande coisa! — disse Belsenza tocando-lhe o ombro, de súbito grosseiramente cordial. — Procure agora ver o futuro mais cor-de-rosa, ou de outra vez ele a fará arrepender-se.

Mas o olhar deteve-se nele, negro e ardente, brilhando por trás das lágrimas com um súbito faiscar vitorioso.

— O senhor tem medo!... medo!... medo!... O senhor me bate porque tem medo.

Belsenza empurrou-a para fora, ela saiu correndo, mas se ouviam ainda os pés descalços baterem no piso entre risos bem nervosos, e sua voz aguda e obstinada de menina sempre no ar como uma abelha: "Medo! Medo! Medo!". À sua passagem, janelas entreabriam-se sem barulho, como conchas aos raios de bom sol, aspirando os gritos um a um no silêncio desse bairro pobre, e nós nos sentíamos num estado de espírito bem desagradável.

Havia indícios mais inquietantes. Embora a estação chuvosa já estivesse à vista, a pequena colônia estrangeira da cidade não se apressava em deixar Maremma, e já estava claro que muitos, a exemplo de Vanessa, tomavam providências para passar o inverno ali, por mais desconfortáveis que pudessem parecer os poucos palácios da cidade cheios de gretas e rachaduras, onde o vento circulava com toda familiaridade. Esse aumento inesperado de população já fazia investidas nos magros recursos da região, e fazia pressagiar dificuldades de aprovisionamento que preocupavam Belsenza e o levavam a se interrogar com estado de espírito mais sombrio sobre os motivos que podiam reter esses errantes ociosos até o coração mesmo do inverno. De suas ocupações e de seus projetos, seus espiões não chegavam a saber grande coisa; para a política era delicado interessar-se muito de perto pelas idas e vindas de pessoas cujos nomes eram a própria reputação de Orsenna, e a influência na Senhoria por demais certa. Elas, aliás, só tinham ocasião de se encontrar, da maneira menos suspeita possível, no meio da vida de festas em que se destacavam com brilho mais provocante as noites do palácio Aldobrandi, e, diante desse enigma que se comprazia em manifestar-se em plena luz, Belsenza sentia-se hesitante e escarnecido.

– Compreenda-me bem – disse-me certo dia ao falar de uma dessas noites, com o olhar semicerrado que tinha em seus momentos de perplexidade, e que deslizava mesquinhamente pela fenda das pálpebras, como uma moeda –, estava lá ontem à noite o conde Ferzone, a mulher do senador Monti e o secretário do Conselho dos Presídios. Se conspiram lá dentro, então é Orsenna que conspira contra si mesma. Começo a me perguntar para quem exatamente a polícia trabalha. Quem me diz que essas pessoas não serão as primeiras a ler meus relatórios?

Seu olhar dissimulado buscava o meu com insistência. Eu sabia que minha intimidade com Vanessa criara entre nós um mal-estar: era como se esse olho astuto alimentasse uma aliança possível, fizesse de esguelha como que uma abertura de paz. Havia lassidão, abatimento em seus ombros pesados.

– ... O que me inquieta – continuou – é que Orsenna nada diz. Além do mais, o que fazemos aqui não é de grande serventia. Não me agrada mandar chicotear essas meninas. E aliás...

Ele fez um gesto desiludido e voltou os olhos para a janela.

– ... Talvez o que digam seja verdade. Que isso acabará mal...

Fez-se silêncio na sala; um passo arrastado margeava o canal, perdido na tarde modorrenta. Parecia-me que algo cedia delicadamente sob meu peso como areia movediça, e, maquinalmente, dei um passo em direção à porta. Belsenza sobressaltou-se de leve, como homem que desperta:

– ... O senhor vai ao palácio, já que a princesa está de volta de viagem. Homem feliz! Eu não vou lá tanto quanto gostaria.

Olhou-me com ar astuto, e prosseguiu com voz séria:

– ... Receio às vezes que só me convidam para tornar menos escabrosa minha presença *a serviço*. Assegure à princesa que ela nunca será incomodada por mim.

Assim o incômodo ganhava terreno, e dia após dia podia-se ver ceder de modo inesperado qualquer nova defesa. Como uma tropa que avança escondida num nevoeiro, uma desorientação sutil do adversário preparava e precipitava sua marcha. Quando eu pensava na instrução que recebera de Orsenna e nos ecos condescendentes vindos dos rumores que inflamavam a cidade, parecia-me às vezes que Orsenna se cansava de sua saúde adormecida, e sem ousar admitir teria esperado avidamente sentir-se *viver* e despertar por inteira na angústia surda que ganhava agora suas profundezas. Seria possível dizer que a cidade feliz, que espalhara por toda parte sobre o mar e deixara irradiar por tanto tempo seu coração inesgotável em tantas figuras enérgicas e com espíritos aventureiros, lembrava agora, no seio de seu envelhecimento avaro, as más notícias como uma vibração mais refinada de todas as suas fibras.

Eu deixava Belsenza e me enfiava pelo dédalo das ruas pobres do bairro dos pescadores para chegar ao cais, onde me esperava o barco. Por mais impaciente que estivesse de reencontrar Vanessa, encantava-me às vezes demorar nessas ruelas que ziguezagueavam entre as fachadas cegas e os tristes jardinzinhos conquistados sobre as areias, e onde caíam desde o início da tarde grandes levas de frescor. Havia ali todo um subúrbio triste e agitado, sacudido ao acaso sobre as ondas da almofada de dunas que marcava o contorno da terra firme, e cujo abandono e antiguidade ruinosos se tornavam ainda mais desolados pela nova movimentação das areias que a vegetação dos jardins queimados não fixava mais, e das quais se viam às vezes, sob o impulso do vento do mar, os finos penachos luminosos chover incessantes por cima do muro de uma área cheia e atapetar o pavimento estreito, como tantas cascatas de silêncio; mas, se eu erguia a cabeça acima do muro, o rumorejo encarniçado do mar aberto e as batidas do vento vinham bruscamente esbofetear-me o rosto. Eu gostava desse silêncio ameaçado e seus recantos de sombra, como que suspensos num clamor profundo e enorme; eu fazia deslizar em meus dedos essa areia que tantas tempestades tinham peneirado, e que agora amordaçavam a cidade no sono; olhava Maremma sepultar-se, e ao mesmo tempo, com os olhos feridos, esbofeteado pelo vento furioso que metralhava a areia, parecia-me sentir a própria vida bater de forma mais selvagem em minhas têmporas e algo erguer-se por trás desse sepultamento. Às vezes, na esquina de uma rua, uma bilha ou um cesto de peixes em equilíbrio na cabeça, surgia uma mulher de pescador sob os eternos véus negros que fazem dos grupos em Maremma cortejos de luto, e dos quais se põe um pedaço na boca para proteger-se dos grãos de areia; ela passava perto de mim em silêncio, como um fantasma errante da cidade morta, trazendo-me ao mesmo tempo um cheiro de mar e de deserto, e parecendo assim surgida dessa necrópole inabitável, com essas chamas errantes e fúnebres que se elevam e palpitam debilmente sobre uma terra empanturrada de morte. A vida aventurava-se nesses confins extremos mais vulnerável e mais nua, erguida no horizonte de sal e de areia como um sinal extenuado, adejava pelas ruas apagadas como um farrapo de trevas esquecido em pleno dia. A luz já baixava sobre o largo, e me parecia sentir em mim a chegada de um desejo, de fixidez terrível, para reduzir ainda esses dias rápidos: o desejo de que cheguem os dias do fim e de que surja a hora do último combate duvidoso: os olhos arregalados sobre o muro espessado do mar largo, a cidade respirava comigo no escuro como um vigia sobre o qual a sombra se abate, retendo a respiração, os olhos pregados no ponto mais profundo da noite.

Eu encontrava Vanessa ora enlanguescida, ora nervosa; era como se essas tardes que ela me reservava, para mim apenas, no meio da agitação que ela com prazer mantinha em torno de si, a desorientassem como uma *passagem para o vazio*, e, por mais terna e mais jovial que por vezes pudesse mostrar-se, parecia-me que esse silêncio e essa tranquilidade vazia a deixavam desconcertada e insegura, como se tivesse temido encontrar-se por muito tempo sozinha não tanto comigo, mas com uma imagem de si mesma que minha simples presença despertava. Quando fazia tempo bom, ela com frequência me fazia sinal do outro lado do canal do jardim abandonado onde eu a encontrara na manhã de Vezzano – nos dias cinza, que a estação agora multiplicava, ela me esperava no salão vazio, que sempre me intimidava. Um frescor subia da água calma e banhava o palácio silencioso; pela grande porta aberta para o canal vinha a intervalos um ruído tranquilo de remos mergulhando na água morta: nessas horas eu estava certo de não encontrar ninguém além de Vanessa, e às vezes me demorava um instante sob essas abóbadas frias que ressoavam duramente com meus passos sobre as lajes: parecia que eu despertava um castelo de sono; pelas janelas que davam para o pátio interno, as folhagens imóveis do jardim de inverno pareciam presas num cristal transparente. Séculos acumulados haviam aqui desgastado as esquinas uma após outra, tamisado as luzes, acolchoado todas as coisas com uma poeira impalpável até a instalação dessa obra-prima de quietude e sono, e nessa residência secular, talvez como em nenhum outro lugar, transparecia o profundo gênio *neutralizador* da cidade, que liberava as coisas de todo poder de sugestão muito intenso, e conseguia com o tempo dar ao cenário da vida cotidiana a virtude delicadamente balsâmica e a insignificância profunda de uma paisagem. Eu pensava então em minha visita a Sagra e nos comentários que no passado Orlando me fizera – e ao me demorar nas salas desse palácio, que se revelava para mim no silêncio, ao mergulhar na água desses espelhos mortos e desses canais dormentes, ao respirar essa transparência líquida de outono, ao escutar os estalos das madeiras se sucederem sutilmente no silêncio suspenso, parecia que algo me era revelado de seu encanto e de sua condenação irremediável: era como se todo o esforço secular de Orsenna, todas as imagens que ela tinha se comprazido em dar da vida, tivessem visado a uma queda de tensão quase assustadora, a uma *equalização* final em que todas as coisas e todas as criaturas se teriam livrado de sua afirmação de presença ofensiva e de sua perigosa eletricidade: as formas por demais humanizadas, desgastadas por tempo demais por um roçar muito contínuo no meio das quais se perpetuava a vida, lhe faziam como que um traje de inconsciência cada vez mais profunda, através do qual nenhum contato a despertava mais. A cada manhã, ao acordar, Orsenna vestia-se com o mundo, como se fosse um *gibão* há muito usado e feito para ela, e nesse excesso de familiaridade confortável a própria noção de suas fronteiras se perdia; a débil consciência que tinha de si mesma se enraizava com lentidão numa terra agora tão profundamente entranhada de humanidade que ela parecia com o tempo tê-la inteiramente bebido, e sua alma, tendo entrado na impressão que ela havia imposto ao coração das coisas, deixava-a vacilante sobre um vazio, inclinada até a encontrar na imagem de excessiva semelhança que subia desses canais imóveis, como um homem que se sentisse deslizar lentamente para o outro lado do espelho.

    Quando retorno em pensamento a esses dias iguais e monótonos, e no entanto cheios de uma espera e de um despertar, semelhantes ao abatimento com náuseas de uma mulher grávida, lembro-me com espanto de quanto Vanessa e eu parecíamos ter pouco a nos dizer. O ardor que me lançava para ela contentava-se e se extinguia rápido, como o aumento da febre triste das lagunas, à tarde. Esse palácio, nem um pouco feito para nele se viver, com portas batendo, com sonoridade e penumbra de igreja, e onde os reflexos da água em movimento se mexiam eternamente ao longo das paredes, era-nos como que um acampamento instável, uma floresta habitável e aberta sob suas pesadas sombras imóveis, mas na qual um olho vagava perpetuamente. Eu nunca me sentia inteiramente sozinho com Vanessa; ao contrário, deitado contra ela, entre meus dedos pendentes à beira da cama, em meu cansaço desfeito, parecia-me às vezes sentir deslizar conosco a expansão de uma corrente rápida: ela me levava como em Vezzano, punha delicadamente em movimento nas águas mortas esse palácio pesado — essas tardes de ternura rápida e febril passavam como que levadas ao fio de um rio, mais silencioso e mais uniforme por se perceber, ao longe, o desabar emplumado e final de uma catarata. Às vezes, a meu lado, eu a olhava adormecer, separada insensivelmente de mim como de uma margem, e com uma respiração mais ampla súbito tomando o largo, e como que envolta por um fluxo de cansaço feliz; nesses instantes ela nunca estava nua, mas sempre, separada de mim, puxava o lençol com um gesto friorento e rápido até o pescoço, seu ombro, que levantava o lençol, escorrendo sua cabeleira de afogada, parecia afastar a iminência de uma massa enorme: a longa extensão solene da cama a afundava, deslizava com ela em toda a sua camada silenciosa; apoiado sobre o cotovelo ao lado dela, parecia que eu olhava emergir, de onda em onda, entre duas águas, a deriva dessa cabeça sobrecarregada, cada vez mais perdida e distante. Eu lançava os olhos à minha volta, de repente friorento e só, nessa luz cinérea de vitral triste que pairava no cômodo com a reverberação do canal: parecia que o fluxo que me levava acabava de se retirar em sua maré mais baixa, e que o cômodo se esvaziava lentamente pelo buraco negro desse sono frequentado por pesadelos. Com seu impudor altivo e sua despreocupação principesca, Vanessa deixava sempre entreabertas as altas portas de seu quarto: na meia-luz que recaía como cinza fina do avermelhar desses dias breves, os membros desfeitos, o coração pesado, eu julgava sentir em minha pele nua como que um sopro frio que vinha dessa sucessão de cômodos de pé-direito alto e em mau estado; era como seo turbilhão de móveis meio quebrados tivesse passado e nos esquecido ali, aterrados num esconso, como se no escuro meus ouvidos atentos, a despeito de mim mesmo, tivessem buscado surpreender ao longe, do fundo desse silêncio de espreita de cidade cercada, a rajada de uma caça selvagem. Um incômodo punha-me de pé no meio do quarto; parecia sentir entre mim e os objetos como que um imperceptível aumento de distância, e o movimento de retirada ligeira de uma hostilidade enclausurada e triste; eu tateava rumo a um apoio familiar que de repente faltava a meu equilíbrio, como um vazio que se cava diante de nós no meio de amigos que já sabem de uma má notícia. Minha mão apertava, independente, o ombro de Vanessa; ela despertava pesadamente; em seu rosto deitado eu via flutuar sob mim seus olhos de um cinza mais pálido, como que encolhidos no fundo de uma curiosidade escura e adormecida — esses olhos cativavam-me, puxavam-me, como um mergulhador, para seus reflexos viscosos de águas profundas; seus braços desdobravam-se, enrodilhavam-se em mim tateando na noite; eu afundava com ela na água plúmbea de um lago triste, uma pedra no pescoço.

Sentia um deleite lúgubre com essas noites de Maremma, passadas às vezes por inteiro junto dela e que afundavam pela ponta — como as estacas da laguna na subida matinal da água negra — no oco de uma quebra de lassidão, como se a perda de minha substância, que me deixava extenuado e vazio, tivesse me afinado com a derrota febril da paisagem, com sua submissão e com seu desânimo. Na atmosfera saturada dessa região das águas, o pulular das estrelas pela janela não cintilava mais; da terra prostrada parecia que não era possível doravante erguer-se mesmo a respiração débil que escapa de um pulmão arrebentado: a noite pairava com todo o seu peso sobre ela, em seu abrigo cavado de animal pesado e quente. Algumas vezes, por trás da barra da laguna, um remo tateava a intervalos a água grudenta, ou bem perto se estrangulava o grito grotesco e obsceno de um rato ou de algum animal pequeno enquanto vagueava nas proximidades de ossários. Eu me voltava, nessa noite opressiva, como na suarda de uma lã, amordaçado, isolado, buscando ar, envolto numa transpiração sufocante; Vanessa, sob minha mão, repousava perto de mim como a ampliação de uma noite mais pesada e mais circunscrita: fechada, chumbada, cega sob minhas palmas, ela era essa noite em que eu não entrava, um amortalhamento vivaz, uma treva ardente e mais longínqua, e toda estrelada por sua cabeleira, uma grande rosa negra desatada e ofertada, e no entanto duramente apertada em seu coração pesado. Dir-se-ia que essas noites de suavidade muito úmida incubavam interminavelmente uma tempestade que não queria amadurecer – eu me levantava, andava nu na sucessão de cômodos tão abandonados como no coração de uma floresta, quase gementes de solidão, como se algo de carregado e fracamente voejante tivesse me feito sinal ao mesmo tempo e fugido de porta em porta pelo ar estagnado dessas altas galerias mofadas – o sono fechava-se mal em meus ouvidos atentos, como quando somos despertados à noite pelo rumor e pelo clarão longínquos de um incêndio. Por vezes, voltando, eu via de longe uma sombra mover-se no chão, e, à claridade da lâmpada, as mãos de Vanessa, que erguia seus cabelos embaralhados logo ao despertar, faziam voejar pelas paredes grandes mariposas; os traços ligeiramente extenuados sob a luz, ela parecia cansada e pálida, séria, toda recoberta ainda por um sonho que dava muito a pensar, e a luz imóvel da lâmpada não me tranquilizava. Uma vez sua voz se alteou, estranhamente impessoal, uma voz de médium ou de sonâmbula, que parecia presa da evidência de um delírio calmo.

– Você me deixa sozinha, Aldo. Por que me deixa sozinha no escuro? Senti que você tinha saído, eu estava tendo um sonho triste...

Ela levantou para mim olhos de sono:

– ... Não tem fantasma no palácio, você sabe. Venha, não me deixe sozinha.

Acariciei-lhe a cabeça e a delicada base dos cabelos, enternecido por essa voz infantil.

– Você tem medo, Vanessa? Medo à noite, no coração de sua fortaleza... E que fortaleza! Grandes deuses... Panóplias até em nosso quarto. E os catorze Aldobrandi que fazem guarda em efígie.

Os olhos fechados, ela estendia os braços tépidos e o muxoxo de sua boca inchada de menininha, e eu a abraçava com arrebatamento, como se mordem as boas faces de uma doce maçã oferecida, mas a passagem de um único vento leve a jogava na cama, batendo dentes, tremendo toda.

– Ah! Estou com frio.

Pegava minha mão, nervosa, séria, seu olhar flutuando pela galeria aberta, como na distância de uma submata.

– Como é triste aqui, Aldo! Por que vim para cá? Tenho horror dessas paredes nuas, sempre a olhar as ondas, os bancos de nevoeiro.

Sua voz estava bem contra meu ouvido.

– ... Estamos como que num porto saqueado, as eclusas quebradas. É como se estivéssemos à deriva nesses cômodos muito grandes. Como num navio mal ancorado.

– Mas é você que quer todas essas portas abertas, Vanessa. Sempre tenho um pouco a sensação de que estamos deitados na rua.

– Pobre Aldo!

Ela me acariciava os cabelos com mão distraída.

– ... Como você é educado e comportado. Que criança obediente!...

Uma onda de sombra passou sobre ela e seu rosto desviou-se.

– ... E mesmo que estivéssemos na rua, que todo mundo passasse aqui, neste quarto, que importa, Aldo... Que significado gostaria que tivesse? Quem você quer que nos veja?

A voz elevava-se como uma confissão sufocada e triste.

– ... Com quem gostaria realmente de lidar aqui? Quando vim, eu estava entediada por completo, transtornada, estava rígida e contraída, eu queria me modelar, me fazer rígida e dura entre minhas mãos como uma pedra, uma pedra que jogamos na cara das pessoas. Queria chocar-me enfim com alguma coisa, arrebentar alguma coisa, como quando quebramos uma vidraça, nessa atmosfera sufocante. De fato houve aqui escândalos e provocações, posso lhe falar, Aldo, coisas que iam além da medida, e não eram divertidas, coisas bem graves, é, bem graves.

Ela deu de ombros, exausta.

– ... Era como uma pedra que jogamos na laguna. Havia uma pequena onda de curiosidade exausta, e logo a água pesada se fechando. Não que eu tivesse má pontaria. Mas existem animais que digerem até as pedras que lhes jogamos, que são nada menos que uma enorme digestão: uma bolsa, um estômago. E eu também me sentia digerida. Inofensiva, você compreende, assimilada, é terrível, essa igualdade nos comestíveis, essa derrocada desordenada como grãos num estômago – e se há alguns grãos de areia, são digeridos mais facilmente. Contribuímos...

Ela sacudiu a cabeça com desespero.

– ... E quando estivermos na rua, mesmo que nos amássemos na rua, o que importa? Que significado gostaria que tivesse? Existem aqui olhos que se fixam sobre você, Aldo, mas, compreenda, isso não vai mais longe; não há *olhar*. E eu, eu precisava desse olhar. Oh! Sim, olhar. Ser olhada. Mas por todos os olhos deles. Mas de verdade. Estar em presença...

Eu me inclinava sobre ela; escutava escapar dela, incrédulo, esse grito pânico, esse fluxo veemente como sangue derramado. Ela me parecia de repente extraordinariamente bela – de uma beleza de perdição –, semelhante, sob sua cabeleira pesada e em sua dureza casta e encouraçada, a esses anjos cruéis e fúnebres que sacodem a espada de fogo sobre uma cidade fulminada. Ela se ergueu sobre o cotovelo devagar e, fixando os olhos nos meus, falou com voz calma:

– O que eu penso, você também pensa, Aldo, não é? Estou certa de que você me compreende.

Olhei-a, por minha vez, nos olhos:

– Acho que a compreendo, Vanessa, mas você já conhece esse olhar. Maremma o nomeia. Ele não é benevolente, e você sabe desde sempre, você e os seus, o que ele significa.

Ela apertou meu braço com uma mão tranquila, noturna.

– Sei. Você também sabe, e desde que veio aqui não viveu para outra coisa. É por isso que fui vê-lo na sala dos mapas e por isso que eu o trouxe a Vezzano; e o que lhe cabe fazer no momento, você também sabe agora.

Nessa noite, não voltei a dormir, e a passei toda na perturbação e na terrível exaltação nervosa de uma primeira noite de

amor. Vanessa, junto a mim, repousava como que esvaziada de seu sangue, a cabeça roubada por um sono sem sonhos; dilacerada como uma parida, ela encurvava a cama sobrecarregada. Era a floração germinada no fim dessa podridão e dessa fermentação estagnada – a bolha que se reunia, que se soltava, que buscava ar num bocejo mortal, que tornava sua alma exasperada e fechada numa dessas explosões grudentas que fazem na superfície dos pântanos como que um crepitar venenoso de beijos.
O dia infiltrou-se no cômodo. Vanessa já estava de pé. Vestida às pressas, ia e vinha no quarto, e por minhas pálpebras semicerradas observei que ela vigiava meu despertar. Em seu longo penhoar cinza e ondeante, ela tinha o pisar incerto e o adejo desajeitado de um pássaro de passagem, abrigado numa gruta, que busca ao despertar seu sentido e sua direção. Veio até mim, ajoelhou-se na beira da cama com um gesto terno, envolveu-me com os braços frios do vento marinho, e pareceu que eu tinha nos lábios o gosto de sal.
– Vou deixá-lo sozinho por alguns dias, Aldo. Você sabe que preciso voltar a Orsenna.
– Já, Vanessa?
Ela não respondeu, mas pôs a cabeça em meu peito, e minhas mãos a estreitaram contra mim com uma paixão ainda desconhecida.
– Não vou demorar. Você se lembrará desta noite?
Acrescentou baixando a cabeça, confusa:
– ... Foi uma grande noite, você sabe, Aldo...
E de repente, com gesto arrebatado e desajeitado, beijou-me as mãos.
– ... Como você tem mãos fortes, Aldo. Tão poderosas, tão fortes...
Vanessa esfregava a face contra elas, com batidas pequenas e delicadas.
– ... Mãos que detêm a alegria e a perdição; mãos nas quais a gente gostaria de se confiar e de se entregar, mesmo que para matar, para destruir – mesmo se fosse para acabar.
– Mas não é o caso de acabar, Vanessa. Você me faz tão feliz. Você não é feliz?
Ela me olhou com grandes olhos fixos.

– Oh! Sou, sim, meu querido, sou. Mas queria dizer-lhe: sou corajosa e não tenho medo do que elas me trazem. Mesmo se fosse para acabar...

Ela se agitou, espalhou a cabeleira como se fosse uma nuvem ruim; mergulhei as mãos em seu abrigo morno, enovelado com toda minha ternura numa falsa segurança, e meu coração carregado sentia escoar os minutos, como um escolar agachado que mordisca os segundos, que adia ainda o sofrimento glacial do despertar.

– ...Você sabe que levo Marino para Orsenna. Ele me pediu um lugar no carro. Ocupam-se muito dele na Senhoria, sem dúvida – acrescentou ela com voz carregada de subentendidos. – De todo modo, você vai ficar sozinho no Almirantado por alguns dias...

Ela acrescentou, com tom estranho, e que não me pareceu de todo irônico:

– ...O superior, depois de Deus, Aldo... É assim que vocês dizem, não é?

Com a partida de Vanessa, senti-me ocioso e triste, e decidi passar um dia mais em Maremma. Era véspera de Natal, e nessa noite a reclusão entre os muros úmidos do Almirantado bruscamente parecia-me por demais pesada. Haveria muita gente nas ruas, e algum instinto levava-me a me misturar por uma última vez ao mais profundo da multidão. Nesses dias duvidosos em que eu sentia vacilar o gênio da cidade, era o instinto que nos leva para a ponte, o rosto contra os milhares de bons rostos cheios e ainda vivos, quando o navio treme sobre a quilha e o choque gigante sobe até nós na vibração da profundeza.

A vagar ao longo de algumas ruas comerciais de Maremma, pareceu-me que na véspera dessa solenidade esperada o pulso da pequena cidade batia mais febrilmente. A tradição nos territórios de Orsenna, na véspera de Natal, era vestir cores vivas e casacos de lã coloridos que lembravam o deserto e repunham, na beira dessas areias, a comemoração da Nativity em seu distante Oriente, mas me pareceu que nesse ano o disfarce piedoso se prestava, no espírito de muitos, a um duplo sentido e a uma artimanha de significação particular. Entre os cortejos que percorriam as ruas e se avermelhavam aqui e ali por um instante nas iluminações modestas, observei que passavam silhuetas que, muito mais que o Oriente milenar, lembravam ao olhar os drapeados cinza e vermelhos e os amplos trajes de lã flutuantes com longas listras das populações das areias, cujo uso continuara popular no Farghestão. Sua passagem levantava clamores da garotada, a quem havia muito tempo esses enfeites lembravam o Ogro das lendas infantis, mas era de duvidar que fosse apenas aos olhos infantis que as máscaras desejassem fazer medo. De todos os lados, olhares súbito mais brilhantes vinham colar-se a essas silhuetas, e de antemão as espiavam; era visível que esse disfarce equívoco, mais que qualquer outra coisa, aguçava a atmosfera tensa, e que a multidão se comprazia morbidamente nisso, como se acha um encanto reticente e talvez a sensação de *sua própria existência* mais confusa, nos primeiros tremores de uma febre leve. Seria possível dizer que a multidão se acariciava nesse fantasma, como único espelho cujo reflexo lhe emprestasse ainda calor e consistência.

— O que diz dessa horda de beduínos, sr. Observador? — lançou-me abruptamente Belsenza, com quem topei na esquina de uma rua.

Ele estava de mau humor, e visivelmente dado à grosseria.

— Não sei o que me impede de levantar dessas cabeças um desses véus sujos. Desconfio que por trás deles se esfrega mais de um nariz remelento que assoei não faz muito tempo.

Retruquei um pouco secamente:

— Não o aconselho a fazer isso. As pessoas estão tensas. E não é dia para uma batida de polícia.

— Tenho outros motivos, e dos melhores, para nada fazer, tranquilize-se.

Com ar de mistério, Belsenza puxou-me bruscamente pela manga para um canto.

— ... Sabe o que estão dizendo? Que nossa papagaiada benta é um pretexto cômodo para alguns não se incomodarem mais, e que algumas pessoas que não são daqui estão tomando ar fresco esta noite atrás das persianas de mosquitos.

— Ora!

Nessa noite Belsenza, de modo evidente, cheirava a vinho.

— Tenho ordem para agir com prudência, é verdade. Ouvir é obedecer, a profissão tem suas exigências. Mas eu lhe juro, sr. Observador, essas cabeças de quaresma não virão mais aqui debochar de mim por muito tempo. Acham de qualquer modo que podem agir a seu jeito conosco, *lá*...

Pegou-me pelo braço e se afastou um pouco com um gesto teatral, um pouco mais caloroso a cada segundo.

– ... Temos, sr. Observador, engolido muitos sapos, o senhor é testemunha disso. Mas chega, chega. Perderei meu lugar, que seja. Mas ainda esta noite eu dizia ao síndico da Consulta: há um tempo para a paciência... Orsenna não é um colchão velho, maduro para a vérmina do deserto... Procuram-nos; vão nos encontrar... – (o gesto era categórico e decididamente nobre) – Venha a São Dâmaso, hoje à noite – acrescentou com voz tênue e rápida, piscando o olho.

Olhei-o afastar-se. Eu me perguntava até que ponto ele estava desempenhando um papel, aproveitando o álcool para gerir uma transição. Mas o sentido dessa linguagem grosseira de fanfarrão não era mais duvidoso. Belsenza por fim achara muito difícil sentir-se tão sozinho. A deriva mecânica dessa alma comum, que derrapava súbito de sua margem, marcava que as águas tinham atingido agora uma certa estiagem crítica.

Voltei entediado para jantar no palácio: o contato eletrizante do povo havia tornado mais deprimente minha solidão. Quando os primeiros sinos soaram para o ofício da noite, quase involuntariamente me vi no encontro que Belsenza marcara, diante das altas cúpulas persas de São Dâmaso. Minha desocupação não era a única em causa; o lugar em si atraía minha curiosidade. Não havia, nos territórios do Sul, igreja mais célebre, mais pela suspeita obstinada associada à liturgia e aos ritos que ela abrigava, e não tanto por conta da influência bem visível da arquitetura oriental, revelada nas cúpulas douradas e vermiculadas. Outrora, muito mais profundamente do que no Norte, a Igreja oficial tivera de se compor aqui com as heresias e as querelas internas do cristianismo oriental, e as cúpulas de São Dâmaso figuravam havia séculos o sinal de ligação eletiva de tudo o que surgia de turbulento e aventuroso no pensamento religioso de Orsenna. Centro, durante muito tempo, de uma pequena comunidade de mercadores das Sirtes que tinham vínculo, pelo acaso de suas relações de viagem, com as Igrejas nestorianas do Oriente, e, depois, centro de uma seita iniciática cujos vínculos com os grupos secretos dos "irmãos íntegros" na terra do Islã parecem não deixar dúvidas, as lendas locais conheciam havia tempos os conciliábulos que tinham sido abrigados por essas cúpulas mouriscas e essas altas abóbadas negras, onde escorria umidade feito num porão a ressumar como subterrâneos, sob as quais tinham rezado, aos pés de um Deus inescrutável, Joaquim de Fiore e Cola di Rienzo. Finalmente, atingida por uma proibição, a incorrigível rebelde permanecera muito tempo fechada, cercada pouco a pouco por um estranho respeito popular que tinha a ver sem dúvida com suas formas e sua ornamentação exótica e mal compreendida, e talvez também, caso se escrutasse mais a fundo essa reserva cheia de favor secreto, com o sentimento de uma *contrassegurança* e de uma vigilância obscuramente assumida diante da divindade reinante e oficial, que fazia com que Marino, bom conhecedor das Sirtes, dissesse, quando lhe dava na telha, que Maremma "tinha desposado São Vital (a catedral) diante de Deus, e São Dâmaso com a mão esquerda". Sem dúvida o clero julgara que a longo prazo o risco de heterodoxia era afinal menos grave que o acúmulo de sonho que sobrecarregava esse relicário sem herdeiros, por demais atraente e por demais ostensivamente dedicado ao Obscuro, pois alguns anos antes, após uma cerimônia expiatória, a igreja fora reaberta ao culto, e a atração maligna oficialmente exorcizada ao preço do que a intransigência do clero monástico não hesitava em chamar de capitulação disfarçada. O curso das coisas parecia lhe dar razão; era patente – a documentação reunida por Belsenza não deixava nenhuma dúvida a respeito – que São Dâmaso de imediato se tornara, na atmosfera muito especial que agora se respirava em Maremma, o ponto de reunião escolhido e difícil de vigiar dos alarmistas e dos propagadores de boatos, ao mesmo tempo que ponto de encontro da moda dos ricos invernistas céticos, cujo número se multiplicava na cidade. Vanessa, ainda que não crente, a frequentava assiduamente, e a respeito só dava justificações evasivas; era conhecida por proteger seu clero, no qual as tendências iluministas tinham novamente se enraizado como por encanto, e, talvez por sua intercessão, eu tinha a impressão de que sobre essa fosforescência fumacenta se estendia, a partir das mais altas esferas de Orsenna, o efeito da *permissão superior* evocada intimamente para mim pelas instruções vindas da Senhoria. São Dâmaso era uma das fissuras pelas quais os vapores suspeitos tinham invadido as ruas. Uma olhada nessa cripta que cheirava a enxofre não seria demais.

A igreja elevava-se perto do local onde a língua de areia se enraizava na costa, no meio de um miserável bairro de pescadores que era lembrado, mesmo nesse dia solene, pelos elementos ingênuos e intencionalmente pobres de toda a sua decoração. Fiozinhos remendados recobriam as paredes, e, segundo um costume muito antigo dos marinheiros das Sirtes, o presépio era substituído por um barco de pesca com todo o seu massame puxado até diante do altar sobre rodas: sob seu arbusto de luzes, o berço côncavo e flutuante transpunha estranhamente essa cena tão camponesa, fazia dela uma natividade mais ameaçada, um nascimento com o perigo do mar. Em torno do braseiro de luzes a prumo da cúpula, o resto da nave era muito escuro, mas dela vinha essa comunicação magnética e quase tátil, semelhante ao ar aspirado a tremer acima de uma estrada quente, que sobe de uma massa comungando no fervor extremo. Esse fervor nada devia à ruminação bovina dominical tão conhecida em Orsenna, e que só exprimia o bem-estar do rebanho recontado, afundado até as narinas na maceração do próprio cheiro; o que se podia cheirar aqui e ali em estado de vestígios pelas ruas, como um desses cheiros exóticos que súbito dilatam as narinas, era aqui de repente recebido na cara como um soco. Um fermento poderoso misturava essa multidão e soprava, bem acima dela, as altas cúpulas; essa massa compacta de rostos, no nível dos quais vogava a barca mística, sustentava-a nos ombros; a barca oscilava monotonamente ao ritmo do canto profundo e recuperado da multidão; nessa noite levada ao mais fundo inverno, como um ovo noturno, parecia-me que na respiração das vozes quentes e despertas eu sentia sob meus passos o gelo quebrar e fundir-se, e que, com o coração batendo, eu sentia vir como de sob a terra uma febre ruim – um degelo muito brusco, uma primavera condenada. Como a borrasca que levanta as folhas mortas, o velho canto maniqueísta se erguia sobre a massa, semelhante a um vento vindo do mar:

Vem na sombra profunda,
Aquele de quem meus olhos têm sede.
E sua Morte é a promessa,
E sua Cruz seja meu apoio.
Ó Redenção horrível,
Ó Sinal de meu terror,
O ventre é semelhante à tumba
Para o Nascimento de dor.

Era pungente, essa voz que retomava o estranho e fúnebre cântico vindo do fundo dos tempos, semelhante ao bater de uma vela negra sobre essa festa de alegria; essa voz de entranhas que se *punha* tão ingenuamente na tonalidade lúgubre de seu passado profundo. E eu não podia escutá-la sem sobressalto, por tudo o que ela traía de pânico surdo. Como um homem em perigo de morte, a quem o nome da mãe vem aos lábios no instante dos perigos escuros, Orsenna entrincheirava-se em suas Mães mais profundas. Semelhante ao navio na borrasca, que por instinto se apresenta de pé na lâmina, ela reinvestia num grito toda a sua longa história, incorporava-o a si; confrontada com o nada, assumia de uma só vez sua alta estatura e sua diferença íntima; e pela primeira vez talvez, levado numa terrível veemência, eu ouvia vir de suas profundezas o timbre nu de minha própria voz.

No entanto, o canto cessou; um silêncio mais atento anunciou que a emoção da massa esperava consumir-se agora num sinal inteligível, e que o oficiante ia tomar a palavra. Eu o olhava agora com aguda atenção. Ele usava a veste branca dos conventos do Sul, e algo nele — seu olhar míope e velado, de uma suavidade distante e ao mesmo tempo de uma concentração maníaca — falava desses temerosos visionários, semelhantes a carvões meio devorados pela chama das miragens e pelo fogo das areias, os quais Orsenna vira surgir com frequência da franja do deserto. Ao caminhar para o púlpito, ele ondulava entre as fileiras sem tocá-las, como uma chama branca, depois, ao subir os degraus, o arbusto de círios o iluminou por baixo e fez brotar das mandíbulas uma dura sombra carniceira; todo o rosto pareceu aflorar na superfície indecisa da noite; fez-se na assistência uma compactação imperceptível, tão íntima quanto mãos que se tocam, e compreendi que o tempo dos profetas estava de volta.

Ele lembrou de início, em tom neutro, e no qual se traduzia como que uma hesitação ou uma lassidão, o lugar muito insigne que a liturgia concedia a essa festa, e se felicitou, como por uma marca particular do favor providencial, por esse ano ela poder ser celebrada com todo seu brilho habitual em São Dâmaso, "voz entre todas as vozes unidas nessa noite no coro da Igreja militante a que foi sempre concedida uma ressonância particular, e no coração de nosso povo uma insigne eficácia". Depois desse exórdio descorado, a voz marcou uma pausa e se elevou pouco a pouco mais incisiva e mais clara, como uma lâmina que alguém tira lentamente da bainha.

— Há algo de profundamente perturbador, e para alguns entre os senhores há como que uma derrisão amarga ao pensar que este ano nos é dado celebrar esta festa da espera recompensada e da exaltação divina da Esperança numa terra sem sono e sem repouso, sob um céu devorado por sonhos maus, e em corações apertados e angustiados como que pela aproximação dos próprios Sinais cujo anúncio temível está escrito no Livro. Todavia, nesse escândalo de nosso espírito, de que nosso coração não participa, eu os convido a ler, irmãos e irmãs, uma significação oculta, e a encontrar no tremor o que nos é permitido pressentir do profundo mistério do Nascimento. É no mais escuro do inverno, e é no próprio coração da noite que nos foi entregue a garantia de nossa Esperança, e no deserto florido pela Rosa de nossa Salvação. Nesse dia que nos é dado agora reviver, a criação inteira estava prostrada e muda, a palavra não mais se erguia, e o próprio som da voz não encontrava mais eco; nessa noite em que os astros se inclinavam no mais baixo de seu curso, parecia que o espírito de Sono penetrou todas as coisas e que a terra, no coração mesmo do homem, se rejubila com seu próprio Peso. Parecia que a criação mesma passou no fim com toda a sua massa como uma pedra esmagadora sobre o sopro selado de seu Criador, e que o homem se deitou estendido sobre essa pedra, como aquele que tateia na sombra em direção ao lugar de seu sono. Pois é suave para o homem puxar o lençol sobre sua cabeça; e quem entre nós não perseguiu seus sonhos mais adiante e pensou que poderia dormir melhor se fizesse de seu próprio corpo uma camada cômoda, e de sua cabeça um travesseiro? Há também leitos fechados para o espírito. Aqui, nesta noite, amaldiçoo em vós esse enterramento. Amaldiçoo o homem entretecido por inteiro às coisas que fez, amaldiçoo sua complacência e amaldiçoo seu consentimento. Amaldiçoo uma terra por demais pesada, uma mão que se enrijeceu em suas obras, um braço todo dormente na massa que amassou. Nessa noite de espera e de tremor, nessa noite mais escancarada e mais incerta do mundo, eu vos denuncio o Sono e vos denuncio a Segurança.

Fez-se na assistência como que um fremir de atenção, e tosses aqui e ali se sufocaram na sombra.

– ... Reportemo-nos em nosso coração, com tremor e esperança, e isso nos é mais fácil que para muitos outros, a essa noite profundamente decepcionante que é dia, a essa aurora que rola ainda como um véu em torno da Luz incriada. Já desse nascimento pressentido a terra está grávida, e no entanto o que ela escolheu para aí se esconder é a noite do turvo conselho e dos maus presságios, e o que caminha adiante dela e a anuncia como a poeira adiante de um exército é um rumor sinistro, o sangue derramado e os próprios presságios da destruição e da morte. Nesta mesma noite, há séculos, homens velavam, e a angústia os apertava nas têmporas; de porta em porta eles iam sufocando os recém-nascidos mal saídos do seio da mãe. Velavam para que a espera não se cumprisse, nada deixando ao acaso a fim de que o repouso não fosse de modo algum perturbado e que não se deslocasse a pedra. Pois há homens para os quais o nascimento nunca é bem-vindo; algo ruinoso e incômodo, sangue e gritos, dor e empobrecimento, uma terrível agitação – a hora que não foi estabelecida, os projetos atropelados, o fim do repouso, as noites em claro, todo um tornado de acasos em torno de uma caixa minúscula, como se o próprio odre da fábula tivesse acabado de se romper onde os ventos haviam sido encerrados. (E é verdade que o nascimento também traz a morte, e o presságio da morte. Mas ele é o Sentido.) Eu vos falo de uma espécie de homens que não está morta, da raça da porta fechada, daqueles que sustentam que a terra doravante tem sua plenitude e sua suficiência; denuncio-vos as sentinelas do eterno Repouso.

"Ó irmãos e irmãs, nessa incerteza terrível da noite, como são raros os que festejam o Nascimento no fundo do coração. Vêm do fundo do Oriente, e nada sabem do que lhes é solicitado; só têm como guia o sinal de fogo que brilha com indiferença no céu quando se vai derramar o sangue das uvas ou o sangue dos desastres; são encarregados de um reino com riquezas fabulosas, e parece que sobre sua vestimenta há, no fundo desta noite, uma claridade ainda, como quando se vê ruir fragilmente, no fundo de um porão, o amontoado inestimável do tesouro. Partiram no entanto, deixando tudo para trás, levando de seus cofres a joia mais rara, e não sabiam a quem lhes seria dado oferecê-la. Consideremos agora, como símbolo grande e terrível, no coração do deserto, essa peregrinação cega e essa oferenda ao Advento puro. É a parte régia em nós que com eles se põe em andamento por essa estrada escura, atrás dessa estrela instável e muda, na espera pura e em profundo desconcerto. No fundo dessa noite, já estão a caminho. Convido-vos a entrar em seu Sentido e a desejar com eles cegamente o que vai ser. Nesse momento indeciso, em que tudo parece manter-se em suspenso e a própria hora hesitar, convido-vos à suprema Deserção deles. Feliz quem sabe rejubilar-se no coração da noite, apenas por saber que ela está grávida, pois as trevas lhe darão fruto, pois a luz lhe será prodigada. Feliz quem deixa tudo atrás de si e se dá sem garantia; e que ouve no fundo de seu coração e de seu ventre o apelo da libertação obscura, pois o mundo secará sob seu olhar, para renascer. Feliz quem abandona seu barco no forte da corrente, pois chegará à outra margem. Feliz quem se deserta e abdica de si mesmo, e no próprio coração das trevas nada mais adora além do profundo cumprimento..."

De novo, o pregador fez uma pausa; sua voz elevou-se agora mais lenta e velada de gravidade.

– ... Eu vos falo Daquele que não era esperado, Daquele que veio como um ladrão noturno. Eu vos falo d'Ele aqui numa hora de treva e numa terra talvez condenada. Eu vos falo de uma noite em que não se deve dormir. Eu vos trago a nova de um nascimento tenebroso, e vos anuncio que agora nos é presente a hora em que a terra ainda uma vez será por inteiro sopesada em Sua mão; e o momento próximo em que também para vós será dado escolher. Ó, possamos não recusar nossos olhos à estrela que brilha na noite profunda e compreender que do fundo da angústia, mais forte que angústia, se ergue na tenebrosa passagem a voz inextinguível do desejo. Meu pensamento reporta-se convosco, como a um profundo mistério, em direção àqueles que vinham do fundo do deserto adorar em seu presépio o Rei, que trazia não a paz, mas a espada, e embalar o Fardo tão pesado que a terra estremeceu sob seu peso. Com eles me prosterno, adoro com eles o Filho no seio de sua mãe, adoro a hora da angustiante passagem, adoro a Via aberta e a Porta da manhã.

A massa ondulou bruscamente, ajoelhando-se com essa prosternação sem pressa e quase preguiçosa do trigal sob um golpe de foice, e toda a profundidade da igreja refluiu para me esbofetear o rosto com um poderoso, um selvagem murmúrio de orações. Ela rezava ombro a ombro, numa imobilidade formidável, congelando o espaço, de altas abóbadas, num bloco tão compacto que me apertava as têmporas e o ar parecia súbito faltar a meus pulmões. A fumaça dos círios de repente me atingiu os olhos acremente. Senti entre os ombros como que uma força pesada, e a espécie de náusea ofuscante que se sente quando se vê um homem que perde sangue.

Não procurei Belsenza nessa multidão. Na emoção que me havia apertado a garganta, imaginei com desgosto – um desgosto inexprimível – o raspar de seu olho lento e míope sobre mim, como uma lâmina que tateia rumo ao defeito da couraça. Saltei num barco de aluguel. A noite carregada e úmida atraía-me; em vez de voltar para o palácio, segui através da laguna.

Estava agradável na noite fria e salgada. Diante de mim o palácio Aldobrandi, todas a luzes apagadas, flutuava como uma banquisa nas águas calmas; à minha esquerda, as raras luzes de Maremma mergulhavam até no mar uma constelação reduzida, como se, devorada a terra, o horizonte de água tivesse recuado com o ataque desse fervilhar de astros. Era como se Maremma tivesse se fundido nesse bloco noturno, aí se diluindo, uma

cidade dissolvida em sua Hora e seu Rosto, engolida sob as balizas desses minúsculos pregos de fogo.
Perdi-me por muito tempo nessa noite prometida. Eu fugia no seio de sua vaguidão e de seu distanciamento. A umidade formava gotas frias em meu casaco; no círculo da luz fraca projetada pelo farol do barco, a laguna marulhava inesgotável contra a atracação. Eu afundava insensivelmente no sono. Por instantes passava diante de meus olhos a imagem de Marino sentado em seu escritório do Almirantado, com seu estranho sorriso de astúcia e de conhecimento; ele oscilava diante de mim ao ritmo do barco, como um homem que anda sobre as águas, semelhante a um boneco ridículo; depois as oscilações se fizeram menos amplas; por um instante o rosto se manteve diante de mim numa imobilidade carregada, e senti que nos meus olhos mergulhavam os dele, taciturnos e fixos, mas logo adormeci.

Reencontrei o Almirantado menos sonolento do que eu poderia imaginar após as festividades da véspera. O *Intrépido* estava no cais, suas pontes livres da desordem habitual; homens estavam atarefados junto ao monte de carvão. Fabrizio, que saía da grande sala, ali voltou precipitadamente ao me ver, e de repente ouviu-se explodir no interior um concerto ensurdecedor de assobios regulamentares, como quando o almirante chega à frota ancorada sob a grande bandeira.

– Todo mundo na ponte. O capitão está aqui! – gritou Fabrizio.

Compreendi que a brincadeira tinha sido combinada muito antes. Os três acólitos esperavam-me com o sabre desembainhado, aprumados num alinhamento pérfido; foram ouvidas até mesmo algumas notas do hino oficial. Saudado por hurras, decretei de imediato uma distribuição de produtos líquidos. Houve longos tapas nas costas. Eu mergulhava de novo, estranhamente emocionado, nessa camaradagem sem segundas intenções: éramos jovens todos os quatro, e tão dispostos, tão plenos de força, tão envolvidos no sol dessa clara manhã seca, que eu tinha vontade de abraçá-los.

– ... E ele vai co-man-dar como chefe no mar... – comentou Fabrizio com um assobio de admiração reverente... – Entre nós, já era mesmo tempo que você voltasse. Que eu lhe entregue primeiro o breve da Santa Fé – acrescentou, deixando de brincar e me entregando um envelope. Por sua lentidão de patriarca curtido e suas preferências decididamente sedentárias, era um título que entre nós às vezes dávamos, jocosamente, a Marino.

O bilhete de Marino era curto e parecia ter sido escrito às pressas. Com sua amizade delicada, ele não se preocupara em usar formas regulamentares comigo, e, não sei por quê, nessa simples observação, sua bondade e confiança subiram-me ao rosto como uma lufada de calor, tão bruscas e tão presentes que me pareceu que eu enrubescia. Senti mais uma vez vivamente essa sua virtude tão singular de impregnar as coisas apenas com seu toque, e, numa simples frase tão semelhante ao som de sua voz, fazer aflorar à lembrança a própria música – sim, a maneira ingênua de Marino era em tudo uma espécie de melodia tocante e desajeitada, como se seus dedos sobre todas as coisas só pudessem obter os acordes mais simples e mais desconcertantes. Ele me advertia, ao entregar o cargo do Almirantado, de que dera ordens para uma patrulha noturna, e que não tinha dúvida de que eu montaria boa guarda. "Cuide do *Intrépido*", acrescentava ele, "receio sempre esses recifes desgraçados, e nossa frota não é mais jovem. Certifique-se de que façam com cuidado os levantamentos antes de entrar na passagem que assoreia; Fabrizio da última vez encalhou lá. Todos esses jovens não passam de tontos que pensam saber navegar, mas você está lá e vou dormir tranquilo. Não esqueça – sem querer lhe dar uma ordem – que a aguardente só deve ser distribuída após o fim dos serviços da noite, e não deixe Fabrizio persuadi-lo do contrário. Com isso, peço que São Vital (era a grande devoção de Marino e, acho eu, a providência das águas costeiras) o guarde no mar".

– E você me leva, Aldo, prometa-me – gritou Fabrizio às minhas costas, as mãos como alto-falante na entrada... – Seja camarada. Tiramos a sorte, os três. Eu levo o *Intrépido* para você em qualquer direção... Onde você quiser.

Toda a manhã se passou em idas e vindas febris; vi-me logo no meio de minhas gavetas abertas e de meu quarto bagunçado, como se me preparasse para uma longa viagem. Essa agitação mantinha-me na superfície, como o nadador graças aos movimentos de sua natação; atento sobretudo para não o interromper, eu perdia de vista o que sucedia por baixo. Pensei de repente com um sentimento de timidez e de incômodo que eu ia ocupar a cabine de Marino; essa agitação de sonâmbulo e essas gavetas saqueadas não haviam feito mais que enganar a necessidade que eu tinha de subir de imediato a bordo da embarcação. Eu era como que o passageiro atrasado que ouve mugir o apito, tinha medo de vê-lo partir sem mim; desejava-me já embarcado. Andei num passo apressado até o pontão, súbito cheio de uma maravilhosa certeza de vê-lo lá, um animal desperto, suavemente vibrando sob o tremor de sua fumaça clara, pesaroso no entanto, como uma criança tirada de seu sonho, de vê-lo tão modesto e tão pequeno.

O *Intrépido* estava deserto — um grande inseto de mau augúrio, habitado apenas nesse letargo de brejo pela trepidação insensível e aflitiva que vinha de seus baixios. Eu mal conhecia o navio — durante minha primeira noite de patrulha, não tinha saído da ponte de comando — e errava indeciso sobre a ponte lavada de sol, onde o ferro das balaustradas já estava quente sob minha mão, intimidado por essa maquinaria exigente, como uma engrenagem onde se teria medo de pôr o dedo. Tentei a chave de Marino em várias portas; o barulho rangente de ferragem das chapas pisadas no meio desse silêncio era irritante; a atmosfera dos corredores escuros, sufocante; eu ia renunciar, exasperado, quando uma pequena porta de ferro por fim cedeu e abriu num cômodo tão minúsculo que quase dei com o nariz na parede em frente, contra um velho quepe de uniforme que eu conhecia bem.

Uma luz bastante viva penetrava na cabine pela escotilha de trás, mas, antes que eu tivesse notado o menor detalhe, a presença de Marino refluiu até fechar meus olhos, nesse cheiro de fumo resfriado e de flores secas, que saltou sobre mim como em seu escritório do Almirantado, tão extraordinariamente íntimo quanto o da múmia de que se retiram as bandagens. Eu olhava em torno de mim, aturdido, mais uma vez tomado por esse sentimento de uma presença mais pesada que sua realidade e que me parecia sempre grudar-me ao chão diante de Marino. Era pouco dizer que o cômodo era à sua imagem, ou então o era de fato à maneira desses hipogeus do Egito com paredes floridas de *duplos*, de uma guirlanda bravia com gestos suspensos em torno do sarcófago vazio. Ele mantinha, no entanto, pouca coisa nesse cômodo estreito. No cabide de armas regulamentares pendiam os cachimbos familiares de Marino; sobre uma mesinha, um vaso de boca estreita, em faiança verde das Sirtes, comportava ainda algumas flores mortas; os grossos volumes das *Instruções náuticas* serviam-lhe de apoio contra o balanço, soldados ao vaso e esverdeados por uma película úmida de mofo. Perto de um par de óculos de chifre com as hastes para cima, pus os olhos num registro aberto: Marino levava para o mar as contas dos arrendamentos, a fim de verificá-las. Tive de repente uma sensação tão aguda dessa tranquilidade confinada, semelhante à de um herbário entreaberto cujo pólen secular vem ainda irritar um pouco as narinas, e que atracava o navio à terra com mais solidez que suas âncoras, que abri a vigia com um gesto brusco, como se buscasse ar, e então me demorei a detalhar por um momento o conteúdo de um minúsculo quadro envidraçado que pendia na parede próxima. Havia ali um velho diploma amarelado da Escola de Navegação, com sua data e, em torno, as condecorações de Marino: a medalha das Sirtes (quinze anos de leais serviços no deserto), azul com filetes vermelhos, a fita dos Salvamentos no mar e a grande mancha vermelha e nobre da medalha de São Judas, que todos em Orsenna sabem que só é obtida a preço de sangue. Examinei-os por um momento, pensativo — extraordinariamente desbotados, de uma consistência de folha seca em seu relicário de vidro. Eu tentava imaginar Marino examinando suas medalhas sob a vitrine, com aquela ruga ingênua de atenção franzida que era própria dele: espantavam-me um tal distanciamento, uma tão vertiginosa *distância* tomada *em relação a si*; estendi-me por um instante na cama estreita, pouco à vontade nesse cômodo devaneador; um ligeiro movimento no teto fez-me sobressaltar; era a agulha da bússola invertida, consultada por Marino de sua cama, que se movia acima de minha cabeça como um animal despertado. O cômodo expulsava-me; levantei-me e folheei por um instante, ocioso, um volume das *Instruções náuticas*; filamentos de espuma colavam as páginas úmidas, com forte cheiro de mofo: com toda evidência, Marino havia muito tempo só praticava navegação estimada; mais uma vez, diante de mim, ele brotava, como uma alucinação, desse livro com páginas grudadas – pesado, carregado, semeando a terra de tranquilidade, com os olhos colados no que está bem perto, mas com a claridade quase estrangeira de sua misteriosa ansiedade de doente. Um passo dado bruscamente fez soar as placas acima de minha cabeça: a ideia de ser surpreendido ali desagradava-me, aproximei-me do espelho para ajustar meu casaco; por um momento, sem conseguir desgrudar o olhar, mergulhei meus olhos em sua água cinza, e me pareceu que imagens todas semelhantes, uma infinidade de imagens com superposição exata, se desfolhavam, deslizavam indefinidamente uma sobre a outra a toda velocidade ante meus olhos, como as páginas de um livro, como a borda do *Instruções náuticas* em meus dedos. Fechei os olhos, deixei recair o postigo da vigia contra uma luz muito crua, e depois de um instante de hesitação fechei a porta para o cheiro de flores estioladas, com o gesto precavido com que se fecha o quarto de um morto.

    Passei no escritório do Almirantado para dar algumas ordens. Eu levava Fabrizio, era uma coisa havia muito decidida; mandei verificar se as provisões e munições regulamentares estavam completas. Beppo, que se tornara superintendente de bordo em consequência do desemprego agrícola, levantou imperceptivelmente a sobrancelha: tratava-se de ordens inabituais – e supérfluas, pensei logo mordendo os lábios: nunca se tocava em nada no *Intrépido*; imaginei as caixas intactas, alinhadas sob o leve mofo esverdeado: o revólver carregado, esquecido atrás da papelada, no fundo da gaveta, na mesa de cabeceira.

    – Você então espera lutar? – sorriu Fabrizio, que se agitava de um lado para outro, sempre animado pelos preparativos, mesmo que se tratasse de um jogo de baralho.

    – Idiota!... – e debochei dele. – Você ficaria bem contente de dobrar a passagem só uma vez – acrescentei com perfídia.

    – Ahn! A passagem... Você pensa, com esses sinais marinhos...

    Fabrizio deu de ombros, chateado, mostrando-me a fortaleza completamente branca.

    – Uma brincadeira de criança, agora, mesmo de noite, é isso que Marino não quer compreender. E me recusam a medalha do Perigo do Mar: essas injustiças existem!... Tanto faz, teremos um bom tempo, esta noite, no mar acalmado (o mar das Sirtes, no jargão da casamata). Fabrizio esfregou as mãos inspecionando o céu com olhar oblíquo, com o famoso movimento de cabeça de Marino. Havia em seus modos uma espécie de júbilo contido, um pouco anormal, como se vê nas crianças bem novas na véspera de uma esperada festa.

Ao meio-dia, tudo estava pronto, os últimos preparativos acertados até mesmo nos detalhes; o pouco trabalho que havia a fazer se desfizera em minhas mãos, apartado irresistivelmente de mim por uma força alheia: a bobina de corda entre os dedos do arpoador. A partida estava marcada para muito tarde, o mar só estaria alto após a noite cair: vi-me diante de um vazio insuportável. Mandei selar meu cavalo; os nervos devoravam-me, e era um pretexto cômodo para a solidão.

O ar estava seco e muito claro agora; um sol estalando como geada inundava as areias e as extensões de ilve seca. Lembrei a propósito que ainda nos faltava pegar em Orsenna uma pequena soma: o resto do soldo de nossas equipagens recuperadas: era dar-me folga para uma longa corrida. A pista cinza enfiava-se pelas terras, estranhamente nítida sob o sol nessa paisagem evacuada, entre essas escarpas de ilve onde passava o vento do mar; um estridular ensurdecedor de insetos saía da terra aquecida. Quando subi o primeiro montículo de areia, voltei-me para o mar: um semicírculo de um azul-escuro que, a cada passo de meu cavalo, circundava mais estreitamente as praias pálidas. Via abaixo de mim o Almirantado já minúsculo, acachapado em seu calor como um ovo chocado, dissolvido na reverberação cruel de uma paisagem de salinas; um imenso espelhamento branco, efervescente, comia a fortaleza, semelhante a um banco de cal viva acima de seu quadrado de sombra negra. O *Intrépido* alongava-se contra o dedo do molhe, colado a ele como o engaste de um anel – tudo repousava na imobilidade petrificada –, já a paisagem, como areia sedenta, havia bebido o homem; sozinha, a fumaça pesada do pequeno navio, erguida em sua chaminé como uma haste emplumada, punha nesse deserto uma nota de alerta imperceptível e o cheiro de uma cozinha ruim. A paisagem mergulhou por trás da ruga de areia; a fumaça ligeira subiu um instante no horizonte, completamente só no ar calmo. Pus meu cavalo a trote no chão firme. Nesse ar transparente, sentia-me arder como madeira seca; todo o meu corpo em marcha, intensa e perigosamente vivo.

A propriedade de Ortello descobria-se de longe no flanco de uma colina íngreme, cercada de olivais e mata, suas longas construções de pedra escalando a encosta como grandes degraus cinza. A área empoeirada diante da entrada estava totalmente vazia, e vazio o galpão onde se punham para secar as pesadas lãs terrosas, e onde eu estivera em mais de uma alegre festa de caça. Pareceu-me que a visão de meu uniforme, embora familiar, causava, entre os empregados que cochilavam à sombra estreita do grande pátio, um alvoroço ao mesmo tempo respeitoso e amedrontado, como se esse sinal desgastado tivesse recuperado sua plenitude e seu sentido, como se de repente também ele se tivesse limpado de uma página invisível.

— O patrão ficará contente de vê-lo — disse-me o intendente pegando a rédea. — Aqui se sabe tão pouco das notícias, desde que...

Ele parou, sem jeito, e apressou o passo para anunciar minha chegada.

Encontrei o velho Carlo numa varanda que dava para o mar. Um toldo em treliça o abrigava onde subia a vinha; acima do muro baixo, um retângulo de terra fulva e manchada, brilhando, machucava o olho e cozinhava sob o sol; ao longe, numa espalda das dunas, o azul mineral do mar aflorava como uma linha um pouco mais espessa, mas de um luzidio, de uma acuidade insólita: o estreito fio de olhar de um vigia em sua ameia. Encolhido sobre si mesmo, o velho Carlo estava estendido em sua poltrona de vime num canto de sombra; a própria imagem da extrema velhice — um sopro leve e paciente que incandescia distraidamente sobre esse grande corpo inerte, como uma brasa esquecida nas cinzas de um fogo de forja. Perto dele, numa mesa de esparto baixa estavam postos um copo e uma dessas jarras envernizadas do Sul que se mantêm frias por toda uma tarde. De tempos em tempos, o grito dos pássaros do mar passava em rajadas roucas, mais perdido que em outras partes nessas planícies cinéreas.

— Veio sozinho, Aldo?
O velho apertou os olhos em sinal de boas-vindas. Ele era como um planeta resfriado, só reagindo por algumas rachaduras, alguns plissados correndo à flor da pele.

Sem esperar minha resposta, dirigiu com o dedo um leve sinal para trás de mim. O intendente reapareceu quase em seguida, e sem dizer palavra pôs na mesa um saco de ouro. Voltei-me para o velho homem, um pouco confuso com essa situação, e lhe peguei a mão tentando sorrir, mas o sorriso se congelou no caminho como se tivesse encontrado um espelho: esse rosto já emitia o olhar com a indiferença insolente da morte.

— Não vim como credor, Carlo — pronunciei delicadamente.

— Com certeza, Aldo, com certeza!... — O velho dava tapinhas nas costas de minha mão, amistosamente. — Mas você vê, tudo estava preparado. É hora de as contas estarem em ordem — acrescentou num tom singular, desviando um pouco os olhos, como se a reverberação dessas planícies esfoladas os tivesse ferido.

De repente, ele se voltou, mergulhou os olhos nos meus de um modo extraordinariamente inquisidor, enquanto continuava, em silêncio, a bater em minha mão, como se tivesse aplainado o caminho para uma notícia que se atolava no caminho, entrevendo em meu rosto sua chegada.

— Minha hora está se aproximando, o que você quer — pronunciou depois de um momento. — Bah! Aldo, o deserto desgasta o homem!

Houve em seus olhos, com essa última frase, uma faísca de malícia: ele não queria que acreditassem nele.

— ...Minha hora está se aproximando — retomou o velho com uma voz pensativa e amarga —, e agora ela vem muito cedo.

— Daqui a dez anos, Carlo; falaremos disso daqui a dez anos. "Não antes de as oliveiras estarem grandes", o senhor sabe que é o ditado das Sirtes. E Beppo nos disse que você as plantava.

A voz gelou de uma vez meu riso forçado.

— Não, Aldo, é agora, e é cedo demais.

O velho bebeu um gole de água em silêncio. Ouviam-se os gritos dos pássaros do mar que voltavam aos vales de areia: o mar começava a subir.

— Pois bem! Carlo, quando isso seria... — Senti minha voz mudada, e toquei-lhe o ombro num movimento de amizade verdadeira... — Não está tudo em ordem aqui?

O rosto voltou-se para o horizonte de areia.

— Está tudo em ordem. Só que estou cansado da ordem, Aldo, é isso.

Apertou-me a mão num movimento quase inconsciente.

— As coisas foram bem para mim, como você vê, Aldo. Meu trabalho foi abençoado, como se diz, e tudo isso, você vê, é terra bem adquirida. Parto sobrecarregado de bens legítimos.

Fixou seu olho no meu de maneira penetrante.

— ... Se você soubesse como a gente fica amarrado nisso! Preguei meus fios por toda parte, e estou enrolado em meu casulo, é isso. Amarrado, preso, empacotado. Aí estou, sem poder mais mexer nem braços nem pernas; você acha que é a doença, Aldo? Há menos de quinze dias ainda cacei uma lebre. Mas fiz demais para o que me resta a fazer, é isso. Uma vez que a gente compreendeu, está acabado, a mola quebra. Envelhecer é isso, Aldo; o que fiz recai sobre mim, não posso mais levantar...

Repetiu com ar concentrado:

— ... Quando não se pode mais levantar o que se fez, isto é a tampa do túmulo.

Uma empregada trouxe bebidas, depois demorou-se em volta do velho com pretextos desimportantes. Essa manobra muda e arrastada, depois daquela do intendente, acabava por assumir ar suspeito. Era como se não quisessem perder de vista o velho por muito tempo, e notei então o olho homicida que o velho solitário assestava na nuca da moça.

A empregada retirou-se. Carlo agora mantinha silêncio, bem imóvel, e me pareceu que a respiração desse grande corpo se tornara mais opressa. Levantei-me um pouco, inquieto, a boca bem perto de sua orelha.

— O senhor não se sente bem?

— Nem bem, nem mal, Aldo, o bastante para o que ainda tenho a fazer. A gente respira mal aqui, veja; não tem ar.

— O senhor não poderia estar mais perto do mar.

O velho deu de ombros, amargo, obstinado, renunciando a se fazer compreender.

— Não, não, não tem ar. Nunca teve ar. É Marino que pretexta o contrário.
— Por que o senhor mandou embora os homens dele?
A pergunta brotara de mim em flecha, antes que eu pensasse em contê-la. O velho fixou em mim uns olhos agudos onde a vida voltava; visivelmente, eu lhe trazia uma boa lembrança.
— Ele não ficou muito satisfeito com isso, não é, Aldo? Veio ver-me logo em seguida. Posso dizer que era um homem transtornado.
— Por que fazer isso com ele?
— Por quê?...
O rosto de repente entristecia, parecia recair numa espécie de embotamento.
— ... É difícil fazer que se compreenda.
Tentou refletir.
— ... Não pense que eu não goste de Marino; é meu amigo mais antigo. Vou explicar a você. Quando eu era criança, nosso velho empregado dormia no sótão sem luz. Estava tão habituado que andava no escuro sem tatear, tão rápido quanto em pleno dia. Pois bem, no fim a tentação foi muito forte: havia uma armadilha em seu caminho, eu a abri...
O velho pareceu refletir com dificuldade.
— ... Acho que é irritante, pessoas convencidas de que as coisas vão ser sempre como são.
Semicerrou os olhos, e sua cabeça começou a balançar, como se ele fosse adormecer.
— ... E talvez não seja uma boa coisa, que as coisas fiquem sempre como são.
Alguns momentos antes, o intendente retomara sua sentinela no fim da galeria. Compreendi que eu excedia a duração permitida. Despedi-me do velho, inexplicavelmente tocado.
— Adeus, Aldo, não nos veremos de novo — disse-me, pondo a mão demoradamente em meu ombro. — Não escute muito Marino — acrescentou sacudindo a cabeça com ar divertido. — Marino é um homem que nunca soube dizer sim.
Seguiu-me por um momento com o olhar, sempre balançando a cabeça.
— ... Marino é um homem que nunca soube dizer sim.

O intendente trazia meu cavalo pela rédea. Agradeceu-me, e exprimiu com insistência o prazer que o velho tivera com a visita, assim como cumprimos as formalidades da polidez em lugar de uma criança ou de um doente. Fiquei surpreso e chocado: visivelmente, Carlo não estava tão mal.

— Vejo que vocês cuidam muito dele — eu lhe disse um pouco secamente, subindo na sela.

— Somos obrigados a vigiá-lo. Ele decai muito. Sua cabeça se perde...

Aproximou a boca de meu ouvido, com uma voz ensurdecida e culpada.

— Anteontem à noite, quase pôs fogo na fazenda.

O sol já baixava quando retomei o caminho do Almirantado. A aproximação da noite fazia silêncio na estepe. Nessa horizontalidade todo-poderosa, os movimentos logo diminuídos tinham uma agitação curta e incoerente, a insignificância dos gestos de quem dorme colado pelas costas ao peso da cama. Vez ou outra, um gerbo das areias atravessava a pista em saltos ziguezagueantes antes de mergulhar nas ilves, levantando finas palmas de poeira; sob o céu vazio de pássaros, esse resto de vida sem ruído raspava o mato, tornava a imobilidade da noite quase tempestuosa, parecia achatar-se sob uma invisível cúpula de medo. Eu voltava de Ortello entristecido; compreendi que tinha procurado naquele lugar, sem o saber, um sinal, como quando levantamos os olhos instintivamente para uma palavra muito grave a fim de surpreender o desmentido tranquilizador de uma nuvem no sol ou de uma flor que o vento balança, e, de repente aberto para o que essa noite comportava de confirmação penosa, parecia-me que eu sabia agora que o velho Carlo ia morrer.

O jantar foi muito silencioso. Giovanni e Roberto estavam à toa como uma embarcação encalhada. Fabrizio entrava e saía como um vendaval, voltado para os últimos preparativos da aparelhagem. Era uma refeição de adeus; eu gostaria de reter esses minutos de tranquilidade que Fabrizio rasgava em pequenos pedaços; o coração pesado pela amizade e pelo hábito, sentia-me separado dessa comunidade banal e delicada, eu já sabia que essa refeição era a última. Logo que terminado o jantar, acendi minha lanterna e fui pegar na sala dos mapas os papéis de bordo e os documentos marítimos. Essa formalidade enchia-me de incômodo: eu soubera desde o início que só a cumpriria no último momento. Já estava bem escuro na sala quase subterrânea; a porta fechada, todo o frio do inverno e da solidão refluiu para mim desse coração gelado, e no entanto, apesar da acolhida hostil dessa reclusão tiritante e intratável, uma vez ainda tudo se abolia no sentimento sempre esmagador e sempre novo de que ela está *ali* – mais do que qualquer coisa que existisse no mundo – carregada até a abóbada dessa existência iminente que distingue entre uma armadilha com as mandíbulas tensas e uma pedra. O riso de escárnio dessa confusão colorida de gruta dava-me medo; eu mantinha o feixe de minha lanterna no chão – apressava-me –, com as têmporas tensas, as mãos nervosas, voltando-me às vezes, sem querer, para esse vazio boquiaberto que me engolia como se algo tivesse de repente feito um esgar no muro. Eu reunia os mapas às pressas – no coração desse silêncio inabordável, sujo por meus gestos furtivos como os passos miúdos e apagados de um rato, eu tinha vergonha – vergonha como jamais sentira diante de um homem. Agora eu pertencia a essa violação irreparável; saí recuando do cômodo condenado, completamente pálido, segurando o rolo de mapas apertado contra meu corpo, como ladrão de túmulo empurrado pela fome nua, que sente rolar sob os dedos as pedrarias de sonho, e com a força do sortilégio já a coagular lentamente seu sangue. O vento do mar alto se levantara com a noite, e me envolveu com seu grande lençol frio, assim que saí no terrapleno; eu me apertava em meu casaco impermeável – ao fim do molhe, um vai e vem de pequenas luzes se atarefava em torno do *Intrépido*, cujos fogos eram alimentados: uma claridade vermelha da forja ardia por instantes sob seu penacho de fumaça e fazia correrem reflexos negros e gelados sobre a colina de carvão, como uma aurora condenada. Apertei às pressas as mãos de Roberto e de Giovanni no escuro – os rostos indistintos tornavam as vozes mais breves e mais graves –, alguém gritou "bom retorno!" com voz soprada como tocha pelo vento crescente da noite ruim. Tudo estava escuro na ponte de comando; senti sob o pé a leve trepidação do navio e sua força cega que já perfurava a escuridão.

O *Intrépido* deslocou-se suavemente pela popa; um reflexo de água indeciso e tranquilo cresceu diante do cais, uma corrente tilintou clara nas lajes do molhe – já no cais, as vozes desocupadas separavam-se de nós. Um bloco mais negro erguia-se diante de mim à frente e me intrigava: eu não reconhecia Fabrizio, imobilizado na atenção tensa, e que estava engonçado e pregado na ponte por seu grande casaco impermeável; o cheiro frio e negro do carvão chegou-me numa lufada de vento, depois um aguaceiro brutal matou as raras luzes como se puxasse uma cortina, e a noite opaca envolveu-nos.

Uma incursão

Nessa noite anunciadora de tempestade, não se reconhecia o mar das Sirtes. Todavia, ainda ao abrigo das faixas de areia, o marulho já se inchava com uma longa respiração negra, vinda de muito longe, ameaçadora, por sua calma, entre os juncos descabelados. Um vento frio e virgem, como se tivesse passado por sobre as neves, aumentava de minuto a minuto, esbofeteava com um punho rude a lateral do navio. Nessa selva de assovios roucos, de balanços e embates rudes, sua sombra negra deslizava como uma clareira de silêncio. Uma luz difusa e submarina banhava a ponte de comando; os movimentos dos homens de serviço adormeciam, desacelerados por espessuras de água. Perto de mim, Fabrizio mantinha silêncio de estátua, aflorava vez ou outra com dedo de pianista um instrumento delicado; sua gesticulação incompreensível e precisa fixava meus olhos nessa noite conturbada, como os arabescos de mão de cirurgião errando sobre seu campo de panos. Súbito, voltou a cabeça e me falou com voz em que a grosseria cordial da vida voltava como o sangue ao rosto, e demorei a compreender que esse rosto banhado de suor à minha frente sorria.

– É a passagem. Você não ficou com medo, Aldo? Se Marino de qualquer modo não me tivesse trazido uma vez, eu diria que me joguei na água sem saber nadar.

Fixei-o, por minha vez, estupefato.

– Você nunca tinha visitado o novo canal?

Ele pôs a mão em meu braço.

– Agora que está feito... Não queria dizer isso a você – acrescentou em voz baixa. – Eu queria vir.

Olhei-o de novo com curiosidade, os olhos apertados no vento, enquanto ele desvirava a cabeça. Parecia-me que o Almirantado recuava súbito muito longe, se perdia no horizonte atrás dessa camada de nevoeiro.

— Você pode ir descansar agora — acrescentou com voz contraída.

Apertou-me o braço de leve, e percebi que ele sorria no escuro.

— ... Eu me encarrego. Tudo ficará bem.

Estava frio e úmido na cabine de Marino. Tateando, acendi a lâmpada, que começou a balançar um pouco no teto, fazendo que as sombras se movimentassem pelo pequeno cômodo com uma vida mecânica e adormecida. Estendi-me na cama sem tirar a roupa. Chegava-me um ruído leve de águas turbadas que parecia vir expirar de muito longe nessa intimidade fechada e que, todavia, me impedia de dormir, como um dedo a esfregar uma vidraça. O casaco impermeável de Marino batia monotonamente contra a parede. Na bússola do teto, eu seguia com os olhos, mecanicamente, o trajeto sinuoso do *Intrépido* através das passagens; as máquinas distantes batiam baixo, com as paradas intermináveis e as retomadas lentas de um trem noturno: era como se o vazio e o tédio das estepes imóveis à volta se anexassem a esse mar vacante, a essa cabine em mau estado e cheia de pó, semelhante em seu confinamento e seu cheiro adocicado de petróleo a uma fábrica de lâmpadas abandonada. Por um instante, a lembrança do palácio Aldobrandi, suas portas abertas na noite úmida, voltou-me como um perfume de flores no escuro, e apertei os lábios sobre os cabelos selvagens de Vanessa que a noite retomava e aumentava na cama, tal a maré, um tufo de algas. Depois, enrolei-me em meu casaco, e comecei uma sombria vigília.

Empurrei na mesinha o buquê de flores secas e os volumes das *Instruções náuticas* e desenrolei o maço de mapas. Sob a luz amarela e suja da cabine, ao rever esses contornos que me eram tão familiares, eu tinha um sentimento de irrealidade, tão estranho me parecia que esses símbolos armados, que por tanto tempo eu interrogara no fundo de seu relicário subterrâneo, estivessem ali agora expostos *para servir*. Fabrizio seguia os canais da costa; consultei meu relógio e, estimando a velocidade do navio, pus o dedo no ponto do mapa aonde devíamos ter chegado: quase exatamente na altura de Maremma. Empurrei a vigia da cabine, cheio do prazer incrédulo com que uma criança experimenta o mecanismo de um brinquedo: uma lufada de vento do mar encapelado saltou-me ao rosto e nos ombros, como uma matilha que se agita atrás da porta; no fim do horizonte, no nível da imensa lavoura de escuridão que vertia seus torrões brilhantes à minha altura, um semicírculo desigual de luzes calmas contornava a água guardada, como a fileira de flutuadores de uma rede de arrasto; as luzes débeis e pacificadoras de Orsenna, semelhantes aos olhos abertos de um morto montando guarda adormecida no mar amansado. A hélice bateu com menos força, a sirene do *Intrépido* explodiu acima de mim, terrificante e risível no meio desse vazio negro, como um elefante que barre sozinho, tromba erguida, numa clareira; o navio suavemente oblíquo, as luzes de Maremma inclinaram-se para a direita, cada vez mais rápido; restaram apenas o mar e o céu, imperceptivelmente mais claro agora sobre as águas negras.

 Eu olhava o céu imperceptivelmente diluído de aurora, como que aflorado sob o horizonte em sua fronteira extrema pela palpitação de um fraco leque de luz. A noite que se levantara pela primeira vez sobre as Sirtes voltava-me à lembrança. Como um nevoeiro que iguala montes e vales, suas rugas indistintas ocultavam a terra acidental. Orsenna transmigrava, vaporizava-se nessa poeira de estrelas onde Fabrizio lia nosso caminho. Elas brilhavam inesgotáveis e iguais. Para uma nova noite após tantas noites, Orsenna espojava-se no leito de seus astros, dissolvia-se à vontade na figura de suas estrelas, confiada por inteiro como um planeta morto à intimidade e à inércia sideral. Eu me lembrava de um comentário estranho que Orlando me fizera, numa dessas noites prostradas da canícula em que buscávamos ar no caminho de ronda das muralhas: que nas noites estrangeiras mais tranquilas, se ouvia passar a respiração quente de um animal e pesar o batimento singular de um coração, mas que nas noites claras de Orsenna parecia que nos era dada a consciência do milagre de uma criança voltando para o seio de sua mãe, e que se havia surpreendido o zumbir dos mundos. Uma sacudida mais acentuada fez com que o casaco de Marino escorregasse no chão perto de mim, e sorri: eu sentia quão soberanamente o capitão devia dormir nessa noite. O *Intrépido* retomara sua marcha regular e adormecida; sob minha escotilha que se abria perto da parte traseira, a água agora cavava um sulco profundo ao longo do casco, descolada dela como do soco de um arado. A escuridão ocultava a terra plana, ainda tão próxima, contudo, que o latido de um cão subiu na noite clara: às vezes os pastores perdiam por longas semanas nas ilves altas esses animais que a solidão levava de volta a uma semisselvageria, e que eram sempre reencontrados errantes ao longo das praias. O latido desolado subia bem alto na noite calma, entrecortado por silêncios desiguais, como se tivesse espreitado, em desespero, do fundo dessas solidões, uma resposta, um eco que não chegava. Eu reconhecia esse grito. As paredes do palácio Aldobrandi o haviam enviado de volta para mim. Não era um grito de medo. Não era um chamado de auxílio. Passava bem acima de qualquer cabeça, e as planícies do mar não o ensurdeceriam. Era a queixa alta do ser que desfalece à beira do vazio puro. Era a *provocação* nua que sobe no fim de todo deserto, e o de Orsenna era habitável. O sorriso de Vanessa, esse sorriso de anjo negro que parecia flutuar numa vertigem, recompunha-se bruscamente dos tons dessa lamentação errante: o que me restava a fazer, eu agora o cumpriria.

 Sentei-me de novo diante da mesa e, cuidadosa, meticulosamente, pus-me a identificar algumas distâncias nos mapas marítimos. Por mais rotineiro e automático que me esforçasse para tornar esse trabalho, eu estava confuso, no entanto, por achar tão pequenas as distâncias que eu media, como se as costas desse mar fechado tivessem acorrido em semicírculo à frente de nossa proa, súbito quase ao alcance da mão, e pareceu compreender de uma vez, ao me rememorar meus devaneios na sala dos mapas, como o sono de Orsenna e a pegada sem firmeza de sua mão haviam acabado por afogar suas fronteiras mais próximas em brumas longínquas: há uma escala dos atos que, diante do olhar decidido, contrai brutalmente os espaços distensos pelo sonho. O Farghestão erguera à minha frente escolhos de sonho, o *além* fabuloso de um mar proibido; era agora uma franja escarpada de costa rochosa, a dois dias de mar de Orsenna. A última tentação, a tentação sem remédio, ganhava corpo nesse fantasma apreensível, nessa presa adormecida sob os dedos já abertos.

Quando a lembrança – levantando por um momento o véu de pesadelo que sobe para mim do fulgor avermelhado de minha pátria destruída – me traz de volta a essa vigília em que tantas coisas ficaram em suspenso, exerce-se ainda o fascínio da espantosa, da embriagante *rapidez mental* que me parecia nesse momento queimar os segundos e os minutos, e por um momento me é devolvida a convicção sempre singular de que me foi dispensada a graça – ou antes sua caricatura disforme – de penetrar o segredo dos instantes que revelam os grandes inspirados a eles mesmos. Ainda hoje, quando busco em minha detestável história, por falta de uma justificativa que tudo me nega, pelo menos um pretexto para dar nobreza a uma infelicidade exemplar, aflora-me por vezes a ideia de que a história de um povo é balizada aqui e ali como que com pedras negras por algumas figuras de sombra, votadas a uma execração particular não tanto por um excesso na perfídia ou na traição, mas sim pela faculdade que o recuo do tempo lhe parece dar, ao contrário, de *fundir-se* até formar corpo com a infelicidade pública ou o ato irreparável que, ao que parece, além do que é dado habitualmente ao homem, assumiram inteira e plenamente na imaginação de todos. Em relação a essas figuras vestidas de sombra, cujos contornos e singularidades pessoais o tempo, mais rápido que para outros, erode poderosamente, a violência universal da negação nos adverte de que ele participa – bem mais que da repreensão cívica incolor que os manuais de história dispensam sem calor – do caráter lancinante do remorso, e revive a chaga aberta de uma cumplicidade intimamente sentida; a força que rechaça essas figuras perseguidas para as margens da história, onde a luz cai mais obliquamente, é como a força de um doente assediado por pesadelos que sente, não como uma fria obrigação moral, mas como a mordida de uma febre que consome seu sangue, a necessidade de *libertar--se do mal*. Esses homens talvez só tenham sido culpados por uma docilidade particular em relação ao fato de que todo um povo – pálido por lhes ter abandonado, no próprio local, a *arma do crime* – recusa-se a admitir que por um instante, no entanto, quis por intermédio deles; o recuo espontâneo que os isola denuncia menos sua infâmia pessoal que a fonte multiforme da energia que os transmudou por um instante em projéteis. Mais estreitamente entretecidos à própria substância de todo um povo do que se fossem sua sombra projetada, são efetivamente *almas condenadas*; o terror semirreligioso que os faz maiores do que na verdade são deve-se antes à revelação, da qual são veículo, de que a cada instante pode intervir um condensador através do qual milhões de desejos esparsos e inconfessados se objetivem monstruosamente como vontade. O olhar que atravessa essas silhuetas perde-se numa profundidade em que se teme ler; o fascínio que exercem deve-se à desconfiança que nos ocorre de que a comunicação privilegiada – ainda que para o pior – que lhes foi consentida os elevou, por alguns segundos em que valia a pena *ser*, a uma instância suprema da vida; dançamos como uma rolha num oceano de ondas loucas que a cada instante nos ultrapassam, mas um instante do mundo na plena luz da consciência *culminou* neles – um instante neles a angústia apagada do possível fez a noite –, o mundo tempestuoso de milhões de cargas esparsas descarregou-se neles num imenso relâmpago – seu universo, refluindo neles de todas as partes em torno de uma passagem onde imaginamos que a segurança profunda se mistura inextricavelmente à angústia, foi por um segundo o da bala no cano do fuzil.

A escotilha que ficara aberta bateu de repente contra a parede, como se o navio tivesse bruscamente tomado outra direção; e, voltando-me para a segurar, vi que o céu tinha empalidecido ligeiramente no nível do mar. O vento cessara quase por completo, o mar acalmava-se, aqui e ali grandes alcatrazes negros se embalavam sobre as ondas, bem perto do navio. Bandos compactos de aves marinhas passavam pela parede do navio acima de minha cabeça como revoadas de pedras, gritando, e, ao me debruçar, vi recortar-se fracamente no horizonte um alto dente negro: estávamos vendo Vezzano. Era o limite estabelecido por Marino para o percurso das patrulhas: era tempo de encontrar Fabrizio na ponte de comando. Nessa hora da extrema manhã – como numa cidade da terra – o dédalo das coxias permanecia espantosamente vazio; uma palidez de limbos, que parecia porejar das paredes de metal, encurtava o halo fraco das lâmpadas noturnas: parecia-me pairar como uma sombra no meio do navio cinza, do dia cinza, da água cinza, o coração desfeito nessa imobilidade triste da manhãzinha.

Fabrizio estava só na ponte de comando. Sua cabeça pequena, com rosto infantil, parecia balançar dentro do grande capuz de seu casaco impermeável; seus traços abatidos por uma noite de vigília o rejuvenesciam. Ele se voltou para mim com o ranger da escada e me observou emergir do anteparo sem nada dizer, a testa franzida numa expressão de surpresa mal interpretada; percebi que me esperara.

– Tem café quente no armário embaixo da banqueta – disse-me quando eu estava perto dele, sem se voltar. – Você poderia muito bem se servir – acrescentou, pois eu não me mexia. – A manhãzinha das Sirtes é bem fria... Você teve uma boa noite?

Ele fixava muito intencionalmente o horizonte à frente do navio, a voz rápida, com pressa de preencher o silêncio. Parecia uma mocinha apreensiva e que espera uma *declaração*, e eu me sentia súbito mais à vontade.

Eu bebia meu café em pequenos goles, sem me apressar, lançando a Fabrizio olhares disfarçados. Ele fixava o horizonte sem pestanejar muito, mas um nó se contraía em sua garganta e o nervosismo de suas mãos o traía.

– ...Vezzano!... – disse-me com voz gutural, designando a ilha com gesto rápido.

O cume da ilha emergia de um leve banco de bruma que flutuava sobre o mar – dentes agudos agora sobre o céu que se aclarava.

– Má reputação!...

Não me apressei e bebi ainda pausadamente um gole de café.

– ...Mas dizem que lá do alto se tem uma bonita vista. – Olhei de novo Fabrizio com o canto do olho, e me pareceu que ele enrubescia um pouco. O navio prosseguia numa ondulação ligeira e como que untada; os gritos dos pássaros do mar, voando sempre em nuvens espessas em torno de Vezzano, perfuravam a aurora, retomavam a posse do mar com o dia.

— É possível. Em todo caso, não nesta manhã, com este nevoeiro agitado.

Fabrizio mostrou com um gesto do queixo o nevoeiro que se desfiava na brisa levantada.

— ... Você foi lá ver? — acrescentou com um tom de indiferença mal posta.

— Você provavelmente seria informado. Não tenho canhoneira pessoal. Mas eu me perguntava se você, talvez...

— Nunca.

— Eu achava que você tinha inclinação para a perambulação no mar...

— O local mais alto de onde vi as Sirtes foi a ponte de comando. Marino não tem apreço pelos pontos de observação — acrescentou lançando-me pela primeira vez um olhar de conivência que eu reconhecia bem: era aquele que preludiava nossas conversas à parte, por sobre a mesa da casamata, quando Marino começava a cochilar.

— Nem todo mundo pensa forçosamente como ele em Orsenna — pronunciei num tom que tentei carregar de significação oculta. No Almirantado, eu sabia, ninguém ignorava mais a chegada dos envelopes secretos.

De novo, Fabrizio lançou-me um olhar rápido. Refez-se o silêncio. Fabrizio respirava mais rápido: percebi que sopesava essa grave notícia. Os gritos dos pássaros do mar povoavam a manhã, subiam como o cheiro selvagem do mar livre.

— Vai ser preciso virar de bordo — falou Fabrizio entre dentes, muito rápido, com a entoação do sotaque de Marino, como se estivesse com pressa de exorcizar, de descarregar o rito de sua eficácia.

A frase estirou-se preguiçosamente no silêncio, insignificante como uma baforada de fumaça; as mãos de Fabrizio a ignoraram tão completamente que deixaram a roda do leme e acenderam negligentemente um cigarro.

— Estamos no mar, Aldo, num amanhecer frio como este...

Ele estendeu os braços voluptuosamente.

— O Almirantado cheira a lugar fechado, de qualquer jeito... Você está com os mapas? — Acrescentou sem pressa, indicando o rolo que eu tinha sob o braço.

Estendi-lhe sem nada dizer.

— ... A linha das patrulhas... — enfatizou com tom doutoral, deixando o dedo passar ao longo da linha pontilhada. — É bastante difícil de situar aí, Aldo, você pode fazer uma ideia — acrescentou varrendo com uma mão enfática o mar vazio, pois Vezzano ia bem longe atrás de nós. — Marino sente isso, você compreende, é da natureza dele, já eu tenho necessidade de ter referências.

— Não há muitas.

— Ah! Você está de acordo... No fundo, tudo isso é bastante fictício — definiu com um muxoxo competente, usando uma palavra tão divertidamente inabitual em sua boca que minha surpresa extrema quase se desmanchou numa risada.

O silêncio recompôs-se.

— De qualquer modo, será preciso virar de bordo — continuou Fabrizio com um sobressalto de comando, fingindo de repente se dar conta de que Vezzano estava muito longe.

— Nada nos apressa — disse eu num tom negligente, acendendo por minha vez um cigarro.

O navio prosseguia sempre a leste; o dia, diante de nós, subia do mar em traços mais claros.

— Não, nada nos apressa...

Fabrizio pôs as mãos nos bolsos do casaco e, encostando-se na parede, pôs-se a tirar baforadas febris.

— Absolutamente nada — concluí, depois de um silêncio, e me apoiei na parede ao lado de Fabrizio.

Desajeitadamente, sentindo em nós os segundos serem engolidos e o tempo precipitar-se num declive irremediável, sorrimos ambos para os anjos com um ar estupidificado, os olhos piscando com o dia que diante de nós subia do mar. O navio prosseguia bem num mar calmo; a bruma dissolvia-se em tufos e prometia um dia de tempo bom. Parecia que tínhamos acabado de empurrar uma dessas portas pelas quais passamos em sonho. O sentimento sufocante de uma alegria perdida desde a infância apossava-se de mim; o horizonte, diante de nós, lacerava-se em glória; como que levado pelo curso de um rio sem margens, parecia-me que agora eu estava remido por inteiro — uma liberdade, uma simplicidade miraculosa lavavam o mundo; eu via a manhã nascer pela primeira vez.

— Tinha certeza de que você ia fazer uma besteira — disse Fabrizio fechando a mão em meu ombro quando (minutos afundando-se após minutos como as braças de uma sonda) não houve mais dúvida de que a Coisa agora tivera lugar... — Com a graça de Deus! — acrescentou com uma espécie de entusiasmo. — Eu não teria desejado perder isso.

As horas da manhã passaram rápido. Por volta das dez, a cabeça sonada de Beppo despontou preguiçosamente do painel fronteiro. Seu olhar estupefato percorreu longamente o horizonte vazio, depois se deteve em nós com uma expressão infantil de confusão e de curiosidade aflita, e me pareceu que ele ia falar, mas a cabeça teve súbito o movimento noturno de se esconder, qual um animal de toca ofuscado pelo dia, e a notícia afundou silenciosamente nas profundezas. Fabrizio de novo mergulhou com ar absorto na leitura dos mapas. A ponte adormecida aquecia-se suavemente ao sol. Uma dúzia de cabeças silenciosas debruavam agora o painel dianteiro, os olhos numa imobilidade intensa, arregalados com a visão diante de si.

Os cálculos de Fabrizio coincidiam com os meus: se o *Intrépido* mantivesse o deslocamento, estaríamos diante do Tängri nas últimas horas da noite. A excitação de Fabrizio crescia de minuto a minuto. As ordens choviam. Ele levantou uma vigia no mastro dianteiro. Seu binóculo não deixava mais o horizonte.

— Nada é tão enganador quanto um mar vazio — respondia ele em tom presunçoso a minhas brincadeiras. — E aqui vale mais ver antes de ser visto. De qualquer modo, é preciso pensar nas consequências.

— Você pensa nelas? — respondi divertindo-me a provocá-lo com o olhar.

Houve um riso de juventude com grandes dentes brancos, um pouco carniceiro, um riso de véspera de armas, e descemos para almoçar.

Passamos a tarde numa espécie de meia loucura. A exaltação anormal de Fabrizio era a de um Robinson em sua ilha desatracada, súbito à frente de um punhado de Sextas-Feiras. Marino e o Almirantado recuavam nas brumas. Por pouco ele teria içado a bandeira negra; suas correrias pelo navio, os relinchos de sua voz jubilante que a todo instante varriam a ponte, eram os de um jovem potro que se agita num prado. Toda a tripulação, diante dessa voz, manobrava com celeridade estranha e quase inquietante: da ponte à mastreação alternava-se em coro a vibração de vozes fortes e alegres, e derramavam-se encorajamentos maliciosos e gritos de bom humor; fazia-se em todo o navio, carregado de eletricidade, um crepitar de energia anárquica que lembrava a sublevação em penitenciária e a manobra de abordagem, e esse borbulhar subia à cabeça como o de um vinho, fazia voar nosso sulco nas ondas, vibrar o navio até a quilha de uma jubilação sem conteúdo. Um caldeirão fervia de repente sob mim, sem que fosse necessário preveni-lo de que a tampa acabara de ser levantada.

Mas essa animação febril não me alcançava, ou melhor, ela zumbia à distância, como um rumor tempestuoso acima do qual eu me sentia flutuar muito no alto, num êxtase calmo. Parecia-me que súbito me teria sido dado o poder de *passar além*, de me insinuar num mundo recarregado de ebriez e de tremor. Esse mundo era o mesmo, e essa planície de águas desertas, onde o olhar se perdia, era desesperadamente a mais semelhante a si mesma em toda a sua extensão. Mas agora uma graça silenciosa resplendia sobre ele. O sentimento íntimo que estirava de novo o fio de minha vida fora desde a infância o de um extravio cada vez mais profundo; a partir da grande estrada da infância, onde a vida inteira se cerrava em torno de mim como um feixe tépido, parecia imperceptivelmente que eu havia *perdido o contato*, bifurcado no correr dos dias rumo a estradas cada vez mais solitárias, onde às vezes por um segundo, desorientado, eu suspendia meu passo para só surpreender o eco avaro e deteriorado de uma rua noturna que se esvazia. Eu tinha prosseguido, em ausência, perdido num campo cada vez mais triste, longe do Rumor essencial cujo clamor ininterrupto de grande rio bramia em catarata por trás do horizonte. E agora o sentimento inexplicável da *boa estrada* fazia florescer em torno a mim o deserto salgado – como nas proximidades de uma cidade deitada ainda na noite por trás do extremo horizonte, de toda parte claridades errantes cruzavam suas antenas –, o horizonte estremecido de calor iluminava-se com o piscar de sinais de reconhecimento – uma estrada real abria-se no mar, pavimentada por raios como um tapete de sagração – e, tão inacessível a nosso senso íntimo quanto ao olho a outra face da lua, parecia que a promessa e a revelação me eram feitas de um outro polo, onde os caminhos confluem em lugar de divergir, e com um olhar eficaz do espírito confrontado a nosso olhar sensível, para o qual o próprio globo da Terra é como um olho. A beleza fugaz do rosto de Vanessa recompunha-se a partir do vapor de calor que subia das águas calmas – o dia ofuscante do mar abrasava-se no fogo de milhares de olhares reencontrado onde eu estivera –, um encontro era-me concedido nesse deserto aventuroso por cada uma das vozes de *outro lugar* cujo timbre um dia fizera silêncio em meus ouvidos, e cujo murmúrio se misturava em mim agora como o de uma multidão amontoada atrás de uma porta.

A tarde já declinava; a leve gaze branca que embaça o céu nos dias quentes das Sirtes caía e se dissipava, devolvendo ao ar uma transparência maravilhosa. A luz mais tangente lustrava um mar de seda com lentas ondulações delicadas; uma acalmia encantada parecia arrastar-se pelas águas como uma echarpe, pavimentar nossa estrada através das ondas. O navio avançava no coração da noite pelo mar enfeitado como para uma de suas grandes festas, minúsculo e dissolvido na reverberação imensa da extensão, quase desvanecido no sinal insólito, o presságio indecifrável dessa fumaça que subia do mar após tantos anos – uma longa pluma flexível e delicada que desfazia preguiçosamente no ar suas volutas tempestuosas.

– Vou mandar reduzir o fogo – disse-me Fabrizio preocupado –, é uma provocação toda essa fumaça. Melhor, aliás, permanecer a boa distância de lá até a noite, se...

Seu olhar me interrogou claramente. A solenidade fantasmática desse fim de dia agia nele, tirava-lhe as ilusões, e pela primeira vez senti em sua voz uma espécie de recolhimento grave.

– Sim – respondi-lhe com voz firme. – Vou lá.

– Olhe! – disse, apertando-me o braço bruscamente, com voz branca e quase sufocada.

Uma fumaça subia diante de nós no horizonte, distintamente visível no céu, que já escurecia a leste. Uma fumaça singular e imóvel, que parecia colada no céu do Oriente, semelhante em sua base a um fio estirado e fino, muito reto, que se espessava numa espécie de corola chata e fuliginosa, palpitando delicadamente no ar e insensivelmente guarnecida pelo vento. Essa fumaça untuosa e tenaz não falava de um navio; parecia às vezes com um filete extenuado que sobe muito alto numa tarde calma acima de uma fogueira a expirar; no entanto, era pressentida como singularmente vivaz; emanava de sua forma não sei que impressão maléfica, como da umbela enrolada acima de um cone invertido que se afina, que se vê em certos cogumelos venenosos. E, como eles, parecia ter crescido, ter tomado posse do horizonte com uma rapidez singular; súbito estivera *ali*; sua própria imobilidade, decepcionante no grisalho do entardecer, deve tê-la por muito tempo roubado o olhar. De repente, fixando com atenção o ponto do horizonte onde se enraizava a fumaça, pareceu-me discernir, acima da orla de bruma, que se formava de novo um duplo e imperceptível cílio de sombra, que reconheci no súbito pulo de meu coração.

– É o Tängri... ali!... – quase gritei para Fabrizio com uma emoção tão brusca que forcei os dedos em seu ombro.

Ele lançou um olhar febril para o mapa, depois fixou o horizonte com uma expressão de curiosidade incrédula.

– É – disse após um momento de silêncio, com voz que voltava lentamente da estupefação, como se não tivesse ousado acreditar naquilo. – É o Tängri. Mas o que é essa fumaça?

Havia em sua voz o mesmo incômodo que fazia com que eu sentisse vibrar em mim, surdamente, uma nota de alarme. Sim, por tudo o que ela podia ter de natural e de banalmente explicável, era desorientador ver, no vulcão havia tanto extinto, subir nesse momento essa fumaça inesperada. Sua fumaceira, que ondulava agora na brisa a esfriar, aí se diluindo, parecia ensombrecer mais que a noite o céu de tempestade, enfeitiçar esse mar desconhecido; mais do que em qualquer erupção nova após tantas outras, fazia pensar nas chuvas de sangue, no suor das estátuas, num sinal negro alçado nessa haste gigante na véspera de uma peste ou de um dilúvio.

— Mas está apagado — murmurava consigo mesmo Fabrizio, como que diante de um enigma que o ultrapassava. Toda a sua alegria decaíra de uma só vez. O vento que se erguia com a noite soprou até nós uma primeira lufada fraca; súbito, na ponte de comando, fez frio. Uma última revoada de pássaros do mar seguindo para oeste passou acima de nós gritando; o céu deserto já se entenebrava em torno da fumaça misteriosa.

— Não devemos ir mais adiante — disse-me Fabrizio, pegando-me o punho num gesto brusco. — Não gosto desse vulcão que se exibe para nossa visita... Você sabe onde estamos? — acrescentou com voz assustada, estendendo-me o mapa. O dedo posto sobre ele já estava bem além da linha vermelha; atrás dessa sinistra vanguarda, como uma onda silenciosa, de todas as partes as costas do Farghestão acorriam a nós.

Olhei-o nos olhos, e por um instante senti meu coração hesitar. Pela voz de Fabrizio súbito cheia de sombra, os presságios surgidos no limiar dessa noite ruim ressoavam como um aviso mais grave; a febre da tarde finda deixava-me incerto, o coração pesado. Um véu parecia ter se rasgado; o recuo de Fabrizio deixava-me frente a frente com a loucura nua dessa aventura.

— ...O que vai dizer...?

— ...Marino, não é? — completei com voz muito suave.

De repente, senti uma cólera fria crescer em mim. Fabrizio acabava de tocar no nome conflituoso, e compreendi repentinamente com que astúcia empedernida, sem trégua, esse nome, eu por toda a noite só havia feito conjurá-lo.

— ...É chato, garoto — murmurei entre dentes —, que a gente sempre se abrigue por trás do nome de Marino quando temos medo.

Agora, eu o renegara; só agora tudo estava dito, o caminho livre, a noite aberta. Fabrizio compreendeu tudo, e aconteceu algo singular: largou por um instante o leme e de repente, como se estivesse só, benzeu-se, tal como quando a pessoa afasta uma blasfêmia.

— Marino não tem medo... — murmurou com uma voz que empalidecia.

— A leste! A toda velocidade, ao contrário — gritei ao ouvido de Fabrizio no vento que se levantava. — A noite cobre-nos. Antes do dia, forçando as máquinas, estaremos fora de vista... — Poderia se dizer que minha voz se perdia no caminho ou que todos os seus reflexos estariam mais lentos; ele parecia um homem que anda num meio sono.

— Você sabe o que faz, Aldo — disse-me com voz infantil em que se misturavam o assombro e a ternura... — Mas agora é outra coisa — acrescentou, levantando-se com ar decidido. — Preciso dar algumas ordens.

Na noite que descia, a tripulação assumiu os postos de combate. Os rostos que passavam diante de mim na claridade vacilante de uma lanterna surda se esforçavam a uma dignidade desajeitada diante do cerimonial incomum. Fabrizio os chamava um a um e lhes atribuía as tarefas com voz pausada; um exercício como esse no *Intrépido* remontava à noite dos tempos: quanto à postura a assumir, as lembranças faltavam.

— Você acha que é sério, Beppo? — murmurou abaixo de mim uma silhueta perplexa.

— Não se preocupe — cortou uma voz maliciosa. — Acabou a guarda nos estábulos, vamos ver o que há em frente.

— E não é cedo para nos ocuparmos com isso. Parece que se mexem muito lá. O mar é de todo mundo, como disseram na Senhoria. O velho *Intrépido* também vai tomar um pouco de ar.

Houve um murmúrio de aprovação compenetrada.

— Mas não, primeiro é preciso abrir a culatra, camponês! — alguém grunhiu distintamente na popa, entre os risos sufocados.

Fez-se silêncio de novo.

— Você viu como acenderam os cachimbos — concluiu uma voz distante. — Isso vai esquentar.

Fabrizio novamente tomou lugar junto de mim na ponte de comando. Assobiava, como para se animar um pouco na noite, mas percebi nessa criatura despreocupada e tão jovem uma mudança repentina: ele comandava o *Intrépido* diante de um perigo possível, e o ardor e o bom humor dos homens o haviam revigorado.

— Eu respondo por eles — ele me disse —, vamos abrir o olho. A noite será muito escura, felizmente — prosseguiu, tranquilizando-se pouco a pouco —, e isso limita os riscos. E depois, o que é nossa melhor oportunidade, devem ter perdido um pouco o hábito de ser curiosos.

Havia um bom tempo a fumaça desfizera-se no céu escuro. Grandes nuvens de tempestade subiam no horizonte em volutas pesadas, fundidas no nível do mar num resto de falso dia lívido.

– E agora, diga-me, Aldo – retomou com voz hesitante –, talvez não seja assunto meu, mas o que você quer ver lá de tão perto?

Abri a boca como que para responder, mas a voz deteve-se no caminho e comecei a sorrir distraidamente no escuro. Tão perto de mim, meu irmão, não havia palavras para lhe dizer o que Marino, ou uma mulher amorosa, teriam compreendido num olhar. O que eu queria não tinha nome em nenhuma língua. Estar mais perto. Não permanecer separado. Consumir-me nessa luz. Tocar.

– Nada – eu lhe disse. – Um simples reconhecimento.

O navio prosseguia agora com as luzes apagadas na noite espessa. As nuvens que ganhavam muito alto o céu ocultavam a lua. Fabrizio não se enganara; a sorte estava conosco. Meu pensamento voava adiante do navio arrebatado, que perfurava a parede de escuridão; eu parecia sentir o cume apagado agora crescer diante de nós a toda velocidade atrás dessa escuridão suspeita, e, por um movimento que eu não controlava, minhas mãos nervosas a todo instante esboçavam o gesto de ir à frente, como um homem que tateia uma parede no escuro.

– Duas horas de percurso, ainda – disse-me Fabrizio com voz sonolenta... – Pena perder a vista, com essa lua cheia...

Por trás de sua fleuma de comando, eu o notava tão tenso quanto eu. Abaixo de nós, afogada na sombra, a tripulação de vigia mantinha um profundo silêncio, mas os olhos arregalados imantavam a escuridão; nessa aproximação noturna da coisa desconhecida, todo o navio se carregava de uma sutil eletricidade.

Fabrizio mergulhou de novo em seus mapas, ar preocupado: a última parte de nossa expedição lhe apresentava um difícil problema. Uma linha de recifes desigual, que os mapas não situavam bem, guardava as proximidades do Tängri a boa distância, e não estava longe a lembrança em Orsenna das perdas sofridas por suas esquadras quando do retorno da grande expedição de represálias. Eu mesmo mandei dobrar os postos na dianteira, onde um homem ficou pronto para sondar. Longos minutos, fiquei inclinado acima da roda de proa, chicoteado pelo vento frio que cheirava a neve e estrela, e que parecia cair em camadas de geleiras do cimo inacessível, pedindo-lhe com todas as minhas narinas os indícios da terra próxima, mas a noite parecia nunca acabar; nada havia além do fervilhar inesgotável da roda de proa e o vento de um outro mundo, esse rio de frio ácido que trazia o rangido dos campos de neve. A vaguidão dessa navegação errante me dava sono; deixava-me embalar nesses últimos minutos de calma e de pura espera, o espírito desocupado súbito estranhamente poroso a um concerto mais sutil e a coincidências indecifráveis. Os indícios familiares da terra pareciam ter recuado para bem longe, mas grandes sinais se entrecruzavam nessa noite clara. Toda a minha vida, desde que eu deixara Orsenna, surgia-me guiada, recompunha-se, nessa fuga noturna, em símbolos que me falavam do fundo da escuridão. Eu revia os quartos do palácio Aldobrandi, sua espera altiva, seu vazio mofado súbito obscuramente despertado. Atrás de mim, a torrente de fumaça vomitada pela chaminé rasgava-se na noite como uma vela mais negra. Eu revia o gesto de fantasma que nossa fortaleza de repente refizera sobre as águas. Eu pensava nesse vulcão misteriosamente reanimado. O rosto lavado nessa pureza fria, no seio dessa noite que dissolvia os contornos, eu me concentrava, me identificava de todo o meu ser, cego com minha Hora, me abandonava a uma segurança inefável.

Por volta de uma da manhã, fez-se bruscamente calma: estávamos sob o vento do vulcão. Uma umidade pesada e estagnante envolveu-nos, o navio deslizou sem ruído por sobre um mar de óleo; nesse silêncio opressor que parecia lançar uma sombra no coração da própria noite, a massa enorme vinha até nós mais esmagadora que em pleno dia.

– Vigie bem! – elevou-se a voz tensa de Fabrizio na escuridão demasiado tranquila.

O navio reduziu a velocidade, o fervilhar mais claro da roda da proa apaziguou-se; de repente, uma lufada de ar morno e muito lento espalhava sobre nós um cheiro ao mesmo tempo fulvo e de mel, como um odor de oásis diluído no ar calcinado do deserto. A noite tornava-se insensivelmente mais clara – acima de nós as massas de nuvens pareciam desagregar-se rapidamente –, algumas estrelas brilharam, infinitamente longínquas e puras, em suas farpas muito negras que a lua franjava agora com um halo leitoso.

– Aldo! – chamou Fabrizio em voz baixa.

Fui até ele na ponte.

– ... A tempestade está se dissipando – cochichou, mostrando-me o céu já mais claro. – Se a lua se descobrir, de um instante para outro, vai ficar claro como em pleno dia. Você sentiu as laranjeiras? – disse-me levantando a cabeça. – Estamos quase a ponto de tocar a terra... Quer ir mais longe?

Interrompi-o logo com um breve sinal da cabeça. Nesse momento, a garganta seca, como que diante de um corpo desejado que se desfaz um a um de seus véus na escuridão, preso com todos os meus nervos à minha espera ávida, eu não podia nem mais falar.

– Bem! – concluiu Fabrizio com voz desembaraçada e pela qual se diria que passava, a despeito de si mesmo, uma espécie de júbilo. – É uma tentativa de suicídio, e eu devia avisá-lo. Que Deus nos proteja...

Fez com que a velocidade fosse ainda reduzida e, de forma pausada e meticulosa, verificou pela última vez alguns cálculos. Eu o olhava vez ou outra de lado: a testa franzida pela atenção e pela importância, a língua para fora da boca como os garotos. Uma infância extraordinária parecia surdir em seus traços com todas as marcas escavadas pelo cansaço e pela insônia, e um sentimento exaltado de vitória invadiu-me repentino; esse rosto que eu levava em meu sonho vivia como jamais tinha vivido.

– Você não gostaria de voltar agora, Fabrizio? – disse eu, fixando a frente do navio e pondo levemente a mão em seu braço.

– Não sei mais – disse ele com um riso gutural que transparecia um excesso de agitação nervosa... – Você é o diabo! – acrescentou, desviando os olhos, e, mesmo sem erguer a cabeça, eu sabia como ele sorria. Uma rajada de vento fez ressoar as chapas, vergastou súbito a ponte de comando e nos cegou, mas, no âmago dessa borrasca brutal, a escuridão agora se diluía como se, muito alto atrás dela, o refletor de uma lâmpada tivesse pulverizado finamente seu banho de luz. A chuva parou, o navio agitou-se na acalmia, emplumou-se com um vapor leve; de repente, a noite pareceu entreabrir-se para uma claridade; diante da roda da proa, as nuvens afastaram-se com toda rapidez como uma cortina de teatro.

– O vulcão! O vulcão! – urraram numa só voz trinta gargantas estranguladas, no grito que se ergue de uma colisão ou de uma emboscada.

Diante de nós, como se se pudesse tocá-la, assim parecia, pelo movimento de recuo da cabeça que se inclinava para seu cimo assustador, uma aparição subia do mar como um muro. A lua agora brilhava em toda a sua ostentação. À direita, a floresta de luzes de Rhages franjava com uma cintilação imóvel a água adormecida. Diante de nós, semelhante ao paquete iluminado que mastreia sua popa na vertical antes de soçobrar, suspendia-se acima do mar, em direção às alturas de sonho, um pedaço de planeta levantado como uma tampa, um arrabalde vertical, crivado, escalonado, balizado, até uma dispersão e uma fixidez de estrela por arbustos de fogos e girândolas luminosas. Eram como as luzes de uma fachada refletidas calmamente, mas até a altura das nuvens, no calçamento brilhante, e que pareciam tão perto, tão distintas no ar lavado que se tinha a impressão de sentir o perfume dos jardins noturnos e o frescor envernizado de suas estradas úmidas, as luzes das avenidas, das residências, dos palácios, dos cruzamentos e enfim, mais dispersos, as luzes dos lugarejos vertiginosos pendurados em seu declive de lava, subiam na noite cravada por patamares, por falésias, por balcões sobre o mar delicadamente fosforescente, até uma linha horizontal de brumas flutuantes que amarelava e misturava as últimas claridades, e por vezes deixava reaparecer uma delas, mais alta ainda e quase improvável, como um alpinista que, por um momento escondido por uma espalda da geleira, reaparece no campo da luneta. Como o pedestal, a pirâmide fosforescente e truncada de um altar que deixa culminar na penumbra a figura do deus, a latada de luzes acabava nessa orla desigual. E, muito alto, muito longe, acima desse vazio negro, erguido numa vertical que forçava a nuca, colado ao céu com uma ventosa obscena e voraz, emergia de uma espuma de nada uma espécie de sinal de fim dos tempos, um corno azulado, de uma matéria leitosa e um pouco efulgente, que parecia flutuar, imóvel e para sempre estrangeira, final, como uma concretização estranha do ar. O silêncio em torno dessa aparição que convocava o grito angustiava os ouvidos, como se o ar de repente se tivesse revelado opaco para a transmissão do som, ou ainda, diante dessa parede constelada ele evocasse a queda nauseante e indolente dos pesadelos em que o mundo oscila, e em que o grito acima de nós, de uma boca inexaurivelmente aberta, não nos alcança.

— O Tängri! — disse baixo Fabrizio, pálido como cera, apertando as unhas em meu punho, como se estivesse diante de uma dessas potências muito raras cujo nome é prece, e que só se tem permissão de reconhecer e nomear.

— Direto para cima! Mais perto! — eu lhe murmurei no ouvido com uma voz que ressoou estranhamente gutural e dura.

Mas Fabrizio não pensava em mudar a direção. Era muito tarde agora — mais tarde que tudo. Um encanto já nos pregava a essa montanha imantada. Uma espera extraordinária, iluminada, a certeza de que ia cair o *último véu* suspendia esses minutos desvairados. Com todos os nossos nervos tensos, a flecha negra do navio voava na direção do gigante iluminado.

— A toda velocidade! — urrou Fabrizio fora de si.

O navio vibrou com todas as chapas — a proa que subia no horizonte a cada minuto já silhuetada em negro contra as luzes próximas; a costa se aproximava de nós, aumentava imóvel como um navio que se esporeia. Não, mais nada podia atingir-nos — era nossa oportunidade, o mar vazio; nem uma luz se mexia diante de Rhages, que parecia adormecida. A cortina de luz que ofuscava a costa protegia-nos, dissolvia na noite nossa sombra negra. Um minuto, um minuto ainda onde se sustêm séculos, ver e tocar sua aspiração, soldados a esse impulso final de rapidez, fundir-se nessa aproximação ofuscante, queimar-se nessa luz saída do mar.

Súbito, à nossa direita, do lado de Rhages, a costa vibrou com o pestanejar precipitado de vários relampejos de calor. Um choque pesado e musical lacerou o ar acima do navio, e, despertando o trovão cavernoso dos vales de montanha, ouviu-se repercutir três tiros de canhão.

O enviado

De pé perto da proa do navio para respirar melhor o primeiro frescor, eu olhava crescer a costa das Sirtes na manhãzinha. Com suas praias amarelas ainda varridas de brumas a se arrastarem, e toda aplainada no horizonte, ela me parecia insulsa e triste nesse dia que nascia, mais deserdada que de hábito e sobrecarregada com minha repentina perda de ilusão. Eu tinha o coração carregado; parecia-me que o *Intrépido* se tornava pesado e se arrastava sobre esse mar plano, como se tivesse embarcado em seu porão toneladas de água. Graças a Deus, eu o trazia intacto. Numa guinada instintiva, Fabrizio se esquivara da salva, e a passagem de uma nuvem súbita nos escondera. O sangue-frio inesperado de nossos canhoneiros, ou seu estupor talvez, ao impedi-los de responder evitara o pior. No entanto, a incoerência desse empenho rápido continuava a me intrigar. Havia algo de surpreendente – se a incúria de Orsenna desse lado talvez tivesse passado dos limites – ao que na costa em frente se teria vigiado de forma tão obstinada e tão atenta. Surpreendente também era que nessa noite negra não tivesse sido necessário assegurar-se da identidade de uma silhueta suspeita, como se desde o início se soubesse com o que se estava lidando. Nenhum sinal de reconhecimento precedera o tiro, e, quanto mais eu pensava nisso, mais me parecia estranho que a essa curta distância o tiro que nos havia mirado logo se tivesse mostrado tão ineficaz. Ao refletir sobre isso, a destreza de Fabrizio não podia, pensando bem, dar-me o troco; houvera nesse tiro de aviso por demais complacentemente sublinhado uma nuance de desprezo e zombaria, e esse tiro obsequioso que acabara por despertar risos aliviados da tripulação não me tranquilizava. Os rumores que corriam em Maremma sobre as atuações de Rhages tinham a ver, embora eu não quisesse admitir, com esse canhoneio sem resultado. Sem resultado? Surpreendi-me a balançar a cabeça; eu precisava saber o que ao certo buscavam ali em frente.

Com o olhar eu vasculhava inquietamente o pequeno grupo que nosso retorno assinalado de longe já agrupara no molhe; nesse momento, mais que tudo, eu temia estar cara a cara com Marino. Ele não estava lá, e me senti bruscamente aliviado.

— Estragou seu leme num banco de areia, garoto? — gritou Giovanni com bom humor a Fabrizio, tirando o cachimbo da boca, enquanto se lançavam as cordas.

A brincadeira era um ritual. Já assim de manhã tão cedo, o fuzil de caça pendia-lhe ao ombro; a inexprimível monotonia da vida no Almirantado refluiu de uma só vez para mim.

— Houve dificuldades — disse Fabrizio, embaraçado e constrangido diante de seus homens. — Vamos explicar.

Os grupos dispersaram-se, preguiçosos e entorpecidos, e os homens vagavam ao longo do molhe e jogavam pedras na água. Nossa pequena turma andava na frente, e sem querer eu prestava atenção às vozes que subiam dos grupos em que nossos homens de equipagem estavam misturados; reticentes e constrangidos, sem pressa de contar as novidades, mantinham sua *reserva*: podia-se dizer que esse retorno fazia que se sentissem desorientados. Giovanni e Roberto calavam-se, surpreendidos com nosso mutismo; o silêncio tornava-se pesado.

— Fomos lá — disse eu de repente com tom brusco. — Atiraram em nós.

Giovanni e Roberto pararam de imediato, boquiabertos, e dirigiram para mim olhos mal despertos.

— Lá?... — prosseguiu por fim Giovanni com voz quase natural, lembrando-se de sua célebre fleuma das noites de espreita; mas Fabrizio veio em meu socorro.

— Aldo teve suas razões — acrescentou seco, encerrando as explicações.

Uma onda de discrição diplomática passou quase ingenuamente pelos rostos queimados. A hora das Sirtes acusava súbito

todo o seu atraso nesses rostos: as razões de Estado da Senhoria ainda reanimavam aí uma veneração convencional.
— Os malditos cachorros! — grunhiu entre dentes Giovanni, tirando o cachimbo da boca. Havia em sua voz um tom de condolência adequada, mas eu estava surpreso e reanimado por ver quanto a consternação era menos viva do que eu esperava.
— Vocês foram lá?... — continuou Roberto, incrédulo. — Conte!... — acrescentou agarrando meu braço com ar de conspirador, e empurrou a porta da sala comum com ímpeto.
O relato e as perguntas foram infinitos. Sentia-me singularmente à vontade. Ficara evidente de imediato que as *razões* não tinham interesse para Giovanni e Roberto, e que não pensavam em me pedir para prestar contas. Eu progredia com eles num conto de fadas cujo empurrão inicial, na pressa que se tem de vivê-lo, fora de imediato posto entre parênteses; e, bem mais que desencantá-lo, seria possível dizer que Roberto e Giovanni desejavam envolver-se nele, entrar no jogo, estar conosco. Toda alusão a Marino foi afastada como *estraga-prazeres*: era como se ele nunca tivesse posto os pés no Almirantado. Pouco a pouco, com nossas mãos juntas, afastávamos os obstáculos, as imagens incômodas, liberando a descida em que nos satisfazíamos em deslizar. Diante da evocação do Tängri, vi os olhos se acenderem com uma curiosidade inteiramente nova. Roberto teceu considerações críticas sobre os métodos de tiro. Sobretudo entramos em acordo, com compenetrados movimentos de cabeça, para constatar que o fato de terem atirado em nós sem notificação "não tinha precedentes". Fabrizio compreendeu que podíamos nos permitir tudo, e pôs ponto-final na vitória com um inesperado lance de gênio.
— Excelente essa sua ideia, Roberto, de reparar a fortaleza. Diria até que você tinha previsto alguma coisa.
— Sempre desconfiei dessas pessoas — assentiu Roberto com voz de augúrio, e, ao mesmo tempo que fingia aspirar seu cachimbo, enrubesceu de satisfação modesta. Compreendi que eu ia sair da sala justificado, melhor ainda: exaltado.
— Pois bem! O vinho está servido, temos de bebê-lo — disse Giovanni, levantando seu copo com uma espécie de alegria. — Essas

pessoas tiveram o que buscavam. Eu prevejo que não vão ficar nisso!

O cachimbo de Roberto envolveu-o numa nuvem jupiteriana; olhos semicerrados, ele observava o horizonte marítimo através da janela, refulgente de predição longínqua e sagacidade penetrante. Cabia-lhe, na ausência de Marino, o comando militar do Almirantado.

— ... Eu não ficaria espantado se nos fizerem uma visitinha esta noite — admitiu com tom inflado de informação secreta. — O tempo vai ficar limpo: bom tempo para uma surpresa... Só que daqui até lá terei tomado algumas precauções.

— Isso é necessário — concluiu Giovanni no silêncio aprobatório. — O Almirantado está aberto como um moinho... — e nos compenetramos da consciência enérgica de que não estávamos defendidos.

Instalou-se sem mais demora um pequeno conselho de guerra que escutei desenvolver-se sem dizer palavra, tão dormente me sentia por causa de uma sensação de irrealidade crescente ao ver as coisas adquirirem corpo de modo sorrateiro. Roberto propunha medidas de urgência. Fabrizio folheava regulamentos. Sozinho, tendo agora escapado por entre meus dedos, desenrolava-se o novelo cuja ponta do fio eu havia lastreado.

Ficou decidido que o *Intrépido* seria deixado com o motor preparado durante a noite, pronto para a aparelhagem. Um posto de vigia noturno seria estabelecido no alto da fortaleza. Roberto, sem despertar atenção, desde a tarde devia inspecionar a velha bateria costeira — em razoável mau estado — que comandava a entrada da passagem (havia muito a artilharia da fortaleza estava inutilizável) e verificar seu aprovisionamento. Por fim, era preciso pôr para flutuar uma das pinaças que apodreciam nos lodaçais, e usá-la para vigiar à noite as imediações da passagem. Ainda que vontade não faltasse, a apreensão do retorno de Marino, que dava vagamente um banho de água fria nos entusiasmos, desaconselhara medidas mais à vista: em caso de necessidade — era o pensamento inconfessado de todos —, o dispositivo de alerta seria facilmente desativado. Assim, a cada minuto, reforçava-se entre nós quatro uma cumplicidade.

— Quanto ao resto, o capitão decidirá — concluiu Roberto, de modo jesuíta. – Assumirei a patrulha da noite, de preferência a vigiar os patos!...

Nas idas e vindas incessantes da fortaleza ao molhe e à bateria, o dia passou rápido. As pessoas não se entediavam mais no Almirantado. Agora o entusiasmo dominara nossas tropas, e os fragmentos de reflexões que podiam ser surpreendidos aqui e ali – pois as pessoas se calavam mais respeitosamente que de hábito, com ar pesado de subentendidos, por ocasião da passagem dos oficiais – levavam a pensar nos rumos extravagantes que aí tinha crédito, como se de repente a necessidade de algo imprevisto e inaudito, longamente incubada nessa vida monótona, tivesse explodido as cabeças adormecidas. Por duas ou três vezes, até irromperam à nossa passagem algumas perguntas, que Roberto evitava com pálpebras pesadas de mistério; sob esse céu onde súbito, com faro curiosamente animal, podia-se dizer que sentiam armar-se uma tempestade, esses rostos reanimados pediam *notícias*, boas ou más, assim como a terra pede chuva nas longas secas.

Todavia, a noite e os três dias seguintes escoaram-se tranquilos. A agitação diminuiu. Marino anunciara sua chegada para o fim da semana, e, a cada nova guarda inútil, eu via Giovanni voltar mais desencantado.

– Era previsível – dizia ele agora, irritado como um apaixonado que vê suas cartas retornarem fechadas. – Em frente, não têm apenas a pele negra, têm-na espessa. Pode-se fazer tudo com essas pessoas – acrescentava com ar aborrecido.

Sua imaginação não ia além dessa *polidez retribuída*. Como todo mundo no Almirantado, Giovanni vivia no imediato, à flor da pele. O torpor sem idade de Orsenna, desestimulando com uma tão longa paciência até o próprio senso de responsabilidade e a necessidade de previsão, modelara essas crianças envelhecidas numa tutela onipotente e senil, para as quais nada jamais podia acontecer realmente, nem o que quer que seja ter consequências mais graves. Era bom aproveitar as ocasiões de se distrair. Mas inevitavelmente, um dia ou outro, voltava-se à caça de patos.

Durante esses dias agitados, uma preocupação bem diferente mantinha-me em suspenso. De volta ao escritório de Marino, que eu ocupava em sua ausência, mal havia começado a folhear a pilha rotineira dos papéis de serviço, pareceu-me de repente, na diminuição da febre que havia devorado esses dias – tão nítida, tão distintamente perceptível quanto o próprio rosto de Marino entrando nesse cômodo acusador – que a loucura de minha equipe surgia diante de mim tão ofuscante que meus olhos se turvaram e julguei por um momento que o coração ia me faltar. O silêncio feltrado desse cômodo fazia de repente a meus ouvidos como que um barulho de mar; depois dessa noite vivida com tanta agitação, meu ato separara-se de mim para sempre; em algum lugar, muito longe, com um leve e sutil ronco de quem está à vontade, pusera-se em movimento uma máquina que ninguém poderia mais deter: seu burburinho longínquo penetrava no cômodo fechado, despertava, como um ruído de abelha, esse silêncio recluso.

– O vinho está servido, temos de beber – eu repetia sacudindo a cabeça, terrivelmente sem ilusões. Meus olhos caíram na pilha de correspondência sem resposta que fora posta sobre a mesa, e de repente pensei que era urgente tomar uma decisão.

Dar conta à Senhoria de uma violação tão formal dos regulamentos era suicídio; não falar dela, supondo que a questão não tivesse consequências, uma condenação mais certa ainda: todo o Almirantado já sabia. A situação por um momento parecia a tal ponto sem saída que me debrucei em minha escrivaninha, tomado de vertigem e, com a cabeça entre as mãos, invocava como uma criança o sono e o esquecimento que transformariam aquela noite em pesadelo, tentando persuadir-me de que o pesadelo iria desvanecer-se. Repentinamente entrevi um recurso, e a esperança vaga, na falta de uma absolvição, de pelo menos uma inteligência possível: decidi pedir audiência ao Conselho de Vigilância para um assunto grave sobre o qual eu desejava fornecer-lhe explicações de viva voz.

Nessa noite voltei para meu quarto logo após o jantar: precisava preparar antes do amanhecer um texto bastante difícil. Nisso eu jogava uma última carta, e não podia dissimular-me que ia jogá-la à noite. Podia perder-me por uma palavra infeliz, eu estava muito longe de estar à vontade, e meu trabalho não progredia. À minha volta, havia muito que o Almirantado dormira; o leve ranger da pena costurava sozinho as horas lentas

com seu ruído de gusano, assim como o rangido das folhas que eu rasgava uma após outra. Talvez fossem onze horas da noite quando minha porta bateu delicadamente contra a noite silenciosa, e mal tive tempo de levantar a cabeça e alguém súbito apareceu diante de mim.
— Está muito tarde, sr. Observador, sem dúvida infinitamente tarde para pedir-lhe uma audiência — pronunciou uma voz estrangeira e bastante musical.
Na contraluz criada por minha lâmpada, eu não distinguia bem seus traços. Tinha diante de mim uma silhueta vigorosa e no entanto bastante grácil; no movimento que ela fez para aproximar-se da mesa notava-se aquela leveza elástica e silenciosa criada pelo hábito da vida no deserto. A roupa extremamente simples e quase sórdida era a dos arrais que transportam os visitantes de domingo à beira da laguna; ela acrescentava algo de ridículo à extrema distinção da voz.
— Está *de fato* muito tarde — prosseguiu, consultando ao contrário o relógio em minha escrivaninha, e, com um movimento cheio de indolência, compreendi que por um segundo ele retardava de modo intencional seu perfil contra a luz. De pronto lembrei-me, e meu coração pôs-se a bater: essa pele escura, esses olhos agudos e fixos, era o guardião do navio de Sagra.
— ... Isto lhe dirá em nome de quem vim — disse, lendo meus olhos e mudando rápido de tom, e sem outro convite, com uma desenvoltura nobre que não era impolida, sentou-se, após um leve suspiro de cansaço.
Desdobrei o papel que me estendia, e de repente meus olhos ficaram imóveis. No ângulo da direita, exibindo a serpente entrelaçada à quimera, e tal como eu o havia tão frequentemente decifrado na Academia Diplomática na parte inferior de tratados empoeirados e centenários, o selo da Chancelaria de Rhages iluminava a folha. O texto confirmava o caráter pacífico da missão do portador e, ao mesmo tempo que o acreditava, pedia expressamente que lhe fossem concedidos as atenções e o tratamento oficial reservados aos parlamentares de guerra.
As palavras agora misturavam-se diante de meus olhos, enquanto eu fingia reler o texto: invadia-me um sentimento de alegria desconhecida e de eleição maravilhosa; pela primeira

vez parecia-me ser revelado o sentido da expressão: dar sinal de vida.

— Terei então de mandar prendê-lo — disse com voz intencionalmente titubeante, dobrando o papel. A condição totalmente nova de parlamentar não poderia encobrir, que eu saiba, sua atividade de espião.

Pego desprevenido, em minha confusão, eu tentava desajeitadamente assegurar-me uma vantagem.

— ... Não negue!

Interrompi-o com um gesto.

— Já nos encontramos em outro lugar. Acho que me lembro que o senhor não usava uniforme, embora estivesse armado.

— A libré da princesa Aldobrandi — corrigiu ele numa voz cortês, com uma ligeira inclinação da cabeça.

Franzi as sobrancelhas bem duramente.

— ... Deixemos isso — acrescentou ele de imediato, como que se desculpando.

Visivelmente ele queria evitar que eu me indispusesse.

— O senhor quer que abramos um parêntese? — disse ele com sorriso de bom humor.

E, enquanto eu o olhava sem compreender, ele se levantou, tirou pausadamente do bolso uma pistola e a pôs perto de mim na mesa.

— Sou seu prisioneiro, se o senhor insiste nisso; fique tranquilo. Deixemos então isso para depois, e falemos seriamente.

De súbito, eu não me sentia mais de muito bom humor. O desconhecido tinha em relação a mim a dupla vantagem de sua insolência medida e de meus reflexos sem elegância. Brinquei com a pistola por um instante, com ar agastado.

— E então? — disse eu com um olhar de contragosto.

O desconhecido pareceu refletir por um momento.

— Posso dizer, sr. Observador — começou ele com uma hesitação na voz que contribuía para seu charme —, que minha tarefa não é das mais fáceis. Meu país e o seu mostram que entre os Estados, assim como entre os indivíduos, podem ser criadas *situações falsas* bem singulares. Devido a sua... longevidade particular, elas podem até mesmo durar infinitamente muito mais tempo.

Deu um discreto suspiro de incômodo.

— ... Acontece, ao nos reencontramos depois de uma... separação prolongada, de não sabermos mais, mesmo aproximadamente, *a que nos ater.*

— Não sou diplomata — ressalvei de modo bastante seco. — A Senhoria, sem dúvida alguma, estabelece os protocolos de sua política. Ela não os confia a mim. Não ponho em dúvida seu mandato. Mas o senhor talvez tenha se enganado de endereço.

Eu não pretendia facilitar-lhe as coisas. Tinha um prazer secreto nesse tom incerto de reticência, nessa aproximação tateante. Mais talvez do que naquilo que ele teria a me dizer, era *nisso que eu me apoiava.*

— Não há erro de pessoa — retomou ele, baixando por um instante os olhos. — O senhor é com certeza nosso homem — acrescentou, erguendo-os de repente, e ele parecia sorrir como às vezes sorria Marino, com seu sorriso distante de quem sabe das coisas.

— Esse é no mínimo um modo singular de falar.

Eu sentia menos cólera do que teria desejado. Ele se desculpou pelo gesto com visível insinceridade.

— Não tenho, sem dúvida, uma prática perfeita de sua língua. Eu queria dizer: qualquer que seja o juízo que se faça sobre essa "situação falsa", ocorreu na semana passada um fato novo. O senhor não está alheio a isso, nem um pouco menos alheio do que qualquer outro.

Ele esperou uma réplica que não veio, depois, após um instante de silêncio, pareceu decidir-se.

— Resumirei então os fatos que motivam este encontro. Orsenna e o Farghestão encontram-se em estado de guerra...

Ele pareceu sopesar e manejar a palavra com seus dedos expressivos, e me lançou de novo o olhar velado e imperceptivelmente divertido.

— ... É bem isso, não é, sr. Observador? Do estado de guerra ao fato da guerra, no caso que nos ocupa, há, no entanto, grande distância. A querela é muito antiga. O tempo, como se diz, é um cavalheiro. O mar das Sirtes é grande. Os dois países, como o senhor sabe, há muito têm evitado de aí se encontrar. A guerra arrefeceu; não é mesmo excessivo dizer que parecia dormir por completo.

Ainda uma vez, o olhar ficou sem resposta. Demorou de modo complacente.

— Há um provérbio, não é, que para designar o bom sono diz: "dormir sobre suas duas orelhas". Dessa forma, é de temer que ela não durma mais por muito tempo...

— É o senhor que o diz.

— É o senhor que concorre para isso. Na noite de quinta para sexta um navio suspeito foi visto cruzando bem perto de nossas costas. Vinha de Orsenna. Era um navio de guerra. O senhor o comandava.

— A informação é precisa e rápida — respondi contrariado. — A noite estava muito escura. Digamos que no mínimo a coisa não parece ter sido uma surpresa. Devo dirigir-lhe felicitações pessoais? — acrescentei no tom mais ofensivo que achei.

Ele voltou a sorrir sem impaciência.

— Discutimos um fato; fico feliz pelo senhor não contestar. É impossível não considerá-lo muito grave. O que poderia em outro lugar passar por uma inépcia, um... desatino sem consequência, só pode aqui ter o caráter de uma provocação calculada, e na situação em que estamos seu sentido é claro.

— A situação! Há tanto tempo... — interrompi-o num tom irônico.

— Não há prescrição em história, sr. Observador. Sua... visita despertou lembranças muito antigas. Essas lembranças não são tranquilas. Podem tornar-se... inflamadas.

Olhou-me com insistência. Pela primeira vez, distingui em sua voz uma nota grave, uma inesperada nota de exaltação.

— Aonde o senhor quer chegar? — disse-lhe eu com voz pouco firme.

— À mensagem que tenho a missão de lhe transmitir — voltou a falar em tom neutro, como se quisesse sublinhar que aqui ele não passava de um *porta-voz*. — O governo de Rhages considera que um período de paz de fato, por tanto tempo respeitada por ambas as partes, constituiu ao longo do tempo uma verdadeira promessa tácita de não hostilidade. Ele não é responsável, devo formalmente destacar em seu nome, se essa condição não foi observada de modo escrupuloso. Devido a Orsenna, esse período vê-se encerrado por um verdadeiro ato de guerra. Rhages considera-se livre de fato, assim como já o era por direito, de sua atitude de abstenção decidida...

Ele se calou por um segundo e prosseguiu martelando mais acentuadamente as palavras:

— ... Todavia, Rhages estima ser próprio da sabedoria, de que deu provas tão continuadamente, dar lugar para a reflexão antes do desencadear de acontecimentos incontroláveis. Faz questão de declarar que suas intenções permaneceram inquebrantavelmente pacíficas. Consente mesmo em admitir, já que nenhum prejuízo material foi realmente causado por essa incursão, que o caminho está plenamente aberto para um acordo razoável se...

A voz deteve-se condescendente na última palavra.

— ... Se for devidamente dada uma prova de que nenhuma intenção hostil de fato inspirou essa... afronta.

— Que forma ela imagina para essa "prova"?

— A longanimidade do governo de Rhages é extrema — soltou ele com um sorriso entrincheirado (eu começava a ficar um pouco intrigado com essa sua maneira impessoal de fazer alusão à autoridade que representava). — Nada que possa assumir para os senhores uma forma vexatória, nada que pretenda ser uma *satisfação*. Sua incerteza é grande — comentou ele com um ardor um pouco forçado. — Ou bem o fato é insignificante, ou bem, se significa alguma coisa, anula três séculos de segurança, se não de paz. É compreensível, sr. Observador, que o governo, diante dessa situação um pouco angustiante, peça, pelo menos uma vez, tal como eu dizia há pouco, algo em que se firmar.

— Isso quer dizer o quê, exatamente?

— Uma retratação — soltou ele com voz precisa. — A garantia expressa de que essa violação de nossas águas costeiras foi involuntária, acidental, e como tal desprovida de qualquer *significado*. A promessa de que fatos tão nocivos à tranquilidade comum não se reproduzirão. Não é preciso dizer — acrescentou negligentemente — que o prazo para que o senhor se dirija à Senhoria lhe será amplamente concedido. Quero dizer — prosseguiu com voz apressada —, trinta dias, a datar desta noite.

Fez-se um momento de silêncio embaraçado. Compreendi que a comunicação oficial chegara ao fim.

— Provavelmente será menos fácil para nós fazer com que chegue aos senhores uma resposta do que para os senhores mandar perguntar — eu disse para ganhar tempo. — O Farghestão não parece de fácil aproximação.

— Sua imaginação certamente lhe servirá — respondeu com ironia divertida. — Eu mesmo tive de forçar sua porta de modo um pouco inconveniente. Fica para o senhor a escolha quanto à forma e às vias de um apaziguamento que Rhages não tem dúvida de que receberá.

O silêncio voltou. Os olhos ligeiramente comprimidos, com ar pesado, esperavam ávidos. Dir-se-ia que ele se livrara de uma missão incômoda, que seu tom desimpedido e rápido tendera curiosamente a minimizar. Ele se animava agora sob meu olhar; seu rosto oferecido sem desvio à minha curiosidade parecia luzir com um brilho de vitalidade súbita; o papel do porta-voz acabara, e no entanto se poderia dizer que ele só buscara nessa missão oficial uma espécie singular de *abertura*, um pretexto para o encontro pessoal que começava agora.

Não, ele não precisava temer. Eu não o deixaria partir agora. Eu experimentava um apaziguamento inexprimível, um *suspense* maravilhoso, apenas com o fato de ele estar ali, uma aparição silenciosa enfeitiçada e contida por um instante no círculo luminoso de minha lâmpada. Era como se de repente eu o tivesse evocado ali, uma silhueta que se insinuou a partir de um outro mundo, posta à beira de minha mesa na intimidade de uma visita noturna. Esses olhos postos sobre mim falavam-me bem mais que qualquer palavra; eu me sentia confirmado e reconhecido.

— Senão? — disse eu com uma voz que se levantou estranhamente calma e como que sonolenta.

— Senão?

— Se essa resposta que o senhor espera não chegar?

O olhar do estrangeiro tornou-se fixo; era como se seus olhos se velassem com uma ligeira catarata. A silhueta, todavia, permanecia perfeitamente imóvel.

— As instruções que recebi não comportam esclarecimento a esse respeito — retomou após um instante de silêncio.

Ergueu os olhos para mim e franziu ligeiramente o sobrecenho.

— Desempenhei uma comunicação oficial. Uma conversa entre nós de natureza... privada sem dúvida não seria inútil. Ela, aliás, só poderia envolver minha opinião particular. Mas tenho medo de que esteja muito tarde — hesitou com ar de desculpa bem-educada.

Estendi-lhe uma caixa de charutos e me apoiei na poltrona com uma indolência estudada.

— As noites do Almirantado são longas — disse eu, e me espantei por lhe dirigir um olhar quase amigável. — Uma visita... trissecular não pode ser dita abusiva.

Observei como seu sorriso um pouco cruel era sedutor. Essa hesitação da voz que eu tomava de empréstimo a ele, sem nem pensar nisso, dava-nos liberdade, punha-nos de súbito infinitamente à vontade. De uma hora para outra, nos silêncios que cortavam essa conversa incoerente, estabelecera-se uma singular compreensão de meias-palavras.

— Senão? — repeti com voz pausada, e o olhei nos olhos.

— Fala-se muito em Maremma, sr. Observador. O senhor com certeza se interessou pelos rumores que correm pela cidade.

A voz arrastou-se na última frase, e o sorriso de novo sublinhou o que ela tinha de deliberadamente *aliciador*. Percebi de repente — mas sem raiva, antes com um sentimento de curiosidade cúmplice — por que a polícia de Belsenza tantas vezes não achava o que buscava.

— A polícia também se interessa por isso, não julgo inútil avisá-lo. Seria um erro exagerar sua ingenuidade. Um dia ou outro ela porá as mãos naqueles que os espalham, e juro para o senhor que será o fim.

— O senhor erra nesse ponto, sr. Observador — observou ele limpando a garganta, incomodado. — Não posso acreditar que o senhor raciocine como a *simples polícia*.

— Permita-me. A polícia não raciocina mal — retomei com frieza — quando julga correto voltar a uma fonte que me parece cada vez menos duvidosa, e impor-se aos envenenadores públicos. Não tenho dúvida de que os sentimentos exibidos por seu governo são apreciados, como é devido, pela Senhoria. Mas me permitirei esclarecê-la um pouco, e ela poderá discernir que, das intenções aos atos, há certa distância. Se não tivessem se dedicado de modo tão tenaz a inflamar as opiniões, não teríamos pensado nessa *precaução necessária* que parece contrariá-lo de modo tão vivo.

O desconhecido olhou distraidamente na direção da janela, com um gesto cortês e desalentado.

— Vejo que é muito difícil nos entendermos — retomou com paciência resignada.

— Não posso, de fato, sentir-me muito à vontade diante de um provocador.

Houve de sua parte um instante de silêncio mais consternado que ofendido, semelhante ao silêncio de *boa educação chocada* que se segue à quebra excessivamente sonora de uma peça de louça importante.

— Fico feliz que a palavra tenha sido pronunciada — continuou com uma fleuma impiedosa. — Em seu temor de envenenar as coisas, Rhages talvez tenha tido zelo excessivo em evitá-la.

De novo, fez um gesto certeiro, desculpando-se com indolência. A expressão de seu rosto, que me intrigava cada vez mais, era a de um jogador que, por precaução, desvira uma a uma as cartas de uma mão.

— Deixemos isso — ele disse com voz contrariada. — Receio descambarmos para uma *má querela*.

Ele me olhou de novo com um sorriso aberto e quase ingênuo, como se tenta alegrar uma criança amuada.

— Parece que perdemos de vista uma particularidade digna de nota dessa situação — prosseguiu, desviando os olhos para a janela. — Se queremos nos entender, temos tudo a ganhar ao não nos prendermos além da medida ao que chamarei de má vontade de *comando*. Não, não, peço-lhe, não fale! — Havia em sua voz uma pressa repentina, como se ele tivesse temido me ver *interromper o entendimento* uma vez mais. — Eu queria dizer: se retomamos a linguagem de rotina da polícia e das chancelarias, não teremos palavras para nos explicar a propósito do que chamarei, se o senhor aceitar, de *fato novo*.

Consultou-me de novo com o olhar, e, como eu mantinha silêncio, sua expressão de repente se aclarou com um sorriso fino e relaxado, cheio de encanto. No entanto, um ricto cortava-lhe o canto da boca, que eu agora observava ser firme e austera como uma cicatriz, e que matizava esse sorriso com uma ponta de crueldade.

— ... Veja, sr. Observador — retomou —, é difícil falar, é difícil pensar contra as palavras oficiais e as situações prontas. Aquelas falam de "provocação" e de "espionagem", e esta se chama guerra. O senhor me lembrou há pouco, com um leve humor, que podia haver grande distância entre os sentimentos e os atos. Mas eu o escuto e penso, de meu lado, que às vezes há uma grande distância entre as palavras e... os sentimentos — concluiu olhando-me nos olhos com uma expressão divertida.

— Posso lhe pedir que me explique?

— O senhor me recebeu aqui esta noite.

O olhar do desconhecido fazia lentamente a volta do cômodo, demorando-se nos cantos de sombra que a luz da lâmpada fazia movimentarem-se vagamente. A calma em torno de nós fizera-se profunda no Almirantado adormecido; parecia-me que descia no cômodo essa intimidade quente e demorada, interrompida por silêncios cúmplices, que aproxima sob a lâmpada dois amigos muito íntimos para um último charuto. Ao longe, atrás da fortaleza, um galo cantou, enganado, como costumava ocorrer com frequência, pelo luar deslumbrante das Sirtes. Pareceu-me de repente que era muito tarde e que o ruído das vozes sonolentas se afundava e se perdia numa escuridão sem idade, juntando-se ao zumbido de sonho que dava uma vibração tênue às noites do deserto.

— Não fique vaidoso — disse eu, sorrindo sem querer por minha vez. — Nas Sirtes, não se acha com quem falar.

Escutei minha frase cair no silêncio de modo desajeitado, tocado repentinamente pela ambiguidade que aí atuava por meio desse "achar com quem falar". Podia-se dizer que em presença do estrangeiro as palavras hesitavam por si mesmas à beira de uma encosta deslizante, súbito prontas para dizer demais.

— ... O que o senhor queria dizer ao mencionar o "fato novo"?

— A expressão talvez seja excessiva. Seria muito decepcionante, *em minha opinião*, sr. Observador (mais uma vez a voz sublinhava esse trecho com complacência), se quisermos julgar mudanças advindas nas relações entre nossos dois países, pôr-se apenas no terreno dos fatos. Pondo-se nesse terreno, não é impossível que o governo de Rhages tenha visto sua atenção atraída para algumas medidas de proteção que a situação não justifica... Parece-me que se construiu muito no Almirantado nestes últimos tempos – comentou com um sorriso... – E no entanto, a julgar daqui, como me é dado poder fazê-lo, eu seria antes levado a crer que vi ceder uma a uma certas... defesas.

O olhar deslizou em minha direção, por entre as pálpebras, como uma lâmina de faca.

– Orsenna agradecerá ao senhor o seu diagnóstico – debochei com ar incomodado. – Ela lhe pedirá desculpa por se encontrar em excelente saúde.

Ele ignorou minha ironia.

– Vivi em seu país, sr. Observador – disse ele, com voz grave e triste que não procurava mais dar o troco –, e gostei dele. E por ter gostado dele desejei a seu povo uma velhice feliz, isto é, uma imaginação curta. Não é bom que a imaginação ocorra a um povo quando ele está demasiado velho.

– O senhor viveu muito em Maremma – disse eu, esforçando-me para rir de novo. – Sei que sua boa cidade teve uma pequena onda de febre. Ninguém menos que o senhor, penso eu, pode enganar-se quanto a esses rumores.

– Esses rumores correm o risco de não perdurar muito tempo sem motivo: é isso o que eu queria responder ao seu "senão?". Acontece que a febre pode subir – disse ele pesando as palavras e erguendo lentamente os olhos para mim. – Um observador desinteressado pode julgar essa... obsessão apenas curiosa, mas na verdade nunca é possível sentir-se por muito tempo à vontade sendo objeto de um sentimento... de eleição.

– O senhor quer argumentar a partir de rumores incontroláveis para nos fazer uma acusação de intenção?

O desconhecido balançou lentamente a cabeça.

– Não acuso ninguém – pronunciou ele destacando suas palavras com uma dicção nítida e cuidada. – Tento prever. Tento perceber com o senhor o desenvolvimento possível, entre nossos dois povos, de relações novas que o senhor sem nenhuma dúvida estará de acordo comigo em chamar de *passionais*.

– O senhor está louco! – lancei-lhe, e senti meu rosto tornar-se bem vermelho.

— Tento facilitar-lhe as coisas — disse ele, baixando os olhos com uma indolência por demais segura. — Tenho muita simpatia pelo senhor. Sei quanto pode ser embaraçoso em certos casos fazer, como direi?...
O olhar brilhante mergulhou em minha direção uma vez mais pela fenda dos olhos oblíquos.
— ... uma declaração. Sei quanto o governo de Rhages se engana — acrescentou, apressando-se em me cortar a palavra — na apreciação que faz do incidente que motiva nosso encontro...
Seus olhos sagazes e irônicos estavam sobre mim agora como uma mosca que não se consegue expulsar.
— ... Estou persuadido, de minha parte, que essa incursão não era... hostil.
— Não era — afirmei com voz que se estrangulou à minha revelia.
Ele baixou os olhos e pareceu recolher-se. O luar esbranquiçava a janela e empalidecia a claridade da lâmpada. A noite abria-se como uma clareira, flutuando sobre um tempo exangue como aquele que a insônia estira; de novo, do fundo dessa falsa luz de aurora, por demais calma, os galos cantavam.
— O senhor dirá isso em Rhages? — disse o estrangeiro com voz neutra.
— E se assim fosse?
— Se assim fosse?
Retomou maquinalmente a pergunta.
— ... Se assim fosse... pois bem! Não há que duvidar, acho eu, de que as coisas se arranjam. Pensaríamos apenas que Orsenna sofreu passageiramente de uma espécie... de insônia — prosseguiu com voz cuja polidez excessiva e fria tinha agora algo de insultuoso. — Não se pode achar *boa razão*, de fato, que se oponha a que as coisas adormeçam de novo. Não é dado a todos acabar tragicamente — acrescentou com estridência desagradavelmente cortante na voz.
— Acabar? — retomei com voz estupidificada. O cérebro amortecido, parecia-me que a palavra batia, em meus ouvidos opacos, com um choque pouco distinto, como um dedo contra uma porta.
— *O senhor sabe disso muito bem* — disse ele num murmúrio,

quase se levantando da poltrona e aproximando a boca de meu ouvido. — Vim ajudá-lo a compreender. O senhor não deveria pensar que se sairia bem por sorte... Aprecio muito as pregações de São Dâmaso — disse, pregando em mim os olhos brilhantes e fixos ao passo que eu seguia pouco a pouco, fascinado, o movimento preciso e delicado de seus lábios como se lê na boca de um mudo... — e acho que aqui se carece um pouco de *firme propósito*.

— Aonde o senhor quer chegar? — lancei-lhe, levantando-me por minha vez. Eu estava muito pálido.

— Aonde o senhor vai — respondeu sem perturbação na voz ligeiramente musical. — Onde nós o esperamos sem nos apressar. Onde o senhor tem encontro conosco desde que está aqui. Só que o senhor me agradecerá um dia sua oportunidade: o senhor terá ido lá de olhos abertos.

Ele se inclinou ligeiramente, e compreendi que ia despedir-se.

— ... Lembre-se disto, sr. Observador, pois isto lhe dará matéria para refletir sobre os cruzeiros ao luar: para os povos só há uma espécie de... relações íntimas.

— Mas para onde lhe encaminhar a resposta? — gritei como que repentinamente despertado, enquanto ele já seguia com seu longo e leve movimento em direção à porta.

Os olhos apertados voltaram-se um segundo para mim do fundo da sombra.

— O senhor não faz justiça a si mesmo. Não haverá nenhuma resposta — disse com voz pausada, e de novo a porta bateu silenciosamente contra a noite.

Permaneci um bom tempo sentado sem me mexer diante da mesa. A lenta, a silenciosa ondulação de réptil que ele tivera para sair da sombra e para nela se desfazer, o fascínio que sobre mim exerceram seus olhos e sua voz, e a hora por demais tardia, teriam me levado a crer numa alucinação se o *laissez-passer* sujo de vermelho pelo grande selo de Rhages não estivesse sobre minha mesa, semelhante a esses pactos maléficos que se assina com seu sangue. Uma nota sinistra ressoava com as últimas palavras do estrangeiro em meu espírito vazio; agora que estava retirada de mim essa presença mais plena que qualquer outra que eu tivesse sentido em minha vida, pareceu-me que o frio negro dos fins de noite das Sirtes não se insinuara no cômodo mal fechado, e com um passo maquinal andei em direção à janela entreaberta. Diante de mim só havia a charneca embranquecida pela lua; o passo de um cavalo afastando-se no caminho das lagunas chegava até mim na noite clara. A vontade de chamar de novo o estrangeiro cresceu em mim de modo tão brusco que retive um grito; os passos já se perdiam na noite indistinta; o gume da voz que se despedira de mim gelou de novo meu ouvido: essa silhueta que tão logo mergulhou de novo na sombra era daquelas atrás das quais é inútil correr. Passei a mão no rosto: estava coberto por um suor frio; um aturdimento me fez deitar na cama, a cabeça vazia. Um resto de pensamento em mim seguia os passos do desconhecido nessa noite imóvel; no dia seguinte, na primeira hora, pensei que devia encontrar Vanessa.

Enquanto eu descia do carro na manhã gelada para chamar um dos arrais do palácio que ficavam todo o tempo ao longo do embarcadouro, ocorreu-me a reflexão de que Maremma nesse dia parecia ter despertado mais cedo que de hábito. Eu não tinha dormido; o frio tônico dessa manhã marítima e minha corrida rápida sacudiram por um momento de meu espírito a lembrança deixada pelo encontro da noite. A necessidade febril que eu tinha de Vanessa tornara-se tão exclusiva e tão cega que, no instante em que eu ia exigir dela que se lavasse da desconfiança mais infamante, eu sentia talvez menos angústia diante de minha incerteza que alegria por sentir que, ampliando ainda mais tantos segredos suspeitos e partilhados, eu ia tornar-me mais necessário para ela. Era dia de feira em Maremma; já por muitas vezes, ao deixar o palácio de manhã cedo, e embalado ainda num meio-sono sobre a água turva emporcalhada com restos de legumes, eu tinha respirado o cheiro sumarento e insistente das melancias das Sirtes, desembarcadas no canto dos cais em pirâmides ainda fumarentas de névoa, e percebera a batida camponesa dos pés descalços nas lajes molhadas; mas nessa manhã, bem mais que a confusão das barracas, o rumor das vozes, mais irregular e mais baixo, era o de uma multidão reunida em torno de um acidente grave. O carro do Almirantado, parado no cais, parecia provocar mais curiosidade ainda que de hábito; com as pobres bancadas em pleno vento abandonadas, formou-se muito rápido uma aglomeração a certa distância. Uma mistura de curiosidade inquieta e de respeito parecia congelar os rostos, e, pelo ar de gravidade que súbito os envelhecia, compreendi que a notícia já devia ter escapado de nossa equipe da noite.

— Alguma novidade, Beltran? — perguntei ao arrais, designando-lhe com o queixo os rostos preocupados que fimbriavam agora a beira do cais e nos seguiam com olhos insistentes.

— É a *desgraça*, Vossa Excelência — disse ele baixando os olhos, com essa inflexão resignada e camponesa que volta à garganta do povo simples nas aflições, e ele beijou a cruz que os pescadores das Sirtes levam no peito, presa num cordão... — Tudo estava previsto — acrescentou, sacudindo a cabeça num gesto senil —, Deus quis assim. Desde a última semana, rezamos noite e dia para são Dâmaso.

Como eu podia ter esperado, estava claro que, da efervescência que reinava na cidade, o palácio Aldobrandi tinha bastante participação. Os corredores e a sucessão de cômodos que eu atravessava, cheios já de uma movimentação de portas que batiam, de passos precipitados e de conciliábulos pelos cantos, faziam pensar ao mesmo tempo no quartel-general de uma cidade em estado de sítio e na algazarra do palácio de um soberano moribundo, fazendo oscilar sua azáfama entre os remédios de curandeiro e as combinações de regência. Eu apressava o passo em meio aos grupos; uma vez mais, enchia meus pulmões com a sensação familiar de que a vida aqui ardia mais rápido que em outros lugares. Vanessa, no entanto, não tinha saído; sua camareira cochilava de cansaço diante da porta fechada.

— Vim bem cedo, Viola — disse eu, e sorrindo pus a mão em seu ombro. — A princesa irá receber-me numa hora como esta?

— Deus seja louvado — disse ela, pegando-me as mãos num gesto exaltado. — Ela o espera há dois dias.

Vanessa acabava de se vestir quando entrei no quarto. Impressionou-me sua palidez, uma palidez quase ostentatória, que não era de cansaço ou doença, embora fosse visível que havia muito ela não dormia; essa palidez caía-lhe antes como a graça de uma hora mais solene: dir-se-ia que a revestira como um *traje formal*. Ela usava um vestido negro com longos plissados, de uma simplicidade austera: com os longos cabelos desfeitos, o pescoço e os ombros que brotavam muito brancos do vestido, ela era bela ao mesmo tempo pela beleza fugaz de uma atriz e pela beleza soberana da catástrofe; parecia uma rainha ao pé de um cadafalso.

– Chegou o herói do dia – disse sorrindo de animação contida e atravessando o cômodo a meu encontro, com seu longo andar ondeante. – Você demorou tanto! – prosseguiu numa elocução baixa, pegando minha cabeça entre suas mãos e erguendo meus olhos até os seus. Olhos que respondiam por mim, que me confessavam tudo... – Eu o esperei noite e dia.

Num movimento temperamental, afastei-me um pouco. Vanessa não era inconsciente de suas armas, e esse corpo muito brusco me incomodava.

– Viajei – eu disse com a voz um pouco seca, e sentei-me na beirada da cama. Vanessa sentou-se perto de mim sem nada dizer. Meus olhos deram com o quadro que na primeira noite me havia impressionado tanto.

– ...Ainda há canhões com os seus amigos de Rhages, você sabia disso? – Disse eu designando o quadro com os olhos com uma suficiência desenvolta. Acho mesmo que, se tivessem atirado um pouco melhor, talvez você ficasse aqui me esperando por muito tempo.

Vanessa permaneceu silenciosa.

– ...Fui lá, você pode ficar contente – prossegui, com um mau humor acentuado. – Parece que forneci a seus convidados um apaixonante tema de conversa.

– Não estou contente, estou feliz, disse ela – e de repente pegou-me as mãos e as beijou com arrebatamento.

– ...Orsenna lembrou-se de suas armas. Estou orgulhosa de você – acrescentou com uma veemência que não me persuadia por inteiro. Havia ali um toque de ênfase que não lhe era habitual, ou talvez eu estivesse apenas sensível a esse pequeno incômodo que sempre se liga às manifestações do patriotismo feminino.

– Quem fala de pegar em armas? Parece-me que aqui se vive um pouco demais a partir da sua imaginação, Vanessa –

acrescentei num tom frio. — Previno-a de que os salões do palácio Aldobrandi se adiantaram em relação à história. Não houve sequer uma escaramuça. Proibi que se respondesse.

O que era um exagero, mas eu era um homem que vê de uma hora para outra seu cavalo pegar o freio nos dentes.

Vanessa olhou-me por duas vezes com expressão de surpresa incrédula, como se não estivesse acreditando em seus olhos.

— Naturalmente, Aldo, você foi tão prudente nessa história... Você é a própria sensatez — prosseguiu, cortês, como se cuida do amor-próprio de uma criança caprichosa. — Todo mundo aqui o admira, devo dizê-lo, por ter mostrado tanto sangue-frio.

— Todo mundo? — disse eu com voz estupefata, pois aquele apelo inesperado às ideias feitas era muito pouco de seu feitio... — Todo mundo? Mas, Vanessa, o que isso quer dizer? Não se pronuncia uma palavra em Maremma que não tenha sido sugerida por você.

Vanessa levantou-se com mau humor, e de repente *farejou o vento*, como eu lhe dizia em tom de brincadeira em nossos momentos de intimidade por conta desse ar que ela tinha de captar subitamente um sopro: ou seja, ela se pôs a andar de um lado para outro com seu grande passo elástico de leoa, e o cômodo pareceu bruscamente encolher. De novo voltou-me a impressão, mais forte dessa vez, de que ela não havia, nem por um segundo, deixado de estar *em cena* desde minha entrada.

— Você se engana, Aldo — disse ela enfim. — Ontem eu podia, hoje não posso mais. Tudo isso agora nos escapa — acrescentou com uma espécie de tranquilidade.

— Parece-me que, de tudo isso, nada lhe escapou muito aqui. Você desejou que eu fosse lá. Fez com que eu compreendesse isso.

Vanessa parou perto da janela e olhou um momento, pensativa, em direção ao canal.

— Talvez — disse ela dando de ombros com indiferença. — Isso agora não tem mais importância.

— Não tem mais importância?... O capitão chegará em dois dias. Será preciso prestar contas das coisas — prossegui com voz alterada. — Você imagina que ele passará a borracha tão facilmente?

— Você se dá muita importância, Aldo — observou ela com voz distante. — Você não é humilde. Nem você nem eu contamos tanto nessa história — acrescentou num tom convicto.

— Fui até lá, Vanessa, e você quis isso — disse-lhe inclinando-me em sua direção, com voz baixa e paciente, como quando se chama a atenção de alguém que adormeceu.

— Não, Aldo. *Alguém* foi lá. Porque não havia outra saída. Porque era a hora. Porque era preciso que alguém fosse... Você observou — continuou com voz mais baixa, pegando-me pelo pulso —, quando uma coisa vai nascer, como tudo muda bruscamente de sentido?... Marino nunca lhe contou como ele naufragou?

Ela me olhou de lado, e de novo houve em sua voz o tom de intimidade e de ironia que lhe voltava por instinto quando falava do capitão.

— É uma coisa difícil de imaginar, Aldo, você não acha?, com uma tal paixão pela agricultura. Mas parece que não se deve julgar as pessoas pela cara, e depois talvez fosse numa vida anterior. Quando ele mostra a mão em que perdeu dois dedos nessa aventura, a gente sem querer pensa, como dizer?, em alguém que teria recebido os estigmas.

Ela explodiu com seu riso compassado.

— Ninguém nas Sirtes pode comparar sua folha de serviço com a de Marino — retorqui bem seco.

— Não se chateie, Aldo... — De novo o riso ligeiro, um pouco feroz, zombava de mim. — Você sabe como gosto dele. É um velho amigo. Pois bem! Enquanto afundava... Aldo! Não sei se você chega a imaginar Marino como homem das tempestades, os braços cruzados na ponte de um navio que naufraga — jogou-me, como atingida sem querer por uma impossibilidade engraçada.

— "As mulheres e as crianças primeiro..." Mas sim, vejo isso bastante bem; e rio, por minha vez, achando menos incômodo entrar no jogo. Ele tem uma dignidade natural que você desconhece.

— Não havia nem mulheres nem crianças, ninguém além da tripulação; era um navio de guerra. O mar subia, os homens se agarravam ao destroço recuando pouco a pouco diante da água: mesmo a golpes de machado não se teria conseguido soltá-lo, disse-me o capitão. A água subia lentamente, o navio não tinha pressa em afundar; dera com um recife mal identificado, num mar muito calmo. Parece que não se ouvia o menor barulho, e Marino disse que não era impressionante, era antes um espetáculo tranquilo, como quando se faz um rombo num velho casco em mau estado para bloquear um porto. De repente, houve um "pluf" enorme. Marino voltou-se bruscamente: não havia mais ninguém no destroço, a tripulação se agitava ou se afogava à volta; ele se lançara na água de uma só vez – concluiu ela como que absorta nessa visão, com uma intensidade ávida na voz.

– Os ratos também desertam o navio que vai afundar – disse eu dando de ombros. – Isso prova apenas que o homem não tem faro para as catástrofes.

– Você está tão certo disso?... Não importa, de resto, não é o que me pareceu estranho nessa história. O que me chamou atenção – acrescentou ela, deixando o olhar flutuar distraidamente em direção à janela – é que deve haver aí uma mudança de sinal. Um momento em que a pessoa ainda se agarra, e um momento em que a pessoa salta, arrastando o rebanho de carneiros para o mar. Sim – continuou ela, como se contemplasse em si mesma uma evidência calma –, vem uma hora em que a pessoa salta. E não é o medo, e não é o cálculo, e não é nem mesmo a vontade de sobreviver; é que uma voz mais íntima que qualquer voz no mundo nos fala; se é para morrer, não é a mesma coisa *afundar com o navio*, pois tudo vale mais que ficar amarrado vivo a um cadáver, de súbito tudo é preferível a se grudar a essa coisa condenada que cheira a morte... As águas que sobem são pacientes – diz ela de modo sonhador. – Podem esperar. Sua presa sempre lhes encurtará o caminho.

– É isso então o que você veio fazer aqui – disse eu, levantando-me de modo brusco. Eu já não sabia o que eu mesmo estava pensando. As palavras que caíam de sua boca, parecia-me que eu as havia pronunciado simultaneamente, mas elas despertavam em mim aversão e cólera; por intermédio delas, o impudor de Vanessa punha-se em mim como uma mão ousada, de novo ela endurecia em mim essa brutalidade que finalmente se desfazia em ternura sobre ela, tal como granizo.

– Parece-me que você também veio. Fez mesmo um caminho

mais longo que o meu. – Ela levantou os olhos para mim com um sorriso de orgulho, e sem querer senti-me desabrochar sob a suave chuva desse sorriso molhado.

– Deus sabe o que vai resultar de tudo isso – disse eu, olhando-a pensativo. – Receio que tenhamos ambos feito uma loucura – acrescentei pegando-lhe, agora eu, sua mão, diante da necessidade de saber que ela não me abandonava.

Vanessa deu de ombros e pareceu rechaçar um pensamento importuno.

– Você quer que eu tenha remorsos?

Voltou-se para mim e seus olhos brilharam com calma.

– ... Orsenna, no entanto, aprendeu a nos conhecer – disse ela entre os dentes cerrados. – Os meus foram a espora em sua carne, e Orsenna entre as pernas deles como uma montaria estafada da qual se obtém um último galope. Nada para eles! Nada nunca! A não ser seu supremo impulso, a não ser a cada instante apenas o máximo de sua possibilidade... Você quer que o cavaleiro se desculpe com ela – acrescentou com ironia feroz – por ter feito o animal dar tudo o que podia.

– A comparação não é amável – observei friamente. – Além do mais, há um provérbio que desaconselha chicotear cavalo morto. Orsenna dorme tranquila. Por que se lembrar do que ela havia esquecido?

– Isso! Mergulhe o nariz dela no coxo – disse ela com um sorriso de extremo desprezo. – Marino vai ajudá-lo.

Afastou de mim o rosto de anjo furioso, e seu longo passo de guerreira fez mais uma vez o soalho ressoar.

– Uma loucura?... – pronunciou ela detendo-se repentina como se falasse consigo mesma. – É louco, esse que tateia no escuro em direção à parede no meio de seu pesadelo? Você acha que se falaria tanto aqui, já que parece que se fala, se no fim os ouvidos não tivessem a vertigem de jamais ouvir de volta um eco?

– É aí que talvez você se engane, e é aí justamente que eu queria chegar. Parece que a parede não é mais desprovida de eco. Um já me chegou, se você quiser saber.

O olhar de Vanessa tornou-se imóvel e suas pálpebras se contraíram um pouco. Diante desse rosto desarmado por uma curiosidade intensa, senti-me bruscamente mais à vontade.

– Um eco? – disse ela com voz incrédula.

– Você continua com seus passeios no mar? – perguntei-lhe num tom de indiferença.

– O que você quer dizer?

– Nada de muito especial. Eu teria gostado de saber, por exemplo, se sua tripulação está sempre completa.

Houve um instante de silêncio.

– Como você sabe? – disse por fim Vanessa com voz estupefata.

– Talvez você gostasse de saber para onde ele partiu? Acontece que tenho alguns esclarecimentos sobre isso.

Vanessa olhou-me com ar incerto e embaraçado.

– Partiu? – repetiu incrédula. – Você não quer dizer? – Ela se sobressaltou, como que tomada por uma ideia súbita.

– Para lá. Sim! – lancei, e vigiei seu rosto com ansiedade, mas o soerguimento que eu esperava não se produziu. Os olhos de Vanessa apertaram-se de novo ligeiramente, com uma perigosa expressão de astúcia divertida e cúmplice, depois se aclararam com uma luminosidade.

– Vanessa! – exclamei, e peguei e sacudi com brusquidão suas mãos como se fossem de uma louca. – Vanessa! Você compreende o que isso quer dizer? Compreende quem você protegeu, encobriu?

– Você veio me pedir para prestar contas? – disse, fixando-me com um sangue-frio desdenhoso... – Eu nada sabia, naturalmente – prosseguiu dando de ombros –, e minha palavra deve ser suficiente.

– Você não sabia, naturalmente. Você não sabia. Mas talvez você desconfiasse.

Vanessa explodiu num riso ofensivo.

– "Você desconfiasse!..." – retorquiu imitando minha voz com insolência. – "Você desconfiasse..." Não tenho dúvida, Aldo, de que isso é um interrogatório. Você não sabe como me agrada vê-lo no papel de grande inquisidor.

– Você vai responder – disse levantando-me num movimento de cólera fria, e peguei no ar seu punho num gesto brutal. – Juro para você, Vanessa, que não estou com vontade de rir. Você desconfiava?

Vanessa levantou a cabeça em minha direção.
— Se eu desconfiava? — disse com voz baixa e nítida... — Sim, se você quer saber.
Soltei com brusquidão a mão crispada, e me senti sentar pesadamente. A cabeça dava voltas. Não era aversão nem cólera o que eu sentia, mas antes um maravilhamento amedrontado e confuso, como se estivesse diante de alguém que anda sobre o mar.
— Vai ser preciso que você se habitue, Aldo — disse Vanessa atrás de mim com voz clara. — As coisas não caem prontas em nossas mãos.
— Você foi capaz de fazer aquilo? — prossegui com voz incrédula.
Voltei-me bruscamente, surpreso com seu silêncio. Vanessa nem sequer me escutava; por cima de minha cabeça, observava o quadro pendurado na parede.
— Você olhou para ele muitas vezes, não é? — continuei com voz venenosa. Levantei-me e dei um passo na direção dela, mas súbito me detive desajeitadamente. Vanessa não me olhava, e eu estava de novo tomado sem querer pelo sortilégio desse retrato que impunha silêncio.
— Pergunto-me em que ele pensa — disse por fim Vanessa num tom de profunda distração. — Sim, com frequência perguntei-me isso. Você acertou, Aldo — disse ela dando ainda um passo, como que fascinada —, algumas vezes até me levantei à noite para ver o quadro. Pergunto-me se você e eu fomos algum dia tão íntimos — prosseguiu ela com uma voz que me agarrava pelo pescoço. — Você sabe, essas noites de verão que são mais quentes que o dia, em que se diria que as Sirtes maceram como um corpo em seu suor. Eu me levantava, descalça pelas lajes frias, com esse penhoar branco de que você gosta — ela se voltou para mim com uma luminosidade de provocação nos olhos —, eu o enganei com frequência, Aldo, era um encontro de amor. Nessa hora, Maremma está como que morta; não é uma cidade que dorme, é uma cidade cujo coração parou de bater, uma cidade devastada; e se se olha pela baía, a laguna é como uma costa de sal, e a gente julga ver um mar da lua. Pode-se dizer que o planeta se esfriou enquanto dormíamos, que

nos levantamos no coração de uma noite para além dos tempos. Julgamos ver o que será um dia — continuou numa exaltação iluminada —, quando não houver mais Maremma, nem Orsenna, nem mesmo suas ruínas, nada além da laguna e da areia, e o vento do deserto sob as estrelas. É como se atravessássemos os séculos sozinhos, e se respirasse mais largamente, mais solenemente, por se terem extinguido milhões de respirações podres. Nunca houve noites, Aldo, em que você sonhou que a Terra girava súbito só para você? Girava mais rápido, e que nessa corrida desabalada você deixava para trás os animais com pulmões mais fracos? São os animais que não gostam do futuro; mas aquele que sente haver em si um coração para essa velocidade irrespirável, o que a seus olhos e seu instinto é crime e perdição, é aquele que o impede de saltar, e nada mais. Para pensar que os homens vivem juntos porque vivem lado a lado, é preciso jamais ter olhado ao *alcance de seus olhos*. Há cidades que para alguns são condenadas pelo simples fato de que parecem nascidas e construídas para fechar essas distâncias que lhes permitiram aí viver. São cidades confortáveis; nelas se vê o mundo como em nenhuma outra parte, como um esquilo em sua roda. Só gosto daquelas onde no oco das ruas se sente soprar o vento do deserto; e há dias, Aldo — disse Vanessa voltando-se para mim e me encarando com um olho agudo —, em que travei em Orsenna uma querela grave: aí só se sente o pântano, e pensei algumas vezes que ela impedia a Terra de girar.

"Há algo de turvo ao encarar um retrato à noite, à luz de uma vela. Seria possível dizer que uma figura legível, do fundo do caos, do fundo da escuridão que a dissolve, se apressa em afluir, em se recompor ao contato com essa pequena vida insignificante que separa por uma segunda vez a luz e as trevas, como se ela chamasse desesperadamente, como se ela tentasse uma suprema vez fazer-se reconhecer. Quem viu uma visão semelhante viu, como se diz, pelo menos uma vez a sombra se povoar: a noite assumir uma figura. Aquele que me chamava ali era de meu sangue e de minha raça, e eu sentia que além da vergonha, além da desonra que os homens distribuem para a *boa ordem*, com o mínimo de garantias, como condecorações em tempos de guerra, esse modo que ele tinha de sorrir me chamava mais profundamente para um segredo pacífico, um segredo em relação ao qual a estúpida boa consciência da cidade não tinha veredicto nem considerações.

"Eu queria que você compreendesse aqui alguma coisa, Aldo. Meu pai me contava uma história quando eu ainda era pequena, e que me impressionou muito; tomou conhecimento dela por intermédio de meu tio-avô Giacomo, *o Profanador*, aquele que dirigira o levante de San Domenico, na época da grande insurreição dos Ofícios. É assim, infelizmente! – interrompeu-se Vanessa assestando em minha direção um sorriso de insolência um tanto divertido – a genealogia da família Aldobrandi é o Gotha inconfessável das facções *pérfidas*, como dizem nossos livros de história. Quando Giacomo se apossou com seus grupos armados, como você talvez se lembre, do prédio da Consulta, onde só puderam manter-se por algumas horas, ele conseguiu pôr a mão nos arquivos da polícia, e se descobriu a lista completa dos espiões que a Senhoria mantinha à sua custa a serviço no partido popular. Foram de imediato procurados para serem fuzilados no local; se você se lembra, por ocasião desse episódio momentoso, de um lado e de outro não foram feitos prisioneiros. Sabe onde foram descobertos? Adivinhe... Nas barricadas, de onde atiravam bravamente contra as tropas da Senhoria; já havia muitos mortos, foi preciso jogar os outros pelo parapeito para os fuzilar contra o chão. 'Erro enorme!', parece que se lamentava a seguir meu tio-avô, escondendo o rosto com as mãos (o que você quer, ele era menos delicado que você), 'um vinhateiro quebra os tonéis sob o pretexto de que já foram usados?'. Espero que você o desculpe, Aldo – continuou Vanessa olhando-me de esguelha com seu olhar agudo de jovem demônio –, era um cínico, como você pode muito bem ver. Enfim, quero dizer... esses comentários não revelam um entusiasta da *personalidade inviolável*: ele só via a força desperdiçada, e de seu ponto de vista talvez não estivesse errado por completo. Mas de um ponto de vista mais... contemplativo, se você quiser, e abstração feita, é claro, do sentido extremamente censurável relacionado a atos desse tipo para nosso sentimento da virtude – Vanessa insinuou de novo em minha direção um piscar de olho enigmático –, seria possível

considerá-lo uma espécie de homem bastante singular sob uma luz um pouco diferente. É muito fácil julgar, Aldo, como se faz em tal caso, pessoas que têm 'a traição no sangue'."
A voz de Vanessa fez-se súbito mais grave.
— ... Trata-se talvez apenas de conhecedores mais maduros e mais sagazes da ação, de pessoas que gostam de adquirir, se necessário perigosamente, *grande experiência das coisas*, espíritos suficientemente ousados para ter compreendido, mais rápido que os outros, que além da excitação imbecil e cega que se encarniça na noite sem saída de suas pequenas vontades, há lugar, se não houver medo de se sentir muito só, para um prazer quase divino: passar *também* para o outro lado, experimentar ao mesmo tempo a pressão e a resistência. Aqueles que Orsenna na ingenuidade de seu coração (nem sempre tão ingênua) chama impensadamente de trânsfugas e traidores, eu algumas vezes os chamei, para mim, de poetas do acontecimento. Gostaria que você apreendesse bem essas coisas, Aldo, se quiser que continuemos a nos entender, e que você compreenda até onde, mas não mais além, estão em consideração suas pequenas delicadezas. E eu queria também dizer-lhe, se você se obstinasse a repeti-las, já que volto de Orsenna — acrescentou com voz séria —, que nem todas as coisas são exatamente como você imagina, e que lá se poderia daqui em diante tomá-las talvez de modo um pouco impaciente.
— Sei que seu pai foi reabilitado — eu disse num tom circunspecto. — Devo dizer-lhe que não julguei naquele momento que essa fosse uma notícia muito tranquilizadora.
Vanessa pareceu ignorar a insinuação.
— Você encontrará lá grandes mudanças — retomou ela, apertando ligeiramente os olhos. — Talvez não sejam aquelas que você imagina... Achei a cidade mais desperta do que eu poderia esperar — acrescentou depois de um silêncio. Ela parecia buscar palavras para algo difícil de dizer.
— De verdade?
— Não é que a coisa seja tão visível, e é preciso mesmo bons olhos para se dar conta — continuou Vanessa. — Há sinais que são lidos antes de todos os outros só pelos olhos que os vigiaram por muito tempo.

— Ninguém nunca leu, segundo a memória humana, os sinais em Orsenna — disse eu em tom irônico. — Entre nós, não há preságios, você sabe muito bem. Há apenas aniversários.

— No entanto, eu ficaria surpresa se você não lesse como eu — prosseguiu Vanessa, pensativa. — Não é que seja algo de tão preciso...

Ela se pôs de novo a andar de um lado para outro, parando às vezes como se procurasse recuperar uma impressão fugaz.

— ... As pessoas não são aquilo que fazem, é isso que acontece. Pode-se pensar que estão *em outro lugar*, como se diz, que pensam permanentemente em outra coisa. Os rostos que cruzamos nas ruas (e você se lembra, Aldo, eram vidas tão intensas e tão plenas, tão presentes, como se andássemos nas aleias de um jardim matinal) causavam-me às vezes o efeito de fachadas de casas evacuadas que são conservadas para a boa ordem do alinhamento. Hoje se passeia em Orsenna como num apartamento do qual se vai mudar.

"Não era para me desagradar — acrescentou ela sorrindo. — Em alguns dias me parecia que suas ruelas tinham deixado de estar tão apertadas, e que passava um pouco de ar do alto-mar."

— Vejo que você saiu muito em Orsenna — interrompi contrariado.

— Seria possível dizer que as pessoas abrem instintivamente espaço para uma coisa que ainda não chegou — continuou ela como se não tivesse me ouvido. — Para ser sincera, os salões em Orsenna não ganham nada com isso. Nunca achei as conversas tão aborrecidas. Você sabe sobre o que elas se desenvolvem de hábito. Pois bem! A falta de ânimo para comentar o baile de novembro na Consulta ou a próxima promoção da cruz de São Judas me deixou pasma.

— Será tudo em benefício de Maremma. Você deve ter lhes ressaltado, suponho, como aqui as línguas estão ocupadas.

Vanessa olhou-me com um muxoxo irônico.

— Você está de mau humor, Aldo. Estou certa de que Orsenna em breve não terá mais nada a nos invejar quanto a temas de conversa. Você não poderia acreditar como as notícias frescas andam rápido, nos tempos que correm.

— Você não quer dizer que se *sabe* — disse eu levantando-me...

Senti que eu tinha empalidecido bruscamente. – Mal acabei de expedir meu relatório.

– Você é uma criança, Aldo. Tomaram conhecimento em Maremma já no dia seguinte, e eu apenas um dia depois. Parecia haver algo no ar, e eu tinha providenciado para que me avisassem. O que você quer, Aldo, gosto de saber das coisas – retomou ela encarando-me com um olhar agudo. – E eu não tinha nenhuma razão lá para manter em segredo uma notícia que se espalharia cedo ou tarde. Você sabe como as mulheres se sentem lisonjeadas por parecerem informadas – ela continuou, sorrindo com uma alegria sinistra –, é uma mania inocente.

Passei a mão na testa, mas nem sequer havia suor. Parecia-me que eu tinha sido pego, nu e gelado, na luz de um projetor ofuscante. Eu não pensava nas consequências; sentia apenas o horror cru de um contato quase físico; esses milhares de olhos lá assestados sobre mim agora *sabiam*.

– É o fim! – pronunciei estupidamente com voz branca, e senti que isso era mais um desejo que uma constatação; nesse instante de esmorecimento brutal, eu desejava apaixonadamente que a terra se entreabrisse debaixo de mim. Nesse minuto, e apenas nesse minuto, eu compreendi tudo; sob a claridade que súbito fazia brilhar essas pupilas distantes, eu enfim *via* o que tinha feito.

– Você não me compreende, Aldo – retomou Vanessa com voz ávida. – Tomei a frente. Apresentei a coisa segundo o melhor aspecto para você. Naturalmente, dei um empurrãozinho. Todo mundo lá acredita agora que você foi atacado traiçoeiramente no mar.

Olhei-a por um instante com um olhar mal desperto, incerto ainda de sua traição.

– Recebi de lá uma intimação grave – prossegui com voz baixa. – Você sabia disso, não é, ou desconfiava... Você é tão bem informada. Quer que Orsenna não recue, é bem isso, Vanessa – eu disse, levantando-me, fora de mim diante de seu silêncio, e falei, bem perto de seu rosto, com os dentes cerrados: – Foi para isso que você insuflou a opinião antecipadamente, para isso que você fechou as portas atrás de mim. Não minta! – lancei num grito brusco. – Você fez isso, você quis isso, e não eu, juro por Deus, e você sabe, Vanessa, e você sabe também o que isso significa.

— A guerra? — ela disse após um instante com voz neutra, e ergueu lentamente para mim olhos desprovidos de olhar. — Que eu saiba, ela nunca parou. Por que você tem medo da palavra? Ora, deixe Deus tranquilo. Como você é fraco, Aldo — prosseguiu com um sorriso de extremo desprezo.

— Você quis isso! Não eu...

Fiz com a mão um gesto desajeitado, como que para afastar a maldição, e súbito, sem querer, minhas lágrimas correram apressadas e silenciosas. Eu chorava sem vergonha, voltando para Vanessa meu rosto nu; ereta em seu canto escuro do cômodo, ela olhava em silêncio essas lágrimas correrem.

— Você... eu... — disse ela enfim, dando de ombros num movimento constrangido — Você só tem essas palavras na boca?

Veio até mim e pousou suavemente a mão em meu ombro, baixando os olhos.

— ...Tenho mais estima por Orsenna do que você, Aldo, eu a tenho no sangue, compreende? E, mais do que você, sou submissa e dócil, mais do que você, estou pronta para todas as vontades dela. Se você fosse mulher, teria menos orgulho — acrescentou com suavidade persuasiva na voz, como se de repente alguém (um espírito de evidência e de trevas) tivesse falado por sua boca —, você compreenderia melhor. Uma mulher que carregou uma criança sabe disso: que pode acontecer de querermos, não se sabe quem, não se sabe de fato quem, algo através dela, e que é assustador, e profundamente tranquilizante... se você soubesse, isso de sentir passar-lhe pelo corpo o que vai ser. Ouça! — disse ela de repente erguendo a mão num gesto de atenção fascinada.

Um ruído agora infiltrava-se no cômodo, um ruído ao mesmo tempo amortecido e distinto, que parecia brotar de toda parte simultaneamente, como o rumor do mar afastado nas noites calmas: Maremma falava por trás da porta, e, no sono dessa manhã de algodão, o rumor do palácio presa da febre produzia no silêncio um ronronar malsão, como que uma tromba-d'água distante ou uma nuvem de gafanhotos, como se as mandíbulas de milhões de insetos tivessem roído alguma coisa, de modo interminável.

— Você ouviu? — disse Vanessa roçando minha mão com a sua. — Eis como se passa agora a vida deles... Esses me absolvem; não têm mais, nunca tiveram necessidade de mim. Algo veio, é isso que é, que posso fazer? Quando um golpe de vento por acaso leva o pólen sobre uma flor, há no fruto que cresce algo que zomba do golpe de vento. Há uma certeza tranquila de que nunca houve golpe de vento no mundo, já que ele está ali. Esses nunca tiveram necessidade de mim, e eu nunca tive necessidade de você, Aldo, e é assim — prosseguiu ela com uma espécie de segurança profunda. — Quando uma vez uma coisa é verdadeiramente posta no mundo, não é como uma coisa que "acontece"; de repente não há outro olho que não seja o dela para aí *ver*, e não é mais possível que ele não possa existir: tudo está bem.

Última inspeção

— O velho Carlo morreu — disse-me Fabrizio precipitadamente quando eu entrava em meu escritório do Almirantado. — Será enterrado esta tarde, às três horas. No cemitério militar. Giovanni achou que você estaria de acordo com isso. Você sabe que é o costume aqui — acrescentou com voz sombria. — Aliás, Marino gostava muito dele...

A frase de Fabrizio caiu num silêncio mais grave do que o que pedia essa notícia esperada. Eu voltara do palácio mais calmo, como se, uma vez mais, um apaziguamento tivesse baixado em mim a partir da segurança, da certeza incompreensível de Vanessa; a notícia escurecia para mim essa manhã clara. Eu me lembrava que pensara algumas vezes, nesses últimos dias de angústia, em voltar a Ortello para uma visita; parecia-me então que a presença do ancião bastaria para acalmar minha agitação e minha incerteza, e que algo daquilo que causava minha preocupação teria passado de mim para ele, sem palavras e sem esforço. Ele agora estava morto; suas últimas palavras voltavam-me aos ouvidos, tocantes como uma mão que não pegamos; de repente, atravessou-me a ideia de que talvez, de que sem dúvida ele morrera sem *saber*. "É agora, e é muito cedo", ele me dissera; apesar de mim mesmo, à luz do que se seguira, as palavras do velho Carlo adquiriam um tom, uma ressonância profética, como se a notícia no último momento não tivesse chegado malignamente ao único que a teria compreendido, como se, menos feliz que o ancião Siméon, seus olhos não tivessem visto o único *sinal* pelo qual eles ainda se mantiveram abertos. Revi de repente a areia aplainada sobre o anonimato miserável dos túmulos, e, num arroubo de piedade, num apertar do coração, senti que aquele que íamos enterrar, e cuja barba curta e dura ainda crescia no caixão, estava agora mais morto que qualquer um daqueles que ali, havia séculos, tinham acabado de apodrecer.

Era costume nas Sirtes enterrar no cemitério militar os senhores das grandes propriedades da vizinhança, aos quais por tanto tempo a guarnição do Almirantado parecera mais devotada do que ao serviço de guerra. E era justiça: mais de um havia atirado no passado contra os últimos ladrões do deserto, antes que a paz exausta de Orsenna tivesse pesado em definitivo sobre essas terras. Uma raça forte de soldados lavradores havia por muito tempo controlado esse extremo Sul, falando alto e decidindo com seus oficiais subalternos, uma raça mais militar que os pálidos contadores que se tinham sucedido no Almirantado até Marino, e semelhante, nesses confins excêntricos, aos últimos brotos verdes que vemos sair ainda da terra a grande distância de um tronco extenuado. Essa raça por sua vez estava morta, como se tinham extinguido em Orsenna havia tempos as famílias de alta raça; sabíamos que hoje enterrávamos o último, e, na estrada familiar, nosso pequeno grupo concentrado ia mais silenciosamente que de hábito. Uma tarde cinza e calma caía do céu leitoso sobre as Sirtes, ligeiramente perturbada pelo ruído sufocado das pequenas vagas; por dias inteiros, às vezes, a corrente fria que margeava a costa condensava no mar alto brumas decepcionantes e instáveis que prometiam chuva sem nunca a trazer, e faziam do litoral esse deserto frio e molhado, com uma respiração úmida de doente que desalentava os músculos e entenebrava o cérebro.

— O velho Carlo escolheu sua hora — disse Giovanni distraidamente, apertando seu casaco —, faz mesmo um verdadeiro tempo de Todos os Santos.

Lançou um olhar de tédio sobre a costa vazia.

— ...As Sirtes não são o paraíso terrestre nesta estação.

Caminhávamos todos os quatro pela estrada cinza, o espírito desocupado. O céu despojado de olhar fazia de todas essas terras limbos silenciosos; o cemitério diante de nós era como que uma poça mais cinza e mais triste de tédio, de ausência negra, de lúgubre incuriosidade.

— Era uma figura, o velho Carlo — disse Fabrizio com voz emocionada, e percebi, sorrindo sem querer, que ele pensava na suntuosa refeição que Ortello nos oferecera após uma caçada no último outono.

— É — aprovou Roberto com um sinal de cabeça. — Marino ficará chateado por não ter estado lá. Ele anunciou sua chegada para breve, no entanto — prosseguiu com voz mudada. — Eu me pergunto...

Sabíamos todos em que ele pensava. Ao voltar, eu encontrara o Almirantado em completo desânimo. As patrulhas tinham parado, assim como as vigias de noite — tudo na fortaleza, como por encanto, voltava à ordem, encapuzava-se de modo apressado para um novo inverno; todos entravam em sua concha — nunca acontecera nada; o capitão ia voltar.

— Será melhor convidar a família para jantar — concluiu Roberto com hesitação na voz. — Ortello é longe. O capitão certamente o teria feito — e sentimos todos, no silêncio que se seguiu, quanto nosso pequeno grupo ficara órfão.

Esperamos alguns instantes, com a cabeça descoberta, na entrada do cemitério. Logo apareceu, na curva do caminho, uma dessas charretes compridas com rodas curiosamente muito altas que são empregadas para trafegar nas extensões de areia. O caixão estava posto sobre ela, aberto, segundo o costume das Sirtes, e quando o repousaram no chão vi que estava cheio até a beirada de cachos tardios e perfumados dessas glicínias que se entrelaçam por toda parte nas treliças das varandas do Sul; o grande corpo apergaminhado de lenhador emergia como se estivesse sendo levado por um remoinho dessa espuma de flores frágeis. A família e os empregados seguiam a cavalo a charrete mortuária; um desses monges itinerantes que servem a longos intervalos as capelas perdidas das Sirtes estava montado, com seu traje branco, na garupa do filho mais velho, e de repente me pareceu que eu tinha diante dos olhos um espetáculo muito antigo: a ver essa longa fila cavalgar indiferente pela terra plana com os gestos pesados dos errantes, e esses rostos queimados que o deserto tornava sem idade e sem expressão, seria possível pensar num desses cortejos de nômades bárbaros que levavam o corpo de seu chefe até as pastagens longínquas de águas correntes. Um após o outro tocamos a testa do ancião com a ponta dos dedos da mão direita, em sinal de adeus. Quando eu passava perto dele, o filho mais velho, um gigante com cachos intratáveis, dirigiu-me com a mão um sinal desajeitado, e compreendi que ele queria dizer-me algumas palavras.

– Meu pai repousará em terra de Orsenna. É uma grande graça que o senhor nos faz.

Ele mexia com os dedos na fivela de seu cinto de caça, com ar embaraçado. Eu compreendia agora a frase de início obscura: à terra de cada cemitério militar de Orsenna, misturou-se no passado um pouco de argila trazida da Cidade. De repente, sua mão pousou sobre a minha, num gesto de brusquidão tímida.

– Eu queria dizer-lhe... somos muito poucos no Sul. Será o que Deus quiser. Mas todos aqui somos fiéis. Conte com todos nós... quando os tempos vierem.

Desceram o caixão em seu buraco de areia. O vento leve do deserto desmanchava o monte de areia; ela caía na fossa em pequenas correntes ininterruptas e silenciosas. Havia algo de inútil no gesto compassado das mãos que despejavam sobre o caixão, uma de cada vez, punhados de areia; essa terra tantas vezes misturada ao vento era poeira, mais que em qualquer outro lugar do mundo, e eu sentia que o ancião teria gostado de sua morada ameaçada. Esse solo que se movimentava como as dunas sob as dobras de areia não mantinha sua presa para sempre. Havia para mim um símbolo infinitamente perturbador nessa vida paciente e surda, agarrada ao solo por tantas raízes e retomada em seu fim extremo – tão solta, tão leve – por um sopro misterioso, um símbolo que se aliava a esse cortejo nômade, a essa terra imperceptivelmente reposta em movimento. Não havia aqui nada que falasse do *último repouso*, mas, ao contrário, a segurança alegre com que todas as coisas são eternamente repostas no jogo e destinadas a outro lugar que não o que nos parece bom; lembrei-me do sorriso distraído do ancião, que não incentivava o enternecimento, e me senti compreendido e desculpado; nessa tarde, o tempo estava agradável no cemitério, como numa primeira manhã de inverno, sob o vento seco que empurra as folhas pelos caminhos.

O padre completou as últimas orações latinas, e se fez em torno da cova um silêncio desajeitado e entediado. Os cavalos relinchavam do outro lado do muro do cemitério, ao longe na estrada chegava ainda o ranger da charrete esvaziada de sua carga; os barulhos insignificantes, amortecidos pela morna bruma cinza, súbito faziam desse minúsculo canto de terra um lugar extraordinariamente desocupado. Ouvi, atrás de mim, abrir-se a grade, e me voltei nervosamente. Marino entrava no cemitério.

Eu esperara, temera esse retorno como a hora da maior prova, e no entanto, ao ouvir esse passo pesado e lento caminhar atrás de mim na aleia de areia, o que senti estava bem longe do temor: era uma distensão nervosa profunda, como quando nos banhamos numa fonte, um inexplicável refrigério.

Eu o olhava de soslaio enquanto, com sua voz lenta e camponesa, ele dirigia algumas palavras de consolo à família do morto. De novo, o leve vento do mar agitava as mechas cinza acima da máscara extraordinariamente pesada. Em seu longo capote amarelado de uniforme com pregas retas, ele parecia formar um todo com o solo, como um bloco terroso. Talvez nunca sentira, tanto quanto após essa longa ausência, que esse canto de terra se completava e se realizava nele com uma espécie de gênio tateante de cego, que ele lhe pertencia também, não como um servo a sua gleba, porém, mais pura e intimamente, como um elemento da paisagem. Ele estava mais vivo no meio desse cemitério triste que qualquer um dos homens jovens que se achavam reunidos ali, vivo por uma espécie de imortalidade vegetativa e invernal, como se tivesse drenado só para si as últimas seivas desse solo extenuado, negociado astutamente como ele com as estações e com o tempo, com a seca e o granizo, constituindo um todo com ele, o solo, como essas ilves com hastes cor de praia que se agarram à areia que desaba. Ele era, mais que a estela de Orsenna ao longo do muro, o símbolo dessa existência lentamente entretecida às coisas, e que acabara revestindo, no escoar ininterrupto das gerações, a terra indistinta como o verniz que a evaporação deixa nas pedras do deserto. Como se se houvesse tocado nele na maré mais baixa do despertar, julgava-se ver aflorar nesse rosto extensões desérticas de vida sem memória e sem rugas, de vacância ingênua, de noturna incuriosidade. No entanto, esse rosto mudara. Eu o olhara, quase alheio ao que se seguiria, com uma espécie de imparcialidade distante; e de repente observei – como se dissesse respeito a mim, como uma mulher a quem seu espelho envia a primeira revelação aterradora – como de uma hora para outra ele *envelhecera*. Eu sabia que Marino não era mais jovem, mas não se tratava da aproximação tranquila da idade, revelada, diante desse rosto terroso e dessa máscara pesadamente imóvel, pela advertência que subia de minha carne. Parecia mais um desses reis lendários adormecidos há séculos numa gruta, que só despertam de um sono mágico para ruir em pó num minuto e desaparecer, como se através dele o tempo tivesse mudado de ritmo e de velocidade, como se tivesse súbito diante de meus olhos com toda sua massa *aluída*. Esse rosto marcado absorvia o olhar, não como a distância envolta em brumas onde um dia se perderá nosso caminho, mas como a rachadura deixada no meio de uma estrada por um tremor de terra.

 Enquanto a parca assistência escoava do cemitério, vi diante de mim o capitão demorar-se entre os túmulos, como se me esperasse; alcançou-me diante da porta; estávamos sós – atrás de nós, já, na área vazia, o vento indiferente recomeçava a esfregar a areia.

 – Voltemos pela praia, Aldo, você quer? – disse-me passando o braço sob o meu, num gesto de familiaridade. – As pernas fraquejam um pouco, veja só – ele piscou o olho para mim, que não me deixei enganar –, deve ser o hábito desse maldito cavalo; uma marinha montada não acaba bem.

 Caminhamos por um momento em silêncio. Era como se essas solidões absorvessem os ruídos, como as areias absorvem a chuva; já em torno de nós o cortejo se fundira no mato ralo. Breve, o arco desolado da praia estendeu-se diante de nós, quase no nível das ondas. Bandos de pássaros do mar pousavam e revoavam ondulando ao longe, sobre o verniz molhado das areias, semelhantes a uma bruma leve; a terra entorpecida só se mexera aqui por aquela fraca palpitação. Marino sabia quanto me agradavam essas praias lavadas e desertas, mas esta tarde seu desnudamento não me distraía. Eu só estava atento a uma coisa: o peso de um braço que, sobre o meu, se apoiava agora mais pesado. Eu sentia a boca seca e a garganta apertada até a dor. Marino sofria – desse sofrimento estupefaciente dos animais mudos que parece ter perfurado, para chegar a nós, os espaços de um outro mundo. Uma impressão de angústia vinha-me desse braço, ora abandonado e súbito sutilmente tensionado por um constrangimento, que vivia contra o meu com uma animalidade opressora.

– Você fez boa viagem, Aldo? – disse-me enfim com voz quase tímida.

– Um pouco mais longa do que o previsto, receio... Tenho de lhe anunciar uma notícia que não lhe será prazerosa – acrescentei com voz firme. O percurso não foi respeitado. Fomos até a costa em frente.

Marino voltou-se para mim bruscamente. No mesmo instante, compreendi que ele sabia, mas, sem querer, seus olhos se fixaram nos meus, numa espécie de distensão seca.

– Lá, sim, eu sei – disse com esforço, uma voz carregada. – Atiraram.

– Devo explicar-me? – perguntei apertando com nervosismo os lábios, e senti que involuntariamente minha nuca se endurecia, como em alguém em posição de sentido. Eu compreendia com desespero como, por um erro meu, a conversa se engrenava mal. Marino sentiu isso, e derrubou as formalidades com um dar de ombros.

– Outros poderiam achar que não é inútil. Para quê? – prosseguiu com a estranha expressão de um cego que me apagava de seu olhar. – Eu sempre soube que você iria lá. É uma grande infelicidade... – prosseguiu depois de um silêncio, com voz sem ênfase e quase embaraçada. Impressionou-me de novo, súbito, seu comportamento senil: era como se a boca, nesse ancião sem meios-termos, agora não respondesse mais às palavras ditas.

– Por que o senhor me deixou assumir essa patrulha?

Por um momento Marino pareceu fazer um esforço de reflexão.

– Eu lhe havia pedido que partisse – disse com uma voz que quase se desculpava. – Você não se lembra disso?

– Se soube que eu iria lá, então ficou sabendo antes de mim. Quando ficamos a par desses rumores, foi o senhor que me aconselhou... permitiu... sim, supus, estou certo disso, que eu escrevesse para Orsenna.

De novo, Marino pareceu buscar com esforço em suas lembranças.

– É, talvez – disse por fim com voz pensativa. – Cometi grandes erros nessa história. Eu esperava...

Fez com a mão um gesto de desistência, um gesto de desânimo infantil.

– ... Eu pensava que iríamos acalmá-lo do melhor modo. Eu esperava ajuda. Não pensava que o mal houvesse chegado tão longe.

– O que o senhor quer dizer? – disse eu rápido, e parei bruscamente, tocado pelo tom de dor surda que passava por suas últimas palavras.

– Expulsaram-me – disse, virando a cabeça. – Depois de amanhã, terei deixado o Almirantado pela última vez.

As palavras ressoaram primeiro em minha cabeça, insignificantes como pedregulhos agitados numa caixa vazia. Depois, formou-se um vazio em meu estômago, e fui invadido pela sensação nauseante de um sonho em que estamos à beira do abismo e sentimos uma grade de proteção ceder centímetro a centímetro sob os dedos.

– Não é possível – eu disse, e notei meu rosto empalidecer.

– Vamos nos sentar um pouco, você quer? O vento está mais calmo – disse o capitão.

Ele parecia um pouco revigorado. A tarde avançava, mas o tempo ainda estava agradável na areia morna. Logo que nos sentamos, a paisagem à nossa volta desapareceu como se tivéssemos enfiado a cabeça numa trincheira. Acima de nós, os bandos de pássaros do mar voltando com a maré passavam a todo instante num só grito ensurdecedor. Nesse caminho estreitado pelas ondas, era de fato impossível estarmos mais sós, e pela primeira vez pensei como esse passeio excêntrico pouco se assemelhava com os hábitos de Marino. Parecia-me cada vez mais que havia em seus gestos por demais vigiados um desajeitamento inabitual e algo de imperceptivelmente *falso*. Era como se o capitão interpretasse um papel. Com a viseira caída sobre as sobrancelhas, ele olhava o mar aberto com olho vago; a mão, maquinalmente, fazia escoar entre os dedos um punhado de areia.

— Você estava a par das regras de navegação, nas Sirtes, acho? — disse por fim o capitão, tossindo para limpar a voz. — É uma formalidade que estou cumprindo — apressou-se a acrescentar —, mas as coisas precisam agora de um esclarecimento: eu mesmo tenho de fornecer um relatório.

— Estou pronto para o isentar por escrito de todo esse assunto — disse eu num tom deferente. — O que fiz, fiz com conhecimento de causa.

Marino voltou a cabeça para mim, como se tivesse sido movido por uma mola.

— Com conhecimento de causa?... — prosseguiu pensativo... Observei que ele respirava com dificuldades... — Você não sabe do que fala — acrescentou, e sacudiu a cabeça com expressão amarga.

— O senhor no passado disse isso a Fabrizio, e o senhor assim pensava — disse eu com suavidade, pois nesse instante a tristeza dolorosa de sua voz me enchia de piedade. — Fabrizio era uma criança. Quanto a mim, o senhor não acredita no que diz.

O ancião ergueu em minha direção seus olhos de água clara.

— Gosto muito de você, Aldo — disse com uma espécie de constrangimento —, você não compreende isso? Gosto de você porque o conheço mais do que você imagina. Na sua idade, não gostamos de achar desculpas, porque nunca estamos seguros de nos comprometer no que fazemos, não tanto quanto se desejaria. Eu queria que você falasse sem orgulho, num momento em que você corre grande perigo de ser julgado.

— Quem será juiz? — disse eu dando de ombros sem convicção, pois o tom de Marino se tornara de repente singularmente firme. — Tenho de prestar conta de meus atos a outros — acrescentei, virando a cabeça. — Chateia-me ter de expor isso pela primeira vez no momento em que vamos nos separar.

Marino empalideceu ligeiramente, e seu olhar fixou-se em meus olhos com uma luminosidade de altiva severidade.

— Não falo da Senhoria. Ela tem seus assuntos, sobre os quais o esclarece, acho eu, melhor que eu; aliás, terei de lhe falar disso daqui a pouco. Falo de Orsenna.

— O senhor quer dizer que fala por ela?

O velho pareceu recolher-se por um momento tão intensamente que sua mão arrastou-se a seu lado como um remo que alguém abandona, traçando maquinalmente na areia um pequeno sulco.

— O sangue não é tudo, Aldo — disse com voz lenta e séria. — O seu é impetuoso, e ninguém aqui ignora sua origem. Eu envelheci aqui — retomou ele, tendo nos olhos uma expressão distante e como que embrumada. — É minha terra; posso nela me deslocar de olhos fechados e identificar cada montículo. É por isso que hoje tenho uma coisa para lhe dizer: ela não é uma carta nas mãos de um jogador.

— Eu não estava sozinho no *Intrépido* — disse eu após um momento de silêncio. — No ponto a que chegamos aqui, o senhor sabe disso tanto quanto eu, a coisa teria acontecido de qualquer jeito. O senhor me repreende por uma fatalidade — acrescentei com um dedo de grandiloquência, e senti de imediato que eu enrubescia involuntariamente.

— Há fatalidades que devem ser eliminadas — cortou o velho com um tom singularmente vivo —, quando ainda é tempo. Não falo por mim, Aldo — acrescentou com voz confusa —, você sabe bem.

Ele me acalmou com a mão num gesto de desculpa.

— Você não podia viver aqui? — disse ele me encarando com expressão de curiosidade ao mesmo tempo intensa e tímida. Era como se, de uma forma desajeitada, desesperadamente, pela primeira vez ele resolvesse bater na porta fechada, tentasse ajustar seu olho míope a uma fenda que desse para o outro dia.

— Não — disse eu —, eu não podia. Maremma não podia também, nem o velho Carlo.

Vi a testa do velho se inquietar..

— O velho Carlo... É — disse ele de repente pensativo —; foi daquele dia que tive medo. Naquele dia alguma coisa se quebrou, como uma derrocada. Mas por quê?

Ele lançou um olhar vazio para mim, o olhar dócil e perdido de um cão fiel a um gesto de seu dono que ele não compreende.

— É difícil de dizer...

Desviei os olhos e me pus a olhar distraidamente para o mar alto, embaraçado, mais do que eu conseguia dizer, por essa confiança e essa humildade.

– ... É possível que o senhor tenha vivido aqui anos, sabendo que havia... isso, em frente, como se não fosse nada.

– Não aprecio coisas distantes e duvidosas – disse Marino num tom mais firme. – O fio arrebentara-se: tanto melhor que se tenha arrebentado. Isso foi antes de mim, e podia durar mais. Era assim. Havia Orsenna, e depois o Almirantado, e depois o mar. O mar vazio... – disse o velho como que para si mesmo, apertando as pálpebras ante o vento salgado.

– E depois... nada?

– E depois nada – disse, voltando-se para mim, e me olhou direto nos olhos. – Por que ainda querer pensar no que nada mais exige de você?

– O Almirantado, e depois o mar, e depois nada... – retomei, e lancei-lhe um olhar perplexo. – Ontem, e depois hoje, e depois esta noite... e depois nada?

– Você acha isso absurdo porque é muito jovem – retomou Marino com estranha intensidade na voz. – Já eu estou velho, e a Cidade também é muito velha. Chega uma hora em que a felicidade, a tranquilidade, é ter desgastado em torno de si muitas coisas, por se ter esfregado muito nelas, por ter pensado muito nelas. É isso que chamamos de egoísmo dos velhos – acrescentou com uma espécie de sorriso turvo. – Eles apenas se tornaram mais espessos porque muitas coisas em torno deles se tornaram mais delgadas. Eles não se desgastam – o capitão balançou a cabeça com ar obstinado –, são as coisas ao redor deles que eles desgastam.

– Orsenna não podia viver eternamente com a cabeça sob a areia – lancei-lhe num tom apaixonado. – Só o senhor pôde viver aqui sem se sufocar – retomei com uma espécie de ódio. – Mesmo Fabrizio foi embora, quando teve oportunidade. Ele não sabia por quê, mas foi embora. Mesmo o velho Carlo o teria feito, o senhor sabe disso. Não era mais possível.

– Sim, Aldo – retomou a voz com tom de tranquilidade sagaz –, era possível. Você não pode compreender porque não é daqui, porque não é mais daqui. Mas para os que receberam de

Orsenna o sangue de suas veias, para o que está em outro lugar, o que acontecerá mais tarde — apenas existir já é uma grande objeção. Aqui. Agora. Orsenna está aí onde culminaram as coisas — retomou Marino, balançando a cabeça, num gesto de certeza insistente e sobrecarregada. — Ela tinha parado de dar o que pensar. Ela subsistia, de olhos abertos.

— Mal — retorqui com amargor. — O senhor ainda lhe dá muito crédito. Os mortos também, se não tocarmos neles, conservam os olhos abertos. Orsenna dormia de olhos abertos.

— Mas para sempre — disse o velho num tom de invocação ou de oração, deixando deslizar por sobre o mar seu olho meditativo. — Você não sabe a libertação que é: um estado além do qual não há nada.

Fez com a mão um gesto em direção à praia. O mar subia, estirava-se perto de nós já murmurando e arrastando sobre a areia finas almofadas de espuma.

— Uma terra onde é bom se deitar para dormir — acrescentou perdido nesse devaneio pesado e quase orgânico que nele parecia indicar o ponto extremo da atenção. Disse ainda numa espécie de alheamento:

— ... Quando nela me descerem, parece-me que a trarei com as duas mãos sobre meu rosto, sem que ela me pese, tão leve se torna com todo o peso que dela tomei.

Com um gesto da cabeça, apontei a Marino o cemitério. No horizonte baixo, ele não era mais que a fina linha negra acima das areias de seu cerco de pedra.

— Orsenna está ali! — disse-lhe eu, pegando seu braço. — Por toda parte onde ela semeou sua terra de cemitério. Está ali o que o senhor protege?

— Ela durou — retomou o velho com um tremor religioso na voz.

Voltou para mim um olho angustiante de cego.

— ... Aqui, quando um corpo cai na cova, há 100 milhões de ossadas que estremecem e se reanimam até o fundo da areia, como quando uma mãe sente descer na terra e pesar acima dela seu filho morto. Não há outra vida eterna.

— Tem — eu lhe disse, empalidecendo —, tem outra. Mas há uma maldição sobre os últimos nascidos numa cidade muito velha.

— Não é velha — cortou o velho com voz sem timbre. — Ela não tem idade. Como eu.

Murmurou entre dentes, como que para si próprio, a divisa da cidade. Tive um segundo de assombro, fechei e abri os olhos; por um segundo, pareceu-me que ele dizia a verdade, e que a silhueta pesada, em sua formidável imobilidade, se entorpecia, se petrificava diante de meu olhar.

— Acho que nada mais temos a nos dizer — falei, levantando-me e sacudindo-me com nervosismo.

Retomamos a caminhada em silêncio. O sol já estava muito baixo no céu iluminado; do lado da terra, o horizonte vermelho velava-se de bruma; era o anúncio de um desses dias de vento secos e claros como vidro que sopravam por vezes durante semanas inteiras o hálito do deserto. Na estreita faixa de areia seca deixada ao pé das dunas pela maré alta, aceleramos o passo sem dizer palavra, apressados agora por termos acabado.

— Vamos passar na fortaleza — disse-me Marino em tom breve. — Preciso indicar-lhe algumas providências a serem tomadas; você comandará aqui, é o que penso, após minha partida, esperando a chegada de meu sucessor. Enviam-nos reforços — acrescentou num tom perfeitamente neutro —, duas canhoneiras, que me anunciaram para dentro de oito dias, e vamos reparar uma parte da artilharia costeira. Isso pede alguns trabalhos em terra: suprimentos a serem guardados em ordem e os alojamentos provisórios do pessoal durante o período das reparações.

— Reforços... — disse eu, dirigindo a Marino olhos incrédulos. — Será que preveem?...

— Não sei — cortou com voz ensombrecida. — Não me disseram nada. Chegou a Orsenna alguma coisa... Achei que falava com desconhecidos.

— O que o senhor quer dizer?

Detive-me bruscamente. Um desamparo no tom de voz digna de pena dava-me sinal, avisava-me que Marino, obscuramente, me pedia ajuda do fundo de sua conturbação.

— Alguma coisa mudou em Orsenna — retomou o velho.

Sacudia os ombros com lentidão, num gesto desfortunado e friorento.

— Na cabeça?

– Não, não é a cabeça, Aldo, que eu saiba...

Baixou a cabeça e deixou o queixo cair pesadamente sobre o peito.

– ... é o coração. O coração fraqueja como antes da tempestade, quando se levanta um mau vento. Você não conhece o deserto, quando se forma uma tempestade de areia... Os olhos ficam irritados, o sangue nos cega, não se vê mais com clareza. Os nervos contraem-se, a garganta seca, a gente abre brechas no horizonte, gostaria que a tempestade já estivesse sobre a gente.

Maquinalmente, o velho apertava os olhos contra o vento, como para escrutar o horizonte de bruma.

– ... É uma má hora – retomou. – Nossas equipagens, quando as cedíamos às fazendas das Sirtes, chamavam a isso de *desarrumação de areias*.

Marino suspirou e se calou por um momento.

– ... Mas você, talvez, você saberá – disse enfim com uma nuance de timidez deferente. – Querem ouvi-lo na Senhoria. Eu trouxe com a correspondência uma convocação que é para você.

– A respeito de quê?

– Disso que você sabe. É o Conselho de Vigilância que o convoca.

A palavra caiu dos lábios de Marino com o matiz de sombra que se ligava quase ritualmente em Orsenna à evocação de um poder temido e desconhecido.

– É grave, então? – disse eu com voz angustiada, interrogando-o com o olhar.

– É – disse Marino, parando e levantando lentamente os olhos para mim, como se fizesse o reconhecimento de meus traços, um a um, sob a claridade de uma lâmpada. – E, mesmo sabendo quem você é, estou surpreso por convocarem-no. O Conselho costuma só deliberar a partir de documentos. Tudo será decidido nesse dia.

Nos olhos de Marino vi passar uma claridade mais grave, em que havia todo um mundo de sentimentos confusos: um sentimento de medo, de pânico, diante do poder desconhecido, e ao mesmo tempo uma espécie de veneração angustiada em presença daquele que ia vê-lo cara a cara – como se, por meu intermédio, ele tivesse tocado quase com uma adoração cega as supremas instâncias da Cidade, seu coração negro.

— ... Você não terá também mais nada a dizer a eles? — acrescentou com voz que sem querer se estrangulava. — Nem tudo está dito ainda.... Eu lhe peço... — disse ele enfim baixando os olhos.

— Que dizer?

Sem querer, dei de ombros.

— ... Há um tempo para se envolver com as coisas, e um tempo para deixar as coisas seguirem. O que veio serviu-se de mim, e agora me deixa... tudo isso agora amadurecerá sem mim.

Voltamos a caminhar. O capitão recaíra no mutismo, como se daí em diante considerasse tudo dito.

Àquela hora tardia do dia de inverno, já estava escuro nos corredores da fortaleza. Marino, sempre silencioso, acendeu a lanterna pendurada na sala de guarda, e, sob a claridade que mal passava pela bruma amarelada, tive a impressão de ler, em seu rosto e no gesto febril da mão que agitava o isqueiro, os sinais de um nervosismo fora do habitual. Como sempre no inverno, apesar dos reparos de Fabrizio, as paredes escorriam uma umidade fria, e, uma vez ou duas, vi distintamente os ombros de Marino estremecerem sob o casaco pesado.

— Voltemos amanhã — eu lhe disse. — Nada nos apressa. A noite está glacial.

— Não — disse o capitão entre dentes, sem sequer voltar a cabeça. — Vai acabar logo.

A claridade da lanterna mal atravessava a escuridão leitosa, mas de repente a altura das abóbadas refluiu sobre nós através do escuro na vibração oca das vozes que ressoavam como um barulho de vidros se quebrando.

— ... Não é que seja um lugar particularmente hospitaleiro, esta noite... — acrescentou com voz que soava complacente, como se ele mostrasse as salas a um turista... Ele parecia ter readquirido um bom humor expansivo quase inquietante... — Mas é minha última ronda. E depois — acrescentou, olhando-me enviesado e balançando a lanterna —, me parece que você gostava daqui.

Parou de repente, e sua lanterna erguida iluminou debilmente um cartucho esculpido na abóbada.

— ..."*In sanguine vivo...*" — soletrou como se tivesse decifrado as sílabas aos poucos. O resto perdeu-se num balbucio confuso e prolongado. Havia dessa vez algo de tão distintamente anormal em sua mímica que me senti à beira da irritação.

— Então? — disse eu, fixando-o com impaciência quase sem polidez.

— O sentido não é claro, Aldo — disse ele com voz gutural, tocando-me o braço —, você nunca observou isso? O sentido pode ser tanto que a cidade sobrevive em seu povo quanto que ela pede, segundo a necessidade, o sacrifício do sangue.

— Não é hora para uma exegese desse tipo, o senhor não acha? — cortei, cada vez mais impaciente.

De minuto em minuto, sentia-me menos à vontade. Havia nos olhos de Marino — seria um reflexo dessa iluminação fantasmática? — algo de fixo e de lúgubre que desmentia essa conversa burlesca. A lanterna pousada entre nós no chão mal tirava os rostos do halo de vapor; nossas sombras alongadas se arqueavam, perdendo-se muito alto nas abóbadas — gotas frias escorriam de suas pedras, uma a uma, entre a gola de meu casaco e meu pescoço.

— Como quiser — disse o velho sem insistir.

Pegou de novo a lanterna e voltou a caminhar, com seu longo passo desengonçado — nos dias úmidos, o capitão sentia um ferimento antigo; de novo, nossas sombras balançaram. Marino abria as portas, uma a uma sem nada dizer, forçando as fechaduras enferrujadas numa grande estridência fria de metal; um cheiro compacto de musgo mofado e de ferragem estragada saltava no rosto, como um jato, dessas casamatas abertas depois de séculos; um cheiro frio e sem fermento que dava enjoo, reforçado por séculos de apodrecimento venenoso. Eu seguia Marino de casamata em casamata sem dizer uma só palavra, nossas botas pesadas premindo como esponja um lixo pestilencial. O silêncio fazia-se carregado. A chama da lanterna tremeluzia e tisnava no ar nauseabundo, sombras duvidosas agitavam-se sobre as cúpulas sujas. Havia como que um presságio fúnebre de que o gigante, revolvido em sua pesada enxerga, exalasse, também com agressividade para as narinas, esse cheiro íntimo de caixão.

– O cheiro de Orsenna – lancei a Marino num tom hostil.

Marino balançou a lanterna sem nada dizer, e de repente reapareceu em seus lábios um sorriso estranho – o mesmo que ele tivera na sala dos mapas.

– Resta-nos ver a bateria da plataforma – disse ele com voz sonolenta. – São as peças que querem substituir.

Era muito difícil no dédalo das rampas e das escadas da fortaleza saber em que andar a pessoa se encontrava exatamente, uma vez presa no interior do bloco; mas de repente, para minha surpresa, nossos casacos se agitaram ao vento do mar: o que eu tomava à minha esquerda por entradas de casamatas, enganado por esses desvãos de escuridão opaca, era uma fila de aberturas inutilizada. Marino pousou a lanterna sobre um bloco de sombra que barrava a passagem; o vento do mar agitou bruscamente a chama, um raio de luz deslizou em flecha ao longo de um ventre de metal: antes mesmo de reconhecer o canhão e a plataforma, compreendi, depois de muitos desvios, aonde o capitão me levara.

– A noite vai ser tranquila, mas o vento vai impor-se amanhã – disse Marino maquinalmente, com seu tom sem réplica, inclinando a cabeça na abertura e aspirando o ar sem nem pensar; mas o lugar e o momento gelaram em mim a vontade de sorrir.

A noite caíra agora inteiramente e estava muito escura, mas abaixo de nós, através da bruma azulada, subia um sopro de umidade penetrante e um ligeiro fremir de águas calmas, semelhante ao rumor das folhas de choupo. Inclinando-me na abertura, eu podia ver à direita a luz imóvel do molhe: de tempos em tempos, junto ao monte de carvão um lampejo perfurava a noite vazia. Era como se a noite não devesse ter fim: todas as coisas repousavam na intimidade negra de uma redoma de trevas; os fogos adormecidos navegavam na bruma com uma calma e uma fixidez de estrela. Nada acontecera: o Almirantado retomava a tranquilidade inexprimível das coisas que lançam âncora – da parede que a mão toca para despertar de um pesadelo.

– Você se lembra da noite em que o encontrei na sala dos mapas? – disse Marino com voz baixa e clara.

– Como do dia em que o senhor me trouxe aqui...

Voltei-me na direção de Marino. Na penumbra, eu mal o distinguia.

— ... Há uma coisa que sempre me perguntei: o que o impressionou tanto naquela noite?

— Seu olhar — disse Marino com voz precisa. — Um olhar que despertava muitas coisas. Eu não gostava da sua maneira de olhar. No entanto, eu gostava de você, Aldo — disse ele de repente com gravidade insólita, como se estivesse testemunhando.

Desviei os olhos, estranhamente comovido, e olhei para o lado do mar.

— O senhor tem razão. Não havia lugar para nós dois aqui.

— Não — disse ele com voz sufocada. — Não havia lugar.

Houve alguns segundos de silêncio. Repentinamente, tive uma impressão de rigidez na nuca, que ganhava os ombros, como se tivesse o cano de uma arma apontado para mim, ao mesmo tempo que uma sensação brutal e iminente de *perigo* me bloqueava o peito. De imediato joguei-me no chão, agarrando-me à mureta baixa na beira mesmo do vazio. Alguma coisa no mesmo instante bateu contra minha perna com uma respiração pesada, depois caiu em cima de mim raspando o parapeito. Todo encostado contra a pedra, todo encolhido, meu coração ficou suspenso num instante de silêncio sobrenatural, depois, com um ruído frouxo, um corpo esbofeteou pesadamente as águas calmas.

Permaneci alguns instantes imóvel. Inclinado sobre o abismo, o silêncio absoluto desse vazio, fechado como uma armadilha, e o torpor que me entorpecia o cérebro fizeram com que eu levasse com gesto maquinal a mão à cabeça, como se ela tivesse sido encapuzada por panos. Depois, levantei-me sem pressa e, com um gesto de incredulidade absurda, ergui devagar a lanterna acima de minha cabeça. A claridade amarela deslizou sobre as lajes molhadas, recortou brutalmente na noite a abertura vazia, com um vazio tão intrigante que tateei com a mão, num gesto cego, o rebordo da pedra, como se estivesse diante de uma moldura por trás da qual tivessem perfurado a parede. Não havia mais ninguém. As buscas prosseguiram pela noite adentro. Puseram para navegar as pinaças do embarcadouro, e todas as embarcações disponíveis do Almirantado, até os botes do *Intrépido* que a equipe de segurança, alertada pelos chamados da margem, havia posto no mar por iniciativa própria. Erguido de pé no extremo da proa da embarcação, com sua tocha que tremeluzia na umidade pesada, por vezes um homem surgia do nevoeiro como um fantasma deslizando sobre as águas tranquilas e oleosas; por longo tempo, os chamados guturais, em que a angústia pouco a pouco cedia a uma resignação ainda incrédula, se entrecruzaram na noite calma. O cadáver não reapareceu; para Giovanni e, à medida que as buscas se revelaram mais vãs, para quase todos, as roupas e as botas pesadas do capitão deviam tê-lo arrastado, logo depois de ele perder a consciência, até o fundo da vasa pegajosa da laguna, de onde nenhum corpo, segundo memória de homem, jamais voltara – e ninguém pareceu pôr em dúvida a explicação do *acidente* que eu logo dera, a saber, que o capitão, desejando contornar o suporte da peça de artilharia, tinha escorregado nas lajes úmidas. Um sentido mais oculto se ligava para mim a esse desaparecimento sem traços; parecia-me que o capitão, que para mim nunca vivera inteiramente no Almirantado, mas sim, de um modo mais profundo, o frequentara à maneira de um gênio entorpecido da terra, *passara* ao seio dessa noite negra e dessa laguna dormente de maneira por demais suspeita para que a tal não se associasse o valor de um desses sinais a que a vida no Almirantado me havia mantido os sentidos entreabertos – como se o próprio espírito dessas águas pesadas e dessas pedras mofadas, um espírito cujos batimentos o próprio tempo parecera entorpecer, tivesse voltado na hora prevista e no lugar estabelecido ao refúgio das profundezas negras para que sobre ele selassem seu consentimento e seu sono.

As instâncias secretas da cidade

Cheguei a Orsenna num fim de tarde taciturno. Os solavancos das estradas encharcadas tinham me deixado de mau humor; a deterioração e a solidão dessas extensões vazias, atravessadas pelo carro, dessa vez de dia, ao longo de horas, enchiam-me de maus pressentimentos: no momento em que Orsenna talvez se aproximasse de sua hora, no acinzentado chuvoso de suas estradas desertas, no aspecto dos currais pobres e arruinados que se abrigavam nas partes baixas dos terrenos, parecia-me possível ler como ela era vulnerável e frágil — como se eu tivesse sentido passar sobre ela, com o vento que varria suas estepes trêmulas, a asa da Destruição. Seria possível dizer que mesmo meu olhar havia mudado: o que o impressionava agora, através dessas paisagens, não era mais por toda parte as garras imóveis da Cidade pesadamente agarradas na terra mole, e por toda parte um apagamento tão paciente do acidental e do ilusório de modo tal que a face gasta da terra parecia deixar transparecer aqui como que um pensamento de eternidade. Essa terra hoje definhava, medrosamente, sob o céu carregado de nuvens ruins; seria possível dizer que súbito ele tomara todo o lugar, e que a vida prostrada dessas solidões, sepultada em sua longuíssima memória, encaminhava por fim a curiosidade adormecida de seu olhar vazio em direção a essas formas desgrenhadas, esses presságios que corriam sobre ela com o vento. Pequenos grupos estacionavam às vezes junto às miseráveis casas de posta onde parávamos para recolher o correio; perdidos na ruminação inerte dos pastores das estepes, talvez tivessem passado a noite ali, envoltos com as pesadas cobertas que lhes serviam de casaco, imóveis como estátuas sob a chuvarada. Não falavam, não olhavam – um fio de água escorria de seu chapéu sobre o nariz, tal qual no mármore de uma fonte; só que, quando o carro se movimentava lentamente, eles voltavam sem pressa em nossa direção suas pupilas vazias. Na lama que os cobria até o rosto, percebia-se que alguns tinham vindo de muito longe até a estrada, e aquela vigia muda, enquanto nos ocupávamos em torno do carro, não me deixava à vontade; sentia-se que por trás dessas pupilas fixas toda a região estava surdamente à espreita.

– O que eles fazem aí? – enquanto os sacos eram carregados, perguntei uma vez a um dos chefes da posta, quase tão enlameado quanto eles.

O chefe da posta deu de ombros com ar cansado.

– Oh! Rumores! Rumores!... Besteiras! – acrescentou, elevando a voz, com as mãos na cintura e olhando o grupo com ar irritado. – Às vezes é bem difícil imaginar o que se passa nessas pobres cabeças – soprou-me no ouvido, com tom de confidência. – Vivem tão isolados, aqui... Esses sujeitos, assim como o senhor os vê, esperam o fim do mundo, é verdade, ou algo assim. Ah! O trabalho não dá coceira na mão deles, pode-se dizer. Viram sinais na lua, o senhor acredita? Não é, Fausto?

Ele dava tapinhas no ombro de um dos pastores, piscando para mim um olho condoído. O pastor sacudiu a cabeça com gravidade.

– Sim, sinais... – disse com uma voz de fechadura enferrujada. – Maus sinais... A morte – prosseguiu sacudindo a cabeça, com um cantarolar senil na voz mais forte –, *a morte na chama que virá sobre as águas*. Orsenna foi condenada para sete vezes sete dias.

– Vamos, saiam daqui, vagabundos! – berrou o chefe da posta fora de si.

Começou a jogar pedras neles. Arrastando os pés, como se tivesse apenas começado a chover um pouco mais forte, o grupo se afastou alguns passos, imobilizou-se de novo em sua espera estupidificada.

– Não é possível expulsá-los da estrada!

O chefe da posta enxugava a testa avermelhada.
— Corvos velhos! — gritou para eles, colérico. — "A morte na chama que virá sobre a água." No fim, eles me dão arrepios — prosseguiu, súbito sem jeito. — Sei que aqui nada acontece, ninguém passa. Mas há momentos em que mesmo eu me ponho a fixar a curva da estrada, sem querer.

O carro partiu. Atrás de mim, vi o chefe da posta ainda jogar neles duas ou três pedras com um gesto frouxo e como que por hábito. As cobertas mal se mexeram, e compreendi que a situação não datava de ontem. Esse também tinha encontrado sua droga.

Cheguei a Orsenna tarde da noite. As avenidas sob suas cúpulas de árvores pareciam desertas e friorentas; a cidade parecia se encerrar mais cedo que de costume. Nos bairros baixos, a bruma que se levanta cedo dos pântanos já afogava as ruas: o cheiro podre e familiar passou por meu rosto como o toque de uma mão cega e me apertou o coração; eu estava de volta. Mal o carro parou em frente à casa, meu pai e Orlando apareceram atrás da grade, enquanto algumas janelas se entreabriam na vizinhança. Por seus olhares agudos e pela agitação de meu pai, que tateava na fechadura, compreendi como me haviam esperado com alarme; nunca meu pai, de memória de homem, viera em pessoa abrir sua porta para um visitante.

— Enfim você chegou! — disse-me apertando-me as mãos com uma emoção de que ele não era senhor, e me levou para a casa a grandes passos. Instintivamente, Orlando pusera-se atrás de nós, intimidado, como se tivesse cedido a vez a um *papel principal*; eu sentia atrás de mim seu olhar pesar sobre minha nuca, com muito incômodo, respeito e gravidade.

À medida que me aproximava da cidade, eu tivera mais receio dessa entrevista com meu pai; conhecendo seu temperamento intenso e sua ligação com a política oficial de inércia da cidade, eu temera que o velho, que não podia mais ignorar nada de meus desvios de conduta, explodisse em reprovações furiosas; eu cerrava meus dentes antecipadamente com a cena patética ligeiramente teatral que ele sabia pôr em suas exortações; ele sempre gostara, em suas relações comigo (e nada contribuíra mais para afugentar de minha parte toda familiaridade), de se *pôr em cena*, e eu sentia muito bem, por antecipação, tudo o que esse papel de pai que acolhe o filho pródigo podia comportar para ele de atraente. Eu esperava, os nervos um pouco crispados, uma tempestade que não explodiu. Depois que me serviram um jantar rápido, sentamo-nos os três perto do fogo; fez-se um silêncio um pouco grave; meu pai acendeu um charuto, num sinal, que eu não esperava nele, de excitação satisfeita malcontida, e notei que a vivacidade quase incômoda de seus olhos azuis o rejuvenescia. Seria possível dizer que ele retinha a cada instante, com grande sacrifício, gestos bruscos e um pouco sem propósito, e senti que me enganara a respeito de sua impaciência; ele estava contente de me ver; no olho possessivo que por vezes passeava sobre mim havia uma satisfação saboreada, como se uma peça preciosa de suas coleções acabasse de reintegrar sua vitrine.

— Parece-me que se fala muito de você, Aldo, neste momento — disse por fim, e seus olhos se apertaram, reprimiram com grande custo um júbilo infantil. — Você inflamou aqui todas as cabeças um pouco romanescas, não é, Orlando? — disse tirando o charuto da boca. Seus olhos riam.

Orlando aquiesceu compungido. Da parte de meu pai, que pensava, por assim dizer, na rua, e cuja bela voz de baixo parecia só ter sido posta no mundo para dar à *nota do dia* a sonoridade de um órgão, semelhante acolhida dava o que pensar. Pensei no que Vanessa me dissera do vento que soprava sobre a cidade.

— O que se pensa exatamente aqui sobre esse assunto? — eu disse num tom menos incerto, e decidido a entrar no jogo dei um suspiro destinado a dizer muito sobre minhas noites em branco. Algo que meu pai adorava era explicar às pessoas as situações que elas, por natureza, deviam conhecer melhor que ele... — No Almirantado, não há clareza para ninguém.

O velho tossiu para limpar a voz e assumiu sua pose *augural*, ou seja, seu olhar pudicamente desviado fixou-se numa cornija do teto com expressão de ponderação e finura diplomática.

— O Almirantado é um órgão de execução — soltou ele com um toque de ironia indulgente que punha as coisas em seu lugar —, e ninguém imagina lhe exigir o que ele pensa. Aliás, desde que chegaram ao fim, de maneira oficial, minhas modestíssimas funções, não estou mais a par dos segredos da

Vigilância — o tom e a abreviação exageradamente familiares deixavam entender, bem equivocadamente, que ele ali não era mais nada. — Só posso dar-lhe a reação independente e livre, absolutamente livre, você entende bem, e que não envolve ninguém — em sua voz passou a vibração enérgica e amarga de um Cincinato de volta a seu arado — de um espírito um pouco experiente nos negócios e que navegou por muitas turbulências.

Não muito seguro ainda de seu novo auditório, ele se voltou para Orlando, por cujo ar resignado compreendi que havia oito dias ele tinha de representar, mais do que gostaria, o papel de banco de ensaio para essa eloquência.

— ... Seu amigo Orlando, que um dia será uma das luzes de nossa Senhoria, mas que quer ainda se informar algumas vezes com a experiência de um velho homem, sabe o que penso sobre isso. Há um caminho do meio a tomar entre obstáculos, onde não vejo a Senhoria navegar sem inquietação. É, Aldo — deixou escapar num movimento de franqueza preocupada —, não é de hoje que me deixo deplorar que algumas tradições, certamente respeitáveis, autorizem a Senhoria, com um pouco de frequência demais, a confundir prudência com inércia. Novos tempos aproximam-se para Orsenna — prosseguiu num tom firme que lia o futuro como livro aberto —; ela os deve enfrentar sem excitação inútil, mas com toda iniciativa que convém, matizada de reserva, não me oponho a tal. Um sangue jovem, mas experimentado. Não nos enganemos: a situação é séria, sem ser grave. E tenho medo de que um pessoal formado em rotinas de outra época não esteja mais à altura da tarefa que a hora impõe com evidência incontestável: *re-con-si-de-rar a situação à luz de um fato novo*. De resto, como eu disse mais de uma vez a seu amigo Orlando, era infantil adormecer a cabeça sob a asa e crer que esse fato novo consentiria em se fazer esperar indefinidamente. Não se quis ouvir a tempo — prosseguiu com um ricto sarcástico — o *Jam proximus ardet Ucalegon*. De minha parte, sempre havia pensado que se chegaria a isso. Era preciso uma decisão: ela está aí, e que vemos?

Ele se deu um bom tempo.

— ... Uma pedra caiu em nosso jardim, e aí estão nossas rãs a coaxar como num pântano. Onde está "o saber a fim de prever, e prever a fim de prover", regra de toda boa diplomacia? A inércia não teria ficado próxima da leviandade?

Pressentindo que o fluxo podia expandir por muito tempo ainda, pretextei meu cansaço e me levantei sem excessos de polidez. Orlando imitou-me precipitadamente. O velho, depois de um instante de hesitação, reteve-me pelo braço num gesto tímido. Orlando compreendeu que sua presença o constrangia e me precedeu no corredor.

– ...Chegou aqui uma convocação para você. O Conselho de Vigilância adia sua audiência para depois de amanhã – disse-me meu pai com rapidez.

Tossiu com ar embaraçado. Seu olhar fugia do meu; sua voz tornou-se de novo súbito apressada e balbuciante.

– ...Eu queria lhe dizer, Aldo, já que sem dúvida você terá oportunidade de ver lá meu velho amigo Danielo... Um amigo de trinta anos... mas nos vimos pouco, nestes tempos de agora... que eu o autorizo de bom grado, bem!... com as atenuações... a discrição necessária, a lhe dar parte de nossa conversa esta noite. E informe-o, quero dizer... lembre a ele que todas as pessoas de coração se estreitam em torno da Senhoria... enfim, quero dizer... que estou à disposição da Cidade nessas circunstâncias sérias... sem serem graves. Preocupantes, sem serem graves, lembre-se. A situação requer coragem, sangue-frio, ponderação... e experiência. E audácia! – lançou ele depois de um tempo.

Juntei-me a Orlando no corredor.

– Ele começou a decair muito – disse-me num tom neutro –, mas você pode constatar que o cata-vento ainda gira com o vento.

– Chegamos a isso?... – disse-lhe eu, tomando seu braço num gesto de velho hábito que me reconfortou, pois essa debilidade senil e repentina me havia causado um incômodo horrível.

– É – disse Orlando. – "Novos tempos aproximam-se para Orsenna." Seu pai entende por isso, para ele, uma segunda carreira, mas acho que há aqui algo que está para sair dos trilhos.

– Você quer dizer que se preveem consequências sérias para esse assunto?

Senti que meu coração começava a bater mais rápido. Orlando parou por um segundo e me olhou pensativo. A noite tinha caído por completo, um vento indolente roçava as árvores do jardim, ramos faziam chover sobre nós, por toda parte, pequenas gotas pesadas. Sua voz cortês e amistosa conservava um tom de frieza, e senti que ele hesitava em falar.

– Que lhe tenham sugerido ou não seu comportamento nesse assunto, o que não sei – prosseguiu num tom cuidadoso –, essa escaramuça é uma bobagem que em si, considerada friamente, não pode ir longe. Aliás, não tenho nenhuma ideia precisa quanto às intenções da Senhoria, embora, Deus sabe, ninguém aqui cometa o erro de lhe atribuir uma. Mas o clima é ruim... O que é curioso, e bastante inquietante – continuou baixando os olhos e brincando com a corrente do relógio –, é justamente como, diante das primeiras notícias, foram poucas as pessoas a considerar esse assunto com frieza.

– Orsenna entedia-se muito, eu sei – eu disse dando de ombros sem convicção.

– É, é estranho dizer, as notícias foram para eles boas notícias – disse Orlando num tom pensativo. – Você sabe – disse-me ele, esforçando-se para sorrir – que do fundo de seu Almirantado você se tornou o personagem da moda. Seu pai não se equivocou, por sua vez, ao fazer que você o recomendasse à Senhoria.

– Parece-me – disse eu com ironia – que no passado você não dava tanta importância às opiniões da rua. Acho que me lembro de suas teorias. As paredes estanques... A consciência mais sutil refugiada nos cumes...

– São eles justamente que me inquietam – retomou Orlando preocupado. – Habitualmente, surgem muitos rumores sobre o que se passa na Senhoria, e me acho mais bem colocado que outros para recolhê-los. Admitamos, os segredos de Estado tinham assumido, entre nós, um caráter passavelmente anódino; você sabe como zombávamos deles na Academia. Tudo isso mudou muito. Há algum tempo se tem produzido uma espécie de isolamento, de recuo... Seu pai ficou profundamente ferido, como você pôde observar, por não poder mais procurar o velho Danielo.

– Vou vê-lo depois de amanhã.

Orlando encarou-me pensativamente.

— Deus sabe que penso não conceder mais do que o necessário à importância. No entanto, invejo-o por fazer isso. E mais de um aqui o invejaria também.

— Orlando está se voltando para a veneração dos ídolos?

— Não é exatamente isso — disse Orlando, franzindo a testa. — As brincadeiras continuam, mas o sentido não é mais o mesmo. Há dias em que se brinca com a consciência da própria força e dias em que se brinca para se tranquilizar na escuridão. Eu falava da importância. Talvez estejamos aprendendo aqui o que é exatamente o poder.

Orlando parou e pôs a mão em meu ombro. Eu tinha entendido que íamos nos separar ali.

— Olhe bem à sua volta, já que você está por alguns dias na cidade. Nada mudou, mas se diria que a luminosidade não é mais a mesma. Há uma luz nunca vista que se põe em certos pontos altos, como na extremidade dos para-raios quando a tempestade se avizinha: é como se a terra inteira concentrasse tudo o que há de mais volátil em suas energias para que o raio possa brotar. Os homens e as coisas permaneceram os mesmos, mas tudo mudou. Olhe bem.

Passei na cidade quase todo o tempo dos dois dias seguintes. A notícia de meu retorno espalhara-se muito rápido; meus amigos queriam encontrar-se comigo, vi-me — para minha surpresa — convidado por clãs tradicionalmente fechados à minha família, mas diria-se que em Orsenna certos *interditos* sociais estavam perdendo parte de seu rigor. A curiosidade de todos estava voltada para minha expedição distante; eu falava pouco, refugiando-me detrás do pretexto do relatório que antes de tudo eu devia à Senhoria. À minha entrada nos salões, fazia-se habitualmente um brusco silêncio, e, pelo ar de excitação que eu podia ler nos rostos, parecia-me que essa onda de pequena morte passava por ali bem-vinda como um vento frio, e que eu deixava meus hóspedes inexplicavelmente tranquilizados; às vezes, ao me escutar, eu surpreendia nos rostos uma expressão nunca vista: era como se essas pupilas, tensas pelo esforço de uma *acomodação* inusitada, estivessem assestadas sobre um ponto tão distante de seu campo de observação normal que, como no extremo do cansaço, ele lhes desse uma expressão desarmada e inabitual de ausência. As mulheres sobretudo entregavam-se a tal sem se conter; a seguir o brilho de seus olhos magnetizados no decorrer de meu relato, e o ressentimento contra mim que se lia nos dos homens, eu compreendia que na mulher há uma reserva maior de emoção e de efervescência disponível, a que a vida banal não abre saída e que libera as únicas revoluções profundas que mudam os corações, as que para vir de fato ao mundo parecem ter necessidade de se banhar longamente no calor cego de quem pariu: assim, é nas pupilas predestinadas das mulheres que se lê antes de tudo a *aura* que circunda os grandes nascimentos históricos. Eu compreendia agora por que Vanessa me fora dada como guia, e por que, uma vez em sua sombra, a parte clara de meu espírito me fora de tão pouco valor: ela era do sexo que empurra com todo o seu peso as portas da angústia; era do sexo misteriosamente dócil e que consente de antemão o que se anuncia para além da catástrofe e da noite.

Eu estava impressionado por verificar, ao acaso das conversas surpreendidas aqui e ali, como era pouca a parte de reflexão crítica que se aplicava ao que se conhecia – de forma muito inexata e imperfeitamente (a versão difundida pelos cuidados de Vanessa fizera seu trabalho) – dos incidentes do mar das Sirtes, e como – mais para meu alívio do que para minha surpresa – se preocupavam pouco em repartir imparcialmente as responsabilidades por eles. A ruminação minuciosa e meticulosa das precedências e dos méritos passados fizera até então entre nós o fundo comum das meditações políticas: cada um, esmagado pelo peso – sentido quase materialmente – de uma série de séculos consagrados ao acúmulo de uma massa inigualada de riquezas e experiência, se considerava e comportava mais ou menos por instinto como um legatário. A familiaridade – sentida de modo mais vivo que em outros lugares – e quase a conivência com uma longa linhagem de ancestrais, petrificando o olhar para qualquer variação espontânea, atingia com caducidade todo raciocínio que não fosse enriquecido pela consideração dessa duração imutável e fértil cujo crescimento parecia só dar a cada um seu verdadeiro peso: todos os partidos em Orsenna, sem exceção, eram partidos dos *direitos históricos*. Por ter me ausentado por tanto tempo, eu ficava ainda mais impressionado pelo que a perspectiva atual apresentava de insidiosamente diferente. O momento era mais de crédito aberto do que de minuciosos acertos de contas. Figuras novas e às vezes inquietantes de ousados oradores mostravam-se nos círculos mais fechados da cidade, aos quais ninguém parecia mais se preocupar em exigir um passaporte mundano, e era quase alarmante ver que crédito encontravam ao divulgar e discutir sem constrangimento as resoluções – grosseiramente inexatas – que apresentavam à Senhoria, desde que fossem de natureza a impressionar a imaginação. As cabeças tinham sido de súbito tomadas por uma necessidade inaudita, que dava nessa capital cética e envelhecida como que uma ressonância mais seca e mais despojada à maré alta emotiva que submergia Maremma: cada um parecia usufruir, como quando se penetra no ar da alta montanha, do fato de se sentir com os cotovelos mais livres e a imaginação mais alerta do que pensara, e a última coisa que se teria pensado em indagar a propósito das notícias fantásticas que percorriam a cidade quase de hora em hora era sua origem: a rapidez instantânea de sua transmissão por centenas de bocas dava-lhe apenas como que uma consistência de sólido que não se pensava em experimentar; seria possível dizer que *adquiriam* de minuto em minuto como que o gelo de um lago sobre o qual se pode andar, e era fato que testemunhavam uma mudança insólita de temperatura. O espírito inebriado reclamava em Orsenna, como o ar que se respira, sua dose habitual de *mudança diária*: a ausência dessa mudança o teria deixado num estado de necessidade, que não corria o risco de chegar à angústia, pois não faltavam os fornecedores de droga. Eram encontrados – o que não podia surpreender-me – em especial no círculo do velho Aldobrandi, cuja situação mundana então chegara a seu ponto alto. Ninguém se lembrava mais de seu exílio e de seu incômodo passado de intrigas: nessa sociedade que se reorganizava, com suas amarras cortadas, como num navio que levanta âncora, uma espera e um crédito sem medida se concentravam naquelas únicas pessoas de que se esperava que animariam a travessia, e o passado turvo e desacreditado desse corsário de mares suspeitos lhe emprestava súbito mais prestígio que às notabilidades instaladas, no instante em que cada um pressentia que se tratava enfim de mergulhar em seu elemento. Eu o havia entrevisto por alguns minutos no salão da mãe de Orlando, onde eu fazia uma breve visita, e seu aspecto me havia impressionado como o de um homem sustentado não pela lufada de vento imbecil do sucesso, mas pela consciência febril e urgente de que sua hora – no mostrador onde é antecipadamente marcada – de repente é chegada. Ele parecia extraordinariamente rejuvenescido; sua mão passava intermitente pela curta barba negra; o olho brilhante de lobo sombrio tinha, na discussão, a vivacidade de ação e a mobilidade seca de um esgrimista. Falava por frases curtas soltas no ar, de modo abrupto e negligente, como homem agora habituado a que recolham suas migalhas; em torno dele, não paravam de entrar e sair pessoas para as quais às vezes ele rabiscava, sem interromper sua fala, algumas palavras num bilhete. Cercado por um esboço de pequena corte obsequiosa, uma silhueta levantava-se e parecia florescer como por magia ao termo de cada um de seus gestos de convocação, como se sua envergadura tivesse bruscamente se alongado, e diria-se que a cidade em torno dele se estreitava e se reduzia, como se, para além dos muros, ele tivesse permanecido imediata e diretamente em contato com cada um de seus pontos vivos. Sua mímica e seus comentários pareciam singulares por parecerem referir-se a uma ordem de consideração e de desprezo, de esperança e de temores inteiramente estranha àquela que Orsenna admitia de hábito; só seu olhar e a inflexão de sua voz constituíam algo *novo*; assim, ao olhar de um bárbaro dos exércitos do Baixo Império, era preciso separar, a partir da gleba imutável e envelhecida, uma paisagem mais jovem e ainda insuspeita para todos: as cidades que seriam arrasadas, as culturas devolvidas à pastagem e as terras onde se instalaria sua tribo. Uma nova clivagem social ganhava vida sob seu olhar; ele parecia ao mesmo tempo um mistagogo, um chefe de tropa em operações e um corretor da bolsa. Essa era a fauna que, casa por casa, colonizava agora na cidade os bairros mais pretensiosos.

Quanto mais perto se estivesse em Orsenna do centro aparente do poder, menor a preocupação com o Farghestão, comparando-se com Maremma. O ponto discutido apaixonadamente era se a Senhoria empreenderia uma demonstração militar ou se a política tradicional prevaleceria, e se o incidente estava sendo aproveitado como meio de retomar o contato e encerrar uma velha querela: nessa espécie de *Império do Meio*, que era a forma sob a qual a Cidade chegara a se representar para si mesma por trás do isolamento de sua muralha de desertos, não parecia possível ocorrer a quem quer que fosse o pensamento de que o adversário julgasse e decidisse de modo autônomo, independentemente dos intentos que a cidade podia formar — e que havia bastante tempo não tinha mais nenhum. Assim, ao sair da atmosfera de pânico que se respirava em Maremma, os espíritos pareciam aqui, por contraste, mover-se numa segurança irreal e quase delirante — a *marca* que lhes era impressa pela familiaridade da cidade intacta e carcomida fazia com que para todos o sinal preservasse autoridade, sobrevivesse à coisa significada. Os raciocínios que eu surpreendia à minha volta pareciam-me ter sua virtude aparentemente convincente a partir de uma espécie particular de álgebra cuja chave eu havia perdido: por trás das palavras familiares a meus ouvidos, eu perseguia sem cessar o traço de uma *desconhecida* cujo assentimento comum me impunha, à minha revelia, a ideia, tão enorme era por exemplo a distância entre "a frota das Sirtes", cujo peso intacto eu sentia inchar de importância bocas muito seguras, e as embarcações presas no lodo que apodreciam em nosso porto — entre o qualificativo "selvagens", lançado sem cuidado, que era o caso de corrigir, e a silhueta inquietante, irônica e muito segura de si que me havia visitado no meio da noite. Para se *alavancar*, a febre de agitação que se apossara da cidade não encontrava ponto de apoio externo — as imaginações atrofiadas não o concebiam — e o que transparecia de infantil nessa excitação de salões vinha do fato de Orsenna dar a impressão de ter medo de si mesma, sem conceber outro meio para se desentediar. A eventualidade de uma expedição ou de uma guerra era agitada mais complacentemente na medida em que só acarretava em quase todos os espíritos uma representação abstrata e sem cor, e até vagamente fantástica: a imagem do punho de Orsenna, por muito tempo tão vigorosamente erguido, rompendo os nevoeiros que não tinham cessado de se espessar em suas fronteiras, não encontrava mais olhos para recebê-la e fazê-la viver; ao contrário, as incidências do caso no plano interno estavam por toda parte avaliadas e exageradas da maneira mais apaixonada; a possibilidade agitada de uma crise externa grave na realidade era concebida quase exclusivamente como a promessa de uma mutação de pessoal: um centenário próximo do fim, esquecendo que tem um problema com o próprio ritmo do planeta, concentra súbito uma atenção burlesca na perspectiva de uma nova cura hepática – assim, um império em derrocada, já com três quartos invadido, reage (os Estados julgam sempre que morrem de pé) por meio de uma petulante crise ministerial a sua fundamental impotência de ser. Em suma, eu encontrava em Orsenna um povo a quem nada preparara, nunca, para pensar de modo trágico. Posto diante de um problema tão afastado de sua ótica habitual, e no qual o desconhecido se sobrepunha aos dados, Orsenna reagia com a miopia obstinada da decrepitude extrema: como um velho, à medida que avança em idade, consegue pôr cada vez melhor *entre parênteses* preocupações tão iminentes e tão consideráveis quanto as da morte ou da eternidade, e estabelece como seu ponto de honra se mover ainda como uma "pessoa natural", a cidade, sem desconfiar que estava posta por si mesma "entre parênteses" e havia muito, nem sequer pensava em se indagar que mau vento vindo de além dos desertos se levantara, e por que seus dedos tremiam ao pegar de novo esses mapas por demais conhecidos, sempre os mesmos, que ela examinara até o enjoo, na certeza tola de que tudo o que lhe dissesse respeito jamais estava comodamente figurado neles nem podia ser lido neles. Como a longa e habilidosa prática de um jogo, e cada vez mais conhecimento das regras, a persuade inconscientemente de que a rigidez delas não será nunca posta em questão, pela única razão de que ela já fez muitos sacrifícios por tais regras, e que elas de fato *existem*, já que foram capazes de deformá-la, à maneira de uma árvore ou de uma pedra, os acordos em Orsenna podiam mudar, a ideia de mudar as regras que presidiam não era mais concebível havia muito: teria sido necessário que se compreendesse ainda que se tratava apenas de regras.

Mas se, deixando os salões e suas conversas de exibição, envolvidas com o disfarce mundano, e passeando ao acaso das ruas, eu buscava encher os pulmões, impregnar-me do ar novo que aí se respirava, eu sentia que em Orsenna a parte clara das ideias, a única ainda aceita, cessara de ser a mais significativa, e a vida de todos os dias aí balbuciava já uma língua de que nenhum léxico dava conta. Nessa cidade das terras quentes, a vida do lado de fora, talvez por um reflexo da antiga disciplina militar que a engrandecera, tinha sempre conservado um caráter marcado por austeridade e frieza: a cor em geral escura e a sobriedade das roupas, a reserva altiva das mulheres, a repugnância a travar conversa na rua ou a se misturar a um agrupamento de rua faziam com que desde muito tempo Orsenna fosse, aos olhos das populações exuberantes do Sul, chocadas com essa dignidade distante, o "coração gelado" da Senhoria: mais que em qualquer capital, aí se percebia quase com os olhos a proximidade inveterada de um grande poder, do qual cada um, cidadão mais ainda que habitante, deveria respeitar em si mesmo uma parcela. Ora, para minha surpresa, agora a rua em Orsenna se animava. Parecia atrair mais que de hábito; pessoas agora se interpelavam sem se conhecer, e, quando o tom de uma voz se levantava, mesmo que minimamente, de maneira insólita, uma magnetização parecia ocorrer na desordem indiferente das idas e vindas: as silhuetas escuras se aglutinavam, de ouvidos atentos, como se por essa boca tivessem esperado surpreender uma voz vinda de mais longe, um murmúrio de oráculo, ou talvez uma saída aberta para algo neles que não sabiam expressar e que os teria obscuramente libertado: o grupo desfazia-se logo, e os rostos que se afastavam adquiriam expressão fechada e decepcionada. Para um olhar mergulhando diretamente nas ruas da noite, o movimento dos pequenos pontos negros que aí fervilhavam teria evocado agora não mais o zumbido disperso e incoerente dos insetos no crepúsculo, mas antes uma limalha fina penteada e renovada sem parar pela passagem de ímãs invisíveis; na hora mais carregada de destino que se aproximava, parecia às vezes que grandes linhas de força inscritas no chão de Orsenna por sua história se recarregavam de eletricidade ativa, recuperavam o poder de ordenar essas sombras tão isoladas por tanto tempo, e agora, independentemente de si mesmas, atentas a um murmúrio proveniente de mais longe que a zona das ideias feitas. Foi assim que a cidade alta, o núcleo primitivo de Orsenna, concentrada numa colina abrupta no meio dos pântanos, em torno da catedral de São Judas e do severo palácio feudal do Conselho de Vigilância, via agora de novo surgirem ao entardecer, em suas ruelas tortuosas, as pessoas que muito tempo antes a haviam abandonado em prol de bairros mais espaçosos e mais ativos dos pântanos para onde se transportara o alto comércio: misteriosamente ainda inervado após séculos de letargia, parecia que depois das horas de trabalho o coração reativado da cidade se punha de novo a bater. Dessas escuras ruelas com fachadas cegas e sonoras, o povo miúdo dos arrabaldes que vinha conversar até tarde da noite fazia uma bolsa das notícias, uma praça de armas e um teatro aberto aos oradores de rua; os gritos de guerra e as provocações patrióticas partiam dos cruzamentos e dos pórticos onde as bandeiras das corporações erguidas tinham dado no passado o sinal das insurreições, e as bocas abertas no grito pareciam de repente cheias de sombra, tanto se teria dito por vezes que através delas se descarregava toda escuridão do passado enterrada nos túmulos da cidade. Assim como à sombra dos santuários se alojam lugares mal-afamados, o velho Aldobrandi tinha ali seu refúgio, sua casa na cidade, pela qual deixara o palácio sombrio do Borgo, e um aspecto particular na fermentação dessa multidão impregnada traía sua aproximação ao acaso das ruelas: ali os comentários faziam-se mais brutais, as bocas mais peremptórias, dali partia a maioria das palavras de ordem que os oradores das esquinas comentavam, as rixas não eram raras; dizia-se também que, após o cair da noite, argumentos mais rasteiros se sucediam e se distribuíam dinheiro e vinho a rodo; mas era para mim sinal perturbador a obstinação com que em suas rondas a polícia deixava de se aventurar nas imediações do palácio: ali já se criava – como toda vez que a autoridade se afrouxa –, por um jogo complexo da apreensão, do cálculo e da inércia, uma espécie de *concessão*, de zona franca, aonde a escória afluía instintivamente e dilatava por si mesma as margens que constituíam como que uma mancha de óleo: como numa tela usada que, aqui e ali, assim que estendida, revela os lugares onde se rasgará numa trama mais clara, apareciam em Orsenna, sem que ninguém quisesse admitir, ilhas já quase de insubmissão. De dia, protestava-se contra a fraqueza evidente da Senhoria diante das provocações; de noite, demonstravam-na, quebrando as lojas vazias e roubando vitrines: das provas administradas, nem uma nem outra eram inteiramente desprovidas de eficácia.

Ninguém, porém, sequer pensava em se incomodar com isso, e, mesmo entre os funcionários responsáveis pela segurança da cidade, era digno de nota que tais sintomas fossem acolhidos com tamanho bom humor, e que os agitadores pudessem contar, mesmo ali, com pelo menos uma semicumplicidade. Uma espécie de aceleração apossava-se da cidade; uma vontade secreta, uma admiração nem sempre admitida por tudo o que parecia ir em frente, tudo o que parecia avançar mais rápido. Nos salões mais fechados, onde Aldobrandi tinha agora liberdade de movimento, reinava um preconceito novo, cujas ações ele encobria, aliás, com um cinismo consumado: a menor reprovação dirigida contra o comportamento de seus bandos seria considerada do pior mau gosto, de um espírito incuravelmente *retardatário*, condenação sem apelo a um momento em que a opinião da moda era que agora "os tempos tinham mudado". Por que tinham mudado é o que ninguém poderia dizer com justeza, e talvez fosse preciso ver aí, mais que uma frase no ar, mais que a constatação precisa de uma alteração na ordem das coisas, a reivindicação desse toque infinitamente sutil que nos liga à orientação do vento, ao aumento insensível de peso do ar, e que na ausência de qualquer prova material nos adverte de fato, sem hesitação possível, de uma "mudança de tempo". E não era apenas essa cor imperceptivelmente mais tempestuosa – vindo escurecer para todo mundo sua paisagem mental como se tivesse lido o futuro através de vidros esfumaçados que os animavam – que parecia nova: aparentemente o próprio ritmo do tempo em Orsenna mudara. Entre as altas muralhas ora fechadas sobre sua nudez medieval, ora envoltas nas rendas extravagantes que os séculos de opulência e de alegres ganhos haviam posto nas fachadas como o traje de uma noite de loucura, quando o golpe de vento malsão que se levanta em Orsenna com a noite varrera da rua as últimas folhas mortas, e os últimos passantes dos bairros baixos se apressavam com os golpes espaçados das portas pesadas, vinha-me às vezes a impressão nunca sentida – através dessas avenidas alargadas pela noite que pareciam varridas e disponíveis para o pisotear de multidões novas e para o sol de um novo dia – de que o próprio *tempo* corria, corria como sangue, corria agora em torrente pelas ruas. E diria-se que todos aí bebiam sua esperança e sua força como que no primeiro golpe de vento do alto-mar: além das diferenças de classe e de riqueza, essa espécie de fraternidade espontânea da rua parecia a de pessoas embarcadas no mesmo navio, ligadas pela solidariedade dos reflexos de uma equipagem de navio no momento em que aparelha e em que as palavras "morte" ou "doença" se apagam na imaginação dando lugar às palavras "tufão" ou "naufrágio". Um grande privilégio partilhado distendia as molas do ciúme e da inveja, igualava os níveis e misturava os turbilhões de uma massa tornada mais fundível: o de todo um povo, colado ao chão e agora advertido por seus ouvidos profundos, que os tempos chegados levavam para o palco e que, abandonando suas vielas e seus porões, acotovelava-se por instinto na desordem rumo ao único dia em que vale a pena que a ele nos entreguemos: o grande dia claro.

 Essas eram as reflexões com que eu estava ocupado, enquanto no crepúsculo já escurecido da curta noite de inverno eu me dirigia pelas ruelas da cidade alta em direção ao velho palácio do Conselho. Uma súbita vontade de andar fizera-me dispensar o carro fechado de praxe que o Conselho de Vigilância, que não gostava que fossem identificadas as raras silhuetas admitidas a transpor suas portas, enviava por prudência a quem considerara adequado convocar. O tempo estava claro e frio; um vento seco do norte varria as brumas dos pântanos, e por vezes o dédalo em volta das ruelas se abria para uma perspectiva estreita como uma trincheira que caía como uma torrente no sentido da cidade baixa azulada e aplainada, suas primeiras estrelas de luz que franjavam como num céu de nuvens as manchas negras das florestas bem próximas e as notas demoradamente sustentadas das trombetas, límpidas e como que depuradas pela distância, que subiam de suas casernas pelo ar claro: assim, emboscada no horizonte de cada olhar, já para os podestades das épocas antigas em seu ninho de águia, a Cidade se impusera, naufragada na terra em sua pressão pesada, sempre com seu perfil nas distâncias de cada pensamento. Das casinhas afastadas, já perdidas na orla das florestas, subiam, uma a uma, colunas de fumaça, e essas colunas que confluíam vinham afogar num vapor delicado o centro da cidade, eriçado com suas torres e seus campanários. Para o norte, o horizonte já indistinto fechava-se sobre as altas florestas onde serpenteava a fronteira – na perspectiva das ruelas que mergulhavam para o sul empalideciam ainda nas distâncias traços mais claros: as estepes calvas do Sul que começavam além de Mercanza –, as velhas estradas mercantis luzindo ainda debilmente com seu pavimento molhado traçavam aqui e ali, em profundidade, a perspectiva fugidia dos campos adormecidos: as feiras, as fortalezas, os entrepostos, os locais de batalha ordenavam-se segundo as cicatrizes dessa lua morta na evidência tranquila de um céu de estrelas: para quem a sabia ler, Orsenna nessa hora parecia voltar uma palma aberta em direção ao céu. Por andar a essa hora pelas ruelas tomadas pelo vento e com arestas cortantes, pelas pequenas praças encouraçadas com pedras duras, e semelhantes, entre as fachadas, com poços lajeados, e por todo esse agenciamento de blocos severos com cortes nítidos que era a cidade alta, bem próxima ainda do campanário e da fortaleza, eu tinha um sentimento de poder austero e de rigor doloroso. Desse observatório no céu duro e como que vitrificado, com linhas secas e sóbrias, como da ponte de comando de um navio de guerra, dominavam-se as sombras instáveis que corriam ao redor sobre as terras encarquilhadas; aqui deviam habitar, nutridos do ar sem gosto e sem sabor que banha os altos acúmulos de pedras nuas, um espírito de altitude e de seca, pálpebras sem umidade e sem pestanejo, há muito cerradas sobre instrumentos de medida secretos e precisos, pupilas endurecidas feitas para decifrar o espectro de pontos e linhas, a épura descarnada que aqui, sob o olhar, a terra de Orsenna se tornava.

 Em vão eu me lembrava que fora convocado à Vigilância apenas para fornecer precisões suplementares sobre o relatório que eu enviara, e que para mim, em minha posição subalterna, não poderia ser o caso de tocar num eventual segredo dos negócios, eu era invadido, à medida que me aproximava do palácio, por uma agitação e uma curiosidade intensas. Na véspera eu tivera com Orlando, informado, como de hábito, tanto quanto possível sobre as lutas de influência e mudanças de equilíbrio que se produziam nas camadas superiores do poder, uma conversa mais precisa que o normal. Se eu deixasse de lado o halo de mistério e de romantismo com que Orlando coloria e sempre tornava apaixonantes as questões políticas, como as pessoas que se mantêm apenas nas franjas do poder e procuram instintivamente exagerar-lhes o lustro a fim de que algum reflexo venha pôr-se sobre elas, ressaltava, todavia, bem claramente de seus comentários que, nesses últimos tempos, sem que quase ninguém na cidade tivesse prestado atenção, uma nova silhueta ocupara quase todo o Conselho de Vigilância: justamente a do velho Danielo, que "fora" amigo tão íntimo de meu pai. Segundo a demonstração que Orlando havia feito para mim, o interesse que o impulsionava a levar adiante a facção dominante surgia claramente, se os aproximássemos um do outro, como os pedaços de um quebra-cabeças, certos sorteios "corrigidos" que ocorreram nos últimos meses para a renovação do Conselho – e a tendência de todos foi reforçar diretamente sua posição, sem que nunca fosse atraída a atenção por uma mudança espetacular. Eu conhecia de longa data, por intermédio de meu pai, essa prática da "dosagem", mais sutil que a arte de um cozinheiro, pela qual um partido vencedor – os meios na Senhoria eram para isso infinitos – incorporava ao corpo político, por frações infinitesimais, elementos que podiam parecer-lhe de início totalmente inassimiláveis, e eu não estava longe de concordar com Orlando que os resultados da operação eram tanto maiores quanto maior a cautela em sua realização. Segundo ele, a agitação provocativa que se centrava em torno de Aldobrandi servira de modo muito consciente para mascarar esse trabalho de sapa, e fixara as resistências previstas em outro lugar que não onde pudesse aplicar-se pertinazmente; ele fazia alusão a essa operação de organização como a uma coisa já em três quartos concluída e, considerando só as indicações de que ele dispunha, "absolutamente bem-sucedida":

segundo ele, nos escrutínios decisivos, a opinião do velho Danielo já levava junto maquinalmente o número de sete votos, o que no Conselho de Vigilância constitui a "maioria de urgência" e retira todo efeito prático das reservas da minoria. A figura do velho Danielo ocupara-me então singularmente desde a véspera; algo me inclinava a ver agora sua mão na instrução que eu recebera no Almirantado, e que se contrapunha de modo tão notável à papelada neutra da Senhoria, e eu tinha vontade de considerar de maneira menos leviana do que eu talvez fizesse todo o falatório senil de meu pai, por ter me apresentado como natural aquela ideia, o que me lisonjeava. Eu reunia em meu espírito o que conseguira saber dele, por meio de minhas conversas com meu pai, incomodado agora por lhes ter dado ouvido de modo tão neutro; o pouco que me restava adquiria um vivo relevo em sua descontinuidade, mas eram sobretudo detalhes pitorescos que não se ordenavam, como os que ocorrem ao espírito para além das brumas da infância. O traço mais digno de nota de sua carreira era que, orientado desde a juventude para pesquisas puramente desinteressadas e especulativas (ele era o autor de uma *História das origens* que tinha autoridade em Orsenna para tudo o que dizia respeito ao período da fundação), passados os 60 anos ele começara a se imiscuir nas intrigas políticas da cidade, na idade em que os homens de Estado, na velhice, procuram antes uma justificação de sua ação passada por meio de uma biografia de Agátocles ou de Marco Antônio; e o preconceito de temporização e de inércia dirigido contra um homem de estudos prevalecera por muito tempo, mesmo em Orsenna, até frear um pouco essa segunda carreira, contra as provas de obstinação e de vontade incisiva que ele não tardara a fornecer. Seu caráter suspicaz lhe valia poucos amigos; fora das horas em que o serviço do Estado o chamava à cidade, diziam que vivia quase sozinho no campo de Bordegha, com sua biblioteca. De certas histórias que me foram contadas por meu pai ou que corriam a cidade, depreendia-se, visto a importância da misantropia e do desprezo pelos homens que nelas transpareciam, algo de abrupto e de quase louco; todavia, nas vozes que concordavam depois dos risos convenientes de salão, em reconhecer nele "uma personalidade", havia invariavelmente algo de intimidado e de circunspecto, como se a sombra de uma ave de rapina com garras poderosas de repente planasse sobre a assembleia de cordeiros. De resto, era singular que em Orsenna – onde o menos que se exigia dos aspirantes ao poder era que dessem garantias gerais por suas alianças de família, por suas fraquezas mais ou menos secretas e pelos compromissos subscritos com os clãs – tivessem deixado subir os últimos escalões do poder alguém que se deixasse manipular tão pouco. Sem mulher, sem amante, sem amigos, sem vícios conhecidos, sem passado turvo, ele parecia nada ter dessa casca costurada em que o toque um pouco mole dos políticos gosta de se tranquilizar e confirmar a influência familiar e sem escrúpulos; essa força nua e lisa, mas havia muito protegida, cuidadosamente envolta, evocava acima de tudo, dizia-me Orlando, uma espada sem sua bainha. No entanto, Danielo estava velho – trazia nele a maldição da cidade; envelhecera em Orsenna; eu imaginava sua silhueta fragilizada, suas mãos friáveis e secas, seus passos friorentos sob a longa toga negra do Conselho: Orsenna desgastara outros homens, e eu sabia o que podia restar de alguém ao deixar, no *âmbito oficial*, tudo o que aí jamais pudera ter lugar em relação a independência, vontade e esperanças, a fim de tornar-se essa sombra augusta e emaciada.

Não havia, nas proximidades do Conselho, nenhum traço da agitação e das idas e vindas que identificam os centros nervosos de uma cidade num momento de crise. Nessa hora em que todo o pessoal miúdo e os funcionários subalternos já o haviam deixado, o palácio parecia quase deserto, e as poucas silhuetas que eu cruzava pelos corredores aí se moviam, após o horário regular do trabalho, com a desenvoltura intimidante e a dedicação de uma franco-maçonaria reconhecida por um longo uso, que se sente à vontade entre iguais e como que dona do lugar; essas sombras, às quais mais de uma vez eu podia dar um nome ilustre, que se interpelavam pelo prenome com interjeições familiares, códigos e breves expressões de rotina que não me eram compreensíveis, contribuíam para me deixar pouco à vontade; eu de fato sentia que entrava num mundo fechado: o próprio ar que se respirava nessas salas escancaradas e austeras – extremamente escurecidas pelos caixilhos opacos e em losangos de suas janelas, e que pareciam tão rapidamente tomadas pela noite que o passo se sufocava sem querer ao se aventurar em seus espaços adormecidos – parecia um pouco impregnado de uma essência mais volátil, daquelas de que se diz expressivamente que existem no estado de *vestígios*, que escapa da atenção depois de tê-la alertado, e em cuja destilação sutil sentia que o *tempo* – um tempo que em lugar de se devorar parecia aqui se decantar e se espessar como a borra de um vinho velho, com essa suculência quase espiritual por onde certos frascos muito nobres fazem por assim dizer explodir os anos sobre a língua – tinha contado para quase tudo: dir-se-ia sobretudo que ele não estava confinado por elas, que esse ar *conservava* as velhas paredes como esses pântanos podres que dão às vigas a eternidade da pedra, e que desse suco imaterial e envelhecido os ouros dos tetos extintos, os couros pesados que se escamam nas muralhas, a matéria espessa das mesas talhadas, as cátedras bárbaras de carvalho cru continuavam a nutrir e a lustrar imperceptivelmente seu polimento desgastado, já que uma vida que desertava o vai e vem das sombras apagadas aí vibrava ainda debilmente com o pulso mais lento do inverno: como em certos monumentos mais brocados que polipeiros e mais organicamente incrustados de séculos que os outros, dos quais o povo instintivamente sente que depende de modo concreto a própria sobrevida de certas cidades muito antigas, chegava-se aí às *profundezas* de Orsenna e, quase materialmente, à série ininterrupta de seus estratos – um banco nutriz, um recife vagamente vivo por séculos crescia sozinho e alçava ainda a enorme massa até sua flutuação.

O funcionário que me recebera quando de minha entrada no palácio (nunca se andava sozinho pelos corredores da Vigilância) levou-me, no último andar, a uma sala escura e bastante baixa. Uma longa mesa de forma antiga e pesada ocupava um dos cantos; estranhamente maciça e ao mesmo tempo realçada por placas preciosas e trabalhadas, ela evocava de modo curioso, nesse palácio de decrepitude, os séculos bárbaros de Orsenna, as coroas de ferro guarnecidas de pedrarias brutas, a selvageria fastuosa e resplendente das épocas lombardas. As paredes, como em todo o palácio, eram acolchoadas e revestidas de alto a baixo de couro escuro; pelas janelas com caixilhos estreitos e com vidros opacos não chegava mais do que uma claridade difusa e tediosa, como se o palácio tivesse surgido no fundo de um pátio recluso; uma delas, no entanto, entreabria um retângulo estreito onde o céu muito puro já se tornava noite, e o olho, atraído como o de um prisioneiro, mergulhava súbito por cima da cidade em declive rumo ao horizonte das florestas distantes; pouco a pouco a claridade débil de uma lâmpada posta sobre um console perto da mesa apagava os restos de dia e dava ao cômodo um ar de intimidade anônima e de vigília tranquila, como se pode respirar num oratório, penetrando-me, com uma segurança de que eu tinha dificuldade de me dar conta, com o sentimento súbito infinitamente confiante de que eu era esperado. Ouvi perto de mim um passo deslizante e abafado, um passo austero, mas pleno de um alívio indefinível, como o de um padre que atravessa sua igreja depois do término dos ofícios; uma mão pôs-se em meu ombro, ou antes o roçou, mas com um matiz – tão sutilmente expresso quanto um teclado – de uma naturalidade contida e benevolente, e antes mesmo de me voltar compreendi de que maneira o rosto que estava atrás de mim sorria.

– Então, é o senhor... – pronunciou uma voz cujo encanto era feito de um inexprimível *desembaraço*, como se as sílabas tivessem roçado os ouvidos distintas e novas, limpas, banhadas uma a uma num líquido transparente.

O velho Danielo escorregou sua mão de meu ombro e, contornando sem pressa minha cadeira, encarou-me por um instante sem falar. Uma acuidade brusca pareceu atravessar por um instante o sorriso de benevolência; enquanto eu me levantava, de novo a mão pousou em meu ombro com uma delicadeza e uma indulgência no gesto só permitida a alguém a quem se obedece invariavelmente.

Ele não parecia de modo algum ter pressa de se sentar, e, plantado diante de mim, bem imóvel na contraluz das janelas agora inteiramente empalidecidas, parecia valer-se de alguma complacência, como homem que não esquece nada de suas vantagens, com a silhueta estranha e alta que se sobrepunha a mim. Os traços do rosto perdiam-se numa sombra quase opaca, mas a tensão na imobilidade da figura que me observava, flexível no entanto e quase elegante sob a longa toga do Conselho, tinha algo de opressor. Senti, ao imperceptível toque de *encenação* dessa entrada na matéria, que nesses locais onde as sutis tradições da polícia secreta se misturavam com a familiaridade dos altos assuntos (em Orsenna, no passado os interrogatórios da Vigilância tinham feito empalidecer mais de um rosto diante apenas de sua lembrança) o jogo se jogava mais perto do homem, sem influências proibidas num *cara a cara* que ali só tinha adquirido, com muita frequência, um sentido temivelmente concreto.

– Eu gostava muito de seu pai, Aldo. Faz muito tempo que tenho vontade de conhecer você...

A luz da lâmpada roçou obliquamente o rosto do homem, que se sentava, pegando com uma aresta luzente o nariz célebre e imperioso dos Danieli, tão insolentemente reconhecível que senti um choque, como se tivesse identificado a passeio na rua pelo seu perfil gravado nas moedas. Uma espécie de vapor flutuava em torno dos olhos cinza, olhos velados e no entanto vígeis em seu repouso pesado, ao mesmo tempo de caçador de feras e de sonhador desperto. Era o rosto de um homem com sangue quente, cheio de paixões brutais e de pesados apetites terrestres. No entanto, um ardor parecia corroer por dentro esses estigmas importunos de toda uma raça: quase se diria por instantes que esse refinamento – mais sobrenatural por ter sido visivelmente tão pouco bem-vindo –, que essa delicadeza desajeitada e quase desgraciosa foram postos no rosto de um cavaleiro convertido, após anos de guerra selvagem, pela porta de um claustro fechada por muito tempo.

– ... Lamento que seja em circunstâncias tão difíceis.

Os olhos cinza levantaram-se em minha direção com um movimento vivo de cabeça, e senti que eu ficava tenso na cadeira, mas o que se seguiu desconcertou-me bastante.

– Não conseguiram encontrar, pelo que me dizem, o corpo do capitão Marino. Foi grande a dor de todos. Era um oficial eminente e um servidor fiel.

A voz pareceu ajustar-se e reduzir-se, como se desliza a unha numa fissura.

– ... Sei que o senhor se tornara amigo dele.

– O capitão era um homem franco e correto. Eu de fato gostava dele, e lhe era grato por minha tarefa no Almirantado ter se tornado mais leve.

– Sei que o capitão gostaria de ter descansado em terra de Orsenna – prosseguiu a voz com gravidade súbita. – Mais que qualquer outro, ele tinha direito a isso. Peço-lhe, quando de seu retorno ao Almirantado, para cuidar que não se reduzam as buscas.

Os dedos tamborilaram na mesa, irresolutos e entediados, e julguei por um instante que a audiência ia acabar. Pelos olhos cinza passou uma expressão sonolenta e cansada. Senti-me de repente bem pouco à vontade.

– O senhor não sonha quando dorme, sr. Observador?

A pergunta foi feita num tom de cortesia neutra. Por um instante, fiquei estupidificado, depois senti que o sangue deixava-me o rosto, e meus dedos apertaram o braços da cadeira.

– Eu tinha pensado... – comecei com voz entrecortada... Sentia a boca secar... – Deus é testemunha de que pensei...

Levantei-me da cadeira, mas não por completo, tomado por um pânico brusco.

– ... As instruções que recebi tinham me parecido... enfim, tinham me feito acreditar... Pensei que desejavam, sem ousar dizê-lo, que eu fosse ver lá – soltei para ele numa contração da garganta.

Os olhos cinza não piscaram, mas um esboço de sorriso passou pelo rosto só parcialmente iluminado.

– Acalme-se, sente-se... Seu sangue é quente, é o de um homem muito jovem. Ora, ora! – acrescentou com ironia e delicadeza quase graciosa, inclinando-se ligeiramente em minha direção. – Eu não disse que eu dormia bem.

Um peso enorme de repente deslizou de meu peito, e compreendi que por longos dias eu não respirava de verdade. Aquele que estava diante de mim tinha o poder de atar e desatar. Uma vontade louca passou por mim: a de beijar a mão seca e longa que pendia diante de mim, na sombra, à beirada da poltrona.

– Qual é o número de homens da tripulação atualmente em

terra, sob alçada do Almirantado? – perguntou-me de inopino o velho Danielo num tom breve e preciso, erguendo a cabeça.

Tinha um lápis na mão e batia na escrivaninha com a ponta, em golpes ligeiros.

– Duzentos, descontados os efetivos encarregados dos serviços necessários para as baterias costeiras.

– Marino deve tê-lo avisado da chegada próxima de duas canhoneiras. Dois avisos que acabamos de recolocar em serviço chegarão com equipagens reduzidas, o senhor as completará no local.

– Mas...

– Sei – cortou a silhueta negra com voz relaxada e bem baixa, de repente secretamente cansada. – Essas aparentemente não são atribuições suas. Mas as circunstâncias dão as ordens. O capitão Marino não tem por enquanto sucessor designado. De resto, o senhor dispõe da ajuda local de oficiais experimentados.

Algo na voz complacente indicava-me que não ocorreria uma nomeação por muito tempo. Inclinei-me num gesto de deferência um pouco rígido.

– Farei o que puder de melhor, se pude merecer a confiança da Senhoria.

– O senhor não tem "nossa" confiança – retomou a voz, em que soava dessa vez uma nota de ironia mortífera. – O senhor não a merece e jamais a teve. O senhor tem nossa... aquiescência. É tudo o que pode um Estado lançado em circunstâncias confusas e entregues ao acaso.

Ele teve uma crispação de cansaço, e me pareceu de repente muito velho.

– ... Vou confiar-lhe um segredo de governo, um segredo sobre o qual não é correto abrir-se muito para pessoas em serviço – retomou ele, erguendo a cabeça e sorrindo no vazio –, um segredo de fraqueza. Mantemos sempre *antes de tudo* no local, quando ocorre um incidente imprevisto que assume um rumo ruim, o homem pelo qual todas as coisas começaram. Isso não lhe parece estranho? – disse, buscando de imediato meu olhar.

– Talvez haja para isso razões que ignoro – observei constrangido e circunspecto.

— Vejo várias — disse com voz nítida e lenta. — A preguiça de espírito natural aos bons governos. O instinto de se proteger diante da opinião geral, sempre pronta a pensar, quando as rédeas são puxadas muito cedo, que "se tivessem deixado correr", mas para a qual, se as coisas decididamente desandam, teremos então de lançar um bode expiatório bem negro. Não, não penso no senhor... — sorriu ao ver que eu franzia a testa desconfortável..

Pareceu refletir um instante com esse ar vago e quase ausente que por instantes me atingia tanto nesse rosto com poderosas mandíbulas.

— ... Talvez haja também uma razão mais turva, mais difícil de esclarecer. Quando um homem se viu uma vez efetivamente envolvido em certos atos muito grandes para si mesmo e que o ultrapassam, a convicção de que uma parte de si permaneceu desconhecida, já que tais coisas nasceram dela, a convicção de que pode haver sacrilégio em separar o que o acontecimento uniu. Não pense, sr. Observador, que há homens que pertencem a certos atos, com acesso particularmente difícil e incompreensível, porque a *escada* foi retirada, porque não há mais escada para passar deles a ele.

— Se pertenço a esse ato, não posso em todo caso pertencer a ele sozinho — disse eu com voz branca. — Uma manifestação clara da Senhoria teria impedido tudo. Não creio jamais ter tido oportunidade de lê-la.

Num movimento brusco de que ele parecia de repente não ser dono, o velho Danielo levantou-se de sua poltrona e pôs-se a andar a passos lentos pelo cômodo. Andava em grande silêncio. Quando se voltou, um leve sussurrar de seda percorria seu traje negro, e a chama da lâmpada oscilava debilmente. Ele se parecia com um homem que se levanta no meio da noite e anda pelo quarto sob o peso de um pensamento muito carregado; era como se tivesse esquecido que eu estava ali.

— Não, o senhor não se enganou — disse por fim com voz surda —, eu o negaria em vão. A causa foi entregue ao senhor, foi-lhe dada permissão. Eu não sabia se o senhor iria até lá. Mas sabia que era possível. Sabia que eu deixava uma porta aberta.

— Por que o senhor o permitiu? — perguntei delicadamente, inclinando a cabeça em sua direção.

Ele me dirigiu um olhar desconfiado e cheio de altivez – o olhar de um homem de poder que foi de repente pego desprevenido; eu o interrogava, e senti que por um segundo ele hesitava em me responder de forma *majestosa*, mas deixou a cabeça recair, imperceptivelmente.

– Há aqui perguntas que não são feitas. Mas mandei o senhor vir sem testemunhas...

Sorriu de novo com um sorriso que parecia *em outro lugar*, como um homem que finge prosseguir uma conversa polida e esconde uma arma na manga. A lembrança das prisões da Vigilância e das execuções discretas atravessou-me o espírito por um instante, mas agora eu estava às voltas com uma coisa que não era o medo – uma curiosidade aguda, quase dolorosa, encobria qualquer apreensão.

– Para quem mais a explicação iria, senão para quem pode compreendê-la? – disse ele com um sorriso de extrema intimidade. – O que vou lhe dizer agora, ninguém aqui ouviria. E ninguém ouvirá de você – e acrescentou num tom duro e rápido: – sou o dono aqui, lembre-se, Aldo, e o que você repetisse de tudo isso lhe custaria. Tive vontade esta noite de falar com você de homem para homem porque você é próximo, porque o segui de longe de hora em hora, porque eu era a força que o sustenta e o empurra – porque eu estava com você no navio...

Ele se pôs de novo a andar de um lado para outro, com passos lentos.

– ... Gostei do poder – prosseguiu num tom bastante alto, que obrigava os ouvidos a se esforçarem, porque estava mal afinado com a ressonância e com as dimensões do cômodo, como no caso de alguém que fala no meio do sono. – Não desprezarei meu prazer... Ele me distraiu durante anos. O poder é grande, Aldo; já que você pode pretender aqui, por sua vez, a importância, não creia naqueles que desejarão desgostá-lo do poder. Há certa espécie de filósofos que cresce como o líquen, nas ruínas; celebram o que o ar oferece de nutrição e lançam o anátema sobre o que cresce na terra fértil: vão pô-lo em guarda contra a vaidade da experiência e o prevenirão contra tudo o que não nasceu no dessecamento; mas, creia em mim, vale a pena aprofundar suas raízes, vale a pena governar mesmo um Estado que rui. Avançamos entre duas fileiras de homens curvados, e, se se tem apreço pelos homens, vale a pena observar o homem curvado: isso leva tempo; e eles soltam ali um perfume que é só deles, assim como é mais rápido conhecer uma essência por seu odor íntimo, ao quebrar um ramo em dois. Conheci assim seu pai, não faz tempo, Aldo, e eu nada sabia dele: por vinte anos ele só tinha sido um amigo; foi preciso que ele viesse pedir-me um lugar. Há aí uma coisa engraçada, e depois outra coisa ainda me invocava: fui durante trinta anos o homem dos livros, pois bem! Eu compreendia tudo pelas miudezas da marcha da história: o encadeamento, a necessidade, o mecanismo dos negócios, tudo, salvo uma coisa que é o grande segredo, o segredo pueril, pelo qual é preciso ter posto a mão na massa: a facilidade, a facilidade desconcertante com que as coisas se fazem. Havia também para mim esta distração quase inesgotável: constatar que a máquina anda, que mil engrenagens atuam e funcionam quando se aperta o botão. No início, não se poderia acreditar: ver-se diante dos botões que ainda podiam ser usados, isso dá um pouco de vertigem; e vem em seguida um outro prazer: o prazer de chegar a um mesmo objetivo por meio de vários circuitos. A gente não se cansa, durante muito tempo a gente não se cansa de ver que essas engrenagens *mordem*: a exalação da matéria humana amassada, eu lhe garanto que se trata de um cheiro prazeroso que cola nas narinas, é bem diferente de *compreender* o funcionamento do moinho. Por fim, tive prazer com essa mecânica que só fazia gritar as rodas vazias, tive meu bom tempo, não lamento por isso. Só que veio outra coisa...

Ele parou um instante e pareceu perseguir nas rugas da testa um pensamento irritante.

— ...Isso não vem rápido, Aldo. Isso se anuncia de muito longe, mas somente *nos intervalos* (pois era de qualquer modo, por assim dizer, uma vida plena) por uma espécie de piscadas rápidas, apenas mais claras, como os primeiros raios de calor num fim de dia de verão. Uma coisa que tem seu tempo. Uma coisa que não é apressada, que vai aumentando sozinha, que pode esperar, que sabe que aproveitará de tudo. Uma preocupação que não é, ou não ainda, uma preocupação que lhe dá grandes tréguas, mais que as outras, mas que recusa obstinadamente misturar-se às outras, que despreza e se retira, que antes de fazer acordos se eclipsa, mas que deixa perceber que para ela só há uma hora que conta, e que nada se compara a ela: aquela hora em que ela lhe saltará em cima, quando ela o terá *inteiro*. A mulher que vai devastar uma vida anuncia-se com frequência por meio desses eclipses indolentes: uma leve batida no vidro, de tempos em tempos, quase imperceptível, mas nítida, seca, com esse tom de *percussão* que faz estremecer ligeiramente e não se mistura a nenhum outro ruído: ela passou de novo por você, no fundo de si mesmo o sabemos, e é só isso; talvez seja preciso esperar, esperar muito tempo ainda, mas há sempre em nós um nervo alerta, encolhido, que estará para sempre à escuta desse único ruído, nada além disso pode atingi-lo. Era do Farghestão que eu esperava a batida na janela com o nó dos dedos. Nas acalmias do rumor que tecia em torno de mim a agitação dos negócios, deslizava de repente um curioso silêncio, um silêncio quase indelicado – um desses buracos numa conversa animada que deixam você desconcertado, e, se você se deixa levar pelo vazio que cavam, eles o levam sem você nem se dar conta, e de olhos abertos – dois olhos que o encaram sem nada dizer – dois olhos que souberam fazer silêncio à volta deles. Eu estava às voltas com esse silêncio. A coisa que avançava por trás dele com mil rodeios me fazia sinal, às vezes parecia afastar-se, mas nunca me perdia de vista; eu tinha encontro com ela para um *cara a cara* intimidador. E uma singular exaltação do sentimento de meu poderio surgia com minha aproximação: entre todos os atos, o que eu começava a entrever, aquele em que ninguém pensava mais, era o ato que eu *podia* realizar. Ele batizava o mundo. Em vez de ser uma culminação, tudo partia dele de novo. Era temível, era imprudente: a sabedoria dos homens, a segurança da cidade o desaconselhava... O mundo, Aldo, espera de certas criaturas e em certas horas que sua juventude lhe seja devolvida; um fervilhar confuso bate na porta, que para se abrir só espera uma *permissão* em que toda a alma se banha: eu podia ter pensado por um segundo na segurança de uma cidade velha e apodrecida? Ela está dura em seu sepulcro e fechada entre suas pedras inertes, e com o que ainda pode se regozijar uma pedra inerte, a não ser tornar-se de novo o leito de um curso de água?

O velho Danielo apoiou-se nos cotovelos com um movimento cansado, e, com a cabeça nas mãos, manteve um instante de silêncio. Pareceu-me de repente que esse silêncio tinha se aprofundado: o rumor distante do palácio agora deserto cessara havia muito: a batida de um relógio de pêndulo que se tornou perceptível arranhava com golpes leves esse silêncio liso como patas de inseto. Eu olhava o quadrado de céu recortado pela janela, agora completamente escuro: a luz fraca de algumas estrelas que aí brilhavam deslizava como no fundo de um poço no cômodo sufocado. De súbito nada nunca parecia ter repousado como nessa noite: a claridade fraca e uniforme do cômodo morno encantava com um silêncio mágico a cidade adormecida.

– ... Por que de uma hora para outra preciso dizer-lhe essas coisas? A você?... – retomou Danielo em tom pensativo e monótono. – Chega uma hora em que se torna insuportável a ideia de que a significação de um ato singular, do ato mais singular de nossa vida, possa perder-se conosco para sempre. Acho que chegou para mim a hora de testemunhar – disse depois de um instante, com um sorriso estranho.

Mantive o silêncio. Nada havia a responder – o velho não o esperava –, fazia alguns minutos eu sentia que minha presença se tornava para ele mais vaga, e que ele falava *diante de si*, com uma desatenção singular à minha atitude e a meus gestos, um pouco como se fala num leito de morte.

– ... A Cidade... – retomou, enquanto uma espécie de claridade fria passava por seu rosto, como o reflexo distante de uma grande fogueira... – Parece-me que posso falar da Cidade. Para eles ela era a herança que se entrega intacta aos detentores dos direitos, o canto da terra que se gera e de que se separa; para mim, ela era a fogueira feita para minha tocha, algo que esperava de mim seu sentido e sua consumação. Eu tinha com ela, parece-me, uma relação um pouco mais próxima.

"Eu o segui de longe, Aldo. Sabia o que você tinha em mente, e que bastava apenas soltar a rédea. Havia diante de mim esse ato, nem mesmo um ato, mal e mal uma permissão, uma aquiescência, e todo o possível escoando-se através dele em avalanche, tudo o que faz com que o mundo venha a ser menos pleno, se eu não o faço. Para sempre menos pleno, se eu não o faço. E, por trás, nada havia: o repouso de múmia desse vago fantasma; o vazio agudizado sobre a terra por esse bocejar obsceno e esses ouvidos feitos apenas para os pequenos estalos íntimos do caixão. Para um homem é terrível ser um dique, revestir com couraça a carência, fazer de sua vontade uma pedra jogada num curso de água. Eu tivera tempo de me tornar sério, tinha deixado de querer ganhar, era tempo de apenas *apressar a vinda*... O mundo, Aldo, floresce por aqueles que cedem à tentação. O mundo só é justificado às expensas eternas de sua segurança. Eu queria apenas dizer-lhe como foram as coisas", prosseguiu num tom um pouco mais à vontade que o resto de seu discurso, que jamais saíra do tom da conversa cortês, "e o que faz ter acontecido de nos encontrarmos aqui esta noite".

— E agora? — perguntei hesitante, na verdade mais para romper o silêncio pesado, embaraçado como eu estava pela acolhida a fazer a essa confissão à vontade e polida, como se de cabo a rabo o velho tivesse me tomado por outra pessoa.

— Agora? — disse Danielo levantando as sobrancelhas com um matiz de espanto... — Quando você saiu para esse... cruzeiro, você não se perguntou, não é, Aldo, o que havia por trás de você. Ninguém aqui pergunta, há coisas mais urgentes.

— Mais urgentes?

Os olhos de Danielo apertaram-se, e seu rosto adquiriu uma expressão aguda, quase dolorosa.

— Há coisa mais urgente que a conservação de uma vida, não é, Aldo, se é que Orsenna ainda vive. Há sua salvação. Nem tudo acaba nesse *limiar* que é a única coisa que você vê.

Os olhos do velho demoraram um pouco sobre o selo vermelho do *laissez-passer* que manchava sua mesa. Não havia em seu olhar nem ódio nem medo, mas sim uma luminosidade contemplativa e depurada. Repentinamente uma aproximação estranha nasceu em meu espírito: pensei nessa "sociedade" que, para toda Maremma, dispunha agora de Rhages; voltaram à minha memória os comentários de Orlando sobre a "dosagem" por onde se infiltrara em Orsenna o espírito novo; e se diria súbito que entre essas forças com crescimento pleno de sombra o rosto do enviado criava um hífen inesperado. Era como se o velho Danielo, detrás de suas pupilas veladas, tivesse estendido de novo seu fio e conservado para si a secreta significação desse diálogo que me desnorteara, que eu não conseguira seguir nessa noite por falta de referência.

– É esse o Pacto de que o senhor diz participar? – lancei-lhe, tocado bruscamente por uma lembrança. – Esse pacto que ligaria a cidade?... Devo antes compreender que o senhor decidiu seu destino, e escolheu o pior?

O velho deu de ombros.

– Escolher... Decidir... E eu podia? O que ela tem agora, a cidade deu a si mesma. Esse pacto, só ela podia dar-lhe vigor. Era preciso que ela se pusesse a acreditar nele, e isso não dependia de ninguém no mundo.

– O que ela tem?

– Um destino – disse Danielo, desviando a cabeça, como um médico solta o diagnóstico que condena. – Você não notou os Sinais? Você não viu – prosseguiu com ironia devaneadora – como tudo aqui miraculosamente se rejuvenesceu?

– É impossível – lancei-lhe com voz apaixonada. – Não há destino que lhe recuse sobreviver.

– Você não entende, Aldo, não se trata de subsistir – disse o velho friamente. – Não sou um político. Há um tempo para os políticos. Um tempo para serpentear entre os escolhos e um tempo para apertar em seus dedos o fio no coração da escuridão. Esse fio que você segurou, que o levou aonde você chegou.

– Eu executava – disse num tom duro, ou assim pensava. – Eu não era responsável pela Cidade. O senhor que era.

Danielo deu de ombros com lassidão e irritação.

– Você acredita mesmo nisso?

Pareceu por um momento refletir profundamente, e de novo as rugas de sua testa perseguiram um pensamento obsedante.

– ...Quando se governa, veja, nada é pior que *soltar a coisa*, e, uma vez que a coisa me veio, foi uma descoberta estranha dar-me conta de que Orsenna daí em diante só se deixava agarrar dessa forma. Tudo o que dirigia minha atenção para as Sirtes, tudo o que levava ao desenvolvimento da questão fazia as velhas engrenagens funcionarem com uma facilidade quase irreal, tudo o que não lhe dizia respeito se chocava sutilmente com um muro de inércia e desinteresse. Ela aproveita de tudo, gestos para a acelerá-la e gestos para a freá-la, como um homem que desliza na inclinação de um telhado. Como lhe dizer? Desde que ela fosse a questão, todas as coisas se *mobilizavam* por si mesmas. Nas deliberações do Conselho, logo a seguir, sem razão, no correr de uma frase, no despropósito de um jogo de palavras, por um viés absurdo ela voltava a se pôr nessas bocas mortas, como uma mosca que expulsamos em vão com um gesto; e esses rostos apagados súbito como um tição que se reanima! Quando se governa, é preciso sempre ir o mais rápido possível, e o *mais rápido*, nem dá para acreditar, era sempre essa coisa inexistente que soltava seu grito mudo, mais enérgico que todos os ruídos, porque era como uma *voz* pura, que talhava antecipadamente seu lugar, que torcia tudo, essa coisa adormecida de que a Cidade estava grávida, e que fazia no ventre um terrível vazio de futuro. Nós todos a carregávamos...

"Sim", retomou Danielo, e de novo ele pareceu olhar diante de si para o vazio, "todo mundo foi cúmplice nesse assunto, todo mundo ajudou. Mesmo quando pensou fazer o contrário".

– O velho Aldobrandi, assim me pareceu, e sem dúvida alguns outros não pensavam assim.

Danielo de novo deu de ombros.

– Há dias em que Aldobrandi e sua corja fazem-me acreditar na geração espontânea. Se ele não existisse, Orsenna o inventaria... Você também – prosseguiu voltando para mim os olhos sem olhar –, se você não estivesse lá, a cidade o teria inventado.

– Talvez – disse eu depois de um instante de silêncio pensativo. – Mas aqui! Não se avaliou mesmo nada? Nada foi calculado antes desse... risco?

– Nada, Aldo. Deu-se a impressão de que sim. Ou então o cálculo foi feito com dados falseados, números falsos. Que não enganavam ninguém, mas que livravam a cara. Porque calcular de fato teria impedido de correr o risco, e era ao risco que se aspirava. Não exatamente o risco... – acrescentou com uma voz sem timbre... – Talvez haja momentos em que se corre para o futuro como que para um incêndio, em debandada. Momentos em que ele intoxica como uma droga, em que um corpo debilitado não resiste mais a ele.

– Sei – eu disse com esforço. – Vi Maremma pegar essa doença. Talvez eu mesmo a tenha... Felizmente ainda é tempo. O senhor sabe que lhe é dado o meio de tudo adormecer.

O velho ergueu-se com lentidão e plantou seus olhos diretamente nos meus com uma determinação gelada, quase desumana.

– Você se engana, Aldo. É muito tarde.

– Muito tarde?...

Eu tinha levantado, sem querer, muito pálido.

– Muito tarde, Aldo, não sou mais eu que decido. Orsenna *entrou em cena* agora. Orsenna não recuará.

– Assim o senhor quer...

– Tudo o que virá, sim, e que Deus queira nos ajudar, pois teremos muita necessidade.

– O senhor está louco!

Danielo levantou lentamente os olhos em minha direção, sem surpresa e sem ressentimento, olhos que pareciam ter mergulhado, com um só fechar de pálpebras, em não sei que água profunda e gelada, olhos súbito extraordinariamente *distantes*.

– Você parece se equivocar de um modo estranho, Aldo, sobre o que significa minha presença neste lugar – prosseguiu com voz fria e calma. – Não estou aqui por acaso. Você pensa que Orsenna ainda pode jogar o *pequeno jogo*?

– Penso que vejo agora claramente aonde o seu jogo leva, e para esse jogo, em todos os países do mundo, há um nome.

– Diga-o então... – disse o velho no mesmo tom de calma singular... – Você não se atreve?

Com um gesto seco, afastou para bem longe de si alguns papéis sobre a mesa.

– Compreenda-me bem, Aldo. O que lhe digo aqui ninguém ouvirá. É terrível em certos momentos sentir-se sozinho; e com quem posso falar a não ser com aquele que me é mais próximo que qualquer outro, com aquele que foi lá. Tudo será apresentado, tudo será formalizado perfeitamente, de modo irrefutável, e as velhas perucas nobres que parecem pintadas nos painéis de madeira aquiescerão no Senado uma após a outra, ante a leitura de meu relatório, como se em toda a vida delas não houvesse outra coisa a fazer; a pessoa se esquiva da *voz da pátria*? A voz da pátria?... Ela só fala tão alto quando se trata de se pôr em perigo sem uma necessidade urgente – e o gênero de linguagem que ela usará, não tenho dificuldade em lhe dar uma ideia disso; fazer os mortos falarem com discernimento e pertinência é o ABC da arte do governo; e para Orsenna, que acha sempre um pouco incôngruo que se fale com ela no *presente do indicativo*, o pequeno pecado habitual é dar-lhe ouvido. "A honra de Orsenna... O insolente desafio do infiel... Uma causa decidida por Deus há séculos, e que não nos coube despertar... A insegurança crescente dos pioneiros das Sirtes... Nossas forças, que a calma segurança de sua justa causa multiplica (elas têm necessidade). O perigo de secessão das províncias do Sul, tão distantes, que deveria, se dez outras razões não se fizessem mais prementes, nos incitar por si só à firmeza..."

De novo houve seu estranho riso gutural, e de novo esse riso cortante e triste se estrangulou logo.

– ... Não, não pense que sou tão cínico. Tudo isso, que será dito, será quase verdade pela metade. Como sempre. Uma guerra não está nunca perdida por inteiro antecipadamente, e sem dúvida é mais grave que um Estado ceda quando está envolvido numa má situação. São com essas razões pouco razoáveis que as chancelarias negociam: não se pede mais a elas do que serem decorativas, tampar o buraco. Falsas, se você quiser, mas falsas sobretudo pelo fato de que estão *no lugar*.

– Daquelas que não são aceitáveis?

– Daquelas que não são aceitas. Não há língua conhecida, Aldo, em que um Estado cambaleante possa confessar suas perturbações íntimas, como um doente a seu médico. Nenhuma língua, e é pena. Os dirigentes dos Estados mais velhos são considerados congenitalmente patifes e hipócritas. Como se o velho, em quem tudo se torna derrocada, não estivesse encerrado na hipocrisia, exigindo-se ainda que ele esteja em forma! Como se todo o mundo não estivesse ligado, e os seus bem mais que os outros, para impedi-lo de falar de seus *pequenos incômodos*, dos quais em breve vai morrer. Ele, no entanto, às vezes tem necessidade de fazer isso. E não são incômodos imaginários. Fala-se em torno dele, fala-se com ele como se nada houvesse: heranças, preocupações de família, dividendos, casamentos, processos em curso, negócios correntes. Como se os negócios para ele pudessem continuar a correr, pudessem esperar seguir com ele aonde ele vai! Às vezes, e cada vez com mais frequência, faz-se uma calmaria na agitação e sobe um barulho para o qual agora só ele tem ouvidos: o das margens batidas pelas ondas que se vão a toda velocidade, atrás do navio desembocando no alto-mar. São coisas que lhe digo porque estou velho, e que lhe digo com conhecimento de causa porque não envelheci sozinho.

– O pensamento do fim? – eu disse, dando involuntariamente de ombros. – Que bobagem!

– Não é um pensamento, Aldo. Você compreendeu muitas coisas, mas para esta você é jovem demais. Não é nem mesmo uma ideia fixa. É uma *última vontade*.

– Agrada-lhe dizer...

Eu estava tocado por seu tom de certeza, mais do que gostaria de admitir.

– ... Ninguém em Orsenna tem o gosto pelo suicídio, eu lhe asseguro. Ninguém que eu saiba. Tudo isso é extravagante.

– Você não pensa de modo algum no que diz, Aldo. É fácil dizer "suicídio". Um Estado não morre, é apenas uma forma que se desfaz. Um feixe que se desata. E chega uma hora em que o que foi ligado aspira a se desligar, e a forma muito precisa aspira a voltar à indistinção. E, quando chega a hora, chamo isso de algo desejável e bom. É isso que chamamos de morrer de *boa morte*.

– Orsenna desfazer-se? Quem poderia levá-la a isso?

– A solidão – retomou Danielo pensativo. – O tédio de si mesmo, que acomete aquele que se sentiu exclusivamente reunido demais, e por tempo demais. O vazio que se faz em suas fronteiras, uma espécie de insensibilidade que nasce em sua superfície dormente como se ela tivesse perdido o tato, como se tivesse perdido o contato: Orsenna fez desertos a seu redor. O mundo é um espelho onde ela busca sua imagem e não a percebe. Há anos já, Aldo, que vivo com os ouvidos colados em seu coração: ele não espreita mais nada além do galope fúnebre, a onda negra que o recobrirá. Faz muito tempo que Orsenna não corre riscos. Faz muito tempo que Orsenna não participa do jogo. Em torno de um corpo vivo, existe a pele, que é tato e respiração; mas, quando um Estado conheceu muitos séculos, a pele espessada torna-se um muro, uma *grande muralha*: então os tempos chegaram, então é tempo de as trombetas soarem, de os muros ruírem, de os séculos se consumarem e de os cavaleiros entrarem pela brecha, os belos cavaleiros que cheiram a mato selvagem e noite fresca, com seus olhos de outras terras e seus casacos levantados pelo vento.

— Sem dúvida — eu disse com nervosismo. — E, um momento a seguir, as cabeças florescem na ponta das lanças. São coisas em relação às quais gostaríamos de ter um pouco de recuo.

Danielo manteve um instante de silêncio e me olhou com altivez.

— Meu sangue pertence à Cidade — pronunciou com tom de firmeza fria, mas tremor na voz. — Não fiz mais que a servir; o que é inconfessável. Você acredita que eu possa sobreviver a ela, se as coisas chegarem a esse ponto?

— A esse ponto!... Mas quem o senhor força a isso? — perguntei com uma espécie de furor desesperado. — Um gesto, um gesto apenas, que não tem custo nenhum para seu orgulho, e tudo se apazigua. Um gesto que o senhor pode fazer. Que pode *também* fazer, pois tudo aqui lhe obedece.

O velho pareceu hesitar um instante, abriu uma gaveta e estendeu-me um rolo de papel.

— Leia isso — disse com voz breve.

O documento era um relatório de polícia proveniente de Engaddi, um miserável lugarejo do interior das Sirtes que abastecia os caravaneiros do extremo sul. O relatório era breve e preciso. Assinalava que uma caravana que acabara de chegar a Engaddi tivera contato no local do poço de Sarepta com um bando armado não montado de nômades gassânidas, que só excepcionalmente se aventuram por essas paragens — onde serpenteia uma fronteira teórica — antes do retorno da estação quente. Destacamentos farghianos armados tinham acabado de expulsar o gado deles de suas pastagens de inverno situadas a leste, bem longe, requisitando os cavalos para a remonta da cavalaria, e numerosas verificações e informações fornecidas por testemunhas oculares indicavam que um exército farghiano com efetivo mal determinado, mas "numeroso", seguia-os a algumas etapas, contornando o mar das Sirtes pelo leste na direção da fronteira. Questionado sobre a data em que os gassânidas poderiam reocupar suas pastagens, o chefe do destacamento precursor respondera sorrindo que o gado vivo para abate e os cavalos das carretas ficavam ali pouco tempo, e que "todos sabiam que as boas pastagens de inverno ficavam do outro lado da fronteira". Com a difusão dessas notícias, o pânico se apoderara da pulação de Engaddi; a polícia, para acalmar a efervescência, tivera de evacuar às pressas as mulheres e as crianças para Maremma e distribuir armas aos homens válidos. O chefe da polícia reclamava o envio urgente de instruções sobre a conduta a se ter "diante dessa situação nova".

— Assim, eles vêm! — disse eu, e toda a minha cólera sumiu de uma só vez para dar lugar a um sentimento de certeza e de tranquilidade maravilhosa: era como se o torpor das areias tivesse sido transpassado de repente pelo barulho de milhares de fontes; como se, sob o choque dos milhões de passos do exército misterioso, florescesse em torno de mim o deserto, até o infinito.

— Sim — disse o velho Danielo, e me pareceu que de repente seu rosto se enchia de luz.

Levantou-se com ar absorto e andou em direção à janela. O mesmo pedaço de céu negro projetava-se sobre o retângulo escuro, as mesmas estrelas aí brilhavam com tranquilidade. O suspense dessa noite sossegada era tão profundo e tão íntimo que parecia se ouvir alguém andar nela.

Saí do palácio do Conselho muito tarde. O velho Danielo mandara chamar a seu gabinete o oficial de ligação vinculado aos serviços da Vigilância, e discutimos bem longamente sobre as medidas militares que se tornavam urgentes no Almirantado. Decidiu-se tornar as patrulhas cotidianas e dali em diante não levar mais em conta, em nenhum caso, a "linha" regulamentar que limitava seu percurso no lado marítimo; na situação que parecia tornar-se mais tensa a cada hora, tornava-se evidentemente risível observar uma regra de prudência que podia custar ao Almirantado uma dura surpresa. As paragens de Vezzano, em particular, deviam ser vigiadas de perto. O estado de sítio seria proclamado sem demora em Maremma, onde, com a superexcitação que ganhava a cidade, a chegada dos refugiados de Engaddi ameaçava criar agitações perigosas;

um destacamento seria encaminhado do Almirantado para lá a fim de manter a ordem. Nenhum navio, fora das unidades de guerra, seria mais autorizado a deixar os portos. Todas as baterias ainda em serviço no Almirantado deveriam ter seus efetivos completados com urgência. Os navios disponíveis para o combate — levando em conta os reforços, o número se elevava a quatro — deviam manter-se prontos para aparelhar em duas horas. Uma vez redigida e selada a determinação que proclamava o estado de sítio, Danielo liberou o oficial e me reteve por um instante sozinho.

— Assim, então, Aldo, nós nos despedimos. Amanhã, na primeira hora, você voltará para as Sirtes. Deus sabe quando e como nos veremos de novo.

— Deus é quem sabe — eu disse apertando a mão seca. Ela tremia ligeiramente: era como se o frio da noite caísse de repente no cômodo pela janela aberta... — Nada se disse ainda — acrescentei com voz sem convicção —, o exército não atravessou as fronteiras, talvez eles parem...

— Não, Aldo.

O velho sacudiu a cabeça num movimento pesado.

— ...Não será agora que vão parar, assim como as estrelas não cessarão de girar. Como não vão parar dois corpos que começam a fazer os gestos do amor. Nem o medo, nem a cólera, nem a complacência, nem a fuga salvariam agora Orsenna da coisa entregue e prometida que ela se tornou para os olhos abertos que a observam. Nem Orsenna ia querer se salvar. Minha memória talvez venha a ser maldita, se para mim houver memória...

Danielo deu de ombros com um movimento rígido.

— ...Uma embarcação que apodrece na praia, aquele que a joga de novo na água... pode-se dizer que ele não está preocupado com a perda dela, mas pelo menos não se pode dizer o mesmo quanto à *destinação* dela.

— ...Não lamente nada —, disse apertando-me a mão de novo com brusca emoção —, eu mesmo nada lamento. Não se trata de ser julgado. Não se tratava de boa ou má política. Tratava-se de responder a uma pergunta, a uma pergunta intimidante, a uma pergunta que ninguém no mundo jamais pôde deixar sem resposta, até seu último suspiro.

– Qual?
– "Quem vem lá?" – disse o velho mergulhando súbito seus olhos fixos nos meus.

A noite estava clara e sonora quando saí do palácio deserto. Uma luminosidade fria e mineral raspava o contorno das arestas de pedra dura, projetava no chão, em trançado escuro, as ferragens complicadas dos velhos poços que ainda se abrem no nível do chão nas pracinhas da cidade alta. No silêncio da noite, para além dos muros nus, ruídos leves subiam a intervalos da cidade baixa, ruído da água que corre, deslocamento retardado de um veículo distante – distintos e no entanto intrigantes como os suspiros e os movimentos de um sono agitado, ou as crepitações desiguais dos desertos de rochedos contraídos pelo frio da noite; mas, nesses bairros altos nutridos de altitude e de seca, os trechos duramente recortados de luz azulada e leitosa colavam-se na pedra como uma pintura, sem tremeluzir. Eu andava com o coração em sobressalto, a garganta seca, e à minha volta tão perfeito, tão compacto e sonoro era o silêncio de pedra dessa noite azul, tão intrigantes meus passos que pareciam pôr-se imperceptivelmente acima do chão da rua, que eu pensava andar no meio do estranho arranjo e das poças de luz desnorteantes de um teatro vazio – mas um eco duro iluminava longamente meu caminho e ricocheteava nas fachadas, um passo por fim culminava a espera dessa noite vazia, e eu sabia para que, dali em diante, o cenário estava armado.

Posfácio
ETIENNE SAUTHIER

> Ó Morte, velho capitão, é tempo! Às velas!
> Este país enfara, ó Morte! Para frente!
> Se o mar e o céu recobre o luto das procelas,
> Em nossos corações brilha uma chama ardente!
>
> Verte-nos teu veneno, ele é que nos conforta!
> Queremos, tal o cérebro nos arde em fogo,
> Ir ao fundo do abismo, Inferno ou Céu, que importa?
> Para encontrar no Ignoto o que ele tem de *novo*!
>
> — CHARLES BAUDELAIRE[1]

Quando *O litoral das Sirtes* chegou às estantes das livrarias brasileiras, o crítico Antonio Candido disse que o que mais lhe chamou atenção foi ver sobre a capa do livro a faixa do Prêmio Goncourt de 1951 ao lado do adesivo "Recusado". Isso demonstrava tanto o prestígio internacional que esse prêmio era capaz de propiciar na segunda metade do século XX, quanto a importância e gravidade do gesto de recusá-lo.

O litoral das Sirtes foi lançado em 1951 por Julien Gracq, pseudônimo de Louis Poirier, um professor secundário de história e geografia. Naquele momento, já havia publicado dois outros romances[2] e um panfleto contra a dimensão mundana do

---

[1] Na original francês: "*Ô Mort, vieux capitaine, il est temps! levons l'ancre!/ Ce pays nous ennuie, ô Mort! Appareillons!/ Si le ciel et la mer sont noirs comme de l'encre,/ Nos cœurs que tu connais sont remplis de rayons!// Verse-nous ton poison pour qu'il nous réconforte!/ Nous voulons, tant ce feu nous brûle le cerveau,/ Plonger au fond du gouffre, Enfer ou Ciel, qu'importe?/ Au fond de l'Inconnu pour trouver du nouveau!*". Charles Baudelaire, *Les Fleurs du mal*, 1861. Edição brasileira: *As flores do mal*, trad. Ivan Junqueira. Rio de Janeiro: Nova Fronteira, 2015.

[2] Julien Gracq, *Au Château d'Argol*. Paris: José Corti, 1938; *Un Beau ténébreux*. Paris: José Corti, 1945.

universo literário francês.[3] Mas é *O litoral das Sirtes* sua mais ambiciosa e longa narrativa. Nele, relata a história de um momento prestes a ocorrer, o processo de fermentação de algo estranho que "tem de acontecer", que "vai acontecer" – seja por causa de suas personagens ou por culpa de um processo que as supera. Fatalismo? Seria simplista interpretar dessa maneira. Tantos são os momentos nos quais tudo pode mudar, tantos são os acontecimentos capazes de nos desviar dos caminhos que se torna difícil apontar os responsáveis por um processo.

A verdade é que, neste romance, o narrador é o protagonista: Aldo, que faz "parte de uma das mais antigas famílias de Orsenna", e que se configura ironicamente, por meio de sua família e na própria vida da cidade-Estado, como um grande reduto de passividade. Embora o romance se inicie na primeira pessoa do singular, ele parece rapidamente reservar a Aldo o papel único de porta-voz de categorias e de conceitos que o superam: família, Estado, história (que se perde na lembrança do tempo), geografia (construção da identidade dessa terra de Orsenna, sob uma espécie de guerra fria imemorial contra o vizinho Farghestão), poder e burocracia (apresentada vagamente sob o nome da "Senhoria" ou do inimigo imemorial, cujo poder é descrito como alguém ou "alguma coisa").

Seja como for, o protagonista do romance carrega o título de "Observador" e parece viver em total passividade. Trata-se de uma vítima, mais ou menos inocente, de um processo ou de outros personagens do romance. A consciência narradora não parece ter controle algum da situação e do mundo que a rodeia.

O sofrimento de Aldo é duplo. Submete-se passivamente à sua nomeação para o posto de observador civil da Senhoria no Almirantado, a fortaleza do litoral das Sirtes, na periferia de Orsenna, e ao curso das transformações da região – o despertar e a valorização da região das Sirtes, que ficará "muito na moda em Orsenna", o deslocamento dos bancos de areia do litoral, o trânsito clandestino à beira-mar, as ações políticas do poder central evasivo de Orsenna.

---

[3] Id., *La Littérature à l'estomac*. Paris: José Corti, 1950.

Aldo não parece ser o único personagem passivo diante dos acontecimentos. Há também o oficial no comando do Almirantado que se revela igualmente impassível frente à situação de perda de controle do litoral das Sirtes. Paradoxalmente, assim que Aldo chega ao Almirantado, Marino, o capitão da fortaleza, demonstra rapidamente receio dele. Essas ressalvas são fruto tanto do poder impalpável do novo observador da Senhoria sobre seu trabalho quanto do vago medo das novidades introduzidas por Aldo nesse contexto há trezentos anos imutável de guerra fria entre Orsenna e o Farghestão.

Assim como Aldo constitui (sem o desejar e, talvez, sem ter consciência da situação) uma ameaça à liderança que o capitão Marino exerce desde tempos imemoriais, o único personagem feminino deste romance, Vanessa Aldobrandi, também parece constituir uma novidade amedrontadora para Aldo. Além de atiçar a evidente fragilidade amorosa do protagonista, ela representa a volta das atenções de Orsenna para o litoral das Sirtes, evoca o passado guerreiro da região e exprime um vago desejo de engatilhar um antigo conflito: os antepassados de Vanessa Aldobrandi traíram Orsenna em batalhas passadas, tomando o partido do Farghestão.

É essa mulher quem convence Aldo a navegar ao seu lado até a ilha de Vezzano, para ver de lá a baía inimiga. Ela prepara o protagonista para navegar além da fronteira entre os dois Estados. A atmosfera das massas de Maremma, a cidade mais próxima do Almirantado, em cujo antigo palácio Vanessa se hospeda, ecoa burburinhos de acontecimentos no Farghestão. Rumores de viagens clandestinas entre os dois territórios alimentam a ideia de que "algo tem de acontecer" e contra a qual Aldo não parece ter nenhum poder. Mesmo Vanessa, que parece ter algum protagonismo sobre os fatos, que demonstra ingerência sobre Aldo e que carrega um pouco da causa de certos acontecimentos, não se desgarra da condição de cativa do fantasma de seus ancestrais na história de Orsenna e de suas guerras ancestrais contra os vizinhos. O leitor vive sob a impressão de que tanto ela quanto Aldo cessaram de exercer qualquer eminência sobre a vida. Em suas palavras: "Você... Eu... Você só tem essas palavras na boca?".

O processo em curso em *O litoral das Sirtes* supera todos os personagens. Nem sequer a descendente dos traidores, apresentada em determinados momentos da narrativa como um elemento desencadeador dos acontecimentos, consegue escapar a essa situação. O leitor se vê impelido a procurar os motivos dos acontecimentos em outro lugar. No contexto que os envolve a todos, a saber, uma história e uma geografia? Ou na própria passagem do tempo?

É interessante pensar nesses personagens tão passivos como peças que Julien Gracq inscreveu em uma geografia, em um tempo que o autor representa com enorme cuidado e minúcia. Até mesmo nessa preocupação redobrada o leitor percebe o esforço do escritor em desorientar os personagens.

Quando o Estado de Orsenna e sua capital são evocados, trata-se de uma cidade de velho "espírito mercantil", governada por uma "Senhoria", um conselho de notáveis. Isso tudo parece apontar para uma certa tradição ligada às cidades-Estado da Itália renascentista, mas nós somente o deduzimos no instante em que Aldo circula pelas ruas em um carro movido à combustão, o que sugere rapidamente que o leitor foi desorientado desde o início do romance e que o lugar, apesar de ostentar certa aparência de tradição histórica, não está mais inscrito naquele contexto. Assim também por ocasião da primeira visita de Aldo à sala dos mapas do Almirantado. Ele sente que essa sala da representação do mundo o desorienta. Pois, em *O litoral das Sirtes*, não é apenas a temporalidade que perturba e confunde: é também o espaço um importante vetor desse efeito sobre os personagens e seus leitores.

Essa realidade é ainda mais evidente nos arredores à beira-mar do Almirantado, onde bancos de areia flutuantes apresentam cada dia formas distintas, modificam a paisagem e tornam difícil a navegação na geografia movediça. É talvez um certo tempo geográfico de lugares e do decorrer dos acontecimentos a raiz desse sentimento de desorientação.

Lemos logo no início do romance que Aldo faz parte de uma das "mais antigas famílias de Orsenna"; a fortaleza do Almirantado é composta de velhas pedras que transpiram mofo e representam o tempo acumulado; Vanessa decide reformar o velho palacete de sua família em Maremma, que ela descreve como uma decadente ruína. Ficamos com a impressão de que, desde o início do romance, o tempo passado desorienta o lado marítimo e arruína a paisagem terrestre. O Almirantado é um limite entre essas duas dimensões. Mesmo os espaços terrestres em ruína parecem grandes demais para seus moradores e o Almirantado acaba representado como um labirinto de pedras onde parece fácil se perder. Isolado na bruma marítima, o palácio dos Aldobrandi é extenso demais para Vanessa, até mesmo quando ela organiza uma festa. As salas lhe parecem altas demais, numerosas demais. Ela utiliza somente uma parte do palácio, e as paredes não são suficientemente recobertas, parecem nuas. Esse espaço caindo em ruínas e prestes a ser reconstruído e reapropriado traduz um passado cuja eminência Orsenna não é mais capaz de alcançar. O curso do tempo na vida e na geografia de Orsenna se impregna de duas noções: desorientação e decadência.

Mas há também uma geografia muito exata e precisa em *O litoral das Sirtes*. O mar das Sirtes tem mapa, compreende uma situação, e tem um fim. O que deve acontecer termina sempre acontecendo. Ele apresenta uma divisa entre Orsenna e, do outro lado, o Farghestão. Há nele uma linha de patrulha, uma linha de fronteira marítima que não deve ser cruzada: são águas territoriais. Lá ao longe, do outro lado, um espaço se torna pouco a pouco menos vago, um inimigo secular também está proibido de cruzar a mesma fronteira: o litoral do Farghestão. Um antigo conflito está prestes a entrar em erupção, feito o vulcão sob o qual se estende o território do Farghestão e que Aldo vê de longe quando acompanha Vanessa à ilha de Vezzano. Tudo aquilo para o que não há remédio é anunciado desde o início neste romance.

O geógrafo francês Yves Lacoste publicou um artigo sobre *O litoral das Sirtes* e elaborou um mapa do mar das Sirtes.[4] Logrou assim demonstrar que o romance de Julien Gracq é, antes

---

4   Publicado na revista *Hérodote* em janeiro de 1987, o mapa elaborado por Yves Lacoste pode ser visto no site da Gallica (biblioteca digital da Biblioteca Nacional da França): gallica.bnf.fr/ark:/12148/bpt6k5620989v.

de tudo, um romance geopolítico, isto é, uma narrativa que busca traduzir em sua geografia as ambições políticas dos Estados e suas tensões. De fato, ao longo do romance, o território parece se desenvolver e se transformar para acolher os acontecimentos futuros. Com a chegada de Vanessa Aldobrandi a Maremma, o litoral das Sirtes "vira moda" e Orsenna se despovoa. Esse lugar ao qual o capitão Marino foi enviado para envelhecer e aonde Aldo chegou para vigiar, incrustado na periferia, se torna paulatinamente o lugar onde o que deve acontecer acontece: um novo centro. O mesmo vale para o Almirantado, ruído pelo tempo, mas que parece ganhar um novo rosto, reformado pelo trabalho de Fabrizio, e reabilitado por novas armas, fornecidas pela Senhoria.

Então a fortaleza perde a função campesina que o tempo de paz lhe havia atribuído. Ela recupera uma vez mais seu conteúdo belicoso inicial. A aparência do Almirantado se modifica nessa nova configuração: reformado e branco, ele acolhe uma nova população militar, acampada nos seus arredores, e conta com novos barcos e até mesmo com um novo comando. Os homens de um tempo de paz desaparecem e cedem espaço a homens de um novo tempo. É o caso do velho Carlo, fazendeiro em cujos campos uma boa parte dos soldados do Almirantado trabalhava; de Marino, que desaparece em sua morte; do pai de Aldo, que perde a maior parte de sua influência na Senhoria; e de um novo personagem, Danielo, velho amigo do pai de Aldo, que conquista secretamente o controle do Conselho assim como, em tempos de crise, os romanos nomeavam seu ditador. A velha Orsenna dos tempos de paz ganha nova liderança, ganha novas roupas, apoia-se sobre os ombros de outros homens dos quais Aldo faz parte. Uma Orsenna para outros tempos. Nas palavras de Marino: "Alguma coisa mudou em Orsenna".

Apesar de vários elementos terem a possibilidade de intervir para interromper o curso dos acontecimentos (escolha de não ultrapassar a fronteira, de não reformar o Almirantado para os novos tempos, de reagir diplomaticamente ao Farghestão), nada parece motivar as autoridades a impedi-los. Ao final, o leitor tem a sensação de estar diante de um maquinário de eventos operados por autoridades políticas invisíveis das quais Aldo parece não passar de um instrumento.

Talvez fosse a paz o problema. Ao longo de todo o romance, esses tempos de paz parecem ter se tornado enfadonhos. O Estado é descrito como um fóssil vivo, sobrevivendo em uma paz duradora que leva a realidade de seu passado mercantil a desaparecer. O Almirantado, essa velha fortaleza enferrujada, assombrada pela velhice de suas rochas, precariamente armada, é o espaço onde soldados se transformaram há muito tempo em camponeses dos fazendeiros locais. Maremma, tão arruinada quanto a cidade antiga de Sagra, já está reduzida à condição de um deserto abandonado, onde tudo parece devastado pelo tempo. Há a necessidade de que algo mude, de que algo aconteça. Trata-se da mesma mudança ao mesmo tempo incerta e aguardada do último verso da *Viagem* de *As flores do mal*, de Baudelaire: "Para encontrar no Ignoto o que ele tem de *novo*!".

Há em tudo isso algo da *Drôle de guerre* do início da Segunda Guerra Mundial: momento em que o conflito entre França e Alemanha estava declarado (setembro de 1939 a maio de 1940), com soldados mobilizados e acampados em previsão de guerra do lado francês, mas no qual nada acontecia e apenas se esperava que algo ocorresse, um início efetivo da guerra ou uma mudança radical de uma situação que não poderia mais durar. Gracq aborda essa realidade histórica em texto de 1958, mas já em *O litoral das Sirtes*, de 1951, ela nos surge aludida. Dois anos antes de *O litoral das Sirtes*, é publicado também outro romance que aborda o mesmo tipo de perspectiva geográfica: *O deserto dos tártaros*, de Dino Buzzati. Os dois romances encenam uma misteriosa "*no man's land*", um lugar onde não deveria haver homens, sujeito à violência da passagem do tempo e à necessidade de tornar o pior irreversível para que algo aconteça e para que uma mecânica de destruição possa ser aniquilada pela simples ação de um tempo destruidor de pedras e de almas.

Um dos mais importantes romancistas franceses do século XX, JULIEN GRACQ (1910-2007) é o pseudônimo de Louis Poirier. Professor de história e geografia na escola secundária, como escritor recebeu forte influência do romantismo alemão e do surrealismo, sobretudo através da figura de André Breton. Escreveu poemas em prosa, muito deles reunidos na coletânea *Pour Galvaniser l'urbanisme*. Além deste *O litoral das Sirtes* (1951), é autor dos romances *Au Château d'Argol* (1938), *Un Beau ténébreux* (1945) e *Un Balcon en forêt* (1958), do livro de contos *La Presqu'île* (1970) e dos ensaios *André Breton* (1948), *La Littérature à l'estomac* (1950) e *Autour des sept collines* (1988). Viveu de forma discreta e reclusa por toda a vida, afirmando que seu único assunto era a literatura.

ETIENNE SAUTHIER é suíço-brasileiro e doutor em história contemporânea pela Universidade Paris 3 Sorbonne Nouvelle. Seus estudos versam sobre a difusão, a recepção e a primeira tradução da obra de Marcel Proust no Brasil. Fez pós-doutorado na Unicamp sobre as problemáticas de circulação de romances europeus no Brasil. Atualmente trabalha como professor de curso secundário nas proximidades de Paris.

JÚLIO CASTAÑON GUIMARÃES é poeta, tradutor, pesquisador e doutor em letras pela Universidade Federal do Rio de Janeiro. Autor de *Por que ler Manuel Bandeira* (Globo, 2008) e *Entre reescritas e esboços* (Topbooks, 2010), traduziu *As flores do mal*, de Charles Baudelaire (prêmio de tradução da Biblioteca Nacional 2020), além de autores como Paul Valéry, Guillaume Apollinaire, Georges Bataille, Stéphane Mallarmé e Jean-Paul Sartre.

PREPARAÇÃO Cristina Yamazaki
REVISÃO Ricardo Jensen de Oliveira e Huendel Viana
CAPA Julia Custodio
PROJETO GRÁFICO DE MIOLO Bloco Gráfico

EDITORIAL
Fabiano Curi (diretor editorial)
Graziella Beting (editora-chefe)
Livia Deorsola (editora)
Laura Lotufo (editora de arte)
Kaio Cassio (editor-assistente)
Karina Macedo (contratos e direitos autorais)
Lilia Góes (produtora gráfica)

COMUNICAÇÃO E IMPRENSA Clara Dias
COMERCIAL Fábio Igaki
ADMINISTRATIVO Lilian Périgo
EXPEDIÇÃO Nelson Figueiredo
ATENDIMENTO AO CLIENTE Meire David
DIVULGAÇÃO Rosália Meirelles

EDITORA CARAMBAIA
Av. São Luís, 86, cj. 182
01046-000 São Paulo SP
contato@carambaia.com.br
www.carambaia.com.br

copyright desta edição © Editora Carambaia, 2022
copyright © Éditions Corti, 1951

Título original *Le Rivage des Syrtes* [Paris, 1951]

Cet ouvrage, publié dans le cadre du Programme d'Aide à la Publication année 2022 Carlos Drummond de Andrade de l'Ambassade de France au Brésil, bénéficie du soutien du Ministère de l'Europe et des Affaires étrangères.

Este livro, publicado no âmbito do Programa de Apoio à Publicação ano 2022 Carlos Drummond de Andrade da Embaixada da França no Brasil, contou com o apoio do Ministério francês da Europa e das Relações Exteriores.

CIP-BRASIL. CATALOGAÇÃO NA PUBLICAÇÃO
SINDICATO NACIONAL DOS EDITORES DE LIVROS, RJ

G759L
Gracq, Julien, 1910-2007.
O litoral das Sirtes / Julien Gracq; tradução Júlio Castañon Guimarães; posfácio Etienne Sauthier.
1. ed. – São Paulo: Carambaia, 2022.
304 p. ; 23 cm

Tradução de: *Le Rivage des Syrtes*.
ISBN 978-85-69002-81-9

1. Ficção francesa. I. Guimarães, Júlio Castañon.
II. Sauthier, Etienne. III. Título.

22-79140   CDD: 843   CDU: 82-3(44)
Gabriela Faray Ferreira Lopes – Bibliotecária CRB-7/6643

ilimitada

FONTE
Antwerp

PAPEL
Pólen Soft 80 g/m²

IMPRESSÃO
Ipsis